Michele Jaffe

THE GAP

romanzo

Traduzione dall'inglese
di Stefania Rega

FANUCCI EDITORE

Prima edizione: agosto 2011
Titolo originale: *Rosebush*

via delle Fornaci, 66 – 00165 Roma
tel. 06.39366384 – email: info@fanucci.it
Indirizzo internet: www.fanucci.it

This edition published by arrangement with Razorbill,
a division of Penguin Young Readers Group,
a member of Penguin Group (USA) Inc.

Stampato in Italia – Printed in Italy

Progetto grafico: Grafica Effe

Michele Jaffe

THE GAP

Prologo

L'immagine è spoglia ma bella.

È appena prima dell'alba, nel momento in cui il mondo diventa monocromatico e una luce grigiazzurra avvolge tutte le cose. I lampioni sono spenti, la strada è un nastro grigio e silenzioso solcato da due linee nere che nascono in alto a sinistra e si spengono in basso a destra. Sullo sfondo si intravedono alcune ville, sfocate e striate da macchie scure di pioggia. In primo piano, leggermente spostato a destra, sopra un prato grigio-blu c'è un bellissimo cespuglio. Sembra essere uscito da una favola, somiglia al corpo di una strega trasformato da una maledizione, con le dita rugose rivolte verso il cielo. Dentro c'è una ragazza.

Brandelli della sua gonna di tulle sono impigliati tra i rami mossi dalla brezza mattutina come minuscole bandiere. Un coniglio di ceramica, una mamma anatra seguita da cinque piccoli anatroccoli e uno scoiattolo che suona il flauto la circondano come silenziosi guardiani. Ha una gamba piegata; l'altra, da cui penzola una scarpa con una zeppa altissima, sporge appena dal cespuglio. Cenerentola dopo il ballo finito male. La mano sinistra è incastrata sotto il corpo e la destra, con un anello dell'amicizia all'indice, è protesa verso l'alto quasi volesse raccogliere l'unica rosa di un rosso intenso sopra di lei, la sola macchia di colore dell'immagine. Ha un volto molto grazioso, per metà coperto dai capelli neri. Sul corpo sono visibili moltissime ferite profonde, e dalla testa parte un rivolo rosso di sangue. Le labbra sono dischiuse, come se stessero per dire qualcosa.

Ma basta guardarle gli occhi per capire che è impossibile. Sono spalancati, con le pupille enormemente dilatate. E lo sguardo è perso nel vuoto.

La foto è simile a una delle decine di scatti che ho fatto per la mia serie *Principesse morte*, ma con due differenze fondamentali.

La ragazza in questa immagine sarebbe dovuta morire. E non sono stata io a scattare la foto.

Io sono il soggetto. Sono io quella ragazza.

La foto è stata scattata dalla polizia, chiamata dalla signora Doyle che aveva visto il corpo davanti al suo giardino in Dove Street. I soccorsi sono arrivati centottanta secondi dopo la telefonata. Ci hanno messo cinque minuti per normalizzarmi il respiro e trentacinque per estrarmi dal cespuglio.

Quando mi sono svegliata, non ricordavo come fossi arrivata lì e cosa fosse successo prima. Ma a quanto pare, è una condizione normale. Tutto ciò che ricordavo era il dolore, e un unico pensiero: Non devo mollare.

Piano piano, recupero piccoli pezzi di memoria. Un reparto di terapia intensiva è il posto migliore per pensare a lungo, oppure il peggiore, dipende dal tipo di pensieri. Fisso la foto che tengo in una mano sforzandomi di guardare a me stessa come a un oggetto, un altro indizio. Negli ultimi tre giorni sono riuscita a ricomporre gran parte del puzzle e non sono sicura che l'immagine che si sta formando mi piacerà.

«Buongiorno, principessa» dice una voce allegra sulla soglia della mia stanza.

Alzo gli occhi e vedo entrare un uomo sconosciuto

con indosso un camice da ospedale. Vorrei che Loretta fosse qui.

Loretta è l'infermiera del reparto di terapia intensiva, quella che mi assisteva regolarmente. E poi era lei di turno quando ho aperto per la prima volta gli occhi, e anche se sono stata in quel reparto solo per tre giorni, mi sembra di conoscerla da sempre. Il tempo passa in modo strano nei reparti di terapia intensiva, e ti permette di stabilire relazioni particolari.

«Oh, è il tempo da terapia intensiva» mi aveva spiegato Loretta.

«Tempo da terapia intensiva?»

«Hai mai sentito dire che sette anni per i cani sono come un anno per noi? Bene, ogni minuto passato in un reparto di terapia intensiva è pari a un'ora normale. Qui il tempo o va a passo di lumaca o ti sfreccia davanti come un treno e lasciamelo dire, tesoro, è meglio quando va a passo di lumaca. I salti nel tempo non hanno mai portato niente di buono a nessuno.»

Il nuovo infermiere adesso mi sta dicendo: «Mi chiamo Ruben. E a giudicare da questa stanza, devi essere la nostra Miss Mille Amici.»

Ruben, ripeto, catalogando mentalmente il nome. Se c'è una cosa che Loretta adora è spettegolare, ma non ricordo che mi abbia mai parlato di questo tipo.

Si avvicina ai bouquet di fiori sul davanzale e li sfiora uno a uno, alla fine si ferma su due dozzine di rose rosse. «Queste devono essere costate un occhio. Vorrei trovare anch'io un fidanzato così generoso.»

«Non me le ha regalate il mio fidanzato» gli dico.

«Oooh, ma allora devi essere una persona speciale. E di questo amico cosa mi dici?» Prende un orsacchiotto tipo palestrato che indossa una canottiera su cui c'è scritto ALZATI, ANIMALE! «Non saprei dire se è stato mandato da un amico o da un nemico.»

«Neanch'io.» Mentre penso a quanto sia vero quello

che ha detto Ruben, lui continua a curiosare tra gli altri regali con gli auguri di pronta guarigione che coprono ogni centimetro della mia stanza. E allora non faccio molta attenzione quando mi chiede del biglietto di auguri con i cagnolini che suonano strumenti musicali che mi ha mandato David e dei palloncini colorati che mi ha regalato Nikki insieme al bigliettino di auguri.

Adesso Ruben è in piedi davanti alla ghirlanda di rose a forma di cuore a cui sono attaccate una statuina e una bambola. «E questi cosa sono? Dal tuo ammiratore segreto» legge ad alta voce da uno dei bigliettini. «Tutta questa roba?» indica con le mani. Annuisco. «Allora, vediamo. Hai un fidanzato, un non fidanzato e un ammiratore segreto.» Mi guarda e scuote la testa. «Mia cara, non mi meraviglio se qualcuno ha cercato di metterti sotto.»

Ha ragione. Ho ricevuto tanti regali perché in qualche modo – inspiegabilmente – ho molti amici. E molti dei messaggi 'Ci manchi!' e 'Guarisci presto!' sono bugie, proprio perché ho molti amici.

È paradossale, no? È la dura lezione che ho imparato. Nei film tutti amano la principessa, ma la realtà è diversa. Avere tanti amici non è un'arma a doppio taglio, ma un'arma con una sola lama: uccidere o essere uccisi. In cima alla piramide lo spazio è limitato e una volta che ci sei arrivato puoi andare in una sola direzione, e non mancano quelli che ti ci vogliono spingere.

Adesso so chi ha cercato di uccidermi, ma non voglio crederci. Cerco con tutte le mie forze altre soluzioni, qualsiasi altra possibile spiegazione perché la verità è troppo dura. Per molto tempo ho avuto ogni possibile indizio per capire ciò che avevo proprio davanti agli occhi, ma sono stata volutamente cieca. È proprio come quando si sta per scattare una foto e l'immagine sfocata diventa finalmente nitida e chiara. Solo che in questo caso mi rifiutavo di vederla.

«Tornerò da te tra un attimo, principessa» dice Ruben.

Potrei provare a fermarlo ma non cambierebbe nulla. Il mio assassino potrebbe colpirmi ovunque.

Guardo di nuovo la foto del mio corpo nel cespuglio di rose ed è tutto perfettamente chiaro. Solo una persona può aver organizzato un piano del genere. Una persona verso la quale puntano tutti gli indizi. Il bicchiere. La porta che sbatte. Il bacio. La macchina. L'anello.

Gli occhi.

Ho visto la scritta sul muro. So cosa succederà adesso.

«Ciao, Jane» dice una voce maschile sulla soglia della porta.

Giovedì

1

È difficile parlare mentre qualcuno ti bacia. Mi è capitato la prima volta con Liam Marsh quando ero al primo anno delle scuole superiori. Mi stava capitando di nuovo con il mio ragazzo, David Tisch, davanti all'edificio della Livingston Senior High School, durante il mio penultimo anno di liceo, alle 2:45 del giovedì prima del fine settimana del Memorial Day.

Ed era per questo che avevo organizzato una sorpresa per quella sera. Perché nonostante adorassi il sapore da medicine alla frutta dei baci di David e il modo in cui lui usava la lingua per dischiudermi le labbra mentre mi afferrava le spalle con le sue grandi mani, avevo bisogno di dirgli una cosa importante.

Mi scostai. Lui aprì gli occhi a metà, lentamente, e mi guardò. «Cosa fai, bella?»

«Te l'ho detto, mi risparmio per questa sera.»

«Già, la sorpresa.» David si arrotolò una ciocca dei miei lunghi capelli neri intorno alle dita. «Non capisco perché hai voluto darti così tanto da fare. Potevamo semplicemente stare insieme come abbiamo sempre fatto.» Con le dita iniziò a massaggiarmi i muscoli del collo, fino quasi a farmi male. Non si rendeva conto di quanto la sua passione per la batteria gli avesse reso le mani forti.

«Perché dobbiamo guidare fino al mare e poi andare a una di quelle feste noiose?»

«Ne varrà la pena» risposi, lanciandogli uno sguardo che sperai fosse allo stesso tempo intelligente e malizioso. «Te lo prometto.»

Lui scosse la testa ma sembrava più divertito che irritato. «Tu e i tuoi piani.»

Durante l'ultima settimana la pioggia non si era fermata quasi mai, ma quel giorno l'aria era limpida e chiara, e il sole così splendente che gli ornamenti bianchi sulla facciata in mattoni dell'edificio principale brillavano. Sopra le nostre teste il grande olmo si muoveva appena per la brezza, le foglie erano di un verde chiaro e luminoso. Le ombre cadevano intorno a noi come pozzanghere. Era il tipo di giornata, il tipo di momento, in cui tutto può accadere.

Gli studenti dell'ultimo anno avevano pensato di prolungare il fine settimana già lungo facendo sega a lezione il venerdì, e naturalmente noi avevamo voluto mostrare tutta la nostra solidarietà, quindi chiunque fosse qualcuno quella sera si sarebbe precipitato alla festa di Jocelyn Gunter a Deal, su una spiaggia del Jersey.

Il sole andava a scovare i colpi di sole sulla stranissima capigliatura che si ritrovava David. Quei capelli non erano né lunghi né corti, né ricci né lisci, e gli incorniciavano il viso facendolo assomigliare a qualcosa che era una via di mezzo tra Gesù e Jim Morrison, un accostamento che ero sicura gli sarebbe piaciuto.

David mi teneva una mano sul collo e mi tirava verso di sé, e alzando lo sguardo oltre gli occhiali che portava sul naso mi guardava dritto negli occhi. «Dove credi di andare, bella.»

«Da nessuna parte» dissi, e mi strofinai contro il suo corpo con il mio.

Ma la verità era che la mia mente vagava altrove. Non perché volessi evitare qualcosa, come avrebbe detto mia madre, ma perché cercavo di concentrarmi su come avrei fatto la foto, come mi sarebbe sembrata quella scena attraverso l'obiettivo della mia macchina, e quasi avrei voluto che David non avesse messo giù la borsa delle bacchette perché l'inclinazione della sua spalla avrebbe reso la foto più interessante. Sono una fotografa; non posso impedire alla mia mente di guardare una scena dall'esterno.

E poi, se avessi voluto evitare di affrontare qualcosa, avrei organizzato una cena speciale per parlarne?

«Non vedo l'ora di partire per il campeggio insieme a te, tesoro» disse David, sorridendo appena. Vidi la mia immagine riflessa nei suoi occhiali, un volto confuso e distorto. «Solo tu, io e la natura. Nessun altro intorno, nessuna distrazione, nessun...»

Mi alzai sulle punte dei piedi e lo baciai sulle labbra. Lui interpretò il gesto come una dichiarazione di assenso, e non come un tentativo da parte mia di cambiare argomento. «Conserva questi pensieri per stasera» gli dissi.

Lui sospirò e afferrò una ciocca dei miei capelli dietro l'orecchio destro. «Tentatrice. Non so per quanto tempo riuscirò a controllarmi con te che mi gironzoli intorno. È meglio che vada.»

Io risi. David mi rivolse un ghigno stupido, e disse: «Fa' la brava» che era il suo personale modo di salutarmi, e si allontanò piano.

Mi piaceva il modo in cui si muoveva, calmo e rilassato, con le dita che tamburellavano su una gamba. Salutò Dom, il chitarrista del gruppo, con il palmo aperto della mano destra, appoggiò un braccio sulle spalle di Chelsea, la cantante. Mi sarei un po' ingelosita se in quel momento non si fosse girato per sorridermi e fare il segno della vittoria con una mano sopra le spalle della ragazza.

Dio, se ero fortunata.

David sparì tra la folla, io mi girai e vidi Langley e Kate già pronte nella BMW rossa decappottabile che Langley aveva da cinque mesi e mezzo. Stavo per incamminarmi verso di loro quando notai Ollie appoggiato contro la portiera del lato passeggeri. Forse dovrei fermarmi per un secondo e fare qualche foto alla facciata della scuola, pensai. La luce era perfetta ed era raro che...

«Caramellina» disse Langley mentre io cercavo la mia macchina fotografica. Mi fece un cenno con la mano. «Andiamo vieni, abbiamo un sacco di cose da fare.» Feci scivolare di nuovo la mia macchina nella borsa e mi incamminai verso l'auto. Mentre proseguivo, gli occhi verde oliva di Ollie mi scrutarono con indolenza dalla testa ai piedi.

Oliver 'Ollie' Montero era il miglior amico di David, e il suo esatto opposto. Mentre David portava magliette di James Brown e Converse, Ollie indossava camicie e mocassini Gucci. David mi adorava, Ollie no. Quando gli parlavo non potevo fare a meno di sentirmi insicura, come se lui avesse ordinato il filet mignon e qualcuno gli avesse portato un hamburger.

Adesso mi stava fisicamente impedendo di raggiungere il sedile posteriore di Langley. «Ci sarai alla festa di Joss questa sera?» gli chiesi, solo per dire qualcosa. Avevo sempre la sensazione che Ollie, nemmeno fosse un cane, sentisse l'odore del mio disagio e lo trovasse divertente.

Mi guardò più a lungo del necessario. «Non sono mai andato alle feste della Livingston High School, non vedo perché dovrei iniziare adesso.» Stando alle voci che giravano, Ollie usciva solo con le ragazze delle prestigiose scuole di New York City, come Chapin e Spense, gente il cui cognome era lungo almeno come la fila di zero dei loro fondi fiduciari.

«Si può chiederle chi è la fortunata ragazza che uscirà con lei stasera, signor Montero?» gli disse Kate dal sedile del passeggero strascicando le parole, poi fece un sorriso stucchevole e sbatté le ciglia. Stava facendo la sua personale imitazione di Rossella O'Hara, che era uno dei suoi pezzi forti e che di solito si chiudeva con una bordata micidiale. «Blair? Muffy? Brent?»

Al contrario di me, Kate sapeva come trattare Ollie. Con gli occhi grigi circondati da un alone blu scuro, le ciglia lunghe e i capelli ondulati di un colore castano dorato, era di una bellezza davvero mozzafiato. Era la stella del programma di arte drammatica della Livingston High e aveva ottenuto tutti i ruoli che voleva dal primo giorno in cui aveva messo piede nel campus. Aveva anche ciò che la mia genitrice specializzata in politica descriveva con profonda nostalgia come maniere da moglie perfetta, oltre a un modo di guardarti come se fosse davvero interessata a quello che dicevi, come se tu fossi l'unica persona presente nella stanza alla quale lei volesse parlare. Il suo stile era leggermente bohémien. Non aveva mai fretta, non era mai preoccupata, ed esteticamente era sempre perfetta, senza sbavature, senza difetti, il tipo di ragazza sulla quale non trovi una briciola nemmeno se ha mangiato una fetta di torta prima della lezione di inglese! Tutto il contrario di me, una campionessa di disordine.

Kate aveva anche una vena selvaggia che non mi sforzavo di reclamizzare davanti a mia madre. Veniva fuori sul palcoscenico, nella sua risata, e quando usava i veicoli a motore.

Proprio per questo motivo la nostra autista di elezione era Langley.

Langley aveva le caratteristiche di una persona per la quale i Vichinghi si sarebbero gettati nel fuoco: capelli come il ghiaccio appena formato, occhi come l'azzurro chiaro dell'oceano Artico, la pelle come alabastro scolpito e una bocca che sembrava sempre sul punto di esplodere in una risata maliziosa. Questa ultima impressione era per metà vera e per metà causata dalla leggera cicatrice che correva lungo la sua guancia destra. Langley era bassa e minuta ma dava l'impressione di essere molto più grande, era una di quelle persone che non entrano semplicemente in una stanza, ma la riempiono. Il suo colore preferito era il rosso, come la sua macchina rossa e il suo berretto rosso, come il maglione, la gonna e gli stivaletti rossi che indossava.

Appoggiandosi con i gomiti sulla portiera rosso fuoco della BMW, Ollie aprì le mani in un gesto di finta costernazione. «Se solo una di voi vecchie streghe fosse disposta a uscire con me, non dovrei vagabondare così lontano da casa.»

«Credo che nessuna di noi sia interessata a quello che tu hai da offrire» disse Langley.

«Sarebbe a dire?» chiese Ollie. «Fascino? Carisma?»

«Pidocchi?» disse Kate, parlando ancora con la vocetta sdolcinata.

«È sempre un piacere parlare con te, Ollie» disse Langley, mandando il motore su di giri. «Ma per il momento fammi il favore di muovere il tuo culo addobbato da Ralph Lauren perché Jane deve entrare in macchina.»

«Perdi colpi, baby. È John Varvatos.»

Langley lo guardò sollevando un sopracciglio. «Fidati, sei tu che perdi colpi se credi che me ne importi qualcosa.»

Ollie rise e disse: «Touché» e se ne andò con tutta calma verso una Mercedes blu notte dove un autista lo aspettava fermo sul ciglio della strada.

Entrai in macchina e ci stringemmo i mignoli, il nostro saluto convenzionale. Langley iniziò a dire «Okay, carissime...» ma poi si fermò per guardare Kate. Lei sospirò.

«Tu sai cosa devi fare.»

«No.» Kate scosse la testa e spalancò gli occhi. «È per questo che Dio ha creato i parabrezza.»

«Perché tu possa sbatterci con la testa contro?» chiese Langley. «Mettiti la cintura.»

Kate sospirò. «Per come guidi, ispettore di sicurezza Langley, è pressoché inutile.»

«È molto semplice» disse Langley alzando un dito. «La prima regola della Langley Motors è: non contraddire Langley. La seconda regola della Langley Motors è: non contraddire Langley. La terza regola...»

«Aspetta che prendo una penna così me le scrivo.» Cinque braccialetti tintinnarono sul polso di Kate mentre lei tirava la cintura di sicurezza sopra un giubbotto di pelliccia sintetica che indossava su un abito corto. «È triste che tu debba darmi degli ordini perché io non ho scelta.»

«Potevi scegliere di non sfracellare la seconda Mercedes che i tuoi ti hanno comprato quest'anno nella vetrina di Madame Yong. Hanno inventato una cosa che si chiama consegna a domicilio, lo sapevi?»

«Ma è fantastico» disse Kate, battendo le mani per fingere entusiasmo. «Non sapevo che tu fossi capace di imitare mio padre. Fallo ancora! Dài, ti prego!»

Langley scosse la testa. I suoi occhi azzurro pallido si spostarono su di me guardando attraverso lo specchietto retrovisore. «Jane?»

«Sono sotto protezione, signore» le dissi facendo il saluto militare, e strattonai la cintura di sicurezza che avevo incrociato sulla maglietta spiegazzata.

«Che leccaculo» disse Kate alzando gli occhi al cielo.

«No, sono solo una cittadina ligia alle leggi» risposi.

Langley continuò. «Il mio piano è questo. Andiamo a casa mia a prendere i costumi, poi...»

Il mio cellulare iniziò a suonare e lei si bloccò. Guardai il display, dentro di me sussultai perché vidi lo stesso numero per la seconda volta quel giorno, e lo dirottai alla segreteria telefonica. Langley odiava essere interrotta e in ogni caso non avevo nessuna voglia di parlare con quella persona.

«Scusa, va' avanti.»

«Dopo aver preso i costumi, ci cambiamo a casa di Kate sulla spiaggia e poi andiamo alla festa, quindi non avremo il problema di guidare. Joss chiederà a tutti di lasciare le chiavi alla porta e io non voglio che qualcuno tocchi il mio tesorino.»

Un clacson gracchiò dietro di noi. Mi girai e vidi Nicky di Savoia che si sporgeva dal finestrino aperto della sua Karmann Ghia giallo limone. Nicky era la ex ragazza di David e non aveva una grande simpatia per me. La salutai con un gesto della mano.

Lei fece un mezzo sorriso. «Potreste andare a dibattere sul lucidalabbra o su qualsiasi altro importantissimo problema da qualche altra parte, brutte megere?»

«Ci vuole un ladro per prendere un ladro» urlò Langley con allegria. Nicky continuava a pigiare sul clacson, ma Langley la ignorava. Si abbottonò con cura i guanti da autista di cuoio rosso, mise la freccia e lentamente uscì dal vialetto.

Nicky ci superò in velocità, e alzò il dito medio.

«Puah... che modo di guidare» commentò Langley. «Dj Kate, ci fai l'onore?»

Kate accese lo stereo che iniziò a strombazzare la musica di Blondie a tutto volume. Mentre *Heart of Glass* usciva sparata dalle casse, chiusi gli occhi e cercai di immaginarmi la scena di cui facevo parte. Nella mia testa scelsi l'inquadratura, davanti c'erano le mie due amiche con i capelli di due tonalità diverse di biondo, io con i capelli neri sparpagliati sulla pelle color crema del sedile di dietro della decappottabile rossa, il cielo blu e gli alberi verdi sfocati sullo sfondo. Era un'immagine fantastica, lo scatto perfetto di tre ragazze normali che stavano per iniziare un meraviglioso fine settimana. Ero felice, più felice di quanto potessi ricordare di essere mai stata. Avrei voluto fermare quel momento per sempre, fare clic, per provare a me stessa che stava accadendo davvero.

Perché facevo ancora fatica a consideremi parte del gruppo. Kate Valenti e Langley Winterman erano il gradino più alto della nostra piramide sociale. Dopo due anni ancora non riuscivo a credere di essere loro amica. Essere una personalità non era una condizione naturale per me. Mi era costato fatica. E avevo dovuto pagare un prezzo.

2

Tutto cominciò l'estate prima che iniziassi le scuole superiori. Ricordo ancora il giorno in cui raccontai il mio piano a Bonnie, la mia migliore amica quando vivevo in Illinois.

Bonnie e io eravamo amiche per la pelle da quando la mia famiglia era andata a vivere nella casa accanto alla sua; entrambe avevamo sette anni e la mia tartarughina, Amerigo Vespucci, s'infilò in un buco della staccionata e si trovò faccia a faccia con il gatto di Bonnie, Rolo. Come l'uomo di cui portava il nome, Amerigo era un esploratore instancabile, sempre in giro da solo e senza avere paura di nessuno nonostante fosse così piccolo da starmi sul palmo della mano.

A volte spariva per uno o due giorni e tornava trascinandosi dietro foglie di origine sconosciuta, oppure con macchie strane sulla corazza. Ammiravo il suo coraggio e il senso di avventura, anche se ne restavo sconcertata.

Amerigo e Rolo diventarono grandi amici, come me e Bonnie. Dopo un po' eravamo inseparabili, organizzavamo maestosi funerali per i topi morti che Rolo trascinava da chissà dove, facevamo un programma radiofonico che avevamo inventato da sole, restavamo sveglie fino a tardi, all'aperto, a leggere e ridere, poi a leggere e spettegolare, poi a parlare di ragazzi.

Con i quali non avevamo molta fortuna. E fu per questo che decisi, l'estate prima di iniziare le superiori, di usare i soldi che avevo messo da parte con il lavoro estivo come fotografa di animali domestici per andare a Chicago, cambiare taglio di capelli, trucco e guardaroba.

Bonnie si stava conservando tutti i soldi che guadagnava con il lavoro estivo come assistente bagnina per il viaggio in Spagna organizzato dalla scuola in primavera. Lei pensava che io fossi matta. «Stai benissimo così come sei. Perché vuoi diventare una delle Amiche di sciacquone?»

Amiche di sciacquone era il nome che Bonnie aveva appioppato alle ragazze più in vista della nostra classe perché sembrava che passassero la maggior parte del loro tempo nel bagno a sistemarsi il trucco o a piangere. «O tutt'e due le cose contemporaneamente» aggiungeva. «E questo dimostra quanto sono stupide.»

Ma sapevo che Bonnie faceva tanto per dire. «Iniziamo un altro anno, in una nuova scuola» le dicevo. «Possiamo essere chi vogliamo. Non ti piacerebbe diventare amica di tutti?»

«Perché?»

Perché essere amica di tutti significava essere accettate. Appartenere a qualcosa. Non essere mai sole. Perché era quello che tutti avrebbero voluto.

«Io no» disse Bonnie con convinzione. «Non ho tutta questa passione per il bagno delle ragazze.»

«Vuoi vivere tutta la vita senza essere mai baciata?»

«Credi che diventare amica di tutti ti aiuterà a essere baciata? Buona fortuna allora, sognatrice.»

Ma andò proprio così. La mia metamorfosi funzionò. Persone che non mi avevano mai rivolto la parola iniziarono a salutarmi quando mi incrociavano, e io rispondevo e un giorno un gruppo di ragazze più grandi di me e molto in vista venne a sedersi al mio tavolo durante il pranzo, e io non riuscivo a mangiare perché avevo troppa paura di sbrodolare, ma ne valse la pena. Io e Bonnie fummo invitate a una festa organizzata da una delle ragazze più conosciute dell'ultimo anno. Bonnie all'inizio non voleva venire, ma poi la convinsi – okay, la pregai – e alla fine lei si arrese.

Durante la festa Liam Marsh mi baciò e, come la Bella addormentata, io fui portata in vita, quella sociale. Quando diventai la sua ragazza, uscii dall'anonimato. E quando sei mesi dopo mia madre annunciò che ci saremmo trasferiti nel New Jersey perché lei doveva seguire una campagna sindacale che le avrebbe consentito di inserirsi nella 'mappa politica della costa orientale', io ero distrutta. Non solo perché sarei tornata nell'anonimato, ma perché a quel punto Liam era diventato ormai tutta la mia vita, l'unica cosa sicura che avessi. Ci dicemmo addio. Io piansi. Lui mi disse di non preoccuparmi, che saremmo stati insieme per sempre.

La notte precedente al mio primo giorno di scuola nel New Jersey, Liam mi mandò un messaggio in cui mi diceva che voleva fossimo solo amici. Presi una bottiglia di vodka dalla cucina, Liam mi aveva fatto conoscere la vodka proprio come mi aveva fatto conoscere tutti i suoi amici, e un paio di forbicine per le unghie dal bagno. Quando mi svegliai la mattina seguente mi sentivo uno schifo, ma la mia faccia era anche peggio. Mi ero tagliata la frangetta lasciandomi una strana zazzera a penzolarmi sulla fronte. Non proprio l'acconciatura che si vorrebbe portare il primo giorno in una nuova scuola, ma in quel momento avevo altro di cui preoccuparmi. Almeno così mi dissi.

La Livingston High era più piccola della mia vecchia scuola ma più labirintica e inquietante. Sopravvissi al pranzo da sola, sforzandomi di non guardare in faccia nessuno, finché suonò la campanella della quarta ora.

Quando mi alzai per andarmene, le calze mi si impigliarono al tavolo della mensa e mi procurai due enormi smagliature alla gamba destra. Perfetto.

Nel corridoio mi misi a guardare le ragazze che sfilavano tenendosi sottobraccio o che si fermavano per salutarsi stringendosi i mignoli. Passavano le coppie in cui lui guardava fisso davanti a sé mentre lei gli si strofinava sul collo. Io ero stata così una volta. Mi resi conto che avevo passato quasi un intero anno scolastico con il braccio di Liam appoggiato sulle spalle, con il suo collo profumato contro la mia guancia, e il pensiero che non avrei mai più vissuto quei momenti mi fece attorcigliare lo stomaco. Mi sentivo troppo leggera, inconsistente, quasi come se non esistessi. Ero abituata ad alzare lo sguardo verso di lui, guardarlo per decidere cosa fare, dove andare. Insieme. Adoravo il plurale noi, odiavo il singolare io. Mi sentivo sola, senza sostegno, abbandonata e senza amore. E pensavo che nessuno avrebbe mai potuto amarmi.

Avevo la sensazione di essere sul punto di impazzire.

Suonò la campanella della quarta ora, ma non potevo farcela. E allora feci l'unica cosa che mi venne in mente: andai a sedermi nel bagno delle ragazze con i piedi sopra il vaso.

Dopo essere stata lì per circa un minuto mi resi conto che accanto a me c'era un'altra persona che faceva esattamente quello che facevo io. L'unica differenza era che sembrava essere in iperventilazione.

«Stai bene?» le chiesi.

Sentii un ansito di sorpresa. «Non mi ero accorta che ci fosse qualcun altro qui.»

«Infatti non c'è nessuno.»

«Oh, ma tu sei... sei qualcuno?»

«Non in questo posto.» Avevo intenzione di dirlo soltanto nella mia testa, e invece mi uscì anche dalla bocca. Era proprio il tipo di errore, dire la cosa sbagliata dando l'impressione di essere spaventosamente insicura, che mi terrorizzava.

Sentii dei movimenti dall'altro lato, e poi una mano abbronzata con due anelli d'oro attaccata a un braccio coperto di un cachemire spesso e grigio, lavorato a mano, spuntò sopra il pannello di separazione del bagno. Seguì una testa perfettamente ovale con capelli ondulati che avevano lo stesso colore di un buon brandy e che erano tirati indietro in quel modo perfettamente arruffato che solo le persone in tv e quelle provviste di una naturale eleganza potevano esibire. Era il tipo di ragazza che non si è mai nemmeno resa conto di essere guardata e riconosciuta da tutti perché lo è sempre stata. L'avevo notata alla lezione di inglese qualche ora prima, circondata da un gruppo di altre ragazze tutte impegnate ad avere la sua attenzione. Indossava una casacca grigio-verde con una cintura in cuoio e osso che avevo visto nella copia del *Vogue* di settembre di mia madre.

«Mi chiamo Kate?» disse, quasi come se fosse una domanda. Avrei imparato che lei dava sempre quella intonazione alle frasi. Mi tese la mano. «Tu come ti chiami?»

Salii con i piedi sul vaso e le strinsi la mano. «Mi chiamo Jane. Siamo nello stesso corso di inglese.»

«Davvero?» Girò gli occhi verso il soffitto come se stesse rovistando nella sua memoria. «Non ricordo di averti visto.»

«Mi sono appena trasfe...» Mi fermai perché le labbra della ragazza di nome Kate iniziarono a tremare mentre lei sbatteva le palpebre come se stesse per piangere. «Stai be...»

All'improvviso scoppiò a piangere. Senza riflettere, allungai le mani per abbracciarla.

Lei si irrigidì e smise di respirare. Mi tirai indietro. «Scusami. Non volevo...»

Si asciugò le lacrime dal viso. «No, scusa tu. Sono stata una stupida.» Sbatteva gli occhi. «È meglio se scendo da qui» e indicò il pavimento con le dita «e poi vado via?»

«Sì, anch'io.»

Scendemmo dal nostro rispettivo vaso. Io tirai lo sciacquone anche se non avevo fatto niente e dopo mi sentii come una totale deficiente perché lei poteva anche pensare che avessi fatto qualcosa, no? E che quindi ero stata in piedi sopra i miei resti per tutto quel tempo. Proprio le cose che fanno solo le sfigate.

Aprii la porta, uscii e andai verso il lavandino accanto a lei. Almeno potevo dare l'idea di una che ci teneva all'igiene. Mentre mi lavavo le mani, pensai che forse Bonnie aveva avuto ragione sulla storia di essere amiche di tutti. Forse accadeva tutto nel bagno, forse...

«Credo siano pulite?» disse Kate, indicando le mie mani con un cenno della testa. Era circa quindici centimetri più alta di me anche se aveva degli stivali marroni alti fino al ginocchio senza tacco.

«Ma certo, stavo solo...»

E poi lei scoppiò di nuovo a piangere. Solo che questa volta fu lei a precipitarsi verso di me. La accolsi tra le mia braccia e la tenni stretta, e lei non si tirò indietro. In quella posizione pianse per qualche minuto, poi il moto ondeggiante della sua schiena rallentò, e infine si fermò.

Si staccò da me. A un tratto l'abito corto azzurro con le maniche a sbuffo e le calze e gli stivaletti che mi erano sembrati così alla moda quella mattina quando li avevo messi, adesso mi sembravano eccessivamente elaborati e antiquati. Quando spostai lo sguardo dal mio viso – ovale pallido, occhi blu, labbra rosa, ombre vaghe sotto gli occhi per la vodka, frangetta corta e nera a fare da misera copertura – al suo – perfetto nonostante avesse appena smesso di singhiozzare –, mi sentii invadere da un'onda di panico e insicurezza. Che non si smorzò nemmeno quando lei disse: «Perché non te ne sei andata?»

Questa era senza dubbio una domanda, e non molto amichevole. Lei aveva gli occhi luccicanti e le mascelle serrate. «Cioè, non mi piace che qualcuno mi veda quando sono in questo stato?»

Restai piuttosto sorpresa dal nuovo tono della sua voce. «Te l'ho detto, non sono nessuno» risposi cercando di buttarla sullo scherzo.

In un attimo la sua asprezza si trasformò in confusione. Spostò lo sguardo dalla mia immagine riflessa nello specchio al mio volto vero, con la fronte corrugata. «Perché sei così gentile con me?»

«Perché mi sembri triste?»

Riportò lo sguardo sullo specchio. «Vuoi dire debole.» Afferrò un fazzolettino di carta e iniziò ad asciugarsi le lacrime dal viso. Ma sembrava più che volesse cancellarle.

«No, volevo dire triste.»

Lei continuava a strofinarsi, evitando di guardarmi in faccia. «Bene, in ogni caso, grazie?»

«Di niente. Sono sicura che avresti fatto lo stesso per me.»

Lei buttò il fazzolettino di carta nel cestino e fissò lo sguardo sulla sua immagine riflessa. Aveva lineamenti perfettamente simmetrici, poteva anche fare la modella, ma dall'espressione che aveva sul viso mentre si guardava sembrava che stesse davanti a un cumulo di immondizia.

«In tutta onestà, probabilmente no?» Adesso sorrideva, ma con tristezza. Quando parlò di nuovo, assunse un tono meridionale strascicato, duro e discontinuo: «Sono una stronza viziata con una vita perfetta che non sa cosa sia la gratitudine e non pensa ad altri che a sé stessa. Almeno è così che direbbe mio padre.»

Fu il mio primo incontro con la straordinaria capacità di Kate di imitare le voci, e mi lasciò sconcertata. Davanti a quella scoperta e alla rabbia che scaturiva dalle sue parole, non sapevo cosa dire. Non so immaginare quanto tempo sarei rimasta lì come un'imbecille, tastandomi nervosamente la frangetta corta e nera, se la porta del bagno non si fosse improvvisamente spalancata.

Una ragazza bionda con il tipo di determinazione che deriva dall'essere stata sempre una persona in vista si precipitò nella stanza. Con indosso un paio di pantaloncini fatti di una specie di broccato sopra le calze a rete, un maglione con delle arricciature sul davanti e scarpe con un'altissima zeppa, una massa di capelli biondi raccolta in code di cavallo basse con due fiocchetti di seta, sembrava pronta per andare in passerella più che a una lezione. Non mi rivolse nemmeno uno sguardo e si precipitò verso Kate, le mise maternamente una mano sulla guancia e disse: «Stai bene, Kit Kat?»

La Kate che si girò per guardare l'amica non aveva niente in comune con la ragazza disperata che avevo visto fino a quel momento. Sorrise come se trovasse divertente la preoccupazione della ragazza più bassa e disse: «Sì, mamma Langley, sto bene. Ho solo avuto dei brutti crampi.»

La ragazza di nome Langley fece qualche passo indietro e si mise le mani sui fianchi. «Vuoi un cesto?»

La fronte di Kate si riempì di pieghe. «Un cesto per cosa?»

«Per la balla che hai appena detto?»

Kate sembrò presa alla sprovvista e restò sbalordita ma io non riuscii a frenarmi, e iniziai a ridere. Gli occhi di Langley allora si spostarono su di me. «Mi piace avere un pubblico che mi apprezza. Tu chi sei?»

«Lei è Jane» disse Kate. «È nuova qui? Mi ha dato qualcosa per fermare il dolore.» Mi fece l'occhiolino.

Langley piegò la testa da un lato e mi scrutò per qualche secondo come se fossi un nuovo ospite non ancora catalogato. Poi annuì, poiché aveva trovato la classificazione corretta. «Non ti mentirò, sei carina, ma la frangetta è un po' troppo eccentrica, fidati. Te la sei fatta da sola?»

Feci di sì con un cenno della testa. «Il ragazzo che avevo dove abitavo prima mi ha lasciato.» Non potevo credere di averlo confessato. Quanto sarò stata patetica?

Lei si avvicinò e cercò di portare la frangetta su un solo lato. «No, non va bene. Le calze, però, sono carine.» Si allontanò e mi guardò ancora. «Una di voi ha una penna?»

Ne pescai una dalla mia borsa e gliela diedi. Lei se la infilò senza esitazioni nelle calze a rete nere, sul lato posteriore della gamba, e iniziò a squarciarle.

Ero esterrefatta. «Ma perché?»

«Una per tutti...» disse Langley.

«...E tutte per una» finì Kate, sorridendo non a me ma alla sua amica. Era come se le due amiche si fossero scambiate un messaggio segreto.

Un messaggio che io capii solo qualche minuto dopo quando, una volta fatto un altro squarcio nelle sue calze a rete, Langley disse: «Okay, credo che siamo pronte per questo debutto.» Kate e Langley mi presero ognuna per un braccio e tutte e tre insieme uscimmo dal bagno.

«Attenta a quello che succede» disse Langley mentre sfilavamo nei corridoi. «Stiamo per rivoluzionarti l'intero anno.»

Mi presentarono Elsa, la terza componente del gruppo che loro chiamavano le tre Modattiere perché tutto ciò che facevano diventava di moda. Ed era vero. Alla fine della giornata, altre cinque ragazze avevano squarci nelle calze. Il giorno dopo quasi tutte le studentesse del secondo anno, tre quarti di quelle del primo, e anche qualcuna tra quelle degli ultimi anni, avevano adottato la nostra ultima trovata. E quattro ragazze si erano tagliate la frangetta con le forbicine per unghie.

Ce l'avevo fatta. Tutto ciò che le tre modattiere approvavano – indossare occhiali da sole in classe finché fu proibito, mettersi collanine fatte di caramelle, macchiarsi con le gocce di smalto rosso le ginocchia dei jeans perché avevo cercato di dipingere le unghie di Langley a pranzo ma avevo fatto un gran casino – lo facevano anche tutte le altre. E io facevo parte del gruppo. Non sarei stata mai più sola.

Solo qualche settimana più tardi, passavo tutto il mio tempo con Langley, Kate ed Elsa. E poi arrivò la mattina in cui Elsa fu trovata sul tetto dal custode con indosso solo un paio di calzini corti, dopodiché sparì per un mese per 'rilassarsi' in un ospedale specialistico di Aspen. Quando tornò, avevo preso il suo posto come una delle tre modattiere ufficiali. «Perché possono essercene solo tre» spiegò Langley.

«E noi abbiamo scelto te» finì la frase Kate, sorridendo.

«E poi» aggiunse Langley abbassando la voce «considerando quante voci Elsa ha in testa, non ha bisogno di altri amici.»

Ci stringemmo i mignoli e guardando il braccio di ognuna di noi, sui quali c'era un identico braccialetto di cuoio decorato, mi sentii troppo felice, oltre che preoccupata di una eventuale autosfiga, per chiedermi perché ero stata così fortunata.

Una volta adottata da Kate e Langley, il trasferimento alla Livingston diventò una cosa meravigliosa. Almeno fino a quando Joe Garcetti, proprietario delle omonime costruzioni, si presentò in una delle riunioni comunali a cui partecipava mia madre, fece una domanda che lasciò il suo candidato di stucco, diede a mia madre l'impressione di essere un tipo penetrante e la portò a cena.

Il problema non era che non mi piaceva, anche se davvero non mi piaceva. Ma non mi fidavo di lui. Se c'erano operazioni losche, lui era implicato.

«Che razza di proprietario di un'azienda costruttrice riceve delle chiamate a mezzanotte?» avevo chiesto con insistenza a mia madre.

Lei non aveva nemmeno smesso di mettersi il rossetto. «Uno che ha dei progetti a Dubai.»

Niente di ciò che dissi servì a impedire il fidanzamento o il trasferimento nella casa nuova di zecca di diecimila metri quadrati, con le mattonelle 'arrivate direttamente dall'Italia' e capitelli grossi come la mia testa, che Joe chiamava lo *Chateau* (o, come lui lo pronunciava, lo *sciatù*). Si fregava le mani mentre ci mostrava gli ambienti la prima volta che andammo da lui, e l'immagine di mia madre come una specie di dea sacrificale si scolpì a fuoco dentro la mia testa.

Ma era una sua scelta, e lei sembrava assolutamente determinata ad andare fino in fondo.

Infatti un giorno, durante la colazione nella impressionante cucina in muratura stile fattoria provenzale, mia madre disse: «Pensavo che questo fine settimana tu, io e Annie potremmo uscire per pranzo dopo che avrai scelto il tuo vestito da damigella.»

«Stai scherzando, vero?»

Lei sospirò e cercò di non mostrare l'irritazione, ma vidi la rabbia che aveva negli occhi. «Perché non riesci a voler bene a Joe? Annie lo adora.»

«Annie ha solo sette anni e la sua migliore amica è una Barbie alla quale ha imposto di essere un transessuale, quindi non mi fiderei tanto dei suoi gusti. E non mi importa niente del fatto che stai per sposarti, penso solo che dovresti farlo con dignità, senza renderti ridicola. Hai una vaga idea di quanto sembrerai grottesca facendo un normale ricevimento di nozze?»

«Se non cambierai atteggiamento verso questa storia, non ti permetterò di venire alla cerimonia.»

«Bene. Lasciami fuori. Lasciami fuori da tutto.»

Uscii di corsa dalla cucina e per poco non inciampai

su Annie, che stava giocando chissà a cosa nascosta dietro la porta della sala da pranzo. Si teneva le mani sulle orecchie, e mormorava qualcosa. Mi fermai e la chiamai, ma lei continuò a mormorare e a dondolarsi avanti e indietro.

Porca miseria. Vedere mia sorella dietro la porta fece evaporare la mia rabbia e quando cominciai a scendere al piano di sotto, ero pronta a chiedere scusa. Se mia madre voleva rendersi ridicola organizzando un ricevimento formale e maestoso, poteva farlo e io potevo criticarla per tutti gli anni avvenire sdraiata sul lettino di uno psicologo. Joe poteva non essere il mio tipo ideale ma se rendeva mia madre felice, doveva bastarmi.

Avevo quasi raggiunto la cucina quando sentii mia madre e Joe che parlavano. La cucina in muratura faceva circolare liberamente le loro voci.

Lui diceva: «Vorrei poter fare qualcosa. Non sopporto di vederti così triste, Rosie.»

«Lascia stare, Joe. È un brutto momento per lei. Trattenerla qui significherebbe mandarla su tutte le furie. La lascerò partire con i suoi amici.»

La voce di Kate mi distolse dai miei pensieri e mi riportò alla realtà del bozzolo di pelle beige del sedile posteriore di Langley. Kate aveva raccolto la sua criniera di capelli biondo miele in una sola mano e si girò in modo da guardarmi in faccia. Il sole picchiava sui riccioli che le svolazzavano intorno al viso facendone quasi una specie di aureola dorata. Come se mi leggesse nel pensiero, disse: «Hai avuto problemi con tua madre ieri sera?»

«No.» Scossi la testa. «Non ho dovuto nemmeno dirle una delle scuse che ci eravamo inventate per stare fuori tutta la notte. Non si preoccupa di me abbastanza da volermi tenere a casa, né tantomeno per chiedermi dove vado.»

Deglutii a fatica e buttai giù il rospo che mi si era inspiegabilmente materializzato in gola. Quando abitavamo in Illinois mia madre si comportava come un tiranno, pretendeva di sapere dov'ero ogni minuto, con chi e fino a che ora. Prima...

Non importava, mi ripetei. Quel tempo era finito. Adesso non voleva sapere niente della mia vita. Niente di me. Passavamo gran parte del nostro tempo senza parlarci e poi scoppiavano i litigi che rendevano i silenzi più desiderabili.

Langley scosse la testa di platino con meraviglia. «I miei nonni vogliono un resoconto così preciso sui miei spostamenti che sto pensando di assoldare un detective privato che mi segua e prepari il rapporto. Sei fortunata.»

«Hai ragione» dissi.

E allora perché mi sentivo in tutt'altro modo?

Il mio telefono sibilò nella tasca e toccandolo con un'unghia rossa scheggiata in un attimo trasferii di nuovo la chiamata alla segreteria telefonica.

Ma non abbastanza in fretta. «Una persona è molto desiderata oggi» disse Langley, e i suoi occhi azzurri incrociarono il mio sguardo attraverso lo specchietto retrovisore. «Chi è?»

«Numero sconosciuto» mentii. Sentii un calore salirmi lungo il collo.

«Credo che Jane abbia un segreto» disse Langley in tono cantilenante a Kate.

«No, davvero, probabilmente è solo un venditore telefonico.» Non sapevo nemmeno con certezza perché stessi mentendo. Cioè, a Langley non piaceva Scott perché pensava che le sue intenzioni verso di me fossero *impure* ma non aveva niente in contrario se lui mi chiamava. Credo che in realtà mi sentissi un po' in colpa per il fatto che lo stessi evitando. Ma c'era stato qualcosa di sgradevole nelle nostre ultime conversazioni che non riuscivo a definire e non avevo voglia di affrontare il problema.

Mi risparmiai il disagio di continuare a pensarci perché eravamo appena arrivate nel lungo vialetto che portava a casa Winterman, e Langley abbassò la musica.

3

Se la mostruosità che Joe aveva costruito era uno *sciatù*, l'edificio in cui viveva Langley con i suoi nonni era un palazzo, un palazzo vero.

Il signore e la signora Lawrence Arthur Winterman erano il faro che illuminava i circoli sociali e filantropici del New Jersey e per qualche motivo li trovavo spaventosi, quindi non riuscivo a immaginare come dovesse essere vivere in quel palazzo tentacolare dove il personale indossava un'uniforme bianca e grigia. Ma Langley teneva saldamente in pugno Maman e Popo, come chiamava la nonna e il nonno, e loro la adoravano.

Quando entrammo, la signora Winterman era nell'ingresso rivestito di pannelli di quercia, la sua schiena piccola e dritta, avvolta nel tailleur con pantalone, era rivolta verso la porta mentre lei osservava una delle domestiche in uniforme che sistemava un vaso di fiori. Il suo tailleur non aveva nulla a che vedere con quelli di poliestere blu con le pieghe indelebili che mia nonna e le sue amiche indossavano giù a Boca Raton.

«No, Ivanka, ho detto a sinistra.» Fece un gesto impaziente con una mano sulla quale sfoggiava un enorme anello di smeraldo. «Così si vede ancora la telecamera. Voglio che sia nascosta.»

Langley annunciò: «Sono a casa, Maman» e si avvicinò per porgerle la guancia da baciare. «Andiamo nella mia stanza a prendere il pigiama. Questa sera c'è una festa a casa di Kate, e noi ragazze ci fermeremo a dormire lì. L'ho scritto sul calendario la settimana scorsa.»

«Va bene, tesoro, non c'è problema» disse la signora Winterman. Appoggiò la mano con lo smeraldo sul braccio di Langley. «Prima di uscire, puoi andare a vedere tuo nonno come sta? E soprattutto ti dispiace controllare la nuova infermiera? Credo che stia rubando le medicine.»

«Certo, nonna.»

Negli ultimi tempi la signora Winterman aveva sviluppato una particolare attenzione ai problemi di sicurezza e questo, insieme alla sua iperprotettività, stava rendendo la vita in quella casa 'più simile a quella di una prigione', diceva Langley. «Dove le guardie indossano vestiti firmati e profumi di marca» aggiungeva.

«Visto?» sussurrava Langley mentre noi seguivamo i suoi stivaletti rossi scamosciati lungo le scale per andare in camera sua. «Che follia.»

La stanza di Langley era pulita e impersonale come quelle degli alberghi eppure in qualche modo le assomigliava. Le pareti erano color crema, l'arredamento in parte crema in parte blu, e gli unici oggetti personali erano i trofei di equitazione, le redini e le foto dei suoi amici sulla cassettiera. In una c'eravamo noi tre vestite da astronaute sexy per Halloween, in un'altra eravamo vestite come scout sexy per vendere biscotti, o come ninja sexy per... non ricordo nemmeno per cosa adesso. Langley amava indossare i costumi e travestirsi e il più delle volte era lei che progettava tutto, e io e Kate ci limitavamo quasi sempre ad approvare.

«Questa è una nuova foto di Alex?» chiesi prendendo una delle cornici per guardare l'immagine più da vicino. Alex era un principe o conte o chissà cosa austriaco, un superfico con il quale Langley aveva una relazione da quando si erano incontrati a un evento di equitazione durante la scuola estiva per straricchi in Scozia, dove era andata l'estate precedente. In quella foto lui era a torso nudo, indossava solo un berretto da montagna fatto a mano, pantaloni di lana e stivali, e sembrava trovarsi nel bel mezzo di una battaglia con le palle di neve. Sembrava che facesse un po' troppo freddo per andare in giro senza nemmeno una maglietta ma lui era senza dubbio un gran fico. Noi non lo avevamo ancora incontrato, sarebbe venuto per il diciottesimo compleanno di Langley il mese successivo, ma lei sembrava proprio cotta.

«Non toccarla!» strillò appena il berretto rosso fece capolino da un angolo dell'armadio. «È...» Arrossì.

Rimisi la foto al suo posto e mi allontanai. «Cosa?»

«La uso per le magie d'amore» disse, emergendo dall'armadio con tre borse e due scatole di scarpe che sistemò con cura accanto a una sedia. «È imbarazzante. Stupido, anche.» Si portò una mano alla fronte. «Dio, non posso credere di aver confessato una cosa del genere.»

Kate sghignazzò. «Fai le magie d'amore? Tu? La signorina Pragmatismo?»

Langley le diede un pizzicotto sul braccio. «Smettila. Me ne ha parlato Ivanka e non volevo offenderla così...»

Kate annuì con aria seria. «Ma certo.»

Langley si rivolse a me. «Basta mettere un pezzetto di un suo capello e un po' di sale e lasciarli lì, e lui ti penserà intensamente. Non è come il tuo vudù, Kate.»

Kate si era sdraiata sul letto, una gamba con lo stivale piegata sotto il corpo, l'altra appoggiata sul pavimento. Tra le braccia stringeva un cane di peluche. «Non era vudù, era Wicca, e funzionava? Ottenni la parte di Stella nello spettacolo? La tua magia d'amore...» con le dita fece il segno delle virgolette nell'aria «...funziona?»

Langley lanciò uno sguardo malefico in direzione

del suo telefono. «Non oggi.» Il suo umore cambiò. Poi prese un paio di sandali dal tacco altissimo, in broccato di seta blu e argento. «Caramellina, queste saranno perfette con il tuo costume. Sono tue per questa sera.»

Erano spettacolari, e molto sexy, il tipo di scarpe che ti fa pensare di poter sentire il coro degli angeli cantare. Ed era proprio per questo che io non potevo indossarle per nessun motivo al mondo. Scossi la testa. «Sono le tue nuove Prada. No, non se ne parla neanche.»

«Sì, se ne parla.»

«Costeranno un fantastiliardo di dollari» risposi.

Senza mollare le scarpe, Langley si mise le mani sui fianchi. «Fidati, le devi mettere. Lo voglio io. Un'amica che ti ammorbidisce le scarpe porta bene.»

«Te l'ha detto Ivanka?» chiese Kate, fingendo un tono da innocentina.

«Sta' zitta.» Langley si rivolse di nuovo a me, con gli occhi blu che luccicavano mentre teneva le scarpe in mano e le braccia tese verso di me. «L'unica cosa che ti chiedo è di non metterle nella doccia, anche se David dovesse pregarti per ore. Non sono impermeabili.»

Pensai di rifiutarmi ancora di prendere quelle scarpe in prestito, costavano davvero più di un teleobiettivo, ma sapevo che sarebbe stato inutile. «Prometto.» Alla fine, tutti facevano sempre quello che Langley voleva.

Aveva avuto l'incarico di realizzare anche i nostri vestiti per quella sera e non aveva voluto che li vedessimo prima della festa. Diede a ciascuna di noi una delle borse con l'ordine di non aprirla, PENA LA VITA, e scendemmo insieme al piano di sotto.

Andammo alla casa sulla spiaggia dei genitori di Kate, dove avevo preparato la sorpresa per David. Il padre di Kate era il reverendo Joseph Carter 'J.C.' Valenti, predicatore, notissimo oratore motivazionale e patriarca del proprio reality televisivo *Valenti Show*. Il reverendo Valenti si trovava da qualche parte nell'Europa dell'est per il tour promozionale della nuova stagione del suo show, nonché della serie di cd di autoaiuto e di agende *Provaci con Valenti!* La signora Valenti aveva portato le due sorelle più piccole di Kate a Los Angeles per un ritiro di meditazione e silenzio e per incontrare gli agenti con i quali parlare di un possibile programma di derivazione, il *Valenti Girlz!* E questo significava che, a parte la governante di nome Zuna, avevamo la casa tutta per noi. L'idea era che David e io avremmo fatto una cenetta a due sul balcone, avremmo parlato della piccolissima modifica alla nostra vacanza estiva che avevo intenzione di proporgli e poi... e poi c'era la stanza da letto dei genitori di Kate al piano di sopra con una doccia a vapore che aveva sedici getti e che, avevo scoperto con grandissima meraviglia pochi mesi prima, era completamente circondata da specchi.

Se tutto fosse andato secondo i piani.

Quando arrivammo lì, Langley ci mostrò i nostri vestiti: top, gonne a sbuffo, guanti che arrivavano ai gomiti, e ali di fata. Il mio era azzurro chiaro in abbinamento ai miei capelli neri, il suo era color lavanda per contrasto con i suoi capelli setosi biondo mais, e quello di Kate era un giallo pallido, per richiamare le efelidi dorate tra gli occhi. Quando vidi il mio vestito, urlai letteralmente per la felicità.

«Sei stata brava, picciotta» disse Kate a Langley facendo la voce da mafioso. «Davvero brava.»

Ci cambiammo nella stanza di Kate, decorata con motivi cachemire gialli e rossi, nella casa sulla spiaggia. Contrariamente all'esterno perfetto, la stanza di Kate sembrava sempre che fosse stata attraversata da un uragano un minuto prima. Libri, vestiti, trucco, gioielli e fiori secchi coprivano ogni centimetro di superficie. «Non riesco a capire come fai a trovare le cose in questa confusione» disse Langley, allineando gli spigoli delle pile di libri.

Kate e io ci stavamo guardando allo specchio. Io mi stavo dando l'ultimo tocco di mascara e Kate era china in avanti intenta a mettersi un ombretto scintillante.

«Infatti non trovo mai niente» disse, mentre andava a rovistare in una vaschetta piena di collane.

Langley, che aveva già finito di truccarsi, andò a curiosare nell'armadio di Kate. L'espressione sul suo viso era un misto di orrore e piacere. Entrò nella cabina armadio e iniziò a ficcare il naso. Da dentro, la sua voce attutita disse: «Kate, pensavo che avessi deciso di non prendere questo quando siamo andate a fare spese la settimana scorsa.»

Kate trovò la collana che stava cercando, se la mise al collo e cercò di chiuderla. Mi sarei offerta di aiutarla ma avevo imparato il primo giorno in cui l'avevo conosciuta che non le piaceva essere toccata, a meno che non fosse lei a chiederlo. «Prendere cosa?»

«Questo.» Langley uscì dalla cabina armadio indossando un cappello di feltro color porpora.

Kate spalancò gli occhi. «Io... io ho cambiato idea e sono tornata a prenderlo?»

«Sei andata a fare spese senza di me?» Langley fece il broncio, e si tolse il cappello. «È contro le regole dell'amicizia.»

«Si è trattato di un secondo» disse rapidamente Kate. Si chinò per osservare da vicino il suo mascara. «Non è una cosa grave.»

«Kate...» iniziai.

Lei si girò verso di me dicendo: «Cosa? Davvero, mi piaceva il colore, okay? Ma perché dovete farmi il terzo grado?»

Mi guardò con uno sguardo feroce. Aveva un tono di voce così violento che feci un passo indietro. «Stavo solo per dirti che non ti sei chiusa bene la collana» dissi.

Lei si guardò il collo e rise appena. «Oh. Grazie.»

Langley ora stava esaminando gli oggetti sulla cassettiera di Kate e passava in rassegna le foto che aveva trovato conservate dentro una rivista femminile. «Perché non ne incornici qualcuna? Questa, per esempio.» Mostrò una foto di noi tre e David che stava in piedi tra me e Kate. Guardavamo tutti nell'obiettivo e ridevamo, tranne Kate, che guardava David con un'espressione strana.

«Perché dovrei avere voglia di guardare una foto in cui ci sono io?» chiese Kate, rovistando tra un cumulo di collane.

«Non ci sei tu, ci sono i tuoi amici» rispose Langley.

«Uhm. Vi vedo tutti i giorni?»

Langley alzò le mani e rimise la foto sulla cassettiera. «Non è questo il punto. Comunque, mi piacciono le foto e credo che dovremmo girare un video di noi tre. Perché siamo splendide. Oooh, facciamolo nel bagno dei tuoi genitori, quello con il grande specchio.»

Kate mi guardò per chiedermi aiuto. «Davvero? È necessario?»

«Certo che lo è.» Annuii con decisione.

Kate mise su il suo miglior broncio da palcoscenico. «Va bene» disse, facendoci strada su per le scale fino alla stanza dei genitori.

Prendemmo la videocamera e ci filmammo mentre eravamo lì dentro, poi ci preparammo per la festa.

«Sei nervosa?» mi chiese Kate.

«Un po'.»

«Non è il caso. A David basterà guardarti una sola volta, e si scioglierà in un attimo» disse Langley. «Ricordati però, non entrare nella doccia...»

Kate disse qualcosa tra i denti.

«Cosa?» disse Langley.

«Niente,» disse Kate, aggiungendo troppo velocemente «è solo che sembra stia per piovere, quindi la doccia potrebbe non essere l'unico posto che Jane dovrebbe evitare. Andiamo.»

Le case di Kate e Joss si trovavano in un'area edificabile della spiaggia del Jersey in cui tutte le strade avevano i nomi di uccelli e tutte le case avevano dimensioni gigantesche. Joss abitava a soli tre isolati di distanza, ma era lontano e dovevo concentrarmi se volevo ricordare come tornare indietro con David.

Naturalmente, come avrei scoperto dopo, era del'tutto inutile.

4

Quando arrivammo, trovammo una festa piena di corpi palpitanti e turbinanti che si aprirono come le acque del Mar Rosso per lasciarci passare, esalando una specie di sospiro collettivo, come se ci stessero aspettando con ansia. Kate, Langley e io percorremmo la sala con passo elegante e sinuoso, poi loro mi accompagnarono a cercare David.

Mentre ci avvicinavamo alla stanza della musica, un gruppo di ragazze del secondo anno si precipitò fuori come tarme appena liberate dal mobilio. Dentro c'erano David, Ollie e Dom seduti uno accanto all'altro su un divano di pelle. Sul tavolino di fronte c'erano dei bicchieri e un narghilè alto e giallo che David chiamava Big Bird. David indossava degli occhiali da sole, Dom fissava un punto nel vuoto facendo su e giù con la testa e mentre io li osservavo Ollie si stiracchiò e sbadigliò. Sembravano le tre scimmie, non vedo, non sento e non parlo.

Dom fece un fischio di apprezzamento quando noi entrammo e disse: «Arrivano le principesse.»

Lui era come un cucciolo di golden retriever, pronto a fare qualsiasi cosa per essere amato, dolce e stupido. O, come diceva Langley, 'un pezzo di plastilina'. Dom era innamorato di Kate da anni, ma lui non era un tipo che una ragazza potesse prendere in considerazione anche solo per un attimo, quindi non poteva fare altro che guardarla da lontano e aspettare. «Ragazze, sembrate una visione che viene dritta dritta da una favola.»

David mi afferrò per la maglietta e mi tirò verso di sé. «Sexxxy» disse, facendomi cadere sulle sue ginocchia. Gli occhi sotto gli occhiali scuri erano mezzo aperti, la bocca disegnava un sorriso pigro, sul viso aveva la barba lunga un millimetro. «Mi piacciono le tue sorprese.»

«E questo è solo l'inizio.»

Sollevò le sopracciglia e il sorriso sulle labbra si allargò. «Dimmi tutto.»

«Be'...»

«I segreti non si possono svelare troppo presto» gridò Dom. «Andiamo a prendere da bere alle ragazze così possiamo brindare.»

Se ne andò verso la cucina insieme a Kate e Langley mentre io mi sistemavo sulle gambe di David.

«Pensavo che non saresti venuto» dissi a Ollie che non si era mosso di un millimetro da quando ero arrivata. Indossava una giacca verde scuro tipo militare e un paio di mocassini marrone, stile classico, di Gucci.

«La mia dama è stata trattenuta dalle prove del ballo delle debuttanti.»

Mentre noi parlavamo, David aveva fatto qualche tiro dal narghilè e tenendolo ancora in mano annuì e disse: «Ci stavo pensando poco fa.»

«Alla mia dama?» chiese Ollie con un'espressione minacciosa.

David sospirò. «No. Oggi, durante la lezione della Halverson, ho visto un ragno.» Mi baciò sulle labbra. Sapevano di caramelle gommose e di erba.

«Senti» disse Ollie. «Se questa è un'altra delle tue storie del cavolo che non vanno da nessuna parte...»

«No, è una cosa seria, Ollie. Allora, io guardo questo ragno che costruisce la tela nell'angolo della finestra. Prima fa la struttura principale, poi i piccoli fili di collegamento. È un lavoro di attenzione e precisione, no? E poi, proprio quando la tela è finita, la signora Halverson se ne esce e dice: 'Ma in questa stanza non si respira, facciamo entrare un po' d'aria' e apre la finestra. E *boom*, tutto il lavoro del ragno sparisce.» David resta in silenzio. «Questa scena, amico, mi ha fatto pensare che la vita va esattamente così.»

Gli accarezzai una guancia. «Cosa vuoi dire, stupidello?»

«Tu ti dai da fare, lavori, lavori, e poi basta una stronza per rovinare tutto.»

Fissando un punto davanti a sé Ollie disse: «Secondo me questa storia è la dimostrazione che a volte, affinché una persona continui a respirare, un'altra deve smettere.»

Si voltò e mi guardò, dritto in faccia, con le mascelle serrate, gli occhi verdi e duri, che brillavano, inquisitori. «Capisci cosa sto dicendo?»

«Uhm... credo di sì.» Mentre noi parlavamo, David aveva spostato le dita dal mio collo e ora mi stava massaggiando le spalle. Chiusi gli occhi e mi appoggiai contro di lui. «Che sensazione fantastica.»

Mi morse un orecchio. «Sarebbe molto più bella se fossimo nudi. Mi piace la tua sorpresa, ma mi piacerà ancora di più quando te la toglierai.»

Ollie si alzò e annunciò: «Vado a prendermi qualcosa da bere» e andò via.

Guardai David e sorrisi, poi lo baciai dolcemente sul naso. «Questa non è la sorpresa. È solo un assaggio.»

«Mi piace sentirti dire queste cose.» Sembrò ricordarsi di qualcosa. «Ho pensato alla 139» disse. Con le dita giocava con l'orlo del mio top.

Per il nostro terzo anniversario David mi aveva dato un biglietto con la lista *La mia ragazza Jane mi piace più di* e da allora in poi aveva aggiunto una serie di voci. L'ultima diceva 'Più dei fine settimana quando il padre padrone è fuori città', e quella era la 138.

«Qual è la 139?» gli chiesi.

«Te lo dirò quando mi darai la tua sorpresa» disse, e sorrise in modo malizioso. Anche con gli occhi mezzo chiusi era così bello che quasi non riuscivo a credere che fosse mio.

«Non vedo l'ora.»

«E allora vediamola quest'ora. Quando?»

«Tra solo...» mi fermai perché vidi Kate che mi faceva gesti frenetici con una mano dall'altro lato della stanza.

«Devo andare.»

«Davvero, bella principessa...»

«Torno subito.»

«...non volare troppo lontano.»

Trovai Kate e Langley in un bagno del piano di sopra ricoperto da carta da parati con motivi in rilievo. Langley era accovacciata sul pavimento con la testa dentro il vaso. «Che cosa è successo? Sarà stato qualcosa che ha mangiato a pranzo?»

«Non ho pranzato.» Sempre tenendo la faccia rivolta verso il vaso, Langley mi mostrò il suo iPhone. «Alex mi ha appena mandato una email. Ha detto che non viene per la mia festa di compleanno.»

Langley stava organizzando la festa da sei mesi e l'evento più importante sarebbe stato la presenza del suo ragazzo, Alex. «Cosa? Ma è una follia. Perché no?»

«Non lo so. Ho provato a chiamarlo, ma non mi ha risposto.»

«Lì sono le quattro del mattino.»

«Questo non ha importanza. Deve essere insieme a un'altra.» Le tremò un labbro e gli occhi diventarono due pozze di tristezza.

Indicai lo schermo dell'iPhone. «Ha firmato 'Ti abbraccio, Alex.' Forse è successo qualcosa. Dice che ti spiegherà.»

Lei strinse i pugni e urlò con un tono isterico. «Cosa deve spiegare? Non ci sono spiegazioni per una cosa del genere. Sta rovinando tutto. Tutto.»

«Non tutto, Langley?» Kate aveva un'intonazione calma, conciliante, sul viso un'espressione dispiaciuta. Alcuni ciuffi dei capelli biondo scuro scivolarono in avanti quando lei si chinò per appoggiare una mano sulla spalla di Langley. «Davvero, sono sicura che esiste una buona ragione e...»

«Davvero» ripeté Langley, imitando ironicamente l'espressione di Kate. Allontanò la spalla dal contatto della mano di Kate. «Davvero, tu cosa ne sai, Kate? Ti amano tutti. I tuoi genitori, gli insegnanti, i ragazzi. Gli uomini ti seguono per strada solo per dirti che sei bellissima. Hai tutto quello che si può desiderare e non ci fai nemmeno caso. Ma io non ho niente. Non ho nessuno.»

Kate indietreggiò come se fosse stata colpita fisicamente. Si strinse le braccia intorno al corpo.

«Questo non è vero» disse piano. Allungò un braccio e con le dita della mano destra accarezzò il bordo di un grosso portasapone in pietra, che riproduceva le fattezze di Cupido. «Ci faccio caso, invece. E non è vero che ho tutto quello che si può desiderare.» Alzò la voce, e iniziò ad arrabbiarsi. Strinse forte il portasapone con una mano. «Tu non vivi la mia vita. Non sai...» Si fermò all'improvviso, scosse la testa. «Vado via.»

No! Avrei voluto gridare. Questo non deve accadere. Non dobbiamo litigare. Mi si strinse lo stomaco come ogni volta quando loro litigavano, anche se facevano solo finta. Era una sensazione che mi travolgeva al pensiero che qualcosa potesse rovinare la nostra amicizia, che io potessi restare sola. Dovevo risolvere il problema. Mi misi davanti alla porta, in piedi, feci un respiro profondo, con le mani sui fianchi e dissi: «Adesso basta voi due, fate pace e datevi un bacio.»

Seguì un lungo silenzio. Lo sguardo delle mie amiche era fisso su di me.

Poi Langley disse: «È vero, facciamo pace, e diamoci un bacio. Scommetto che i ragazzi là fuori pagherebbero per vederci.»

Ci mettemmo a ridere tutte e tre, e la tensione svanì.

Langley si alzò e abbracciò me e Kate insieme. «Scusate. Ma ero così delusa da Alex. Avrei dovuto sapere di non potermi fidare di un ragazzo. Vi voglio bene. Siete le migliori amiche che io possa avere o desiderare.»

Ci baciammo ognuna il proprio mignolo e poi li intrecciammo l'uno all'altro come segno di unione. «Tutte per una» iniziò Langley «e una per tutte» finimmo Kate e io.

Langley mi guardò con un'espressione interrogativa, mi prese il viso tra le mani e lo girò verso la luce. «A proposito, qualcuno ha portato via il tuo lucidalabbra. Hai bisogno di un'altra passata prima di portare la bella notizia al tuo ragazzo. Metti il broncio.»

Arricciai la bocca e lei mi mise il lucidalabbra.

Ricordo quel momento, noi tre nello specchio, Langley dai capelli biondo chiaro, Kate color miele, e io nero corvino, tre bellissime principesse davvero. Quella era la mia vita, pensai. Come nella pubblicità. Ed era perfetta.

Cinque ore e mezzo dopo venivo trovata mezza morta in un cespuglio di rose.

Venerdì

5

Stavo in piedi sull'orlo della banchina e scuotevo la testa. «Andiamo, Jane» disse la graziosa assistente di campo, piccola e mora. Galleggiava proprio davanti a me, e mi faceva cenno di raggiungerla. «Andiamo, l'acqua è meravigliosa. Salta.»

Sentivo il ronzare delle cicale tra i cespugli che circondavano il lago e l'aria appiccicosa proveniente da ovest e le schegge delle tavole sotto i miei piedi nudi.

L'acqua era marrone e appesantita dalle alghe. Lo sapevo perché me ne aveva parlato Bonnie, la mia migliore amica. «Ti afferrano le caviglie con i loro tentacoli limacciosi e non ti mollano più» disse, agitandomi il dito sulla faccia in modo minaccioso.

«Jane Freeman, devi saltare.» Una voce che non conoscevo mi arrivò da dietro le spalle.

Mi voltai e vidi uno degli assistenti maschili del campo, Cass. Mi ero presa una cotta per lui fin dal primo giorno di campeggio, quando lui mi aveva estratto il pungiglione di un'ape dal piede. «So che non sei una fifona» disse.

Lo ero. Io ero totalmente e indiscutibilmente una fifona. Ma davanti a lui che mi sorrideva, con i suoi capelli castani e ricciuti e gli occhi blu tra le folte ciglia scure, non volevo ammetterlo. «Andiamo» disse, allargando ancora il sorriso.

Per fargli piacere, per salvare la faccia, saltai. All'inizio era bellissimo. Bonnie mi aveva solo preso in giro. Risi della mia paura, della mia stupidità, per la felicità di essere immersa nell'acqua fredda.

E poi lo sentii. Uno e poi un secondo viticcio scivolarmi sulla pelle. Ciò che era cominciato come una strisciante carezza divenne presto un groviglio di tentacoli limacciosi che mi afferravano le caviglie. Sentivo le lunghe alghe che si arrotolavano intorno ai polpacci e alle cosce, come streghe marine che mi afferravano i piedi con avide dita, cercando di trascinarmi nel loro covo sotterraneo. Più mi dimenavo, più la loro presa si stringeva.

Sta' ferma, disse una voce dentro la mia testa. Non ti succederà niente.

Ma io non lo feci, non ci riuscivo. Mi dimenavo sempre di più e diventavo sempre più debole finché non ebbi altra scelta. Non potevo continuare. Il mio corpo, quasi senz'aria, non aveva più forze. Smisi di muovermi.

E poi, come per magia, ero libera. Le alghe mi lasciarono andare. Scivolai via.

I miei polmoni volevano aria, il petto sembrava sul punto di sprofondare. Scalciai con tutta la forza che avevo, spingendomi avanti con le braccia, aprendomi un varco nell'acqua verdastra in cui ero immersa. Lì, sopra di me, la vidi, una macchia di sole scintillante. Con le mie ultime energie, raggiunsi la superficie del lago, con la bocca spalancata per prendere aria, felice per essere riuscita a risalire verso la vita.

Aprii gli occhi, sbattendo le palpebre per far scorrere via l'acqua. E mi trovai a fissare uno sguardo pieno di odio.

«Stupida puttana. Ti odio» disse una voce che conoscevo ma che non riuscivo a identificare. «Addio, Jane.»

Fui attraversata da un'onda di dolore insopportabile e sentii una mano che mi spingeva di nuovo dentro, nell'acqua marrone, di nuovo nel buio, tra le alghe. I tentacoli mi afferrarono di nuovo, mi imprigionarono. Mi avevano immobilizzato le braccia e le gambe. L'acqua mi entrava in bocca e la gola bruciava e non riuscivo a respirare e poi sentii un lungo lamento e qualcuno che disse: «Ributtala sotto!» e...

Buio.

Fruscii.

Una voce di donna. «Signor Carl St James. Gigli bianchi in un vaso verde.»

Altri fruscii.

«Nicola di Savoia. Palloncini in diverse sfumature di rosa, uno a forma di alligatore.»

«Famiglia Pontrain Motors. Secchiello con quattro gusti di pop-corn.»

La voce di un uomo. «Quelli sono i miei preferiti. Me lo passi, per favore, Rosie?»

Odiavo Joe quando chiamava mia madre in quel modo. Fu il mio primo pensiero quando ripresi conoscenza la seconda volta. Prima di rendermi conto che sentivo, ero sveglia, che quella era la realtà.

Aprii gli occhi e lo vidi, l'uomo che stava per diventare il mio patrigno, con la bocca piena di pop-corn a quattro gusti.

Mia madre era seduta su una sedia imbottita di colore blu, accanto a lui, le gambe strette, le caviglie incrociate, una posa che lei stessa definiva rilassata ma educata quando dava lezione a me e a mia sorella Annie. Indossava un paio di jeans con una piega perfettamente stirata che correva al centro di ciascuna gamba, una camicia di seta bianca con un fiocco alla base del collo e una spilletta con la bandiera americana. Era magra come un'acciuga e dava l'errata sensazione di essere fragile. I capelli erano tagliati in un perfetto carré dorato con una frangetta che le copriva completamente la fronte.

Sotto i capelli, un paio di occhiali dalla montatura rossa che usava per lavorare erano appoggiati quasi sulla punta del naso. Il fruscio che sentivo era il suono della penna a sfera di colore rosso scuro con la quale prendeva appunti sul blocchetto foderato in cuoio che aveva sulle ginocchia.

La osservai per un momento, e come accadeva sempre negli ultimi tempi mi sembrò un'estranea. Una delle tante persone che si vedono in televisione, e non la donna che viveva sotto il mio stesso tetto.

Seguii il suo sguardo che si era fermato sulla mia sorellina Annie, in piedi accanto a una mensola occupata per metà da bouquet di fiori. Per motivi che sicuramente erano sensati per lei, Annie indossava il suo vestito buono, quello di velluto rosso che aveva comprato a Natale, e che ormai era troppo piccolo. Sarebbe stato corto in maniera oscena ma i segni di indecenza erano stati tutti annullati dalle calze a strisce bianche e nere e dagli stivali di gomma gialli con faccine di papere sulle punte con cui mia madre lo aveva abbinato. A sette anni, nonostante sembrasse la versione miniaturizzata di mia madre, con tanto di aria eccessivamente matura per la sua età, occhiali con montatura rossa e carré biondo (ma quello di mia madre era tinto), Annie mostrava una sua personalità.

Adesso mia madre allungò una mano verso di lei. Annie prese uno dei bouquet e tirò fuori il bigliettino nascosto sotto.

«Arthur e Susan Kazarhi» disse ad alta voce mia madre scrivendo sul blocchetto. «Orchidea rosa e bianca in fioriera verniciata di verde.»

Joe si accomodò pigramente alla sinistra di mia madre, una caviglia sul ginocchio, un braccio intorno alla sedia, occupando tutto lo spazio possibile. Avevo sentito qualcuno dire che era affascinante, ma a me sembrava solo uno scimmione. Aveva le mani pelose e l'ombra costante della barba sul viso. Indossava una camicia bianca e blu con i gemelli d'oro e un pantalone cachi. Le camicie se le faceva fare su misura, come non mancava di specificare a chiunque fosse abbastanza sfortunato da parlargli per più di cinque minuti. Costose, ma vuoi mettere? Ecco, tocca il tessuto. Che uomo, quel Joe.

Dovette sentirsi il mio sguardo addosso perché fu il primo ad accorgersi di me. Il suo volto si aprì in un sorriso. «Ma bene, che scena meravigliosa. Guarda Rosie, la bella addormentata si è svegliata.»

Mia madre alzò immediatamente lo sguardo. Troppo in fretta, però, perché non ebbe il tempo di dare la giusta espressione al suo viso, e ciò che vidi, in quel momento, fu paura. E vecchiezza. Era come se fosse invecchiata dieci anni dall'ultima volta che l'avevo vista.

Poi la paura svanì e lei sorrise, rossetto perfetto, giusto grado di preoccupazione negli occhi. «Jane, tesoro!» Si liberò del blocchetto e si avvicinò a me. «Stavamo proprio scrivendo la lista delle persone a cui dovrai inviare un biglietto di ringraziamento e...»

Biglietto di ringraziamento? Per cosa?

La voce di mia madre si affievolì, e la luce negli occhi si spense. «Jane, bambina mia.» Adesso era accanto al mio letto, mi stringeva la mano. E in quel momento mi resi conto che non sentivo nulla. «Jane, sai dove ti trovi?»

E non riuscivo a parlare.

Il terrore, l'orrore mi attraversò da capo a piedi.

Sentii il petto irrigidirsi, le lacrime bruciarmi gli occhi e un urlo mi nacque nello stomaco e cercò di uscire fuori ma non ci riusciva. Era intrappolato, prigioniero nel mio corpo. Cosa succede? Avrei voluto urlare. Qualcuno mi dica cosa sta succedendo!

Non uscì niente.

Le lacrime velarono la scena e io pensai di essere sul

punto di soffocare. Il mio cervello si mise a correre all'impazzata: Dove sono, Come sono arrivata qui, Che cosa succede, Fatemi uscire, Dove sono? Ma nessuno mi sentiva, nessuno rispondeva. Parlavano tutti insieme, dicevano cose che non capivo, un attimo prima li vedevo e un attimo dopo erano sfocati. «Non lasciarmi, mamma fammi guarire, mamma...» Sapevo che lei stava accanto a me e piangeva, sapevo che le sue lacrime cadevano sulle mie braccia, ma non sentivo niente.

Non le sentivo.

Ero completamente isolata. Completamente sola.

La paura che prima aveva attraversato il mio corpo adesso era diventata di fuoco e gelo allo stesso tempo. Ero seppellita viva, bloccata, intrappolata, sola, per sempre.

Il mio cuore iniziò a correre. Devo uscire da qui devo riuscire a muovermi questo non può succedere a me questo non può succedere! Il monitor che registrava i battiti cardiaci iniziò ad accelerare mentre la velocità del mio polso schizzava. L'io dentro di me cercò di trascinarsi fuori, combattendo, contorcendosi, spingendo. Morendo. Devo uscire di qui, devo scappare. I miei occhi non mettevano più a fuoco, poi diventò tutto nero. Sono in pericolo. Fatemi uscire fatemi uscire. I *beep* del monitor erano sempre più veloci.

La mia gola si bloccò. Sto per morire, non riesco a respirare, oh mio dio, ti prego ti prego fammi uscire, fammi uscire...

I *beep* del monitor ora urlavano e il viso di mia madre, bianco come un lenzuolo, fu sostituito da una faccia che non conoscevo, quella di una donna con un camice rosa con sopra degli enormi soli gialli.

«Sssh, tesoro» disse, sorridendo e guardandomi dall'alto insieme ai soli del camice. «So che è scioccante, ma va tutto bene. Andrà tutto bene. Ma adesso devi calmarti.»

Mi guardava dritto negli occhi e qualcosa di quel gesto, qualcosa del suo sguardo fermo e della voce dolce, sembrò raggiungere un punto dentro di me. «Rilassati, tesoro» disse, e come se mi avesse ipnotizzata, il mostro che combatteva dentro di me si paralizzò. «Proviamo a fare tutto da sole, senza altre medicine. Respira con me, tesoro. Inspira, bene, lentamente, adesso espira. Ancora una volta, inspira, bene, sei bravissima, e ora espira.»

Dopo il quarto respiro, il mio petto si aprì. Dopo il sesto, i *beep* del monitor del battito cardiaco iniziarono a rallentare.

«Sei bravissima» mi disse. «E ti sei svegliata appena in tempo per il pranzo. Oggi c'è pollo in umido. Spero ti piaccia.» Rise, una cascata sonora che cancellò il fruscio e i beep delle macchine intorno al mio letto e che per un istante umanizzò quella stanza. Credo che fu proprio in quel momento che mi innamorai di lei. «Mi chiamo Loretta e sarò io a guidarti lungo il percorso delle tue cure intensive per le prossime ore.»

«Sta bene?» chiese mia madre. «Che cosa è successo?»

«Sta benissimo. Non è vero, tesoro?» disse Loretta.

«Non vede com'è attento il suo sguardo e come risponde alle mie parole? Questo vuol dire che il danno cognitivo è minimo o nullo.»

Danno cognitivo minimo o nullo. Ma di cosa stavano parlando? Che significavano quelle parole?

Loretta si rivolse a me. «Continua a respirare, tesoro. È normale essere un po' disorientate al risveglio, con tutte le medicine che hai preso e quello che hai passato. Ma prestissimo ti sentirai meglio, vedrai. Proprio davanti a te, c'è un orologio appeso al muro. Lo vedi?» Girai lo sguardo sul quadrante. Era l'una e quindici. «Chiudi una volta gli occhi per dire sì o va bene, e due per dire no.» Come se fosse normale non riuscire a parlare.

Chiusi gli occhi una sola volta, e sentii un sospiro di sollievo collettivo. Solo più tardi seppi che non erano sicuri nemmeno che sarei stata capace di fare quel semplice gesto. Considerando il punto della testa in cui ero stata colpita, potevo cavarmela oppure, come disse il dottor Connolly quando arrivò qualche minuto dopo: «Un millimetro più a sinistra e addio, saresti diventata una specie di rapa.»

Il dottor Connolly sembrava uno con un passato da giocatore di football del liceo e ancora molto esperto dell'argomento. Era alto, con capelli rossi ma sbiaditi e guance abbastanza floride, come il papà gioviale ma in qualche modo non appropriato di qualcuno. «Direi che è il classico caso di un incidente causato da un pirata della strada. Una specie di toccata e fuga» disse. «Com'è successo tra me e mia moglie numero tre. Lei mi ha toccato il cuore quando mi ha chiesto il divorzio, e io mi sono dato alla fuga!» Fece l'occhiolino a Joe.

Incredibilmente, Joe non ricambiò il gesto.

Secondo il dottor Connolly, nonostante la costola rotta, 103 ferite causate dalle spine, una commozione cerebrale, una gamba rotta e una (si sperava temporanea) paralisi, ero fortunata. «Potevi morire» mi disse.

Continuò elencandomi tutti i danni che avrei potuto subire ma che mi ero risparmiata e ipotizzando che la mia paralisi fosse dovuta in parte al rigonfiamento del midollo spinale e in parte al fattore psicologico. Il gonfiore degli arti era dovuto alle medicine e presto sarebbe rientrato. «A patto che tu ti comporti da persona forte e coraggiosa, e che la buona sorte non ti abbandoni» disse. «È stato per un vero colpo di fortuna se sei uscita dall'incidente come nuova. Sono sicuro che nei prossimi giorni assisteremo a qualche miglioramento. Sentirsi le gambe sarebbe già un bel risultato. Se riesci a sentirti le dita dei piedi, be', allora...» rise «stai meglio di me.»

Pirata della strada? Miglioramenti? Gonfiori? Era troppo, troppo per provare a capire, e quindi mi ritrovai a fissare il corpo che era mio ma non più mio. Mi tornò la sensazione che mi prendeva spesso, quella di osservare tutto attraverso gli occhi di qualcun altro, come se stessi guardando la tv dei vicini di casa dal loro giardino. Indossavo il pigiama bianco dell'ospedale con le stelle blu stampate sopra. Le mie braccia, coperte di ferite, erano distese lungo i fianchi. Sul polso sinistro c'erano tre strisce di nastro chiaro che fermavano tre aghi per iniezione endovenosa collegate a una macchina che non riuscivo a vedere. Alla mia mano destra era attaccato una specie di monitor, collegato a una decina di sottili fili di vario colore. Sotto il pigiama dell'ospedale riuscivo a vedere una specie di pannolino.

Un pannolino. Oh mio dio. E se il mio futuro fosse stato così? Può sembrare stupido, ma questo pensiero mi fece scoppiare in un altro pianto.

Con gli occhi velati di lacrime, spostai lo sguardo su mia madre. Durante il monologo del dottor Connolly, soprattutto quando aveva detto che sostanzialmente sarei guarita, il nervo sul bordo dell'occhio sinistro di mia madre aveva iniziato a tremare. Era il segno che lei stava facendo un enorme sforzo per trattenere la rabbia che vagava senza sosta sotto la sua superficie perfettamente curata. Come potevano testimoniare le tante lettere di ringraziamento appese alla parete del suo ufficio, mia madre era una donna intelligente e capace, e si era guadagnata la reputazione di una che, 'tranne Hitler, poteva far eleggere chiunque'. I suoi candidati la descrivevano come una roccia, una donna imperturbabile e come 'la cosa più affidabile dopo le case in cemento armato che i miei elettori sono orgogliosi di realizzare qui, nella nostra città'.

Mia madre accompagnò il dottor Connolly e Loretta alla porta, poi si voltò verso di me. Nessuno degli autori di quelle lettere l'avrebbe riconosciuta in quel momento. Il suo perfetto sorriso da fotomodella era sparito e gli occhi erano rosso fuoco. «Mio dio, Janie, a cosa stavi pensando? Come osi? Come osi fare questo a te stessa? E a me?»

Come oso fare questo a lei? A lei? La sensazione di guardare quella scena da una grande distanza si fece ancora più forte; mi sembrava di essere davanti alla rappresentazione della vita di un'altra persona.

Lei rovistò nella borsa e prese il piccolo specchio d'argento con monogramma. «Guarda» mi ordinò, mettendolo proprio davanti alla mia faccia. «Guarda cos'hai fatto.»

Guardai, e dalla mia gola salì un altro urlo. La distanza svanì. Quella ero io. Ed ero orribile.

Metà della mia faccia era gonfia come un pallone. Intorno alla testa c'era una benda, i capelli erano completamente aggrovigliati, uno degli occhi era mezzo chiuso a causa di una ecchimosi rosso-giallognola che lo circondava, il labbro inferiore era spaccato e grande il doppio del normale. Sul lato sinistro del volto c'erano strisce color marrone a causa dei rovi che avevano lacerato la guancia. Una ecchimosi iniziava dalla spalla e saliva fino al collo.

Lacrime bollenti mi salirono di nuovo dalla gola e io chiusi gli occhi. Mi sentivo nauseata. La ragazza nello specchio era orribile, sfigurata. Disgustosa. Non potevo essere io. No, non potevo.

«Hai visto?» mi chiedeva mia madre a muso duro. «Apri gli occhi e guarda, Jane!»

Aprii gli occhi ma guardai lei, e non la mia immagine. Perché mi stava facendo questo? Che guardasse lei se era questo che voleva.

«Mi sembri un guerriero dopo una battaglia» mi disse Annie nella pausa di silenzio tra me e mia madre. «Ti fa sembrare una teppista.»

Mia madre si girò verso di lei, con lo specchio in mano. «Non è così. Jane è orribile, è come...»

E come uno di quei temporali estivi dell'Illinois, lei esplose improvvisamente passando dall'essere un tuono minaccioso a una cascata torrenziale di lacrime.

Affondò il viso nella spalla di Joe e si mise a singhiozzare. «Calmati adesso, Rosie» disse lui, accarezzandole i capelli. «Jane sta soffrendo già abbastanza.»

Almeno su una cosa io e Joe eravamo d'accordo. Tenendole un braccio sulle spalle, guidò mia madre nel bagno accanto al mio letto e chiuse la porta.

Lacrime calde correvano lungo le mie guance. Si potrebbe credere che con il corpo paralizzato non si senta dolore. Ma non è così. Non ci si può muovere, ma si sente la sofferenza. Più di quanto si possa immaginare.

6

Annie fece quello che faceva sempre quando era nervosa: iniziò a chiacchierare. «Kate e Langley sono state qui poco fa. Il dottore ha detto che potrai ricevere visite perché ti aiuterà a guarire.»

Le sue parole erano come punte di coltello che mi ferivano. Cosa potevano aver pensato Kate e Langley quando mi avevano vista? Cosa penserebbe David? Ero orribile. Un mostro. Rivolevo indietro la mia faccia.

«Sono state davvero carine. Kate ha fatto delle ali di fata per Marvin con la carta igienica.» Marvin era la Barbie che Annie aveva deciso fosse in realtà un uomo intrappolato nel corpo di una donna. «E Langley mi ha mostrato come si mette l'ombretto, ma la mamma me lo ha fatto togliere. Ti hanno svegliata prima, e ti hanno tolto il tubo per la respirazione, ma tu ti sei spaventata, e allora hanno dovuto rimetterti sotto anestesia. Coma farmacologico, lo hanno chiamato. Il dottore ha detto che hai il volto gonfio a causa delle medicine che ti fanno dormire, ma ora che sei sveglia tornerà normale.»

Ascoltavo solo a metà, e pensavo ancora alla mia faccia. Sentivo che la rabbia verso mia madre aumentava sempre di più perché la settimana precedente non mi aveva permesso di tingermi le ciglia, insieme a Kate e

Langley, perché se lo avessi fatto almeno gli occhi non sarebbero sembrati occhietti di maiale quando non avevo il mascara. Ero sempre più arrabbiata con lei perché non si preoccupava di dove andassi, perché non mi prestava nessuna attenzione. Aveva il tempo di occuparsi di Joe, ma per me era troppo occupata, io ero un problema troppo pesante, troppo...

«Mi sono messa il mio vestito buono perché volevo essere bella quando avresti aperto gli occhi.» Tirò un filo all'angolo di una delle mie coperte. «Dicevano che forse non ti saresti mai svegliata, ma sapevo che non era così. Sapevo che non ci avresti lasciato.»

La dolce follia di indossare il suo vestito buono mi fece mettere da parte il mio egoismo. Oh, sorellina, avrei voluto dirle. Mi dispiace così tanto che tu abbia dovuto passare questi brutti momenti.

Lei continuava, tirando in modo più cauto il filo. Non riuscivo a vederle gli occhi ma solo le lunghe ciglia nere, ingrandite dagli occhiali. «La mamma si è spaventata, per questo si è comportata in quel modo» disse. Dal momento in cui aveva iniziato a parlare, vale a dire quando aveva soltanto quindici mesi, Annie era stata la più grande tifosa della mamma. Anche se ora aveva solo sette anni, era il membro più maturo della nostra famiglia. «Non voleva mettersi a urlare. Ma aveva così tanta paura che tu potessi morire, e poi quando non sei morta, lei sentiva tante emozioni diverse dentro di sé, che sono venute fuori tutte insieme. Perché ti vuole tanto bene. Lo sai anche tu.»

Non avevo nessun motivo per contraddire Annie. Era meglio lasciarle conservare quell'immagine idealizzata della mamma il più a lungo possibile. Chiusi gli occhi una sola volta per dire sì.

«Ah...» Restò in silenzio, poi disse in fretta: «Ti ho portato una cosa.»

Andò in un angolo della stanza e iniziò a rovistare nello zaino che portava sempre con sé. Dentro c'erano due libri (nel caso ne finisse uno), un lecca-lecca alla frutta, venti dollari (di cui cinque in monete da venticinque centesimi), un coltellino multiuso e un paio di lacci da scarpe di riserva. Non mi ero mai presa la briga di chiederle per quale motivo avesse scelto proprio quegli oggetti.

Quando tornò vicino al letto teneva in mano un cane di peluche con una toppa lacera sulla testa e sul piede sinistro. Tecnicamente era mio, ma non lo avevo visto né me ne ero ricordata per anni, almeno da quando avevamo lasciato Chicago.

Come se potesse leggermi i pensieri, Annie disse: «L'ho conservato. A volte lo faccio dormire nel mio letto. Spero che non ti dispiaccia.»

Avrei voluto chiudere le palpebre una sola volta ma invece dopo la prima non riuscii più a fermarmi perché le lacrime mi pizzicavano gli occhi.

I ricordi, ricordi che avevo tenuto nascosti molto in profondità, adesso si riversarono su di me e io non potevo fermarli. Io seduta con mio padre sulla vecchia sedia a dondolo del suo studio, mentre lui mi leggeva poesie. Dovevo essere davvero piccola perché ricordo che mi sedevo sulle sue ginocchia. E poi ricordo che avevamo tutti e due capelli neri e ispidi, la pelle chiara e gli occhi azzurri. 'I figli bastardi dei muscolosi marinai spagnoli sgominati nella battaglia dell'Armata spagnola e le gentili fanciulle irlandesi che li accolsero' era così che descriveva i suoi antenati, sempre con un luccichio negli occhi più blu del blu. Quanto Annie somigliava a mamma, tanto io somigliavo a papà, o almeno ne avevo ereditato i colori, gli occhi distanziati, il mento forte e una bocca un po' troppo grande. Ma non credo di aver mai avuto quel luccichio, però.

Amavo il suo studio, il tappeto logoro dai colori vivaci sul pavimento di assi color oro pieno di graffi, la cornice bianca intorno alla finestra così ispessita dalle ripetute tinteggiature da aver perso tutti i dettagli, le librerie che coprivano ogni centimetro di superficie, le tende gialle e leggere che attenuavano la luce del sole quando si insinuava tra le pile disordinate di documenti sulla scrivania e si raccoglieva sul pavimento proprio davanti a noi. Non era una casa meravigliosa, non come quella di Joe, dove le cornici erano come nuove, le finestre tinteggiate e i tappeti erano così spessi che arrivavano fino alle caviglie e tutti i libri avevano il dorso in cuoio rosso perfettamente intatto, ma per me era casa.

Potevo stare seduta lì per ore ad ascoltarlo leggere, ma i momenti che amavo di più erano quelli in cui mi leggeva le poesie, in particolare quando mi recitava *La strada non presa* di Robert Frost.

Mio padre diventò l'ombra di sé stesso in soli tre mesi. All'inizio, quando il dottore disse che era malato: «Una specie di malattia degenerativa che attacca i muscoli» era difficile crederci. Era ancora papà, con il suo volto e la sua voce. Ma presto iniziò a cambiare. Era come guardare una persona che sbiadiva in una foto, ogni giorno era più pallido, più piccolo, sfinito, gracile, finché rimase solo la sagoma e un profilo: il naso, la curva delle spalle. E un giorno, guardando quella foto scoprimmo che anche quel fragile residuo era sparito.

L'ultima volta che mio padre uscì di casa restò fuori per ore. Noi eravamo preoccupatissime. Ormai non riusciva più nemmeno a entrare e uscire da solo dalla doccia e l'idea che fosse chissà dove, al volante, per mia madre era insopportabile. Ma quando ci precipitammo nel garage dopo aver sentito la porta che si apriva, lui stava uscendo dall'auto, raggiante. Era chiaramente debole ma sembrava stare meglio, più energico di quanto non fosse stato nelle ultime settimane.

«Dove diavolo sei stato?» gli chiese mia madre. Anche in quel momento non poteva fare a meno di urlare contro di lui.

Quando lui rispose di essere andato a fare spese, lei lo fissò, sbalordita. «Come puoi essere stato così stupido? È stancante per te e poi...»

«Poi cosa? Posso morire? Oh, Rosalind, tesoro, questo accadrà in ogni caso.»

Era andato in un negozio di giocattoli a comprare uno di quegli animali di peluche parlanti che si regalano per sentire 'Buon compleanno' o 'Buon Natale'. Aveva preso un cane con orecchie flosce e lo aveva manomesso per poter registrare la sua voce che declamava *La strada non presa* dall'inizio alla fine.

«Ogni volta che sentirai la mia mancanza,» mi disse, tenendo il cane davanti al mio viso con la mano tremante «dovrai solo spingere la sua zampa sinistra e sentirai la mia voce. Cercò di mostrarmi come fare ma le sue dita erano troppo deboli, così spinsi io la zampa del cane e sentimmo, tutti insieme, la voce che declamava la mia poesia preferita.

È stata l'ultima cosa che abbiamo condiviso. Dopodiché, lui fu ricoverato in ospedale. «Tornerò come nuovo» disse. «Non ti lascerò mai, piccola, te lo prometto.»

Non è mai più tornato a casa. Non ha mantenuto la promessa. È sparito per sempre. Mi ha lasciata sola e io non avrei mai voluto essere sola. Cambiai, tutto cambiò dopo quell'evento. Lui si era sbagliato, mi dicevo. La strada meno battuta portava a un mondo di dolore e solitudine.

Dopo la sua morte, avevo infilato il cane in fondo al mio armadio e lo avevo dimenticato, o ci avevo provato, ma sembrava che Annie invece se lo ricordasse. Lo teneva in mano adesso e me lo mostrava. «Lo so che forse non è più la tua poesia preferita ma, be', ho pensato che forse poteva ancora tenerti compagnia.»

No, avrei voluto dire. Non farmelo vedere. Non posso sopportarlo. Lui mi ha mentito. Sapeva che non sarebbe tornato. Ci ha abbandonato e poi Bonnie...

«Vuoi sentirlo?»

Era difficile chiudere gli occhi due volte abbastanza velocemente. No!

Annie annuì ma lo mise nel letto accanto a me. Se avessi potuto, lo avrei scaraventato lontano, ma non ce la facevo, ero in trappola. Cercai di girare il viso dall'altro lato ma riuscii solo a spostare lo sguardo.

«Ti prego, Jane» disse Annie, in piedi accanto al mio letto, con la voce bassa e dolce. «Devi guarire. Devi tornare a casa.»

Aveva l'odore del lucidalabbra e del lecca-lecca alla fragola. Dietro gli occhiali con la montatura rossa gli occhi erano enormi. Sembrava una persona molto più matura della sua età e allo stesso tempo una ragazzina molto spaventata. Paura, amore e speranza mi fissavano. Facevo fatica a deglutire. «Me lo prometti?» disse piano.

Chiusi gli occhi una sola volta. Sì.

La porta del bagno si aprì e uscirono mia madre e Joe.

Gli occhi di mia madre erano leggermente arrossati ma si era lavata il viso e, naturalmente, si era rimessa il rossetto.

«Scusa, tesoro» disse, prendendomi la mano per la seconda volta. Quanto diventava ridicolo quel gesto pensando che per mesi non mi aveva mai toccata e ora io non potevo nemmeno sentirla. La voce le tremava. «Non so cosa mi abbia preso. Io... noi eravamo terrorizzati. Eravamo così spaventati all'idea che non ti saresti svegliata o che quando l'avresti fatto...» Si bloccò. «Non riesco a pensare di perderti. E quando il dottore ha detto che saresti guarita, quando ti sei svegliata, credo che...» Deglutì, si asciugò gli occhi sulla manica. Sulla sua manica! «La pressione è esplosa. Non volevo dire quello che ho detto. So che è stato solo un incidente, che tu non hai... che non volevi che questo accadesse. Ma per come sono andate le cose tra me e te... e tu che scappi da una festa... io... non mi sono comportata bene. Mi dispiace così tanto. Mi capisci, vero?»

Iniziò a singhiozzare di nuovo e Joe corse in bagno e tornò con un fazzolettino. Lei lo prese con la mano che aveva tenuto stretta alla mia e appoggiò l'altra sul braccio di Joe.

Chiusi gli occhi una volta. Il vantaggio di non poter parlare, cominciavo a imparare, era di risparmiarsi la fatica di dire cose che non si aveva alcuna voglia di dire.

E mi risparmiai altra fatica grazie a Loretta che bussò alla porta ed entrò. Sorrise a tutti, incurante della tensione che sostava nell'aria come umidità e disse: «Fra poco inizieranno le visite e credo che qualcuno qui abbia bisogno di qualche spugnatura. Potete uscire, per favore?»

Tutti si misero diligentemente in fila, persino Joe. Loretta, mi dissi, era una donna da cui imparare.

Fisicamente non era grande ma era forte e riuscì a sollevarmi dal letto e mettermi seduta su una sedia a rotelle. Non sentivo né il pavimento, né la sedia, né le sue mani. Ma non era come fluttuare. Era una sensazione orribile, mi sembrava di aver perso completamente il controllo. Cominciai a respirare con affanno e lei si fermò.

«Guardami, tesoro» mi ordinò.

Io ubbidii.

«Andrà tutto bene. Guarirai completamente. Devi solo stare calma.»

Guarirò completamente, mi dissi. Calmarmi. Feci cenno di sì con la testa.

«Vedrai. Prima di rendertene conto, starai cantando e ballando.»

Il mio respiro stava tornando alla normalità.

«Brava» disse Loretta, e si mise su un lato della sedia a rotelle. Sganciò i monitor dalle mie dita. «Presto potrai fare a meno di quasi tutti questi macchinari» disse con allegria. Non tolse la flebo che adesso pendeva da un gancio alla mia destra. Altri tubi pendevano a sinistra. Ero come una dimostrazione medica ambulante.

Guarirò completamente, mi ripetevo.

Loretta spinse la mia sedia nel bagno e disse: «Goditi questo hotel a cinque stelle.»

Non era male in realtà. Tutta la stanza era coperta di mattonelle bianche. Su un lato c'era il vaso e un lavandino con uno specchio. Sull'altro, separato solo da una tenda ma senza dislivelli in modo da potersi spostare con la sedia a rotelle, c'era un'ampia doccia.

Loretta chiacchierava mentre cautamente mi svestiva. «Sono contenta di aver finalmente conosciuto la famosa Jane. Lo sai, tua madre non si è mai staccata dal tuo letto da quando sei stata portata qui. Stava seduta lì a parlarti giorno e notte. Parlava anche di te. Ho saputo che sei una ragazza straordinaria. Brava studentessa, ottima sorella. Con un sacco di amici.» Mi fece scivolare il pigiama dell'ospedale lungo il braccio. «Tua madre ha raccontato a tutti, ininterrottamente, quanto fosse importante che tu vedessi, che guarissi. 'Basta che possa reggere in mano una macchina fotografica' diceva. 'Dovreste vedere le sue foto. È una fotografa bravissima.'»

Mi chiesi quante volte avrei dovuto chiudere gli occhi per dire: Smettila di dire bugie.

Loretta mi fece sedere su una panca vicino la doccia. Aprì l'acqua calda, poi si guardò intorno.

«Qualcuno ha preso il mio secchio!» disse con una finta espressione di orrore. «Resta seduta lì dove sei, torno subito.»

Restai lì, ad ascoltare il rumore della doccia e a sentire il vapore che iniziava a salirmi lungo le guance. Si percepiva ancora l'odore di *Coco Chanel* nella stanza, il profumo di mia madre, e sbirciando attraverso la tenda aperta a metà vidi che aveva lasciato il suo portatrucco sul lavandino. Naturalmente Rosalind Freeman non poteva nemmeno per un istante avere un look meno che perfetto, nemmeno quando sua figlia era sul punto di morire.

Feci un respiro profondo, chiusi gli occhi mentre la piccola stanza si riempiva di vapore. L'aria calda e umida mi dava una splendida sensazione, quasi come se fosse tutto normale. Forse sarei guarita. Forse...

Credo che mi appisolai. Fui svegliata da un rumore e sbirciai al di là della tenda per vedere se Loretta fosse tornata, ma non c'era nessuno, solo il vaso e lo specchio.

Lo specchio sul quale c'era scritto in lettere maiuscole, poco marcate ma riconoscibilissime:

DOVEVI MORIRE, PUTTANA.

Fu in quel momento che mi tornò la voce, in un urlo lungo e gorgogliante.

7

Loretta spalancò con violenza la porta. «Cos'è successo, tesoro, cosa sono queste urla?»

Guardai lo specchio con gli occhi spalancati. «Specchio» dissi. «Guarda.»

«Ti è tornata la voce, tesoro!» disse Loretta mentre si voltava per guardare lo specchio e io seguivo attentamente il suo sguardo.

Non c'era niente. L'aria che era entrata aprendo la porta aveva cancellato la scritta. La condensa scorreva lungo la superficie, ma le parole erano svanite. Loretta asciugò lo specchio.

«No, ferma. Non vedi? Qualcuno ha scritto un messaggio sullo specchio. Ha scritto che io dovevo morire.»

Mi sembrò di vedere una debole traccia delle lettere ma forse erano solo goccioline d'acqua. Loretta osservò attentamente lo specchio, scosse la testa e lo pulì con un panno.

«Ti stiamo somministrando narcotici piuttosto potenti e uno degli effetti collaterali può essere...»

«Non è un effetto collaterale. Erano lì. Parole.» Adesso piangevo per la frustrazione. «Una minaccia.»

«Ma cara, nessuno è entrato o uscito da qui mentre io ero fuori.»

La guardai fisso. «Non è possibile.»

«Ero proprio fuori della porta. Non c'è nessuno nella tua stanza.»

Fissai lo specchio coperto di condensa. Stavo diventando pazza? Quelle parole erano solo una mia allucinazione?

L'unica altra possibilità era...

«Loretta» dissi, cercando di sembrare disinvolta.

«Sì, tesoro?» Stava versando l'acqua nella bacinella di plastica che era andata a prendere, ma si girò oltre la spalla per guardarmi. Sul viso aveva un'espressione sincera e onesta e gentile, e io sapevo con ogni cellula del mio corpo che lei non avrebbe mai cercato di farmi del male.

«Niente. Solo... sei sicura che nessuno può essersi intrufolato dentro dopo che sei uscita? Non posso credere di aver solo immaginato quella scritta.»

«Non ti crucciare, tesoro» disse. «Quasi tutti vedono cose strane dopo aver preso tutte le medicine che prendi tu.» Immerse un panno nella bacinella di acqua calda. «Abbiamo avuto un paziente in questo reparto che giurava di aver visto un asinello di carta colorato appeso proprio sopra il suo letto, uguale a quello che gli avevano preparato per il suo compleanno quando era ragazzino.»

Mi prese di peso e mi spostò. «E una ragazzina era convinta che dei topolini pelosi correvano intorno al suo letto. Sua madre mi disse che aveva chiesto un topolino da tenere in casa per anni. Mi sono fatta l'idea che le allucinazioni si formano in base a qualcosa che è seppellito nella mente delle persone, forse un desiderio.»

«Io non desidero di essere morta.»

«No, non credo. Ma hai ricominciato a parlare. Forse stavi solo cercando lo stimolo adatto che ti costringesse a usare di nuovo le parole.»

Forse Loretta aveva ragione. Dopotutto, adesso parlavo di nuovo, come lei aveva detto.

Quando finì di lavarmi, non tremavo più e avevo quasi accettato il fatto che quel messaggio era stato solo un'allucinazione. Cioè, se nessuno era entrato o uscito dalla mia camera, e tantomeno dal bagno, desiderio o no, quella scritta doveva essere esistita solo nella mia testa.

E questo significava che nessuno mi voleva morta. Nessuno mi odiava. Mi ero immaginata tutto.

«Tua madre sarà felice di sapere che parli di nuovo, anche se hai ricominciato per una brutta paura.»

Mia madre. Sarebbe stata contenta per il nuovo segnale del mio ritorno alla *normalità* ma ero abbastanza sicura che la parte dell'allucinazione non le sarebbe piaciuta.

«Non è possibile tenerle nascosta questa storia? Cioè, visto che è stata solo la mia immaginazione e non una minaccia reale? Non voglio dare troppa importanza a questo incidente.» Mi schiarii la voce. Mi sentivo la gola irritata, immaginai che fosse a causa del tubo per la respirazione che mi avevano messo.

«E se invece io raccontassi al dottor Connolly cosa è successo e fosse lui a decidere se dirlo ai tuoi genitori?»

«Va bene, grazie.»

«E adesso, vestiamoci» disse, facendomi abilmente scivolare le braccia in un nuovo pigiama dell'ospedale, questa volta bianco e verde. Mi spinse davanti allo specchio e mi pettinò.

«Cosa te ne pare?»

Il mio primo pensiero fu: Almeno ho ancora i capelli. David adorava i miei capelli. Forse fu per quel pensiero, o forse perché il gonfiore sul viso iniziava a ridursi o forse perché dopo la prima esperienza ero preparata, ma questa volta, guardando la mia immagine riflessa, restai più affascinata che terrorizzata. La cornice bianca delle mattonelle circondava il mio volto, un occhio nero, segni di sutura sulla guancia, un labbro gonfio, come un'immagine pronta per la creazione di un avatar. Ma non era l'avatar che avrei creato per me, però. Questo sarebbe stato senz'altro più adatto a un criminale violento.

Ma riconoscevo i miei occhi, i capelli, le labbra, e il mio sorriso. Riuscivo a immaginare che sarebbero tornati a essere quelli di prima dell'incidente. Sarei tornata a essere carina. A essere me.

«Bene?»

«Il punto di verde del pigiama d'ospedale mette in evidenza il giallo intorno al mio occhio nero» dissi.

«Tua madre mi ha parlato della luce che c'è nei tuoi occhi bellissimi. Mi ha detto anche che hai un grande senso dell'umorismo.»

«Credi che potresti riuscire a mettermi un po' del mascara di mia madre? Sull'occhio buono. Non voglio che qualcuno mi veda in questo stato.»

«Ti assicuro che saranno tutti molto felici che tu sia viva. In qualsiasi stato ti vedranno, ti troveranno bellissima.»

«Non conosci i miei amici.»

«Adolescenti.» Loretta scosse la testa ma rovistò nel porta trucco di mia madre e trovò il mascara. «Guarda in basso. Non voglio infilarti qualcosa nell'occhio e provocarti altri danni.» Quando ebbe finito disse: «Okay, cara, sei pronta a incontrare il tuo pubblico?»

«Non ho scelta, no?»

«No.»

Feci un respiro profondo.

Loretta spinse la mia carrozzella fuori dal bagno e mi rimise a letto, coprì il pannolino con una coperta e poi aprì la porta che dava nel corridoio. Lei uscì e Annie entrò. Da sola, vidi con sollievo.

Iniziò subito a parlare. «Siamo andati al bar. Fanno una cioccolata calda buonissima, ma Joe ha detto di stare alla larga dai fagottini alla cannella. C'è un poliziotto qua fuori che aspetta di parlare con te. I tuoi capelli stanno bene.» Si bloccò all'improvviso, poi girò la testa da un lato e dall'altro, come se stesse disperatamente cercando qualcos'altro da dire. «Guarda.» Indicò il davanzale dove era comparso un grosso bouquet di rose con qualcosa attaccato vicino. «Hai ricevuto altri fiori con un orsacchiotto. Carino.» Prese l'animaletto e lo sollevò per farmelo vedere. Indossava una canottiera da palestrato che diceva 'Alzati, animale!'

Io feci una smorfia. «Non è carino, è orrendo. Ricordati di dire a mamma chi lo ha mandato così potrà aggiungerlo alla sua lista.»

«Il biglietto dice 'dal tuo ammiratore seg...'» Annie si lasciò cadere il biglietto dalla mano e mi guardò. «Hai parlato!»

Corse verso la porta, si arpionò allo stipite e sporgendosi nel corridoio iniziò a urlare: «Mamma, mamma, Jane parla!»

Si alzò un coro di 'sssh' dalla postazione delle infermiere, seguìto dal suono di tacchi alti che correvano lungo il corridoio.

«Ciao, mamma» dissi quando lei entrò di corsa nella stanza.

Aveva gli occhi pieni di lacrime. «Oh, grazie a Dio» disse, rimettendosi di nuovo al suo solito posto accanto al mio letto. «Ero... tutti noi eravamo... grazie a Dio riesci a parlare. Com'è successo? Quando? Oh, Dio ti ringrazio, Dio ti ringrazio.»

«All'improvviso, nel bagno mi è tornata la voce.» Non era proprio una bugia. Mia madre mi guardò la mano. «Solo la voce. Ancora non riesco a muovere il corpo.»

«Per il momento ci accontentiamo» disse Joe con calore. «Basterà avere un po' di pazienza e sarai come nuova in men che non si dica.»

Non potevo muovermi ma sentivo ancora la rabbia che mi cresceva dentro. «Come lo sai? Ti sei laureato in medicina mentre ero nella doccia?»

«Jane!» Disse mia madre allarmata. «Per quale motivo credi di poter essere così maleducata?»

Dei colpi leggeri sulla porta mi evitarono di ascoltare qualsiasi altra cosa lei avrebbe detto e una donna con i capelli neri e l'uniforme blu della polizia entrò nella stanza. «Mi dispiace disturbarla appena inizia a riprendersi,» disse «ma vorrei farle alcune domande che potrebbero aiutarci a prendere il responsabile del suo incidente.» Sembrava una persona in gamba e di esperienza, aveva uno chignon perfetto in cui aveva raccolto i capelli e lo smalto di colore chiaro sulle unghie corte.

Mia madre adottò il suo tono più autorevole. «Agente...»

«Rowley, signora.»

«Agente Rowley, mia figlia è appena uscita dal coma.» Ebbi la sensazione che mentre pronunciava quella parola ne gustasse anche il sapore. Già la sentivo rifilarla nei cocktail-party, usando l'aneddoto per mettere in evidenza quanto coraggiosa e capace lei fosse stata. «Non è questo il momento per metterla sotto torchio.»

«Lo so signora, ma sua figlia è l'unica persona che può aiutarci a capire cosa le sia successo. Dobbiamo raccogliere tutte le informazioni possibili, e al più presto, e il dottor Connolly ha detto che se può parlare, sua figlia può rispondere alle nostre domande.» Si rivolse a me. «Si ricorda perché camminava da sola per la strada di notte?»

Camminavo? Da sola? Non ricordavo niente. La mia mente era completamente vuota. «No.»

«È andata a Dove Street per un motivo particolare?»

Dove Street? Mai sentita. «No. Dove si trova? Qui vicino?»

Mia madre strinse le labbra e deglutì. «Il dottor Connolly ha detto che questi vuoti di memoria sono normali ma che probabilmente recupererà tutto in breve tempo. È uno dei migliori medici del Paese.»

Fu la goccia che fece traboccare il vaso.

«Smettila di dire che è normale, che guarirò» dissi alzando la voce. L'effetto fu dirompente. «Non puoi prevederlo. Vuoi solo sentirti più tranquilla. Sono paralizzata, mamma. Paralizzata. Per una volta guardami. Guardami per quella che sono veramente.»

Le labbra di mia madre tremarono. «Jane. Non dire queste cose. Non resterai così, guarirai completamente.»

«Non puoi saperlo. Non sai cosa succederà. Nessuno lo sa. Potrei restare così per sempre.» Sentii il sapore delle lacrime sulla lingua.

«Jane ti prego, non adesso.»

«Che differenza fa in quale momento? Perché non alle...» guardai l'orologio «alle 15:10? O sarà meglio alle 16:15? 17:25? Lo vedono tutti che sono un rottame. Siamo tutti rottami.»

Adesso le lacrime negli occhi di mia madre tremavano. «Perché ti comporti così?»

«Perché tu ti comporti così?» risposi.

Sembrava l'inizio di uno delle centinaia di litigi che avevamo avuto negli ultimi due anni. «Sto solo cercando di fare del mio meglio per tutti, Jane. Per tutti noi. Perché hai tutta questa rabbia verso di me?» disse.

E io le gridai in risposta: «Perché tu hai tanta rabbia verso di me?»

Ci guardammo come quando si incontra qualcuno per strada che si crede soltanto di riconoscere. Qualcuno che si desidera con tutto il cuore sia quella persona ma che in realtà è solo un estraneo. E allora si sente una profonda nostalgia che fa male come un'enorme ferita e l'impossibilità di guarirla ti fa sentire frustrato e arrabbiato e solo fino al midollo.

Adesso mia madre rivolse lo sguardo alla poliziotta e quando parlò aveva una voce ferma, ma vidi che stringeva così tanto i pugni che le nocche erano bianche. «Mi scusi se l'ho interrotta» disse alla poliziotta. «Siamo tutti molto sotto pressione. La prego, continui pure.»

La donna le sorrise dolcemente e si rivolse di nuovo a me. «La sera della festa. Lei è uscita. Forse voleva solo prendere un po' d'aria? O doveva incontrare qualcuno?»

Incontrare qualcuno? Io? Mi tornò un improvviso ricordo di me che camminavo in strada e parlavo al telefono. «Dov'è il mio cellulare?»

«Non è stato trovato nessun cellulare. Forse lo ha lasciato alla festa?»

«Io... ricordo che stavo parlando al telefono con qualcuno. Mentre camminavo.»

«Non è stato rinvenuto nessun cellulare e non ci sono segni di altre persone sul luogo dell'incidente. Ricorda altro? Qualcosa sulla macchina che l'ha investita?»

«No.»

«Non potrebbero esserci segni sull'auto?» disse Joe con l'aria di chi diceva una cosa importante, tipo la scoperta della fusione nucleare. «Non si potrebbe indagare in questa direzione?»

«Spesso l'auto subisce danni e certamente cercheremo questo tipo di prove quando avremo un sospetto.» La poliziotta tornò a concentrarsi su di me. «Conosce qualcuno che avrebbe potuto desiderare di farle del male?»

Prima che io potessi rispondere mia madre disse: «Nessuno può desiderare di fare del male a Jane; lei ha tantissimi amici.»

«È una domanda che devo fare, signora.» Adesso la poliziotta guardava mia madre. «E lei? Lei e suo marito...»

«Non ho ancora l'onore di poter usare questo titolo» disse Joe, con un ghigno arrogante. Mi venne voglia di prenderlo a pugni.

«Il suo fidanzato, allora. Avete dei nemici?»

Mia madre girò gli occhi. «Io sono una consulente politica, naturalmente ho dei nemici, ma nessuno aggredirebbe fisicamente una persona, soprattutto una ragazzina.»

«Ne è sicura?»

«Certo.»

«Avrebbe delle conseguenze negative per la propria immagine» dissi io.

Mia madre strinse le labbra nello sforzo di non rimproverarmi.

Ero ansiosa di sentire cosa avesse da dire Joe riguardo ai suoi nemici, ma lui disse solo: «È irrilevante.» Bella scusa. Poi partì all'attacco. «Siete solo nella fase investigativa iniziale o avete degli indizi, agente?»

«Stiamo esaminando una serie di possibilità.»

«Sarebbe a dire?» incalzò Joe.

La poliziotta non sembrava sopportarlo più di quanto non lo sopportassi io.

«Sarebbe a dire che stiamo facendo il nostro lavoro.»

Joe si alzò. «Posso parlarle in privato, agente?»

«Certo, quando avrò finito qui, sarò felice di...»

«Ha già finito qui» le disse Joe, indicando la porta con un gesto della testa.

Si guardarono fisso. «Vorrei scambiare qualche parola con Jane, da sola.»

«Mia figlia è minorenne» disse mia madre. «Ho il diritto legale di essere presente.»

«Jane non è una sospettata, è una vittima, e vorrei farle delle domande a cui potrebbe voler rispondere senza altre persone presenti.»

«Pretendo...»

«Va bene, mamma» dissi. «Parlerò da sola con l'agente Rowley.»

Mia madre serrò di nuovo le labbra ma andò via, portando con sé Joe e Annie.

L'agente Rowley spinse una sedia accanto al letto e si mise seduta. Osservandola da vicino mi resi conto che le sue unghie non erano semplicemente corte, ma mangiucchiate. Forse non era poi così perfetta. «Bene Jane, quando le ho chiesto se aveva nemici, ho avuto la sensazione che avesse qualcosa da dire prima che sua madre la interrompesse. A cosa pensava?»

Quello a cui avevo pensato era la sensazione che qualcuno mi stesse osservando, qualcuno che mi odiava. Era come un flash sfocato della festa, una percezione più che un fatto. Come potevo spiegarlo? Ho pensato che qualcuno mi stesse fissando? Una frase del genere, accoppiata all'allucinazione di un messaggio minatorio sullo specchio, mi avrebbe fatto passare per una pazza totale.

No, mi sarei limitata alle cose concrete e che ricordavo con chiarezza. «Non lo so» dissi alla fine. «Forse a qualche episodio della festa.»

Qualcuno bussò alla porta, poi Loretta entrò, coperta per tre quarti da un enorme bouquet di fiori. «Dovrò iniziare a fare body-building se ti trattieni da queste parti» disse mentre entrava. «Questo è il più grande di tutti...» Si fermò quando si accorse della presenza dell'agente Rowley. «Chiedo scusa, ho interrotto qualcosa?»

«Temo di sì.»

Loretta poggiò i fiori sul davanzale accanto agli altri. «Mi scusi. Mi tolgo subito dai piedi.» Si fermò accanto al mio letto per dirmi: «Te li ha mandati Oliver Montero, nel caso volessi saperlo. Tua madre ha già preso nota del nome.»

«Grazie, Loretta.»

«Va bene se ti lascio da sola?» chiese.

«Sì.»

Quando la porta si chiuse, l'agente Rowley ricominciò. «Ha detto che forse è successo qualcosa durante la festa. Può essere stata una cosa così grave da indurla a tentare il suicidio?»

Fino a quel momento il mio sguardo si era fermato sui fiori di Ollie, ma a quelle parole tornò immediatamente sulla poliziotta. «Cosa? Non volevo suicidarmi. Perché me lo chiede?» Solo perché avevo avuto l'allucinazione della scritta sullo specchio non significava che volessi morire. Un brivido iniziò a insinuarsi in me, come se dei tralci si attaccassero al mio corpo e mi trascinassero giù, verso un luogo profondo e buio.

«In base alle ferite e all'angolo di impatto necessario per provocarle, non si è trattato di un normale incidente con un pirata della strada. Sembra che lei fosse in ginocchio al centro della strada, aspettando che la macchina la investisse.» Si appoggiò con la schiena alla sedia, le caviglie incrociate, il taccuino sulle ginocchia come se fosse rilassata, ma sapevo che mi osservava molto attentamente.

«In ginocchio? Per strada?»

«Sì. Ha un'idea del perché abbia fatto una cosa del genere?»

Ero sconvolta. «No. Non ho... idea.»

«Di solito ci sono due spiegazioni per questo tipo di comportamento. O la persona in questione sta cercando di uccidersi...»

«Le ho detto che io non ho tentato di uccidermi.»

«...Oppure è sotto l'effetto di qualche droga.» L'agente lasciò che per qualche istante quelle parole mi entrassero bene in mente, poi si chinò in avanti, come per parlarmi in confidenza. «Ha preso qualcosa?»

«No.»

Lei mi osservò come per scoprire se stessi dicendo la verità oppure no, poi fece un brevissimo cenno di assenso con la testa. «Ha mangiato o bevuto qualcosa durante la festa che poteva essere stato drogato?»

Dovetti riflettere per qualche istante.

Mi trovo nella stanza della musica con David e Ollie. Sono seduta sulle ginocchia di David. Sto...

Ho un bicchiere in mano.

Da dove l'ho preso? La mia mente è vuota. Non ricordo.

«Non lo so. Forse. Non ricordo.»

Questa volta l'agente mi guardò con l'espressione di chi non sa se crederci oppure no. Chiuse il suo taccuino degli appunti e si alzò, lasciando un bigliettino da visita sul tavolino accanto al mio letto. «Qui troverà i numeri per mettersi in contatto con me nel caso ricordasse qualcosa.»

Avresti dovuto morire, puttana.

La forza d'urto di quello che l'agente Rowley stava pensando mi colpì all'improvviso. «Lei pensa davvero che qualcuno abbia potuto drogarmi di proposito? Per... per farmi del male? Che non si sia trattato di un incidente ma di qualcuno che voleva uccidermi?»

«Non posso dire nulla per il momento. Stiamo indagando. Il fatto che lei abbia assunto droghe può non avere alcuna relazione con quello che è successo» disse. Mi osservava con attenzione. Qualcosa di sospettoso, forse beffardo, nella sua espressione mi ricordava la mia amica Bonnie dell'Illinois.

«Ma, se le cose sono andate così, deve essersi trattato di qualcuno che era alla festa» dissi. «Uno dei miei amici. Perché un mio amico avrebbe voluto farmi del male?»

«Solo lei può rispondere a questa domanda, Jane.» Il suo sguardo si spostò sul bouquet di fiori appena portato. «Gigli, tulipani, ortensie. Belli e costosi. Ha un fidanzato generoso.»

«Non è stato il mio fidanzato a mandarmeli, ma il suo migliore amico» la corressi.

«Ah.» L'agente Rowley tamburellò con un'unghia irregolare sul bigliettino da visita e andò verso la porta. «Mi chiami se dovesse avere bisogno di me.»

8

Le sue parole e quello sguardo beffardo sembrarono restare nell'aria come il profumo pesante dei fiori di Ollie anche dopo il rumore della porta che si chiudeva. Gli amici non cercano di farti del male, avrei voluto gridare alle sue spalle. Gli amici ti proteggono da qualsiasi cosa possa farti del male. Avere degli amici significa non essere mai soli. E io avevo un sacco di amici. Decine di amici. Mi sforzai di guardare ogni singolo bouquet di fiori sul davanzale, ma il mio sguardo scivolava oltre, verso il cielo scheggiato al di là della finestra. Era di un azzurro brillante, attraversato da una nuvola solitaria. Il giorno perfetto per bigiare.

Io, Langley e Kate avevamo pianificato di passarlo al Livingston Country Club come prima fase del trattamento per l'abbronzatura. Chiusi gli occhi e il ronzio delle macchine intorno a me diventò il mormorio delle cicale tra i cespugli in fiore che circondavano la piscina, a cui si mescolavano il lieve tonfo delle palle da tennis e il tintinnio dei bicchieri mentre i camerieri trasportavano i carrelli carichi di stoviglie prese dalla cucina verso il padiglione del centro sportivo per preparare il ballo annuale del Memorial Day per quella sera.

Avrei dovuto essere lì, sdraiata nella sala interna, a

criticare il nuovo bikini di tutte quelle che passavano, a bere tè con ghiaccio, e spiluccare insalata. Avrei dovuto essere lì con loro e non qui, sola, circondata da macchine, incapace di muovermi, con il corpo ferito, la faccia irriconoscibile.

Perché uno dei miei amici avrebbe voluto farmi del male?

Solo tu puoi rispondere.

Non avevo nessuna risposta. Nella mia testa c'erano solo domande senza risposta e spazi vuoti grandissimi, spazi vuoti così sconfinati che mi sembrava di smarrirmi. Ero sola, ero persa, e in caduta libera. Una volta, mentre sviluppavo i negativi durante il campo estivo di fotografia dell'estate precedente, mi assalì la sensazione che il mio mondo mi stesse sfuggendo dalle mani, come se non sapessi più quale strada seguire. Adesso provavo quella stessa sensazione in maniera così netta che quasi sentivo l'odore degli alberi di pino. Chiusi gli occhi e i ricordi mi inondarono.

Il campo estivo di fotografia era un corso intensivo speciale rivolto ai fotografi degli annuali scolastici e dei giornali di tutto il New Jersey. Si svolse tra i boschi, sotto un cielo smaltato di blu con sempreverdi piantati come sentinelle intorno a una serie di veri e propri chalet fatti con tronchi d'albero. Ma nonostante l'ampia gamma di colori naturali, io mi ero iscritta a un corso facoltativo vecchio stile per fotografia in bianco e nero dove si lavorava proprio sulle pellicole, facendo tutto, dalle foto alla stampa dei negativi e delle immagini. Quando si sviluppano le foto si usano le luci rosse nella camera oscura e, anche se è buio, qualcosa si vede. Ma quando si sviluppano i negativi da cui saranno estratte le immagini, si lavora nel buio totale.

Non mi ero mai trovata in un buio così nero, e l'esperienza mi sconcertò. Non riuscivo a smettere di sbattere le ciglia, nell'attesa che gli occhi si abituassero, che riuscissero a individuare il contorno delle cose, magari un filo di luce attraverso la porta.

Niente. Solo puro, opprimente buio.

E quando me ne resi conto, mi feci prendere dal panico. Mi sembrava che il pavimento mi scivolasse da sotto i piedi, che la gravità si dissolvesse. Sapevo che il tavolo con tutta la mia attrezzatura era proprio davanti a me, eppure le mie dita non mi ubbidivano, non riuscivo a trovare le cose. Un rivolo di sudore mi scese lungo la schiena, le gambe e le braccia presero a tremarmi e avevo la sensazione che il petto fosse stretto in una morsa. Non riuscivo a respirare, dovevo uscire di lì, ma non c'era uscita, non trovavo la porta, non avevo presa sul pavimento, dov'era l'uscita, ero in trappola, sarei morta lì dentro, non sarei mai uscita, ero...

Cercavo aria con la bocca spalancata quando la sua voce arrivò da dietro le mie spalle. «Chiudi gli occhi» mi disse, proprio accanto al mio orecchio.

Avrei dovuto essere terrorizzata all'idea che un estraneo mi fosse così vicino nel buio, ma non lo ero. Mi sentivo rassicurata. Riportata con i piedi per terra. Chiusi gli occhi.

«Adesso fa' un bel respiro profondo.»

Feci un respiro profondo. Poi un altro.

«Va tutto bene» continuò. «Non c'è nessun problema. Sembra diverso, ma è proprio come quando le luci sono accese. Tutto è ancora al proprio posto.»

Come per magia, capii che era vero. Stavo bene. Le mani non mi tremavano più. Trovai la mia attrezzatura esattamente dove l'avevo lasciata e riuscii a infilare la pellicola nella tank e chiuderla bene. Non fui nemmeno l'ultima a finire.

Sembra diverso, ma tutto è ancora al proprio posto. Era stato vero allora, e sarà vero anche adesso, mi dissi.

Quando le luci si erano riaccese nella camera oscura, mi ero guardata intorno per vedere chi mi aveva aiutato ed ero rimasta sbalordita quando avevo visto avvicinarsi il ragazzo che durante le lezioni si metteva sempre seduto nell'ultima fila, da solo, con un cappello di feltro calcato in testa, a prendere appunti.

«Mi chiamo Scott.»

«Sono Jane. Grazie.» Gli tesi la mano.

«Piacere di conoscerti Jane Grazie.»

«No, mi chiamo solo Jane.» Lui sollevò un sopracciglio e mi resi conto che aveva voluto fare una battuta. «Certo, lo sapevi. Comunque, grazie. Cioè, ti ringrazio.»

«Di niente, Solo Jane.»

«Come sapevi cosa avevo bisogno di fare?»

«Studio il modo in cui la percezione impatta sulla realtà» disse, con un tono pomposo. Poi sorrise malioso. «E poi è capitato anche a me. La prima volta che ho sviluppato i miei negativi sono andato completamente nel panico.»

Pranzammo insieme a uno dei tavoli di legno scalfito dove erano state scolpite iniziali per generazioni, e davanti alla classica pizza e a un bicchiere di soda liscia scoprii che non era un ragazzo timido ma solo riflessivo, che viveva nella città vicino alla Livingston 'quello scialbo paesino dove tu e i tuoi amici andate a comprare la birra'. Faceva sia il photo editor del giornale della sua scuola che il fotografo capo dell'annuario e sognava di avere una galleria tutta sua, un giorno. Nel frattempo, aveva progettato di studiare legge, perché bisognava pur pagare le bollette in qualche modo, e di sovvenzionarsi in parte con le borse di studio e in parte con il lavoro di fotografo commerciale. Nelle successive tre settimane e davanti a una serie infinita di caffè acquosi, 'Solo Jane' fu abbreviato in S.J. e noi due diventammo grandi amici. Lui era la persona più profonda e lucida che io conoscessi ma anche la più passionale, uno che si buttava a capofitto nelle cose che amava.

Un pomeriggio lo inseguii dopo una critica particolarmente dura al suo lavoro durante la lezione. Lui lasciò il sentiero e s'inoltrò nella foresta, senza esitazioni, veloce. Gli aghi di pino crepitavano sotto i miei piedi mentre correvo per raggiungerlo.

«Stai bene?» gli chiesi quando gli fui accanto.

Lui si voltò per guardarmi, esultante. I raggi del sole filtravano attraverso gli alberi verde-blu, mettendo in risalto le macchioline color oro dei suoi occhi. Scott era al settimo cielo. «Ciao, S.J.! Non è stato meraviglioso?»

«L'analisi? Ma ti hanno...» cercai un modo per dirlo dolcemente.

«...Mi hanno fatto a pezzi» aggiunse, afferrandomi per le braccia e facendomi girare in tondo. «Lo so. Ma hai fatto caso che nessuno è riuscito a trovare errori nella composizione o nell'angolo o nella tecnica? L'unico problema era che il mio lavoro li metteva a disagio.»

Annuii.

«Questo vuol dire che li ho in pugno. Le mie foto hanno avuto un effetto. Non si tratta solo di piacere o non piacere.» Esplose in una profonda, lunga risata e strinse i pugni in segno di trionfo. «Loro continueranno a pensarci. La percezione forma la realtà. Se cambia una cosa, cambierà anche un'altra. L'arte è questo.»

La percezione forma la realtà. La camera oscura mi sembrava diversa con le luci spente, ma non era cambiato nulla. Tutti gli oggetti erano rimasti al proprio posto, esattamente dove io li avevo lasciati.

Doveva essere così anche adesso, tutto al proprio posto. Ma non essere capace di ricordare mi faceva sentire il mondo in modo strano, come se fosse alieno. La mia vita era ancora la mia vita. I miei amici erano ancore le stesse persone che erano prima.

E quindi anch'io.

Perché uno dei miei amici aveva voluto farmi del male?

Solo tu puoi rispondere.

Ma non potevo. Non potevo perché era impossibile. Nessuno voleva farmi del male. La mia vita era quasi perfetta. Avevo un buon rapporto quasi con tutti. Sul mio diario scrivevano frasi del tipo 'Sei la migliore!' e 'Ti voglio bene!' oppure 'Andiamo in vacanza insieme questa estate!' Gli amici non potevano fare del male agli amici... avere amici significava non essere soli e senza protezione. Significava non essere abbandonati.

Aprii gli occhi e vidi Kate e Langley ai piedi del mio letto. Le mie migliori amiche. Mi sorridevano, e Langley salutava con la mano. Con lo sguardo passavo dall'una all'altra e una voce nella mia testa gridò: Stronze!

9

Quella parola era piombata nel mio cervello come un'invasione di alieni e mi aveva fatto sentire frastornata e confusa come se mi fossi appena svegliata su un'astronave. Qualcosa si agitava al confine della mia coscienza come un'immagine vista una sola volta con la coda dell'occhio, ma non avevo la più pallida idea di cosa fosse, né da dove venissero quella parola e la furia che l'aveva accompagnata. Adoravo Kate e Langley. Erano tutto per me.

Un attimo dopo la rabbia era sparita. Ma un residuo di stranezza mi restò attaccato come il cattivo retrogusto del cibo cinese dei fast food nei centri commerciali anche dopo essermi resa conto di quanto fossi stata folle. Se potevo pensare questo delle mie due migliori amiche, allora l'allucinazione della scritta sullo specchio era niente. Kate e Langley erano bellissime come sempre. Era il loro modo di essere. E anche il mio. Faceva parte di ciò che mi piaceva di loro e di me stessa.

Langley indossava una maglietta con maniche a sbuffo e fragole applicate, una minigonna a campana di denim, calzettoni fino al ginocchio bianchi con ricami e un paio di scarpe modello Mary Jane di Marc Jacobs per il quale avevamo tirato a sorte con una monetina quando le avevamo viste in saldo due settimane prima. Il lucidalabbra era messo da poco, i suoi capelli di platino disordinati al punto giusto. Sembrava Riccioli d'oro leggermente sbronza.

Anche con un abito sportivo, una mega maglietta a maniche lunghe grigioverde che si intonava ai suoi occhi e agli stivaletti da motociclista marrone, Kate riusciva a emanare grazia. I capelli ondulati tirati indietro lasciavano libero il volto coperto dagli occhiali da sole e ogni volta che lei faceva un movimento la moltitudine di braccialetti d'oro che indossava emetteva un piacevole tintinnio.

Langley, naturalmente, fece la prima mossa, precipitandosi verso di me e dicendo: «Oh mio dio, caramellina, sono così felice di vedere che ti sei svegliata!» Mi circondò con le braccia come poté, e si strinse a me.

Kate, muovendosi lentamente, si avvicinò a me dall'altro lato del letto e appoggiò le dita sulla mia mano. «Devi smetterla di farci preoccupare così tanto» disse, chinandosi per baciarmi sulla guancia. C'era qualcosa di innaturale nella sua voce, nei suoi modi, come se stesse facendo finta di essere spontanea. Osservandola da vicino, notai un taglio sul labbro. Lei sorrise e disse: «Davvero, sento che questa storia mi sta facendo invecchiare prima del tempo. Mia madre non ti perdonerà mai se dovrò iniziare con il botulino a diciotto anni.»

«Sarebbe inaccettabile» concordai. «Che cos'è successo al tuo...»

«Parlano tutti di te!» interruppe Langley. Non c'era nulla di innaturale o di strano in lei. Si era messa seduta sul davanzale e aveva preso l'orsacchiotto con la canottiera da palestrato che era stato portato poco prima. Distese la maglietta per leggere la scritta e fece una smorfia. «Animale? Chi ti ha mandato questo coso?»

«Un ammiratore segreto» dissi. «Insieme alle rose.»

«Non è un po' di cattivo gusto?» chiese Kate.

«L'orsacchiotto?» chiesi. «O inviarmi le rose? In verità, sì, tutt'e due le cose.»

«Secondo me è un pensiero carino» disse Langley. Scostò il vaso di fiori di Ollie per mettere l'orsacchiotto seduto al centro del davanzale. «Ecco, così puoi vederlo da qualsiasi punto della stanza.»

«Fortunatissima?» disse Kate.

«Sì, mi sento molto favorita dalla fortuna in questo momento.»

Kate rise con il suo suono sincero e melodioso, e per un momento tutta la tensione si dileguò. «Almeno stai bene con i capelli tirati dietro? È un look francese, e semplice.»

«Vuoi un cesto per quella balla?» dissi.

Langley sorrise. «La battuta è mia. Ma ti permetterò di usarla perché sei claudicante.» Con un saltello scese dal davanzale e tirò un dvd fuori dalla borsa. «Ma adesso basta parlare di sciocchezze, abbiamo portato una cosa da farti vedere.»

Appoggiò il portatile di mia madre sul tavolino accanto al mio letto, infilò il disco e lo avviò. Partirono i primi accordi della canzone più bella del gruppo di David, *Highway Man*. Era la colonna sonora di un video in cui tutti i miei amici mi dicevano di guarire presto, uscire dall'ospedale, tornare a casa. I gemelli Bryson si attaccarono davanti alla telecamera, T.C., Marla e Poppy, le nostre sorelline del primo anno, lessero una poesia, Vivian e Boz inscenarono una lotta di pugilato, mentre Winston fece il robot e quasi tutti quelli della nostra classe e delle classi inferiori fecero qualcosa. Kate e Langley erano anche riuscite a coinvolgere Ollie, che non si faceva fotografare da me perché 'non si sa mai come viene usata la foto'. In piedi davanti alla sua Range Rover nel vialetto di Kate, Ollie diceva: «Sbrigati a guarire e torna con noi.» Sembrava che, anziché passare la giornata al Country Club, le mie due amiche avessero battuto Livingston palmo a palmo per raccogliere le voci dei nostri amici, e mentre guardavo quelle immagini mi commossi. Perché loro avevano fatto il video, e perché tutti avevano partecipato. Hai visto, avrei voluto dire a quella strana voce di prima. Ti sbagliavi.

Sembravano tutti belli e felici, come se fossero in un video musicale o in un catalogo alla moda. In una delle doppie pagine si poteva ammirare un gruppo di ragazzi incredibilmente carini con indosso soltanto jeans con strappi in punti strategici e collanine di cuoio, e ragazze con pantaloncini sportivi, camicette a balze e stivali di gomma con diademi applicati in maniera casuale su trecce involontariamente molli, e tutti correvano attraverso un torrente nel bel mezzo del niente per fare un fantastico picnic selvaggio dove avrebbero bevuto acqua di soda in qualche bottiglia di vecchia foggia e avrebbero dato prova di essere furbi e spiritosi e si sarebbero divertiti da morire.

E questo mi fece pensare di nuovo a Scott, alla serie di foto che aveva chiamato *Natura morta con aspirazioni*. «La gente recita una parte senza esserne nemmeno consapevole» mi aveva spiegato quando gli avevo chiesto del tema. «Hai presente quelle foto che trovi nelle cornici nuove? Ritraggono una vacanza perfetta, una moglie perfetta, un bambino perfetto. È come metterle in fila sul comò e fare finta che sono tue.»

«Ma tu hai fatto delle istantanee. Di persone reali.»

«Che in realtà erano in posa. Facevano finta di essere reali, vivevano come pensavano di dover vivere, sperando che se esternamente funzionava, avrebbe funzionato anche internamente.»

«Non ti sembra un po' cinico?» gli chiesi. «Non è possibile che la gente sia semplicemente felice?»

Gli occhi di Scott si accesero. Diversamente da molti altri, a lui piaceva se qualcuno metteva in discussione le sue idee. «Come fai a sapere che sono felici? Credo che ogni sorriso nasconda un segreto. Il modo migliore per capire le persone è osservarle quando loro non sanno di essere osservate.» Poi continuò e indicò alcuni punti delle foto che mostravano lo scarto tra l'apparenza e la realtà, alcuni elementi inquietanti che di primo acchito nessuno notava ma in grado di mostrare come la perfezione potesse sparire in qualsiasi momento. «Queste immagini sono come le decorazioni di Natale, belle e scintillanti ma che mettono in mostra solo ciò che la gente vuole vedere. Dentro sono vuote, sono solo superficie.» Il suo sguardo diventò più oscuro e intenso e a volte, quando assumeva quell'espressione, Scott metteva un po' di inquietudine.

«Mi piace la superficie» gli dissi, perché era vero e perché volevo alleggerire la sua seriosità. «Voglio credere nella possibilità della perfezione.»

«Forse è per questo che mostri solo morti nelle tue foto» disse, ed era un'affermazione, non una domanda. «Perché solo i morti sono perfetti.»

«Questo non è vero!» risposi.

«Non c'è nessuna tensione in agguato sotto la superficie, S.J.? Non ci sono linee di faglia in attesa di sconvolgere la scena?»

No, avrei voluto dire, e ci credevo. Ne ero ancora convinta. Avrei voluto che Scott fosse con me in quel momento, per vedere le mie amiche perfette e il video perfetto che avevano fatto. Era possibile. La mia vita era davvero così. Quel dvd ne era la prova.

Nessuna di quelle persone mi avrebbe drogata. Nessuno mi avrebbe fatto del male. Erano amici.

L'ultimo minuto del dvd tornava alla sera della festa, quando Kate, Langley e io ci stavamo preparando nell'incredibile bagno di marmo rosa dei genitori di Kate. Indossavamo i nostri costumi da fate dai colori personalizzati (Langley in lavanda, Kate in giallo e io in blu), mentre Langley ci filmava nello specchio dalla cornice dorata. Io osservai quelle tre ragazze e la loro amicizia intima e spontanea – taglio un filo dal vestito di Kate, non trovo il mio lucidalabbra e Langley mi presta il suo – e sorrisi. Ero davvero fortunata.

Ci stringemmo il mignolo, il nostro solito saluto, e mandammo bacini nella telecamera attraverso lo specchio, come a un pubblico invisibile. Poi la scena si spostò sulla festa e le immagini si misero in movimento perché stavamo ballando. Langley fece un giro completo, facendo una panoramica sul mare di corpi, e quando tornò su Kate e me c'era anche Nicky di Savoia, abbracciata a me. Nicky disse qualcosa, mi baciò sulle labbra e mi diede un bicchiere di plastica rossa.

La mia mente si concentrò sulla festa.

Entriamo nella stanza e Nicky, come una forza della natura, si precipita verso di noi attraversando a tutta birra la pista da ballo. Sembra quasi che ci stesse aspettando. Indossa un miniabito giallo con un disegno sul davanti fatto con perline minuscole e dorate, una stola di lince intorno al collo, e stivali da motociclista grigi. Ignora Langley e Kate e prende me per il braccio. In una mano tiene un bicchiere di plastica rosso.

Con l'altra mi dà colpetti sul naso. «Devo farti le mie scuse. Mi sono sbagliata sul tuo conto. Okay?» Mi stringe forte e io mi rendo conto che la stola è di pelliccia autentica, poi mi dà un bacio sulle labbra. «So che ultimamente la nostra amicizia si è raffreddata, e me ne dispiace. Ma ora possiamo essere di nuovo grandi amiche.»

«Certo, va bene.»

«D'accordo.» Mi accarezza il viso con le dita. «Hai la pelle così morbida, come i bambini. Mi piace tanto. Facciamo un brindisi, solo tu e io.» Alza il bicchiere e dice: «A Nicky e Baby Jane» e mi fa un gesto con il braccio per invitarmi a bere. «Prima tu.»

Bevo un sorso e vado a riportarle il bicchiere di plastica rossa ma lei sta ballando con le dita spalancate sulla faccia di Todd Quigley. Mi dice: «Tesoro, puoi tenerlo tu per un po'? Adesso non posso prenderlo» e torna a straziare Todd.

«Vorrei che prendesse sempre voti bassi» dice Kate. «Sembra molto più felice.»

«Se ti sembra così.» Langley indica con un gesto della testa Nicky e Todd che ora si baciano. «A me sembra un tentativo disperato di non ricordare niente la mattina dopo. Andiamo.»

Attraversiamo la sala e andiamo verso la stanza della musica dove un gruppo di ragazze del primo anno salta fuori come tarme appena liberate da un mobilio.

In mano ho il bicchiere di Nicky.

In mano avevo il bicchiere di Nicky.

Questo significava che Nicky mi aveva drogato? E poi aveva cercato di investirmi?

«Nicky?» dissi ad alta voce senza rendermene conto.

«Lo so. Era così strana ieri sera.» Il video era finito, Langley tirò il dvd fuori dal computer di mia madre e lo appoggiò sul davanzale accanto agli altri regali. «Il modo in cui ha aggredito Ollie è stato surreale.»

«Cosa intendi dire? Perché gli ha urlato contro?» chiesi.

«Non gli ha solo urlato contro» disse Langley spalancando gli occhi con enfasi. «Gli diceva in continuazione: Quanto vuoi bene alla tua Nicky scalciatrice?, e lo colpiva negli stinchi.»

Kate si chinò per dire sottovoce con un sorriso malizioso: «Che era decisamente una scena divertente da vedere.»

«Per essere la figlia di un predicatore sei un po' troppo satanica. Lo sai, vero?» le chiese Langley.

«Fa parte del mio fascino.» Kate sbatté le palpebre.

«Perché credi che Nicky fosse così fuori di testa?» chiesi.

«Lei è fatta così.» Langley alzò le spalle come se fosse una risposta sufficiente. «L'abbiamo cercata oggi, ma alcune persone non ci hanno contattato per essere nella prima parte del video.»

«Forse stanno ancora recuperando il sonno dopo la festa» disse Kate. «Scommetto che un sacco di gente sta ancora dormendo.»

Kate e Langley si scambiarono uno sguardo di intesa?

Langley disse, con una foga un po' eccessiva: «Il dottore ha detto che dobbiamo parlare con te per aiutarti a ricordare cos'è successo giovedì sera.»

«Anche se, onestamente, se fossi in te, non ci proverei» disse Kate.

«Che cosa volete dire?» chiesi.

«Be', visto che durante la serata Crippen ha ballato la break dance...»

«E ballando ballando» intervenne Kate «ha mandato all'aria un tavolino e un vaso.»

«...E un sacco di ragazze del primo anno con imbarazzanti abiti firmati taroccati, è meglio se non te ne ricordi. È stata più una farsa che un divertimento.»

«Ho ricordi così frammentari. Ricordo di essere entrata nella stanza e di aver cercato i ragazzi.»

«Li abbiamo trovati nella stanza dell'home theater a guardare uno speciale sulle pratiche di accoppiamento degli scimpanzé e a bere come spugne» mi ricordò Langley. «Tu ti sei fiondata addosso a David, ma poiché Kate e io non eravamo proprio ansiose di vedere *Le voglie degli scimpanzé*, siamo andate a prenderci da bere e Dom è venuto con noi.»

«Me lo ricordo. Ricordo di essermi seduta e aver parlato con David e Ollie.» Frugai tra i miei ricordi. Qualcosa a proposito di ragni? «Aspetta. Ricordo di essere andata in un bagno strano con i ragazzi perché...» Mi tornò in mente il brutto ripensamento di Alex. «Oh, tesoro, mi dispiace. Alex è uno stronzo» dissi a Langley.

«Non preoccuparti. Ho saputo che suo padre riceverà un'onorificenza dal governo austriaco quel fine settimana e per questo lui non potrà venire, non perché non aveva voglia di vedere me.»

«Quindi siete tornati insieme?» A volte le cose tra Langley e Alex cambiavano nottetempo ed era un po' difficile tenersi aggiornati, soprattutto perché nessuno di noi aveva mai incontrato Alex e la loro relazione esisteva solo attraverso il telefono e le chat.

Langley aveva detto che Alex poteva essere quello giusto, vale a dire uno che le piaceva abbastanza da farle superare il suo fastidio per il sesso, che lei considerava una cosa sporca, e da andarci a letto, vale a dire che lei lo adorava sinceramente.

«Non lo so. È in prova, voglio vedere se riuscirà a stupirmi.» Risi, e sentii i tagli sul mio volto tirare, ma non mi importava. Era bello sentire qualcosa, anche se era un dolore. Langley continuò. «Ma questo è poco importante. Che cos'altro ricordi?»

«Dopo la scena del bagno, c'è solo un enorme vuoto.»

«Non ricordi niente?» chiese Kate. «Per esempio, dove sei andata?» Si era chinata in avanti, aveva un solco tra le sopracciglia. Il suo sguardo e il tono sembravano più intensi del necessario.

«No. Il dottore dice che potrebbe essere causato dal trauma o dal colpo alla testa.» Non dissi una parola su quello che l'agente Rowley mi aveva detto sulla possibilità che fossi stata drogata. «Voi mi avete vista dopo che sono uscita dal bagno?»

«No.» Langley scosse la testa. «Kate e io siamo state sempre insieme, ma tu sei sparita.»

Kate fece cenno di sì con la testa. «Abbiamo pensato che fossi con David, ma poi lo abbiamo visto e stava...»

«...Ti stava cercando» aggiunse Langley. «E a quel punto ci siamo preoccupate e abbiamo fatto dei giri in macchina per trovarti, ma tu eri scomparsa.»

Perché avevo la sensazione che parlassero troppo velocemente? Stavano cercando di nascondere qualcosa? Langley rideva troppo e Kate continuava a spostare lo sguardo da me a Langley alla porta. Era successo qualcosa di grave che tutti stavano cercando di nascondere, qualcosa...

«Scusa.» La voce di Langley interruppe i miei pensieri. «Ma lei cosa ci fa qui?»

10

In un primo momento pensai che Langley si riferisse a mia madre, ma poi mi resi conto che guardava la ragazza dai capelli scuri che stava un passo dietro di lei, oltre la porta. Con l'indice faceva dondolare una gruccia imbottita di seta blu, di quelle preferite da mia madre, sulla quale era attaccata la giacca di un completo, e con l'altra mano digitava su un BlackBerry.

«È la stagista della madre di Jane» sussurrò Kate.

Mia madre aveva una stagista? Non ne avevo idea. «Chi è?» chiesi.

«Si chiama Sloan Whitley» si limitò a dire Langley, ma dal suo tono sembrava che Sloan Whitley fosse sinonimo di Fidanzata di Satana. Mi prese in contropiede, soprattutto perché Sloan aveva un viso che conoscevo, come se l'avessi vista recentemente da qualche parte, e l'impressione che mi aveva lasciato era di una persona molto dolce.

«Era alla festa anche lei?» chiesi.

Rispose Kate. «Sì, credo che ci fosse. Vero, Langley?»

Langley alzò le spalle. Era chiaro che stava succedendo qualcosa di strano.

Sloan seguì mia madre e Joe nella stanza, mentre digitava: «...E Hetty Blanstrop al Post» mia madre completò la frase. «Chiedi di parlare direttamente con Hetty. Hai scritto tutto?»

«Sì, signora Freeman» disse Sloan.

«Sloan, conosci le ragazze? Mia figlia Jane a letto, naturalmente, e le sue migliori amiche, Kate e Langley. Sloan è iscritta al primo anno nella vostra scuola. Vuole dedicarsi alla politica, un giorno.» Grande sorriso.

Le ragazze mormorarono un saluto. Sloan arrossì. Mi lanciò un rapido sguardo, indirizzò a Kate un brevissimo cenno con la testa e a Langley un sorriso incerto, poi appoggiò la gruccia su una sedia e uscì per fare le sue telefonate.

Mia madre abbracciò Kate e Langley e le baciò sulla guancia. «Ragazze, sono così felice di trovarvi qui. Fra poco faremo una conferenza stampa per annunciare che daremo una ricompensa a chiunque saprà fornire informazioni su quello che è successo a Jane.» Lanciò uno sguardo compassionevole perfettamente telegenico nella mia direzione.

«Una ricompensa?»

«La polizia ci ha detto che potrebbe essere utile, quindi Joe ha accettato di offrire una ricompensa di diecimila dollari in cambio di informazioni che possano aiutare a individuare il responsabile del tuo incidente» disse mia madre, guardando il suo fidanzato con un sorriso raggiante.

«Grazie, Joe» dissi, ero sincera ma avrei preferito non essere costretta a dirlo. «È un gesto molto generoso.»

«Sono pronto a fare qualsiasi cosa possa essere di aiuto» spiegò, improvvisamente intimidito.

«Avrei voluto fare di più ma l'agente Rowley ha detto che non è necessario.»

Mia madre gli accarezzò il volto e gli sorrise nel modo in cui ricordavo sorrideva a mio padre a colazione dopo le sere che mi avevano lasciato con la baby-sitter per andare fuori a cena. Le loro mani si sfioravano quando lei gli versava altro caffè e tremavano per un attimo, timidamente, e anche se mi sentivo un po' esclusa sapevo che quello era amore, e mi auguravo per loro che durasse per sempre.

Adesso mia madre si comportava allo stesso modo con un altro uomo. «Sei meraviglioso» disse a Joe. Mi sentii lo stomaco stretto in una morsa.

Poi si rivolse di nuovo alle mie amiche. «Vi dispiacerebbe rispondere al telefono per un'oretta, più tardi?»

«Ma certo» disse Kate. La sua tensione era diventata ancora più forte da quando era arrivata mia madre e avevo la sensazione che non vedesse l'ora di andare via.

«Sono sicura che riusciremo a radunare un sacco di volontari» confermò Langley, tirando fuori il suo BlackBerry. «Di quante persone avrà bisogno?»

«Mmm...» Per un decimo di secondo mia madre sembrò persa. Poi riprese il controllo della situazione. «Mettiti d'accordo con Sloan, per favore. Sloan? Sloan?» Mia madre andò verso la porta, mormorando: «Dov'è quella ragazza?»

«Credo che sia uscita per fare...» provò a dire Kate, ma mia madre si era già affacciata con la testa fuori dalla stanza.

«Sloan» urlò. «Sloan? Devi... oh, eccoti.» Sloan sembrava accogliere le richieste di mia madre con calma serafica. Eravamo io e le mie amiche a metterla in agitazione. «Sloan, voglio controllare il testo. Joe, per favore va' ad aspettarci davanti all'entrata dell'ospedale insieme ad Annie. Kate e Langley, grazie per il vostro aiuto. Siete delle vere amiche. Jane è fortunata ad avervi conosciuto.»

Langley mi fece l'occhiolino e mentre si chinava per baciarmi sulla fronte sentii una folata del suo profumo all'essenza di pompelmo. Lo trovai familiare, tranquillizzante, come una promessa di normalità. Kate mi mandò un bacio e sussurrò: «Rimettiti in forze, piccola.»

Mi venne un nodo alla gola. «Grazie» dissi a entrambe, e lo dissi con tutto il cuore.

«Non dire sciocchezze» disse Langley. «Cos'altro avremmo potuto fare? Starcene sedute sulla poltrona di casa e desiderare di averti con noi?»

Il nodo alla gola si stringeva sempre di più.

Mi strinsero il mignolo, anche se io non sentivo nulla, e si avviarono verso la porta. Langley si voltò per salutarmi con la mano un'ultima volta, ma Kate uscì rapidamente dalla stanza, come se all'improvviso avesse una grande urgenza di andarsene.

E io restai da sola. Be', da sola con il giudice Zonin che occupava un breve spazio televisivo prima del telegiornale delle cinque. Con i capelli spessi e ondulati che si ingrigivano alle tempie, l'abbronzatura applicata con lo spruzzatore e i denti bianchissimi, il giudice Zonin mi guardava come se stesse cercando di vendermi dentifricio, o la formula della vita eterna, anziché amministrare la giustizia.

Due ragazzi erano in piedi su un podio davanti a lui, entrambi con la testa rasata. Uno di loro indossava un completo con cravatta; l'altro era più sportivo, con un maglione a maniche lunghe che gli aderiva ai pettorali.

«E poi ha chiamato la mia ragazza» stava dicendo Mr Pettorali, indicando il tipo con il vestito. «Usando il mio cellulare ha chiamato la mia ragazza ed è uscito con lei.»

Fu in quel momento che il pensiero mi colpì: David non c'era nel video. Era strano che non avessi notato la sua assenza. Ma ora che me ne rendevo conto, però, mi infastidiva.

«È vero?» chiese il giudice Zonin, sollevando le sopracciglia fino quasi a nasconderle tra l'acconciatura all'ultima moda.

«È una questione matematica, capo.» Il ragazzo con il vestito mostrò il palmo della mano. «Lui ha messo il numero della ragazza nella tariffa degli amici, giusto?

E io ho usato il suo telefono per parlare con lei. È gratis per tutti.»

Era per questo che Langley e Kate si comportavano in modo così strano? Perché non volevano che notassi l'assenza di David?

«Ti consideravo un amico, però» disse Mr Pettorali, aggrappandosi al podio come se volesse prendere a pugni qualcuno. «Gli amici non fanno di questi scherzi. Rubami la ragazza, rubami il telefono. Ma tutti e due? No.»

Probabilmente sta smaltendo la festa. Kate e Langley avevano detto questo di Nicky, e forse valeva anche per David. Stava solo smaltendo la sbornia della festa. O stava provando. Gli capitava spesso di essere così preso dalle prove che non rispondeva al telefono. O alla porta. Come era successo due settimane prima. E quando era finalmente andato ad aprire, sembrava molto seccato di essere stato interrotto.

Il ragazzo con il completo aprì le mani. «Si tratta solo di affari, amico, del libero mercato.»

Adesso Mr Pettorali prese a pugni il podio. «Libero mercato... allora un giorno pagherai per quello che hai fatto. E presto anche. E non sto parlando del rimborso del telefono.»

«Il suo atteggiamento mi spaventa, signore» disse il giudice Zonin.

Stava spaventando anche me. E poi mi resi conto che non era lui. Le sue parole erano la ripetizione quasi perfetta di quello che mi aveva detto Nicky durante la nostra ultima vera conversazione.

11

Nicky e io eravamo state scelte come partner per il laboratorio di biologia all'inizio dell'anno, e durante la seconda settimana di lezione lei mi aveva invitata a casa sua per lavorare a un progetto che assegnava dei crediti aggiuntivi. Ne fui sorpresa perché io ero abbastanza secchiona da fare una cosa del genere, ma non credevo che lo fosse anche lei. Nicky di Savoia era una ragazza molto alla moda, al di là del numero di persone che conosceva. Suo padre era un famoso produttore discografico e sua madre una ex super modella, e tutta la famiglia di Savoia compariva regolarmente sulle pagine del *Gotham* e del *Vanity Fair* che mia madre lasciava in cucina.

La casa dei di Savoia non si vedeva dalla strada, era nascosta dietro una folta siepe e un muro alto. Dentro c'era un castello in pietra, con tanto di fossato.

«C'è anche un ponte levatoio?» chiesi incredula.

«Sì. Abbiamo dovuto metterlo per forza, c'è un alligatore nell'acqua.»

«Non ci credo.»

«È piccolo. Okay, è minuscolo. Ma è bastato fare finta che esistesse per indurre i gemelli all'obbedienza.»

I gemelli erano i fratelli di cinque anni di Nicky, Marc Antonio e Gian Luca. Come Nicky, erano stati adottati da un orfanotrofio per bambini rifugiati, anche se lei era stata presa in Brasile e i due maschietti in Vietnam. Marc Antonio e Gian Luca si precipitarono a salutare la sorella appena passammo dal garage all'immensa cucina in stile Tudor, e se mi ero sorpresa del fatto che Nicky volesse guadagnarsi dei crediti aggiuntivi, la mia meraviglia aumentò quando la vidi insieme ai suoi fratellini.

«Qual è stata la cosa più bella che hai fatto a scuola oggi?» chiese prima a Marc Antonio.

«Ho preso una coccinella.»

«Racconta cosa ci hai fatto» disse Gian Luca, compiaciuto.

«L'ho mangiata. Ha proprio lo stesso sapore del pollo.»

«Marc Antonio è lo chef di famiglia» spiegò Nicky. «Deve mangiare tutto almeno una volta.»

Lei era sorprendente quando stava con loro, faceva domande sui loro amici e sulle maestre, gli portava la merenda e gli puliva il viso, esaminava con molta cura un ginocchio sbucciato e un graffio invisibile. Guardandoli insieme decisi che avrei prestato più attenzione ad Annie. Meglio, che avrei iniziato a prestarle attenzione.

Il signore e la signora di Savoia vennero in cucina 'per sapere quale fosse il motivo di tante risate' e io non potei farne a meno: li fissai senza ritegno. Non perché erano entrambi esoticamente splendidi – lui era amerindo-italiano e lei somalo-americana – né perché suo padre aveva ogni centimetro di pelle visibile coperto dai tatuaggi.

Li fissavo perché erano a piedi nudi e si tenevano per mano.

Non riuscivo a ricordare l'ultima volta che avevo visto mia madre senza scarpe, tranne quando usciva dalla doccia, e anche in quelle occasioni di solito si infilava subito le ciabatte. E i genitori mano nella mano? Mai.

Iniziarono un'accesa discussione con i gemelli su cosa preparare per cena quella sera, e io e Nicky andammo nella sua stanza al piano di sopra. Anche quella fu una sorpresa perché non era piena di poster di cantanti come mi aspettavo ma di bambole della serie American Girl. «Non riesco a smettere. Le adoro» disse Nicky.

Ne toccai una e vidi che lei si irrigidì un po'.

«Scusa, è che di solito, sai com'è, non le tocco senza guanti.» Sembrava imbarazzata. «Oh mio dio, sembro una di quelle tipe noiose, mi vergogno di me stessa.»

«Per niente» dissi. «Mia madre conserva ancora i vestiti delle sue Barbie in borse speciali che lei fece apposta.»

«Fantastico. Me lo ricorderò la prossima volta che David mi prenderà in giro perché sono così maniacale. Mi costringe a chiudere gli occhi delle bambole quando veniamo qui per stare insieme.»

David era il suo ragazzo in quel periodo ed erano la coppia più invidiata della Livingston High, quindi l'idea che si baciassero circondati da bambole, seppur con gli occhi chiusi, era piuttosto ridicola. «Da quanto tempo state insieme?»

«Io e David? Sette mesi, cinque giorni e...» si guardò l'orologio «sedici ore. Ci siamo conosciuti mentre facevamo la fila per lo spettacolo di mezzanotte di *Casablanca*.»

«Fico!» dissi. «Lui dev'essere il miglior fidanzato del mondo.»

Lei si strofinò il polso. «Infatti, è così. Ci puoi giurare.»

Cenai con la famiglia di Savoia e dopo giocammo al minigolf nel percorso per interni che avevano appena installato in cantina, con tanto di vulcano che emetteva vapore. «Preferisco che i miei figli si colpiscano a vicenda qui in casa con le mazze piuttosto che facciano a botte con i figli di qualcun altro in pubblico» fu la spiegazione del signor di Savoia, ma a giudicare dal modo in cui la signora di Savoia ridacchiò mentre il marito parlava, era chiaro che il gioco divertiva più lui che i figli. Per ogni buca, il giocatore doveva eseguire una danza prima di poter tirare, e per alcune era prevista una stretta di mano segreta... non riuscivo a ricordare un giorno in cui mi fossi divertita di più. Quando me ne andai, la signora di Savoia mi prese la mano e mi baciò sulle guance, poi mi disse con un leggero accento inglese: «Spero che tornerai a trovarci. Capita di rado che Nicola inviti a casa un'amica. Torna presto.»

Nicky arrossì. «Mamma.»

«Mi piacerebbe molto» dissi, ed ero assolutamente sincera.

Il mattino dopo Langley e Kate mi trovarono davanti al mio armadietto della scuola.

«Dove sei stata ieri, caramellina?» mi chiese Langley, aprendo l'involucro di un biscotto gelato. Una delle cose più invidiabili di Langley era che poteva mangiare qualsiasi cosa, non ingrassava mai. «Ti abbiamo chiamata un milione di volte.»

«Sono andata a casa di Nicky di Savoia per studiare biologia. Lo sapevate che hanno un percorso di minigolf in cantina? Con un vulcano?»

«Davvero?» chiese Kate, sorseggiando il suo latte. «Non dirlo a mio padre, ne farebbe installare uno anche lui, solo che al posto del vulcano metterebbe una sua statua.» Si fermò a riflettere per qualche istante. «Naturalmente sarebbe molto divertente lanciare le palle contro la sua faccia.»

«E tu potresti acconciarla come ti pare.» Mi caricai la borsa sulle spalle e ci avviammo insieme verso la lezione del corso avanzato di storia europea.

Langley mordicchiava il bordo del suo biscotto gelato. Lo mangiava sempre allo stesso modo, a piccoli morsi, leccandolo, dal bordo verso l'interno. «Sembra che ti sia divertita parecchio.»

«È vero.»

«Non la frequenterei molto spesso se fossi in te.»

Mi fermai. «Perché?»

Anche Langley si fermò. «Non hai sentito la voce che

circola in giro? Nicky la succhiona? Le piace fare pompini?»

«Non ho sentito niente del genere» disse Kate.

«Nemmeno io» aggiunsi. «Di cosa stai parlando? Lei esce con David Tisch.»

Langley alzò le spalle e ricominciò a camminare. «Immagino che neanche lui ne sappia niente.»

Forse perché cominciai a farci attenzione, ma da quel momento in poi mi capitò di sentir parlare di Nicky la succhiona. All'inizio era solo un pettegolezzo ma dopo un po' cominciarono a circolare vere e proprie storie. Un ragazzo disse che Nicky gli aveva fatto un pompino davanti a uno dei dischi d'oro di suo padre, un altro raccontò di una notte di sesso sopra il vulcano del percorso di minigolf, con quei dettagli che rendono vera qualsiasi storia. Una volta, mentre eravamo nei corridoi, arrivò un ragazzo dell'ultimo anno e disse a Nicky: «Ciao bella, hai fame? Ti piace il mio gelato al cioccolato, dolce un po' salato?» e si strinse il pene tra le mani. Allora lei iniziò a isolarsi, la incontravo sempre meno, e quando la nostra collaborazione al corso di biologia finì non la vidi più. Seppi in seguito che si era lasciata con David, ma nessuno mi raccontò mai i particolari.

Le ho parlato per l'ultima volta all'inizio di dicembre. Era il week-end dell'estate di San Martino, e così portai Annie al parco. Nicky era lì con i gemelli. Avevo iniziato a uscire con David poco più di un mese prima e pensavo che questo avrebbe creato imbarazzo, ma lei si avvicinò dopo aver visto che la salutavo con la mano e disse: «Ho sentito di te e David.»

«Sì.»

Mi lanciò uno sguardo strano. «Divertiti.»

«Mmm... grazie?» Stava per girarsi e andarsene ma io la fermai. «Ti va di prendere un caffè o qualcosa più tardi?»

«Perché? In modo che tu e le tue amiche possiate distruggere ancora meglio la mia reputazione? Ci sono modi più semplici per rubare il fidanzato a qualcuno.»

«Ma cosa stai dicendo?»

«So bene chi ha inventato quelle storie di Nicky la succhiona. Non volevo crederci all'inizio, ma come potevo negarlo quando iniziarono a venire fuori i *dettagli*? Mio padre aveva appena finito di costruire il suo percorso di golf e tu sei l'unica persona che l'ha visto.»

«Credi che sia stata io a mettere in giro queste voci?»

Lei non rispose, si limitò a guardarmi senza nessuna espressione.

«Perché avrei dovuto farlo?»

Adesso mi rivolse uno sguardo duro. «Non fare l'ingenua. 'Lui deve essere il miglior fidanzato del mondo'» disse imitando la mia voce. «E ora è il tuo ragazzo. Anche se dovrei ringraziarti. Stavo cercando un modo per lasciarlo e quella storia ha reso tutto più facile.»

«Nicky, devi credermi, io non ho messo in giro nessuna voce.»

«Io non devo fare proprio niente. Meno che mai stare qui a parlare con te.»

Si incamminò, poi si voltò a guardarmi. «La cosa più triste è che mi eri davvero simpatica. Pensavo che fossi una ragazza in gamba. Adesso mi fai solo pena. Non ti sei ancora stancata di fare il burattino nelle mani di quelle due? La loro bambolina, sempre a fare tutto quello che ti chiedono?»

«Non è così che stanno le cose.»

Lei scosse la testa. «Va bene. Un giorno ti sveglierai e ti accorgerai del prezzo che dovrai pagare.»

«Cosa vuoi dire?»

«Saprai qual è veramente il prezzo per il tuo ragazzo e per tutti gli amici che hai.»

Un'altra persona mi aveva detto già una cosa simile. Ma avevano torto tutt'e due.

«Gelosa, vero?» gridai a Nicky ma anche a qualcun

altro, a un ricordo, a qualcuno che non poteva in nessun modo sentirmi. Lei era gelosa. Era gelosa di David, e delle mie amiche.

Nicky rise, mi mostrò il dito medio senza voltarsi e continuò a camminare.

Fu l'ultima volta che parlammo.

E poi alla festa lei mi abbracciò e mi baciò e disse che voleva essermi amica. E mi diede quel bicchiere.

Era tutto molto strano. Ma per qualche motivo ancora non riuscivo a credere che Nicky mi avesse drogato.

A meno che lei e David...

No.

Ma David non c'era nel video, mi dissi. E nemmeno Nicky.

Non aveva senso. Anche se dopo l'allucinazione della scritta sullo specchio e la mia strana reazione quando avevo visto Kate e Langley, non mi sentivo il giudice più adatto a dire cosa avesse senso e cosa non ne avesse.

I fiori, i palloncini e i bigliettini, quelle erano cose reali. Giusto?

Avrei voluto mettermi a urlare per la frustrazione. E poi avrei voluto farlo ancora di più quando il telefono iniziò a squillare.

Avrei voluto muovere il braccio, ma non riuscivo a sollevarlo. «Aiuto!» gridai. «Qualcuno...»

Arrivò Loretta, storcendo le labbra e scuotendo la testa. «Non dovrebbero arrivarti telefonate.» Prese il telefono. «Stanza 403, con chi parlo, prego?» Prima Loretta aggrottò la fronte, poi spalancò gli occhi in un'espressione di sorpresa e infine sorrise. «Grazie, anche a me fa piacere sentire la tua voce. Adesso controllo se la signorina Freeman può rispondere.»

Loretta si premette il telefono contro il petto. «Un certo David Tisch vuole parlare con te.»

Qualcosa nella luce che si accese nei miei occhi diede a Loretta la sua risposta. Mi appoggiò la cornetta sull'orecchio.

«Ciao, tesoro. Come... come stai?»

Il suono grave e familiare della sua voce mi inondò di autentica gioia. E anche un'altra sensazione inaspettata che sembrava... sollievo? Non sapevo di cosa avessi avuto paura, ma il timore si dileguò appena sentii la sua voce.

«Sto bene adesso. Mi vieni a trovare?» Non volevo sembrargli troppo disperata ma ora che gli parlavo mi rendevo conto di avere bisogno di lui. Avevo bisogno di vederlo.

Mi sembrò che lui sospirasse. Come se sentisse lo stesso sollievo che avevo sentito io. «Non posso questa sera, ma verrò da te domattina, appena alzato. Volevo solo dirti che ti penso. Tesoro?»

«Sì?»

«Più dei pasticcini. È la 139.»

Non potevo non ridere, anche se mi faceva male. «Impossibile.»

«Sì, possibile.»

Mi sentivo così felice. Normale. Era tutto normale.

In sottofondo sentivo voci e il suono di una sirena. O forse non mi arrivavano attraverso il telefono.

«Dove sei? Sembra che mi parli da un parcheggio.»

«Una cosa del genere. Ascolta, ora devo andare, ma verrò presto a trovarti.»

«Prometti?»

«Super prometto. Ti amo, tesoro. A presto. Pensami.»

«Anch'io ti amo.»

Lo sentii dire: «Aspetta...» e poi la comunicazione fu interrotta. Chi doveva incontrare? Chi era la persona fortunata che lo avrebbe visto tra un po'?

Non importava. Lo avrei visto il giorno dopo.

Sembrava il miglior fidanzato del mondo, ricordai di aver detto a Nicky.

E lo era.

Feci un sorriso a Loretta.

«Dio mio, ancora un paio di dosi di questo ragazzo e correrai fuori a sparare botti e mortaretti» disse. «Ho la sensazione che il tipo non ti piaccia granché.»

«Non tanto.»

«Hai messo giù il telefono giusto in tempo, tua madre sta per fare la sua apparizione da star.» Loretta alzò il volume del televisore proprio quando iniziava la sigla del telegiornale delle cinque.

Il mio caso era l'argomento del primo servizio. Dopo l'inquadratura su un'ambulanza a sirene spiegate, la scena si spostò su mia madre. Mi aspettavo un podio, a lei piacevano i podi per i suoi candidati, ma la vidi in piedi sui gradini dell'entrata dell'ospedale, con Annie e Joe alla sua sinistra, come una famiglia perfetta. Alla sue destra, dove voleva che mi mettessi sempre io ('per bilanciare l'immagine') c'era la piccola Sloan. Ma non mi diede fastidio. Niente poteva darmi fastidio.

Mi tornò in mente la *Natura morta con aspirazioni* di Scott e mentre osservavo lo schermo pensai che tutti notano un dettaglio rivelatore. Scoprii che i calzini di Annie non erano dello stesso colore, che le nocche delle mani di mia madre erano bianchissime, che Sloan continuava a guardare dietro di sé e... aspetta un po', aveva un succhiotto? Carino. Era stata una delle prime abitudini di David che avevo dovuto sradicare quando avevamo iniziato a uscire insieme perché non si poteva mai sapere quando mia madre avrebbe avuto bisogno di una foto di famiglia. Cavoli tuoi, Sloan, pensai, ancora non puoi sostituirmi.

Il servizio successivo raccontava di un vigile del fuoco che aveva salvato un bambino da un puma scappato dallo zoo privato di animali selvatici chissà di chi, poi ci fu un'intervista a un addestratore di animali selvatici il quale spiegava come quel tipo di esemplari non dovesse essere rinchiuso negli zoo privati, e infine un pezzo sul furto a un supermercato durante il quale i ladri erano scappati con una scatola di barrette di cioccolata, 143,72 dollari, e una serie di numeri di *Playboy*, spacciando un iPod per un taser.

Qualcuno fece qualche battuta sulla sfida alla prova di hot dog per il fine settimana del Memorial Day, e poi iniziò la pubblicità.

Succo d'arancia. Michigan. Due bibite al prezzo di una il venerdì. Nella mia mente mi vedevo insieme a David a saziarci di tutte quelle cose, abbracciati, con il tramonto sempre alle nostre spalle.

Passai tutto il resto della serata a guardare la televisione e a pensare a tutto ciò che avremmo fatto io e David quando sarei guarita.

L'ultima pubblicità che vidi prima di spegnere il televisore mostrava un prodotto per le cicatrici. «Elimina tutte quelle orrende cicatrici in soli dieci giorni con la nostra cura miracolosa. Formula soddisfatti o rimborsati» e il mio umore salì alle stelle. David mi amava. Le mie cicatrici sarebbero sparite. E tutto sarebbe tornato come prima.

Dovevo ancora imparare che esistono cicatrici che nessuna cura può eliminare. Cicatrici seppellite così in profondità che non si vedono, non si toccano e non si può evitare che facciano male. Cicatrici che possono uccidere.

Sabato

12

Le tavole della banchina sotto i miei piedi erano tiepide. Faceva caldo e le api ronzavano tra gli arbusti alle mie spalle. Davanti a me l'acqua marrone del lago era piatta e invitante.

«Fallo, Jane» disse l'assistente di campo, quella carina. La sua testa spuntò accanto alla banchina, le gocce d'acqua brillavano sulle sue ciglia, i capelli biondi si distesero a ventaglio intorno a lei. Le sopracciglia avevano bisogno di una spuntatina.

Mentre la guardavo, inclinò la testa all'indietro e il suo corpo salì sulla superficie dell'acqua, le braccia allargate. I capelli la circondavano come un mantello e un sorriso sereno le aleggiava sulle labbra. Aveva gli occhi aperti, le pupille completamente dilatate. Un rivolo di sangue le usciva dalla bocca.

Devo salvarla, pensai.

Mi tuffai nell'acqua marrone. Le alghe mi afferrarono, mi tirarono giù. Rilassati, dicevano. Non fare resistenza.

Lottai finché ebbi forza, poi mi arresi. Le alghe mi rilasciarono e io iniziai a nuotare con energia, spingendo con i muscoli verso l'alto, verso la superficie. Ero quasi arrivata, ma non bastava. Non potevo farcela, i miei polmoni erano in fiamme, senz'aria. Stavo morendo, annegata.

Una mano comparve nell'acqua. Aveva un anello che io riconobbi. La afferrai, e fui tirata su, fuori, trascinata in superficie. Schizzai nell'aria come un pesce in volo, bramando disperatamente l'aria.

Aprii la bocca per ringraziare il mio salvatore e li vidi.

Gli occhi. Occhi torvi e pieni di odio. Che mi deridevano. Mi beffavano, mi dileggiavano. Occhi che mi volevano morta, occhi che mi invidiavano, proprio sopra di me. Aprii la bocca per urlare e una voce disse...

«Ciao, bocca d'oro.»

Capii tutto. La persona che fissavo, sopra di me, era David.

Come sempre, portava gli occhiali da sole, e quelle lenti mi rimandavano due immagini distorte di me stessa. David si chinò per baciarmi sulla fronte e sentii il plettro per chitarra che portava al collo sfiorare la mia pelle, e poi il suo profumo maschile. Quello che metteva per occasioni speciali.

Ebbi un tuffo al cuore.

Indossava la maglietta su cui c'era scritto TORNA IN LIBANO!, una delle sue preferite, e i jeans, aveva la barba di un giorno ed era meraviglioso. Mi sentii improvvisamente nervosa. E io com'ero? Lui era bellissimo e io ero...

«Come sta la mia coraggiosa ragazza?» mi chiese, prendendomi la mano. Il modo in cui mi disse che ero coraggiosa, il modo in cui mi sorrise, mi fecero venire voglia di piangere. «Sembri una principessa che ha passato qualche guaio.»

«È proprio così che mi sento.»

«Sono molto orgoglioso di te, tesoro» disse, e anche se non capivo perché – cosa avevo fatto? – fui felice di sentirmelo dire.

«Grazie.»

«Sto scrivendo una canzone su di te» mi disse. «Ho già finito quasi tutto il ritornello.»

Stava scrivendo una canzone su di me. Era... Le lacrime si affollavano nei miei occhi.

«No, non piangere, tesoro. Lo sai che ti amo.»

«Anch'io ti amo.»

Mi guardò da sopra gli occhiali e fece l'occhiolino. Poi si alzò e con il pollice indicò qualcosa alle sue spalle. «Guarda chi è venuto a salutarti.»

Non so perché ma vedere Ollie in quella stanza fu uno shock. I fiori erano stati strani ma ora sentivo che una parte della mia mente era in tensione. L'atmosfera della camera sembrava cambiare mentre lui si avvicinava al letto.

«Grazie per i fiori» dissi. «Sono bellissimi.»

«Di niente. Mando sempre fiori alle donne in difficoltà.» Parlava con un tono di voce tranquillo, normale, ma si strusciava nervosamente le chiavi della macchina contro la gamba destra. «Come ti senti? Cioè, l'umore come va?»

Era una domanda strana, ma la risposta era facile. «Adesso benissimo» dissi, sorridendo a David.

Ollie fece un cenno di assenso con la testa senza guardarmi. «Sì, si vede. La testa?»

«Ancora lenta. Ricordo poche cose.»

«Lo immagino.» Mi guardò per un momento con uno dei suoi sguardi così intensi da diventare inquietanti e disse di nuovo: «Me lo immagino. Forse è meglio così. È inutile farsi mille domande insensate.» Poi si rivolse a David. «Ti aspetto fuori, amico. Non metterci troppo, sono le undici e dieci e voglio arrivare al negozio della Apple prima che diventi troppo pieno.»

«Ti raggiungo subito.»

Dio, quel ragazzo era strano. Appena se ne andò, svanì anche quell'atmosfera tesa.

David si mise a sedere sulla sedia accanto al mio letto. Mi scostò i capelli dalla fronte con la mano sinistra. «Come fai a essere così bella persino con i lividi, bocca d'oro?»

Con fatica, ma risi. Mi faceva male il viso e un po' anche il petto ma restava una sensazione meravigliosa. Mi sembrava di non aver riso di cuore da secoli. «Non essere ridicolo.»

Si fece scivolare gli occhiali lungo il naso. Aveva gli occhi un po' spenti ma non era troppo fatto. «Potrei mai mentirti?» Mi fece quel sorriso malizioso, quello che mi aveva fatto innamorare di lui la prima volta che eravamo usciti insieme, quando non avrei potuto nemmeno sognare che lui fosse interessato a me.

Era un sabato all'inizio di ottobre dell'anno precedente e io, Langley e Kate presidiavamo una bancarella alla Livingston Days Faire per raccogliere fondi da devolvere al rifugio per animali della città dove Langley lavorava come volontaria. Vendevamo biscotti, quindi Langley aveva deciso che dovevamo vestirci da *scout girl* versione sexy, e poiché le cose tra lei e Alex non andavano molto bene in quel periodo, Kate e io avevamo deciso di accontentarla.

Avevamo appena finito di sistemare la nostra bancarella quando arrivarono David e Ollie. Kate li invitò ad avvicinarsi con un gesto della mano e subito cercò di convincerli a fare da infiltrati per noi alla fiera. «Dovete solo andare in giro dicendo ad alta voce che i nostri biscotti sono buonissimi» spiegò. «Al resto penseremo noi.»

Kate e David erano vicini di casa da quando erano bambini, quindi lei lo conosceva abbastanza bene, io invece non avevo mai parlato con nessuno dei due amici prima di allora. Erano tra i ragazzi più famosi dell'ultimo anno e mi avevano sempre un po' intimidita, ma restarono con noi tutto il pomeriggio, facendo finta di essere i nostri guardaspalle e attirando la gente verso la nostra bancarella. «Avvicinatevi e fate il pieno di questi squisiti bocconcini, vi faranno leccare i baffi» diceva Ollie, e David aggiungeva: «E sono buoni anche i biscotti!»

Erano divertenti e furbi, e davvero simpatici. David passò quasi tutto il pomeriggio a parlare con Kate e Langley, mentre Ollie parlava con me. Anche allora aveva un modo di guardarmi che mi faceva sentire come se lui stesse guardando dentro di me, ma senza darmi l'impressione che non gli piacesse quello che vedeva. Quella è arrivata dopo.

Il giorno della fiera lui mi sembrò simpatico e mi sorprese perché conosceva bene il mondo della fotografia, dell'arte e delle gallerie di New York. E dopo che eravamo riuscite a vendere tutti i biscotti ci invitò a casa sua per un barbecue. L'idea era elettrizzante, un barbecue con due ragazzi straconosciuti dell'ultimo anno, ma il sabato era serata di cena in famiglia a casa mia e sapevo che per nessun motivo mia madre mi avrebbe permesso di mancare.

Fu umiliante dover dire a Ollie e David che dovevo passare il sabato sera con mia madre, mia sorella e Joe a guardare la televisione ma, invece che prendermi in giro, David si offrì di accompagnarmi a casa. Ci eravamo scambiati pochissime parole durante la giornata quindi all'inizio fu un po' strano...

Io: Carina la tua macchina.

Lui: È nuova.

Io: Che marca è?

Lui: Audi.

Io: Hai scelto tu il verde.

Lui: No, mia madre.

...Ma poi lui mi guardò con la coda dell'occhio e mi chiese se ero mai stata davvero negli scout.

«Sì, quando abitavo in Illinois, prima di trasferirmi qui» risposi.

Fu la prima volta che vidi il suo sorriso malizioso. «Lo sapevo. Tu hai qualcosa di innocente che è sexy e dolce allo stesso tempo. Non sono riuscito a toglierti gli occhi di dosso per tutto il giorno.»

Lo guardai, ammutolita. Lui staccò una mano dal volante e la appoggiò sul mio ginocchio. «Magari potremmo uscire insieme qualche volta.»

E allora non riuscii più a trattenermi: «Ma pensavo che a te piacesse Langley.»

Lui mi guardò con aria interrogativa. «Cosa vuoi dire?»

«Voglio dire che hai parlato con lei tutto il giorno, e non mi hai mai degnata di uno sguardo.»

«Lo vedi?» disse, sistemandomi i capelli dietro l'orecchio in un gesto che avrei imparato a conoscere molto bene. «Sei una ragazza innocente e dolce. Il gioco funziona così, piccola. Non si parla mai alla ragazza a cui si è interessati davvero, ma alle sue amiche. Fingere di essere quasi indifferente, per attirare l'attenzione.» Ormai eravamo arrivati a casa mia. Lui si fermò e spense la macchina. «Il fatto è che non vado in giro a chiedere a una ragazza di uscire con me se non so che dirà di sì. Sono un tipo sensibile.» Fece un'espressione profondamente poetica e io risi. «Ecco, adesso mi prendi in giro.»

«Non ti prendo in giro, sto...»

Mi baciò dolcemente sulle labbra e quando si allontanò da me aveva un'espressione sorpresa sul volto.

«Bello» disse. Appoggiò la fronte sulla mia, le dita sul mio mento. Non parlava, come se aspettasse di vedere la mia reazione.

«Bello» dissi anch'io. Mi sembrava la cosa giusta da dire. Era così, pensai. Era così che doveva essere un bacio. Bello. Caldo e piacevole.

Lui si ritrasse, appoggiando la guancia sul poggiatesta, e fece scorrere le dita sui miei capelli. Mi guardò a lungo, come se volesse capire tutto di me, come se pensasse che io fossi speciale. Le sue dita scivolarono dai miei capelli fino a toccarmi un braccio, poi raggiunsero la mia mano, e si intrecciarono con le mie dita. Aveva uno sguardo intenso, pieno di ammirazione, e io sentii che lui stava guardando quella Jane che avrei voluto che tutti vedessero.

«Vorresti...» i suoi occhi si staccarono da me, poi tornarono a guardarmi, e lui balbettò «ci... cioè, vuoi uscire con me?»

La sua fragilità, il suo nervosismo avevano qualcosa di così commovente. Sembrava che la mia opinione fosse davvero importante per lui.

«Mi piacerebbe.»

Lui sospirò rumorosamente. «Fiuuu... Ho avuto paura per qualche secondo.»

«Che io dicessi di no?» Non potevo crederci. Esisteva davvero una ragazza che aveva detto di no a un tipo del genere?

«Che tu non provassi le sensazioni che ho sentito io quando ci siamo baciati.» Mi accarezzava il palmo della mano. «Ma le hai provate, vero?» Non aspettò la mia risposta. «Bene. Verrò a prenderti alle otto sabato prossimo.»

«Veramente sabato è l'unica sera in cui non posso...»

«Troverai il modo» disse, sorridendo. Adesso mi guardava in maniera del tutto diversa, più sicura di sé, con occhi appena aperti. Si portò la mia mano alla bocca e baciò il dorso, come fanno i principi delle favole. «Non mi piace essere deluso e so che non lo farai.»

Non lo avrei fatto, decisi. Per niente al mondo.

Il giorno dopo incontrai Langley e Kate al Livingston Bagel per il pranzo. Aspettai che finissimo di parlare di Elsa che aveva colorato i capelli della collezione di bambole di sua madre con tutti i colori dell'arcobaleno, e delle due ragazze del primo anno che erano state trovate con l'ecstasy, e poi raccontai la mia grande notizia.

«David? Ti ha chiesto di uscire?» Langley era così incredula che lasciò cadere la forchetta e spinse da parte la sua insalata.

«Lo so, neanche io potevo crederci.»

«Non hai accettato, vero?» disse Kate. Iniziò a studiare con molta attenzione le punte dei suoi capelli.

«Be', sì. Cioè, penso di sì. Perché?»

Lei mi guardò. «Lui e Nicky si sono appena lasciati. Non hai paura di essere solo un'avventura di ripiego?»

Non era questo che mi aspettavo. Mi aspettavo che sarebbero state felici per me e non... caute. Kate aveva finito di studiarsi le punte dei capelli e guardava nel vuoto dietro le mie spalle, come faceva quando voleva entrare in un personaggio.

«Qual è il problema? Pensavo che sareste state contente.»

«Lo sono» disse Kate, riportando lo sguardo su di me. «Naturalmente, lo sono. Voglio solo essere sicura che non prenderai una batosta. David è... non fa una vita proprio da monaco.»

Langley era tornata alla sua insalata. «Ero solo sorpresa. Personalmente, credo sia fantastico» disse, mordicchiando i bordi del boccone sulla forchetta. «E poi che importa se è solo un ripiego, vi divertirete insieme per qualche settimana e poi ognuno di voi troverà qualcun altro con cui uscire.»

«Certo» dissi.

Invece io e David stavamo per festeggiare il nostro ottavo mese insieme. Ancora sorridevo ogni volta che leggevo il suo nome sul display del mio cellulare o quando vedevo la sua macchina. Non potevo credere che avesse scelto me. E oltretutto, era chiaro che gli piacevo e che la sua voglia di passare il suo tempo insieme a me cresceva di settimana in settimana.

«Ho la sensazione che di te posso fidarmi» mi disse la quarta volta che uscimmo insieme. «So che posso raccontarti tutto» e io mi sentii così importante, così amata.

Lui mi confidava tutto, per esempio di quella volta che aveva sette anni e aveva dato troppa acqua alla collezione di bonsai di suo padre, e allora lui lo aveva picchiato così tanto che sua madre aveva dovuto portarlo in ospedale. «All'infermiera disse che era stato un incidente» mi raccontò, con freddezza, senza nessun tono accusatorio. «Cos'altro poteva fare? Se avesse detto qualcosa, mio padre avrebbe picchiato anche lei.» Mi raccontò di quando aveva dodici anni e suo padre lo lasciò per quattro giorni senza mangiare e senza bere perché aveva dimenticato di controllare il filtro dell'acqua nella vasca dei pesci. Era normale che David avesse ereditato un po' di irascibilità.

Ma aveva anche un lato infantile dolce, tenero, che io adoravo. E allora David si metteva seduto vicino ad Annie e le raccontava storie per ore, amava i vecchi film romantici e tutto ciò che riguardava i Muppets, faceva dei miagolii delicati quando gli massaggiavo i piedi. Mi portava regalini senza motivo, una collanina con un ciondolo a forma di cuore, una riproduzione di Wonder Woman perché secondo lui le assomigliavo. Cose che per lui erano importanti, e che sperava lo fossero anche per me.

E poi quella volta, stavamo insieme da un mese, che mi svegliai perché qualcuno bussava alla finestra della mia camera. La aprii e lui era lì, che tremava, anche se non faceva tanto freddo.

«Posso entrare?» mi disse con voce incerta.

«Che cosa è successo?» gli chiesi, aiutandolo ad arrampicarsi.

Aveva gli occhi lucidi e sembrava disperato, triste. Non lo avevo mai visto in quelle condizioni.

«Possiamo... puoi tenermi con te per un minuto?» mi chiese, e cadde tra le mie braccia.

Iniziò a singhiozzare e senza staccarci ci sdraiammo sul letto. Restammo così per tantissimo tempo, lo tenevo stretto tra le braccia e lo confortavo come un bambino. Lui mi strinse fortissimo, così forte da farmi male e lasciarmi dei lividi il giorno dopo, ma non mi importava. David era fatto così, era passionale. Quando i singhiozzi si furono acquietati, lui mi guardò e mi sorrise nel modo più dolce che avessi mai visto.

«Ti amo, Jane» mi disse. «Più di quanto abbia mai amato una persona in vita mia.»

Quella sera, gli regalai la mia verginità, un pegno d'amore, per la fiducia che aveva in me. Lui fu meraviglioso e dolce e appassionato. L'unica volta in cui abbiamo litigato è stato perché ho dovuto annullare un nostro appuntamento, ma in qualche modo questo mi legò ancora di più a lui perché dimostrava quanto ci tenesse a me.

«Allora, ti senti meglio davvero?» disse David, accanto al mio letto d'ospedale. Batteva il tempo con la mano su una gamba, come faceva sempre quando era sottopressione.

Annuii.

«Abbastanza da dirmi qual era la sorpresa che mi avevi preparato e che non ho potuto scoprire? È una questione di equità, sono già arrivato alla 139.»

Il mio petto fu stretto in una morsa. Sapevo che sarebbe andato tutto bene dopo che glielo avessi detto ma per il momento non volevo fare nulla che potesse rovinare la gioia di averlo lì in quel momento. Inoltre, potevo anche non rimettermi mai più, e allora non avrebbe avuto importanza. «No. Voglio mantenere ancora il segreto.»

«Questo non è giusto.» E mise il broncio con la sua bellissima bocca.

«Sono sicura che saprai avere pazienza.» Notai un graffio sul suo viso. «Che cosa ti è successo, tesoro?»

Le sue dita corsero sul livido. «Niente.»

«Dimmelo.»

Lui alzò le spalle e si coprì gli occhi facendosi scivolare gli occhiali sul naso. Poi rimase a fissare un punto indistinto. «Credo che giovedì fossi più sballato di quanto pensassi e ho tamponato la macchina di Despot mentre parcheggiavo. Ce ne siamo date un po'.»

«David» dissi, sinceramente preoccupata.

«Tesoro, hai ben altro di cui preoccuparti. Dimmi, cosa fai qui per distrarti?»

«Be', questo posto non è esattamente uno spasso. A volte viene mia madre a rompermi le scatole, ogni tanto vado a farmi un bagno.» Fui tentata di raccontargli della scritta sullo specchio ma non volevo che pensasse che stavo diventando pazza. «Una poliziotta viene a interrogarmi ma non credo di piacerle molto perché non mi ricordo niente.»

«Che cosa ricordi?» mi chiese. Le dita accelerarono il tempo sulla gamba.

«Ricordo di essere entrata in una stanza ed essermi seduta sulle tue ginocchia...»

«Quello lo ricordo anch'io» disse. Sorrise. «Eri meravigliosa con quelle piccole ali da fata. E come si chiama quel top che indossavi?»

«A tubo.»

«Ah sì. Molto carino.» Mi accorsi che il suo sguardo si allontanava da me, come se stesse immaginando la scena. Immaginando me con quel top.

All'improvviso mi resi conto con chiarezza di quanto fossi diversa in quel momento. Avevo lividi sul volto, ero paralizzata. Era tutto... orribile. Diverso. «È stata quella l'ultima volta che mi hai vista durante la festa?»

La mia domanda sembrò riportarlo al presente. Dietro gli occhiali da sole, David socchiuse gli occhi e immobilizzò la bocca come quando era arrabbiato. «Che cosa vorresti dire?»

La sua reazione mi sorprese. Era il modo in cui si comportava quando qualcuno lo contraddiceva o metteva in discussione le sue parole. «Non voglio dire niente. Sto solo cercando di ricostruire gli eventi. Il dottore ha detto che la mia paralisi può avere una causa mentale, quindi ricordare mi aiuterà a ricominciare a muovermi.»

«Mi sembra una cosa senza senso. Perché non vorresti muoverti?»

Mi morsi le labbra. «Forse potresti darmi una mano aiutandomi a ricordare.»

La sue mascelle si allentarono appena. «Davvero? Non ricordi nulla? Non mi prendi in giro?»

«No.» Mi sentii sollevata nel vedere che si rilassava un po'.

«Be', credo di averti vista per l'ultima volta quando mi hai abbandonato per raggiungere le tue amiche.» Mi lasciò andare la mano che stringeva nella sua. «Come fai sempre.»

Il mio sollievo svanì e un gelo mi invase tutto il corpo.

13

«Non è vero che ti abbandono sempre per le mie amiche» insistevo.

«Davvero? E com'è andata due settimane fa?»

Che cosa stava succedendo? Avevo la sensazione che il mio mondo mi scivolasse di nuovo dalle mani. «Ne abbiamo parlato. Hai detto che capivi. Che mi avresti dato un'altra possibilità.»

«Sì» disse, chiudendo le mani a pugno e poi aprendole, in continuazione, con il corpo rigido. «Be', forse mi sono sbagliato.»

Due settimane prima David si era preso il pomeriggio libero dal negozio di musica dove lavorava per uscire con me. Durante la pausa pranzo Langley era stata convocata nello studio del preside perché suo nonno aveva avuto problemi di respirazione. Nell'ultimo messaggio che ci aveva inviato per dirci che lui stava bene, si capiva che lei invece non stava bene affatto. Langley era fatta così. Si vantava di essere indipendente e di non aver bisogno di nessuno ma poi sembrava così affranta che tutti capivamo di quanto avesse bisogno delle tre A: acquisti, amiche e amarena. Era a questo che servivano le amiche.

* * *

Lasciai un messaggio a David per dirgli che sarei arrivata più tardi e andai a fare shopping con le mie amiche. Lui non rispose ma mentre ero in giro chiesi a Langley e a Kate di fermarci a comprare i suoi pasticcini preferiti. Glieli avevo portati già altre volte, dopo aver litigato, come gesto di pacificazione e di solito era finita che gli leccavo la glassa dalla faccia.

Quando tornai dallo shopping e suonai il campanello di casa sua, non rispose nessuno. La sua Audi verde era parcheggiata nel vialetto, mi allontanai di qualche passo e vidi che le tende della sua stanza si muovevano, quindi capii che era in casa. Suonai ancora. Dopo un minuto una voce rispose al citofono.

«Cosa c'è?» chiese. Poco cordiale. Avevo fatto bene a spendere una fortuna per mezza dozzina di pasticcini.

«Sono io, tesoro. Sono passata per dirti che mi dispiace per oggi. E ti ho portato una cosetta.»

«Sto facendo le prove» disse, anche se mi sembrava di sentire musica in sottofondo.

Il mio cuore cominciò a sussultare. Odiavo i suoi sbalzi d'umore, le sue insicurezze. Avrei voluto che capisse quanto lo amavo. Perché a volte era così difficile? «Ti ho preso i tuoi pasticcini preferiti.» Parlavo con tono docile.

«Così non può... non può funzionare, Jane. Non è tanto semplice.» Sì, c'era sicuramente musica in sottofondo. In effetti stava ascoltando i Doors, *Light my Fire*, la canzone che sceglievamo sempre quando stavamo insieme a casa.

«Ma cosa stai dicendo?»

«Tu e io. Così non va bene.»

Mi stava lasciando al citofono? Iniziai a tremare. «Possiamo almeno parlare? Faccia a faccia.»

«Non lo so.» Pausa. «Va bene, aspetta lì.»

Mi raggiunse sotto casa dopo qualche minuto con indosso solo i jeans da cui spuntavano i boxer con i fulmini. Erano i miei preferiti perché gli stavano maledettamente bene.

Incrociò le braccia sul petto asciutto appena sopra il piccolo gruppo di efelidi sugli addominali tonici. «Va bene. Parla.»

Dovetti spostare lo sguardo dal suo corpo. «Mi dispiace. Non pensavo di creare un problema così grave.»

«Ah no? Avevamo un appuntamento, cara, e tu l'hai mandato a monte all'ultimo minuto.»

«Ma dovevamo solo stare in camera tua.»

«Solo? Vuoi dire che passare il tempo con me non è abbastanza importante? Una volta lo era. Ascoltami, bella, se non ti senti coinvolta in questa relazione, se le tue amiche sono tanto più importanti...»

«Non è così. Langley aveva bisogno di me.»

«Lo sai, questo significa usare Langley in maniera indegna. E io credo che forse questa storia non ti convince più.»

«Quale storia?»

Spostò il peso del corpo e alzò le spalle tempestate di efelidi. «La nostra.» Il suo volto era senza espressione, una maschera. Un estraneo.

Mi sentivo disperata e mi uscì una voce acuta e stridula. «No, David, non è così. Io credo nella nostra storia. Sto solo cercando di essere una buona amica. E poi, quante volte tu hai annullato un nostro appuntamento per andare alle prove con il tuo gruppo?»

Lui fece un passo indietro e alzò le mani come se io lo avessi colpito. «Cosa? Ho sentito bene? Vuoi mettere lo shopping allo stesso livello del mio gruppo?»

Lo stomaco mi si strinse in una morsa. Cosa stavo dicendo? «No, naturalmente no. Scusa... scusami. Non volevo ferirti e non immaginavo che tu ci rimanessi così male, mi dispiace davvero.»

Lui guardava fisso qualcosa dietro le mie spalle, come se non potesse nemmeno sopportare di vedere la mia faccia.

Piangevo e quando feci per asciugarmi gli occhi mi resi conto che tenevo in mano ancora i suoi pasticcini. «Prendi. Ti ho portato questi.»

Lui restò immobile.

«Scusami» dissi. La mia voce era un debole sussurro. «Ti prego, non lasciarmi.»

«Lasciarti?» David aggrottò la fronte.

Ero così atterrita che non mi rendevo nemmeno conto di quello che dicevo. «Cioè, perdonami. Ti prego, perdonami.»

Senza guardarmi, lui disse: «Ho bisogno di tempo.» Prese i dolci dalle mie mani e chiuse la porta.

Tornai a casa camminando nel bel mezzo della strada, senza preoccuparmi di quello che poteva accadermi. Ero stordita, completamente paralizzata. Quando arrivai, Annie stava facendo qualcosa di strano nel bagno al piano terra. Mi vide e mi raggiunse correndo, si fermò e mi fissò. «Sembri triste» disse.

«Sto bene» mormorai.

Annie mi osservò da dietro gli occhiali spessi. «Sto giocando alla Sposa del fango. Vuoi giocare con me? Puoi fare tu la sposa.»

Era un onore, ma non potevo accettarlo proprio in quel momento. «No, grazie. Devo studiare.»

Lei mi abbracciò. «Sarò nel mio ufficio» disse indicando il bagno «se cambi idea.»

La guardai tornare al suo gioco e per un momento mi chiesi come poteva essere così inconsapevole di ciò che gli altri facevano, e pensavano, di ciò che era normale, eppure essere così sicura di essere amata. Quella sera stessa David passò da casa mia. Stavo ascoltando la musica, quindi non sentii il campanello, né i colpi alla porta quando lui bussò. Non mi accorsi della sua presenza finché non mi appoggiò le mani sulle spalle e guardò sopra la mia testa le parole che stavo scrivendo al computer.

«La fotografia come critica sociale» lesse ad alta voce. «A cosa serve?»

«Corso avanzato di Storia europea» dissi, chiudendo il file prima che lui potesse leggere altro. Mi voltai verso di lui. «Sei venuto per aiutarmi a studiare?»

Lui sorrise e andò a sedersi sul mio letto, tirò verso di sé la mia sedia con le rotelle fino a sistemarmi davanti a lui, tra le sue ginocchia.

«Ho passato tutto il pomeriggio a pensare» disse.

«Ho passato tutto il pomeriggio a piangere.»

«Oh, tesoro.» Mi fece scorrere il pollice sinistro lungo la guancia, il collo, il braccio, seguendolo con lo sguardo. Iniziò a massaggiarmi la mano. Sapevo che lo eccitava toccarmi in quel modo e sentii che il mio corpo rispondeva.

Emise un profondo respiro e alzò i suoi occhi azzurri su di me. «Stiamo così bene insieme, vero?»

Mi baciò dolcemente il palmo della mano. Io deglutii forte e feci di sì con la testa.

Mi baciò il lato interno del polso. «Non dovremmo mai litigare, vero?»

Scossi la testa.

Mi lasciò andare la mano e si chinò verso la mia bocca. Avevo un desiderio struggente di sentire le sue labbra sulle mie. «Lo sai che quello che hai fatto oggi, annullare il nostro appuntamento, era sbagliato, vero?»

Annuii.

«Dillo» disse, con la bocca a un centimetro dalla mia, sorridendo, provocatorio.

«Sì.»

«Altrimenti non mi avresti portato i pasticcini.»

«È vero.»

«Ma non lo farai mai più, vero?»

«No.» La mia lingua guizzò fuori della bocca alla ricerca delle sue labbra. Lui rise e mi tirò via dalla sedia per farmi sedere sulle sue ginocchia. «Hai voglia di baciarmi?»

«Sì» sussurrai. La sua bocca toccò la mia, dura e violenta e possessiva, mentre le sue mani mi toccavano la schiena. Mi piaceva da morire quando mi teneva stretta in quel modo, come se io fossi sua, e lui non mi avrebbe mai lasciato. Immaginavo i nostri corpi visti da fuori, io sulle sue gambe che stringevo il suo volto tra le mani, le sue labbra che mordevano le mie. Le spire del desiderio mi avvinghiarono.

Forse fu per la paura di averlo quasi perso ma mi sentii impudente, lasciva.

Lo spinsi fino a farlo stendere sul mio letto e, a giudicare dall'espressione di sorpresa e piacere che vidi sul suo viso, questo lo eccitò.

Avevo letto in uno dei periodici della madre di Kate che per far fare al proprio uomo le cose che non vuole fare bisogna sussurrargliele mentre gli si fanno provare belle sensazioni. Mi misi a gambe divaricate su di lui. «Stiamo troppo bene insieme per litigare, giusto?»

«Giusto» rispose, fissandomi dal basso verso l'alto, gli occhi mobili per il piacere.

«Ma tu capisci che ho delle responsabilità verso le mie amiche.» Tormentavo con gesti provocanti l'orlo della mia maglietta, come se stessi per fare uno streap-tease. Sapevo che a lui piaceva molto vedermi in reggiseno e quindi mi fermai appena sopra l'ombelico. «Giusto?»

Lui deglutì. «Giusto.»

Mi tolsi la maglietta sollevando le braccia oltre la testa. «Soprattutto Langley, che non ha una famiglia e ha bisogno delle sue amiche. Lo sai che non si tratta di scegliere tra te e lei.» Non mi ero mai spinta così avanti prima di allora, ma considerando quanto il respiro di David fosse diventato corto, gli piaceva. La sua reazione mi incoraggiava. Con le dita di una mano risalivo lentamente lungo la sua coscia, sopra i jeans, mentre mi chinavo e gli sussurravo in un orecchio: «Si tratta solo di essere una buona amica.» Le mie dita arrivarono all'altezza delle sua cintura. «Giusto?»

Lui emise un gemito. «Oh, mio dio.»

La mia mano si fermò sulla fibbia a forma di chitarra della sua cintura. «Dillo.»

«Sì. Giusto.»

Gli sfilai i jeans. C'erano pezzetti di glassa sulla coscia, proprio sotto i boxer. Dovevano essere caduti lì quando aveva mangiato i miei pasticcini, pensai, felice di avere alla fine la possibilità di leccarne un po'.

Dopo restammo sdraiati con le gambe intrecciate, indossando solo la biancheria intima e guardando il soffitto. Mi immaginavo la scena, io con le culotte a pois bianche e nere e i calzini lunghi bianchi e lui con i boxer con i fulmini, la mia testa appoggiata sulla sua spalla, le mie dita che seguivano i forti muscoli da batterista del suo avambraccio.

«È stato bellissimo» dissi.

«Mmm...» confermò assonnato.

«Lo sai che ti amo, David» dissi.

«Sì, lo so, bocca d'oro.»

Mi appoggiai su un gomito. «Ti amo davvero.»

Lui mi sistemò i lunghi capelli scuri dietro un orecchio. «Sì. È solo che non mi piace essere preso in giro, capisci? Ho fiducia in te, al cento percento. Tu non mi tradisci, vero? Non vai con altri ragazzi a mia insaputa?»

Era da questo che nasceva la sua possessività. Mi si spezzò quasi il cuore per lui quando mi resi conto che il problema non era qualcosa che avevo fatto io, ma nasceva da quello che era successo con Nicky. La sua suscettibilità era causata da quella esperienza. «Naturalmente no» dissi. «Non ti farei mai del male.»

Quella sera David aveva strofinato il suo naso contro

il mio e aveva detto: «Forse puoi avere un'altra possibilità.»

Adesso, nella mia stanza d'ospedale, seduto immobile accanto a me, disse: «Forse ho sbagliato. Forse non avrei dovuto fare quella scelta.»

Sentivo il panico che si impossessava di me. «Perché dici questo? Perché non avresti dovuto darmi un'altra possibilità?»

«Vuoi davvero sapere cosa successe la sera della festa? Bene, ecco cosa successe: io stavo seduto ad aspettare che arrivasse la tua *sorpresa* come un cucciolo addomesticato mentre tu stavi chissà dove a salvare il mondo o le tue amiche o non so che cosa. Avevo fiducia in te. Credevo in te. Credevo in noi. E poi Elsa si avvicinò per dirmi una cosetta.»

14

Elsa. Elsa Blanchard. Quando ero arrivata per la prima volta alla Livingston, l'avevo soprannominata Elsa la riccona perché guidava una Porsche, aveva almeno due braccialetti tennis di diamanti, e portava sempre un paio di occhiali da sole Chanel, dell'edizione limitata, sopra la testa e un anello personalizzato sul mignolo. Persino i calzini corti che indossava quando il custode della scuola la trovò tramortita sul tetto della palestra prima delle sua 'lunga vacanza distensiva' erano Chanel.

Sono seduta sulle gambe di David, poi mi alzo e mi allontano, mi giro per salutarlo con la mano e invece di David vedo Elsa che cammina impettita verso di lui.

Indossa una tuta di seta corta da sera della collezione resort di Chanel, con un cappello a cilindro, una collana di perle con un enorme gioiello Chanel che le pende al collo, un grande anello rosso alla mano sinistra e dei sandali con la zeppa alta e un fiocchetto dietro. È davvero uno spettacolo, e per chiunque altra mi sarei ingelosita, ma Elsa esce solo con ragazzi dell'università, quindi non mi preoccupo. So che David è in buone mani, o almeno mani non pericolose.

Mi giro e...

«Scommetto che sai cosa mi disse.» David aveva la

mascella serrata, il corpo rigido come l'asta che reggeva la flebo accanto al mio letto. Le macchine emettevano i loro bip e ronzii, generavano il rumore bianco che riempiva il vuoto tra noi due.

David aveva ragione, potevo immaginare cosa gli avesse detto Elsa. Anche se era difficile credere che lo avesse fatto davvero. Non mi era mai passato per la testa che quella ragazza avesse il potere di dire a David qualcosa che potesse distruggere tutti i miei piani. Addirittura la nostra relazione.

Il giorno di due settimane prima in cui David e io avevamo litigato, il signor Jergens, l'insegnante di Arte, aveva chiamato me ed Elsa nella sua stanza.

«Ho una notizia buona e una cattiva» aveva detto. «Quale volete sentire per prima?»

Quando ero arrivata alla Livingston, Elsa e io eravamo semplici conoscenti ma lei era la direttrice della rivista della scuola ed eravamo diventate amiche al corso di fotografia dell'estate precedente. Prima di allora, avevo sempre avuto la sensazione di non piacerle e pensavo che dipendesse dal fatto che lei era stata la terza Modattiera con Langley e Kate fino al mio arrivo, e che quindi in qualche modo io l'avevo scalzata.

Scoppiò a ridere quando trovai il coraggio di chiederle se fosse così una sera dell'estate precedente, mentre io, lei e Scott stavamo chiacchierando intorno al fuoco scoppiettante del campo.

«Frequentavo Langley e Kate solo perché mia madre lo voleva» mi disse. La matrigna di Elsa, Mary-Ellen, aveva ventisette anni meno di suo padre, un collezionista di bambole, ed era una nota arrampicatrice sociale. Parlando in maniera intermittente per imitare sua madre, Elsa diceva: «Conoscere le persone giuste adesso ti assicurerà l'accesso ai circoli che contano in futuro, tesoro.» Elsa scosse la testa. «Di solito arriva a questa frase dopo il terzo bicchiere di Chablis, che lei pronuncia *cia-*

bliss» ci raccontava Elsa mentre beveva un sorso di succo alle vitamine. «Ma in realtà lei voleva usare me per aprirsi le porte di circoli sociali che altrimenti per lei sarebbero rimaste chiuse con tre mandate. Non ha mai capito per quale motivo il fatto di essere stata eletta Miss Idaho non sia stato sufficiente a farla entrare nell'alta società di Livingston. Così ci ho provato, per lei, perché è molto dolce in realtà, ma non ci sono riuscita. Non puoi immaginare quanto sia stata felice del tuo arrivo, perché grazie a te mi sono tirata fuori senza creare problemi.»

Io ero esterrefatta ma cercai di parlare con un tono di voce normale. «Cosa vuoi dire?»

«Quelle due mi facevano paura. Ci vuole un nevrotico per riconoscere un nevrotico. Come Langley. La triste orfana. Lei ha bisogno di accoliti, di persone che la considerano importante.»

«Cosa c'è di male nel voler essere importante per le persone?» chiesi, un po' aggressiva.

«Non c'è niente di male nel voler essere importanti. Ma non è giusto usare le persone per sentirsi importanti.»

«Non è quello che fa Langley.» La conversazione mi stava facendo sentire a disagio in una misura che andava al di là della necessità di difendere le mie amiche.

Elsa ci pensò per qualche istante. «Forse per te è diverso. Ma io mi sono sentita così. E Kate. Sempre felice, è così che vuole essere vista dagli altri, ma la verità è che lei si sente profondamente triste. Kate recita costantemente, prende in giro gli altri. È un gioco di potere. Per lo stesso motivo vuole che tutti pensino che lei è spensierata, ma in realtà lei è indifferente, o almeno indifferente verso tutti tranne sé stessa.»

«Questo non è vero» dissi con impeto. «Lei non è affatto egocentrica. Ed è una delle persone più generose che io conosca.»

Nella luce intermittente del fuoco intravidi una risatina addolorata sul viso di Elsa.

«Considerando le persone che frequenti, è probabile.»

«Accidenti» disse Scott.

Elsa alzò le mani per mimare un gesto di resa. «Scherziamo, no? In ogni caso, quando sei arrivata tu, mi sei sembrata più la loro nuova vittima che la mia sostituta.»

«Tu sei insostituibile» dissi, per cambiare argomento.

«Sì sì sì!» gridò Scott, con il viso illuminato dal falò e ridotto a una maschera sottile con la pelle fosforescente.

Elsa mimò il saluto militare toccandosi la punta di un immaginario cappello. «Mi fa piacere sapere che sei felice. Per quanto mi riguarda, quelle due mi fanno paura. Una volta ho guardato Langley dritto negli occhi e ti giuro che non c'era nemmeno l'ombra di un'emozione. Niente. Poi ho guardato negli occhi di Kate e mi sono spaventata ancora di più perché è come guardare nel pozzo vorticante dell'oscurità. Stanno messe male, tutte e due. Pensai che siccome volevi uscire con loro tu fossi una persona insipida, e non meritassi il mio interesse.» Mi guardò e mi sorrise. «Ora so che mi sbagliavo. Anche se i tuoi gusti in fatto di amicizia lasciano ancora un po' a desiderare.»

«Ha scelto noi due» disse Scott senza muoversi dal suo posto all'altro lato del falò, dove stava fumando una sigaretta che aveva arrotolato a mano. «Siamo noi quelli simpatici.»

Elsa scosse la testa per rifiutare l'offerta di fumo di Scott. «Certo, ma vedremo cosa accadrà quando torneremo a scuola.»

Non continuai a difendere Kate e Langley perché non mi sembrava avesse senso. Elsa si sbagliava. Non poteva essere diversamente. Kate e Langley non avrebbero avuto tanti amici se Elsa avesse avuto ragione. Se lei aveva bisogno di dirsi quelle cose per non sentire il dispiacere della fine della loro amicizia, il problema era solo suo.

E poi mi piaceva stare con lei e non volevo litigarci. Lei, Scott e io passammo un sacco di serate insieme parlando di come avremmo fatto una foto o dei nostri fotografi preferiti. Da quando era iniziata la scuola io ed Elsa non ci eravamo più frequentate, ma non credo che fossimo nemiche per questo. Nemmeno il giorno in cui il signor Jergens ci chiese un incontro nell'aula d'Arte per parlarci dello stage.

Lui era raggiante. «La buona notizia è che mi hanno appena chiamato dalla Getty Images per lo stage estivo e mi hanno detto che i vostri lavori sono bellissimi.»

Restai senza parole. Getty Images era famosa perché ci lavoravano i migliori fotografi del mondo, quasi tutti i vincitori del Premio Pulitzer, i più grandi. Gente che monopolizzava le doppie pagine dei principali giornali del pianeta, le copertine di *Time* e *Newsweek*. Era la migliore agenzia del mondo.

«E qual è la cattiva notizia?» chiese Elsa.

«La cattiva notizia è che c'è un solo posto disponibile. Ho provato a convincerli, loro hanno fatto pressione internamente, ma solo una di voi potrà andare. Dovrete scrivere un saggio sulla vostra idea di fotografia per conquistarvi quel posto. E temo che dovrete farlo in una settimana.»

Il saggio su cui stavo lavorando la sera in cui David venne a casa mia, sulla fotografia e la giustizia sociale, mi fece conquistare quel posto. Vinsi lo stage.

Quando il signor Jergens ci diede la notizia, Elsa mi sorrise e disse: «Congratulazioni. Ti offrirò un succo di vitamine per festeggiare.»

«Fantastico.»

«Ricordati, Elsa» disse il signor Jergens «tu sei la seconda, quindi se per qualche motivo Jane non potrà andarci, toccherà a te.»

«Allora ti offrirò un succo di vitamine avvelenato» disse Elsa scherzando.

Io ero felicissima ma era un impegno davvero pesante, quasi tutta l'estate. Voleva dire fare la pendolare in treno fino a New York City, e quindi avere meno tempo da dedicare alle mie amiche e al mio ragazzo. E soprattutto voleva dire annullare il campeggio di dieci giorni che avevamo organizzato io e David.

Avrei dovuto dirglielo appena seppi di essere finalista, ma era proprio il giorno in cui litigammo, e poi, non sapevo se ce l'avrei fatta a vincere lo stage oppure no. Stavo per dirglielo il giorno in cui seppi di aver vinto, annullai persino un appuntamento con Langley all'ultimo minuto per parlare con lui, ma doveva suonare con il gruppo e non riuscimmo a parlare. Non è che rimandavo a vuoto, ma aspettavo il momento giusto.

A David piaceva riuscire a realizzare le cose che aveva pianificato quindi sapevo che ci sarebbe rimasto male se avessi annullato il campeggio. Ma lui mi amava, e quindi doveva essere felice per me. Quella era un'opportunità pazzesca per me. 'È come se il tuo gruppo firmasse un contratto con una casa discografica al primo colpo' mi ripetevo mentalmente per fare le prove.

Era proprio il discorso che avevo preparato per la sera della festa.

Per la cena che Kate e Langley mi avevano aiutato a mettere insieme, avevo raccolto tutto ciò che piaceva di più a David, anche i pasticcini. Per iniziare, lo avrei ammorbidito con ali di pollo in salsa piccante, quindi sarei passata ai sandwich con ottimi hamburger di manzo, e mentre gli invitati festeggiavano nelle altre stanze, gli avrei raccontato dello stage. Avremmo chiuso con i pasticcini al cioccolato e brindato con lo champagne, poi ci saremmo trasferiti nella doccia a vapore a sedici getti d'acqua per sperimentare una nuova tecnica di degustazione del dessert. Era il modo perfetto per dimostrargli che potevamo stare bene anche senza andare in campeggio.

Il modo non perfetto era che Elsa lo avvicinasse e gli

facesse le congratulazioni perché io avevo avuto lo stage che mi avrebbe portato lontano da lui per quasi tutta l'estate. E sembrava che fosse andata proprio così.

Adesso mi guardava con l'espressione della sofferenza per il tradimento subìto. Mi disse: «Non volevo essere preso in giro di nuovo, va bene? Essere l'ultimo a sapere una cosa che mi riguardava.»

«Mi dispiace tanto. Non pensavo che fosse così importante...»

«Non era importante? Che tu facessi dei piani a mia insaputa?»

Era sconvolto, terrorizzato all'idea di restare ferito. Io volevo disperatamente che mi capisse. «Ti prego, tesoro, scusami. Non è stata una mia idea. E so che avrei dovuto parlartene appena seppi...»

«Sì.»

«Ma volevo essere sicura di riuscire a dirtelo nel modo giusto. Per non farti arrabbiare.»

«Missione non compiuta» rispose.

Le lacrime mi bruciavano gli occhi. Avevo bisogno di lui, avevo bisogno del suo amore in quel momento più che mai. Ora che ero brutta e disperata. Non potevo sopportare di restare da sola. «Ho fatto un errore. Lo ammetto. Ma non è successo niente, non ho preso impegni irrevocabili. Possiamo tornare indietro, a com'era prima, ai nostri piani e tutto il resto. Mi hai già dato una seconda possibilità in passato. Puoi farlo ancora?»

Lui mi guardava fisso.

«Ti prego. Ti amo così tanto. E te ne sarò riconoscente. La prossima volta è il tuo turno di fare un casino.»

Come se lui non potesse impedirlo, quel sorriso malizioso saltò fuori dal nulla. «Mmm... interessante.»

«Dimmi di sì.»

Lui esitò, grattandosi il collo come se stesse cercando di prendere una decisione. «Bene. Ma dovrai comportarti bene.»

«Cosa vuoi dire?» dissi, sospirando per il sollievo.

«L'altra volta quando abbiamo litigato, non ho detto che ti avrei dato un'altra possibilità. Ho detto che...»

E subito tornai a quel giorno di due settimane prima. Nella mia stanza, sul mio letto.

David disse: «Credo di poterti dare un'altra possibilità.»

Le nostre labbra si incontrarono per un bacio lungo, appassionato, lento e sinuoso. Mi scostai appena da lui e lo presi un po' in giro: «Solo un'altra possibilità?»

Lui si portò le mie dita sulla labbra e iniziò a baciarle. «Forse una possibilità ogni ora.»

Disse di nuovo quelle parole, nella mia stanza di ospedale, e fu come se entrambi venissimo trasportati indietro. David si alzò e mi prese la mano, ma era impigliata in una selva di cavi. «La situazione si fa complicata.»

«Forse possiamo rimandare questa parte a più tardi. Anche perché non ho nessuna sensibilità alle dita.»

«Sì, è vero.» Si chinò su di me. «Ma le tue labbra sono ancora sensibili, giusto?»

«Sì.»

Il bacio mi provocò un po' di dolore sulle labbra illividite, ma non volevo che David si fermasse. Mi faceva sentire ancora normale, ottimista. Avrei continuato per tutto il giorno se Ollie non fosse entrato e avesse detto: «David, dobbiamo andare.» Fece tintinnare le chiavi della macchina in tasca.

«Sta' calmo, amico» disse David, sollevando appena le labbra dalle mie. «Non vedi che sto baciando la mia ragazza? La tua telefonata può aspettare.»

«Fa' il serio, bello, arriva lo sbirro.»

David si alzò come se fosse stato punto da qualcosa, ma era troppo tardi.

«Salve, signor Montero» disse l'agente Rowley. «Signor Tisch. Sono molto felice di incontrarvi insieme. Avete qualcosa da aggiungere alle vostre dichiarazioni?»

«No, agente» disse Ollie, e i gesti e il tono della voce sembravano quelli dello studente modello della Livingston. Parlava con calma ma nella mano destra stringeva le chiavi della macchina così forte che le nocche gli erano diventate bianche.

«Bene, allora non vi trattengo.»

«Possiamo andare?» chiese David.

«Sono venuta a parlare con Jane. Ma se volete restare e rispondere a qualche domanda, fate pure.»

«No, non importa.» David mi fece il segno della pace con la mano sotto la cintura e un sorriso breve, complice e pieno di promesse e di amore.

«Ci vediamo presto, piccola.»

15

L'agente Rowley chiuse la porta alle spalle di David e Ollie e trascinò una sedia vicino al mio letto. «Ho visto che ha ricevuto molti altri bouquet con bigliettini.»

«Sì.»

«Ma il più grande resta quello di Oliver Montero.»

«Credo, non ho fatto classifiche.»

Lei mi fece il sorriso più falso che io abbia mai visto. «Ma certo. Una ragazza con tante conoscenze non può fare una cosa del genere.»

Non capii cosa volesse dire. «Ha interrogato i miei amici?» le chiesi.

«Stiamo cercando di scoprire la verità.» Con gesti lenti e precisi, aprì il suo taccuino e tolse il tappo a una penna. Mi guardò per un attimo.

«Cosa può dirmi di Nicola di Savoia?»

«Nicky? Frequenta la mia stessa scuola.»

«Come descriverebbe la vostra relazione?»

«Buona. Perché?»

«Gli esami tossicologici hanno dimostrato che siete state entrambe drogate con una sostanza chiamata Paratol. Anche lei ha avuto i suoi stessi problemi di memoria e ha riportato alcuni sintomi simili ai suoi, ma più deboli.»

«Che cos'è il Paratol?»

«È un farmaco che viene prescritto per curare l'insonnia. Su alcune persone provoca come effetto collaterale episodi di allucinazione, quindi ne viene fatto un uso molto controllato, e non è facilmente reperibile.»

«Io e Nicky abbiamo bevuto insieme alla festa. Fu lei a offrirmi il bicchiere.»

«Perché non lo ha detto prima?»

«Me ne sono ricordata solo ieri sera... lei che mi dava il bicchiere di plastica rosso e mi diceva di bere subito dopo il mio arrivo alla festa con le mie amiche.»

«È stata lei a darle il bicchiere? Ne è sicura?»

Feci di sì con la testa. L'agente Rowley scrisse qualcosa sul suo taccuino. «Ha visto se qualcun altro ha toccato il bicchiere?»

Odiavo il modo in cui mi guardava, come se fossi una delinquente. Il modo in cui parlava dei miei amici. «No.» Mi fermai. «Non ho fatto niente di male.»

Alzò lo sguardo dai fogli e mi guardò. I suoi occhi erano freddi, senza l'ombra di un'emozione. «Nessuno dice il contrario.» Tornò al suo taccuino. «Avete preso altro insieme?»

Sfogliai i ricordi nella mia mente. Nicky che arrivava proprio insieme a noi e mi chiedeva di fare pace. Mi baciava, mi offriva il bicchiere e mi diceva di bere. Si rifiutò di riprendersi il bicchiere quando cercai di darglielo. «Non ricordo di aver preso nient'altro da lei.»

«A parte il ragazzo, naturalmente.»

Mi prese alla sprovvista. Mi sentii agitata, inchiodata, e sentivo il calore che mi saliva alle guance. «Credo di sì. Cioè, è così. Ma Nicky e David si erano lasciati già da diverse settimane quando io cominciai a uscire con lui. Non gliel'ho rubato io.» Sapevo che stavo parlando troppo, che mi ero messa sulla difensiva. Feci un respiro profondo. «Voglio dire che non lo abbiamo avuto nello stesso momento, e poi era stata lei a lasciarlo. Quindi evidentemente non voleva più stare con lui.»

«Resterebbe molto sorpresa di scoprire com'è facile che rinascano dei sentimenti creduti morti solo vedendo il proprio ex con un'altra donna» disse l'agente Rowley, sistemandosi il taccuino sulle ginocchia. Per un momento sembrò quasi umana, vulnerabile. Poi spostò lo sguardo di nuovo dai fogli a me ed era un'altra volta un poliziotto in servizio. «L'ha incontrata ancora durante la festa?»

«Non credo.»

Ma già mentre pronunciavo quelle parole, sentivo che qualcosa non quadrava. Un pensiero spingeva contro una parte remota della mia mente, dicendomi che non aveva senso. «Aspetti. Poiché Nicky non aveva nessun motivo per drogarsi da sola, qualcuno deve aver drogato me e lei, giusto?»

«È una possibilità.»

«E un'altra quale sarebbe?»

«Tua madre ha la prescrizione del Paratol.»

Non sapevo che mia madre avesse problemi di insonnia. Tante volte rincasavo tardi ma lei non mi diceva mai niente, pensavo che semplicemente non gliene importasse nulla. Era sotto l'effetto di droghe? Non aveva mai avuto problemi di sonno in passato, per quanto io sapessi.

«Signorina Freeman?» la voce dell'agente Rowley mi riportò nella mia stanza d'ospedale.

«Mi scusi, cosa diceva?» Ero completamente presa dal pensiero che forse le cose che non sapevo di mia madre erano pari alle cose che lei ignorava totalmente di me.

«Nicky ha dichiarato di aver bevuto dal bicchiere prima di darlo a lei e di non aver accusato malori, ma quando ha bevuto un altro sorso dopo averlo dato a lei, ha cominciato a sentirsi strana.»

Scacciai dalla testa i pensieri su mia madre. «Aspetti, sta insinuando che sono stata io a drogare lei?»

«Se, come ha detto lei, nessun altro ha toccato il bicchiere e se Nicky ha bevuto per prima senza accusare malesseri, sembra proprio che potrebbe essere andata così.»

Mi sentii come se fossi sul ponte di una nave in balia delle onde, senza il minimo controllo, senza sapere quale direzione prendere, cosa era vero e cosa era falso. «Non è possibile. Nicky si è sbagliata. Lei non ha bevuto da quel bicchiere dopo di me. Lei me lo diede e poi andò a ballare.»

«Nicky ha dichiarato di aver bevuto dal bicchiere dopo di lei. E in questo momento, signorina Freeman, poiché Nicky non mi ha mai nascosto informazioni, sono propensa a crederle.»

Avevo la sensazione sempre più forte che la realtà mi sfuggisse dalle mani. Sentivo che il mio stomaco si contorceva e il mio corpo si infiammava e si gelava allo stesso tempo. «Quali informazioni le avrei nascosto?»

«Per esempio che ha avuto una lite violenta con le sue migliori amiche durante la festa di quella sera.»

«Cosa?» Ero esterrefatta. «Ho litigato con Langley e Kate? Gliel'hanno detto loro?»

«No, ma molte persone l'hanno vista urlare contro di loro e uscire gridando da una stanza dove eravate state tutte insieme.» L'agente Rowley sfogliò le pagine del suo taccuino e lesse: «È finita, non ne posso più, voglio farla finita.»

Ebbi un flash. Langley era davanti alla porta di una stanza; era buio, la porta era beige con una doratura lungo la cornice del pannello. Lei teneva una mano sulla maniglia; d'oro. O forse era Kate? Era tutto confuso, annebbiato. Ma non ricordavo di aver litigato con nessuna di loro.

Era orribile. Stavo perdendo la ragione. Non riuscivo a ricordare, ma sapevo, sapevo, che non avrei mai drogato Nicky. O no? Mi sentivo perduta, sfinita, come se non riuscissi più a distinguere la fantasia dalla realtà. Dovevo riprendere il controllo. Individuare i fatti.

«Cos'altro le hanno detto?» le chiesi, sforzandomi di concentrarmi di nuovo sulle brutte luci fluorescenti della camera d'ospedale. Ma la nausea che sentivo alla bocca dello stomaco, e il senso crescente di paura, di stare per annegare nei miei stessi dubbi, non mi abbandonavano.

«Mi hanno detto che non era sola quando ha lasciato la festa, anche se sembra che nessuno abbia notato con chi fosse. Lei se lo ricorda?»

«No.»

«Ne è sicura?»

Adesso piangevo. «Non so cosa si aspetta da me. Le ho detto tutto quello che posso.»

«Non mi aveva mai parlato del bicchiere drogato prima d'ora.»

«Me ne sono ricordata poco fa.» La prego, avrei voluto supplicarla. La prego, mi creda.

«Va bene.» L'agente Rowley fece un cenno disarticolato con la testa.

«Non avevo nessun motivo per drogare Nicky.» Un pensiero si insinuò nella mia mente come un raggio di sole che squarcia le nuvole tempestose. «Se crede a lei, se crede che sono stata io a mettere qualcosa nel bicchiere, allora vuol dire che ho drogato anche me stessa. E perché avrei dovuto farlo?»

Lei mi guardò come se io mi fossi appena infilata in una trappola. «Perché avrebbe dovuto inginocchiarsi davanti a una macchina in corsa?»

«Forse non avevo visto la macchina? Forse non sapevo che fosse lì?»

«Una macchina invisibile.» Considerando il tono della sua voce, mi meravigliai che non sbuffasse.

Le nuvole tempestose si richiusero su di me e io ebbi la sensazione che stessi per essere risucchiata nell'oscurità. Le parole dell'agente Rowley avevano aumentato la mia confusione, la mia incertezza su quello che era veramente successo. La mia memoria era come il sorriso sdentato di una brutta strega delle favole, in cui lo spazio tra i denti mi faceva intravedere l'orribile buio che voleva inghiottirmi viva.

L'agente Rowley continuava a parlare ma in realtà io non la ascoltavo. Perché adesso sapevo cosa mi tormentava. Ero tornata alla festa, pensando al bicchiere di plastica.

Sto seduta sulle gambe di David, mi alzo per andare da Kate e Langley. Prima di andare gli do un bacio e prendo il bicchiere rosso, poi attraverso la stanza per raggiungere le scale. Mi giro per salutare David con la mano e vedo che sta parlando con Elsa. È in buone mani, mi dico.

Mi giro di nuovo e sbatto contro qualcosa (la balaustra delle scale?). Il mio borsello cade, si apre e tutto il contenuto si sparpaglia sul pavimento. Appoggio il bicchiere per raccogliere le mie cose.

Appoggio il bicchiere e lo lascio lì.

E questo vuol dire che non ho mai bevuto da quel bicchiere. Quindi era inutile preoccuparsi per quello che c'era dentro.

Ma questa nuova scoperta non mi aiutava affatto. Perché non spiegava come la droga fosse entrata nel mio organismo. E rafforzava l'ipotesi che io sapessi che in quel bicchiere c'era qualcosa di brutto e avessi evitato appositamente di berlo.

Mi faceva sembrare solo più colpevole.

«Per adesso è tutto, signorina Freeman» concluse l'agente Rowley. «Ha qualche altra cosa da aggiungere?»

Ero in trappola. La verità non mi avrebbe aiutata.

«No.»

16

«Un dollaro e settantanove centesimi per i tuoi pensieri» disse la voce di Langley dalla porta della mia stanza. Dovevo essere davvero sovrappensiero perché non l'avevo sentita arrivare. Guardai l'orologio e vidi che erano passate da poco le dodici. «Non perché non valgono di più, ma è tutto quello che ho in tasca.»

Mentre entrava in camera, fece scivolare il telefono nella tasca esterna della sua borsa firmata, il che era strano perché lo teneva sempre dentro. Si era messa solo il mascara e il lucidalabbra, indossava una maglietta e un cardigan sopra dei jeans larghi, delle scarpe senza tacco leopardate e un berretto da strillone, ma nessun altro accessorio, e questo la faceva sembrare molto meno curata del solito, come se fosse venuta da me di corsa.

«Stai bene?» le chiesi.

Lei restò sbalordita. «Se io sto bene? Non sei tu quella che deve preoccuparsi. Solo tu potevi dire una cosa del genere, caramellina. Sto bene, non pensare a me.»

«Stai mentendo. Cosa succede?»

Il viso le andò in frantumi in un istante. «Popo. Lui... abbiamo un po' di problemi.»

«Oh, Langley, mi dispiace tanto.»

Lei si asciugò gli occhi e tirò via un capello dal maglione. Deglutì. Il nonno e la nonna di Langley l'avevano tirata su insieme da quando lei era andata a vivere con loro, ma Langley aveva un legame speciale con Popo.

Era lui che nelle mattine d'inverno andava a mettere in moto la macchina di Langley in modo che quando lei ci fosse salita l'avrebbe trovata già calda. Era lui che seguiva tutte le gare di dressage di Langley, portando sempre qualche piccolo gioiello o oggetto che lei desiderava segretamente come regalo. Era lui che le dava quasi di nascosto rotoli di banconote da cento dollari 'in caso volesse comprarsi qualcosa da bere' quando andava al centro commerciale. Era lui che le scriveva lettere quando lei andò alla scuola estiva a Gordonstoun in Scozia, ed era lui che si metteva seduto accanto al suo letto a leggerle *Piccole donne* quando aveva la febbre, anche adesso che non era più una bambina.

Almeno lo aveva fatto fino a poco tempo prima. Sebbene il nome Lawrence Archibald Winterman, ex presidente della New Jersey Gas and Electric e consigliere capo in diversi consigli di amministrazione, suscitasse ancora una notevole ammirazione, l'uomo viveva la sua fase di declino. Sei mesi prima era caduto sulle scale nel retro della casa e si era rotto un'anca. Il processo di guarigione non procedeva bene come avrebbe dovuto. Da allora, nonostante l'assistenza di una infermiera a tempo pieno, aveva subìto una serie di infezioni, e per ciascuna di esse l'intera famiglia aveva dovuto fare enormi sacrifici.

«Che cosa è successo questa volta?»

«Ha dei dolori al petto. Il dottore sta facendo degli esami ma i risultati saranno pronti solo martedì. Credo che sia a causa della nonna.»

La nonna di Langley era convinta che le infermiere che si prendevano cura di Popo la derubavano, e quindi era costantemente impegnata a cercare di smascherarle. Aveva installato dispositivi di sorveglianza per coglierle sul fatto. L'unico vero risultato dei suoi controlli era stata un'atmosfera di tensione e un costante avvicendamento delle infermiere che abbandonavano il lavoro perché le condizioni erano intollerabili.

«Sta solo cercando qualcuno da controllare» spiegò Langley con un sorriso rassegnato. «È come mia madre da questo punto di vista. Quando c'erano dei problemi di un certo tipo, cose che lei non poteva risolvere come l'aria condizionata rotta nella roulotte, diventava più inflessibile in altri settori e ci costringeva a diete folli o si interessava in maniera ossessiva alla mia postura.»

Era difficile immaginare Langley come qualcosa di diverso da una ragazza viziata della costa orientale degli Stati Uniti che abitava in un palazzo, ma lei aveva davvero trascorso i primi undici anni della sua vita in una roulotte alle porte di Tucson, in Arizona.

Una volta, quando le chiesi com'era, lei disse: «La roulotte era così piccola a viverci in due che sembrava di stare nella casa delle bambole.»

«La nonna comprò praticamente tutto il repertorio di animali di pezza di un mega negozio quando seppe che Langley sarebbe venuta a stare con noi» mi disse il nonno un giorno in cui andammo a prendere il tè nel suo studio. «La prima notte Langley li prese tutti, il cervo gigante, la giraffa, il leone, e li usò per decorare un lenzuolo e fare una tenda dove si sarebbe sentita più a suo agio perché la sua nuova stanza era troppo grande. La mia bambina.» Lui le strinse la mano e la guardò con tale orgoglio che mi ingelosii. «Il mio tesoro, il mio genietto.»

Non capii perché Langley fosse andata a vivere con i nonni fino alla gita scolastica sulla neve, a Killington, durante il mio primo anno alla Livingston. Erano tutti ansiosi di tuffarsi nella Jacuzzi dopo aver sciato, ma io e Langley dicemmo che preferivamo stare sulle piste ancora un po'. Nel mio caso, però, era una bugia – era una giornata tetra e freddissima – e io mi era cambiata per mettermi dei jeans e un enorme maglione di lana a trama grossa ed ero andata a nascondermi nel bar. Era uno spazio cavernoso, di forma ottagonale, con il soffitto a travi di legno e un'enorme finestra con vista sulle montagne. Poiché erano tutti sulle piste, i tavoli di legno sistemati lungo i lati dell'ottagono erano quasi vuoti.

Ero seduta da cinque minuti quando Langley scivolò nel posto accanto al mio. Aveva un paio di jeans, stivali da neve Louis Vuitton color cammello e una giacca a vento lunga azzurro chiaro, con la pelliccetta intorno al cappuccio che le faceva da perfetta cornice del volto.

«Va bene, caramellina. La tua scusa qual è? Perché non vai alla festa nella Jacuzzi?»

Mi si mozzò il respiro. La sua domanda così diretta mi prese alla sprovvista. «È una lunga storia.»

Lei guardò l'orologio che portava al polso. «Credo che abbiamo un paio d'ore prima che gli altri si rompano e si raggrinziscano e si dimentichino che noi due non abbiamo partecipato, così non dovremo spiegare il motivo della nostra assenza. Ma se ci vorrà di più, avrò bisogno di un pacco di pop-corn.»

«Tu perché non vuoi andare?» le chiesi mentre lei si toglieva la giacca e stringeva tra le dita il bordo delle maniche della sua maglia pesante bianca.

«Dimmi il tuo motivo, e io ti dirò il mio.»

Lei, Kate e io eravamo state quasi inseparabili per due mesi e mezzo ma questa era la prima volta che mi trovavo sola con Langley. Non so se volevo avere la sua approvazione o se avevo davvero bisogno di dirlo a qualcuno. Senza pensare, mi lasciai andare. «A novembre dell'anno scorso, quando stavo a Chicago, la mia migliore amica, Bonnie, è morta in una Jacuzzi.» Al mio orecchio quelle parole suonarono strane, come se fosse stato un personaggio di un film a dirle, e non io.

Gli occhi celesti di Langley si spalancarono. «Mio dio. Mi dispiace tanto. Che cosa è successo?»

«Non lo so esattamente.» Guardavo il fumo salire dalla mia tazza di cioccolato caldo, e lasciavo che mi restituisse i ricordi. Avevo paura, ma un po' ero contenta. Non ne avevo mai parlato con nessuno prima di allora. «C'era una festa» dissi alla fine.

Quando lo dissi a Bonnie, la sua reazione fu: 'Non se ne parla neanche.'

'Puoi provare a usare tutta la tua forza con me, piccola Jedi' mi disse 'non riuscirai a farmi cambiare idea. Perché andarci? Non conosco nessuno delle persone che saranno lì, e nemmeno tu. E poi tua madre non ti darà mai il permesso di andare a una festa di qualcuno del primo anno.'

Bonnie aveva un fratello di qualche anno più grande di lei, e quindi i suoi genitori avevano potuto sfogare tutta la loro ansia di esseri protettivi su di lui, ma per mia madre era diverso, e la situazione era peggiorata dopo la morte di mio padre, qualche mese prima di quello stesso anno.

'Uscirò di casa di nascosto' dissi. 'E il fatto che non conosciamo quelli che ci andranno è il motivo per cui dobbiamo andare anche noi. Vuoi morire senza essere baciata?' E poi usai tutta la mia forza di persuasione da Jedi. 'Ho saputo che ci andrà anche Mark Ellis.'

Fu una mossa disonesta nominare il ragazzo per cui Bonnie aveva avuto una cotta tempo prima, ma funzionò.

'Va bene. Verrò come tua accompagnatrice' disse alla fine. 'Per la cronaca però, fammi dire che è una pessima idea. Metterò la mia copia di Harry Potter nella borsa così almeno avrò qualcosa da fare mentre tu ti renderai ridicola.'

Dall'altro lato del tavolo di legno graffiato del bar della stazione sciistica sentii arrivare la voce di Langley che diceva: «Ha sbattuto la testa? Com'è morta?»

«Non... non so esattamente. Ero distante, insieme ad altre persone. Quando la vidi, lei era lì, distesa nella Jacuzzi, con la testa piegata all'indietro e capelli neri che galleggiavano intorno al corpo. Fissava il cielo come se stesse cercando il Grande Carro. Era bellissima, e aveva un'espressione serena. Come Ofelia nell'*Amleto*, ti ricordi?» Langley fece cenno di sì con la testa. «Il suo viso era un perfetto ovale pallido nella luce della luna, e gli occhi brillavano. All'inizio non potevo credere che fosse morta. Poi...» Mi fermai. Lacrime bollenti avevano iniziato improvvisamente a scorrermi lungo le guance e a cadere nella cioccolata calda.

Langley mi mise un braccio sulle spalle. «E poi cosa accadde?»

La guardai negli occhi. «Poi tutto quello che riuscivo a pensare era: Dio, aveva bisogno di farsi le sopracciglia.» E iniziai a singhiozzare sul serio, con enormi singulti che mi scuotevano tutto il corpo. «Ti rendi conto? Lei era morta e io pensai solo a quello. Le sue sopracciglia.» Mi premetti i palmi delle mani sugli occhi, spingendo indietro le lacrime. Non meritavo di piangere per quella storia, non meritavo alcuna solidarietà.

«Succede spesso» disse Langley, accarezzandomi la schiena. La sua voce era dolce, gentile. Materna. «Fissarsi su uno strano dettaglio. È normale.»

Continuavo a tenermi la testa tra le mani. «Dissero che si era trattato di un'overdose. Che Bonnie si era suicidata.»

«È vero?»

«Loro hanno detto così.»

Restammo in silenzio per un po', finché Langley disse con una voce dolcissima: «Dev'essere stato orribile per te, caramellina. Davvero orribile.»

Abbassai la testa sul tavolo, coprendola con le mani. «Sono stata io a convincerla ad andare a quella festa» dissi, con una voce appena udibile. Era un'altra cosa che non avevo mai confessato a nessuno. «Lei non voleva andare, e io l'ho convinta. Se non l'avessi fatto, non sarebbe successo. Se solo io avessi...»

«No» disse Langley. «Adesso basta. La sua vita non è finita perché tu l'hai convinta ad andare alla festa.»

«Non puoi dirlo.»

Langley appoggiò le mani sulle mie spalle e mi tirò su, ma io non avevo il coraggio di guardarla negli occhi. «Nessuno si ucciderebbe perché non riesce a divertirsi a una festa. Se una persona commette un gesto del genere, è perché ha dei motivi molto più gravi e profondi.» Mi sollevò il viso con un dito sotto il mento. «Guardami, Jane Freeman.»

La guardai. Anche lei aveva gli occhi pieni di lacrime. In quello sguardo leggevo che lei mi comprendeva, capiva quello che stavo dicendo, e forse persino quello che io stessa non capivo. Mi fece un sorriso breve, triste, completamente diverso dal suo solito modo di ridere. Era tenero, affettuoso.

«Tu non eri responsabile di ciò che accadeva alla tua amica. Non è stata colpa tua se è andata in overdose.»

Non mi ero resa conto di quanto fosse stato pesante portare il fardello di quei segreti. Ora che li avevo confessati, condivisi con Langley, mi sentivo come se qualcuno avesse sollevato dalle mie spalle un coperchio d'acciaio. Mi sentivo piena di gratitudine, che sembrava quasi euforia. «Grazie» dissi. «Sei... sei una ragazza meravigliosa.»

Lei scosse la testa e questa volta fece il suo tipico sorrisetto. «Non ringraziare me, ringrazia il dottor Phil, è stato lui che mi ha insegnato tutto quello che so della psicologia.»

Risi, avevo ancora il volto bagnato e bruciante per le lacrime.

«Dev'essere stata dura per te perdere così la tua migliore amica» lei disse.

«Sì, infatti.» Ma non come immagini tu, pensai. Perché c'era un altro segreto che non le avevo confessato. Fissai il tavolo, seguendo con il mignolo una scritta, B. G. + A. F. X SEMPRE, e mi chiesi se dovessi raccontarle il resto. *Fa' piazza pulita. Racconta finalmente tutta la verità a qualcuno.*

Alzai lo sguardo su di lei, sul suo viso in attesa, gli occhi blu che brillavano come i ghiaccioli che si erano formati fuori dalla finestra, e mi resi conto che non potevo farlo. Avevo troppa paura di quello che sarebbe successo se lo avessi fatto. Troppa paura che Langley mi avrebbe considerata una vigliacca, avrebbe visto la perdente che ero, e avrebbe deciso che non meritavo la sua amicizia.

E invece dissi: «E tu? Qual è il tuo trauma da Jacuzzi?»

Quello che accadde era lontanissimo da qualsiasi cosa avessi potuto immaginare.

Langley si sfilò il maglioncino di lana e io vidi una lunga cicatrice grinzosa che finiva nella cintura dei jeans dopo aver attraversato il suo torso bianco. «Continua lungo tutta la coscia.»

«Che cosa ti è successo?»

Lei girò lo sguardo da un'altra parte. Per molto, molto tempo restò in silenzio e pensai che forse aveva cambiato idea. Poi all'improvviso disse: «Mia madre è cresciuta a Livingston, nella stessa casa in cui adesso vivono i miei nonni, e che tu conosci.» Non avevo idea di quello che stesse per dirmi. Pensai che potesse trattarsi del patrimonio di famiglia.

Langley continuò. «Quando mia madre aveva diciotto anni, restò incinta. I suoi genitori... be', la nonna in verità, le diede un ultimatum. O diceva chi era il padre del bambino o andava via di casa. Mia madre e mia nonna si somigliavano molto, tutt'e due testarde, e nessuna di loro volle cedere. Così, al sesto mese di gravidanza, mia madre se ne andò a Lynx Arches, in Arizona.»

«Un posto esotico.»

«La parte naturalistica è davvero bella. Cieli blu e infiniti, montagne rosse. Quasi tutti vivono nelle roulotte, quindi dal punto di vista architettonico lascia un po' a desiderare.»

«Perché tua madre scelse l'Arizona?»

«Credo perché fosse il posto più diverso possibile da Livingston. E poi non voleva che i genitori la trovassero, così usò un nome falso, e di conseguenza non poteva dimostrare di avere un diploma e trovava solo lavori poco esaltanti. Cameriera. Segretaria. In un negozio per piccole riparazioni.» Langley fissava il panorama oltre la finestra, le montagne, il rosa e l'arancio del tramonto che brillavano. «Per un po' lavorò come assistente di un fabbro e si portava le serrature a casa per esercitarsi ad aprirle di sera. Il lavoro migliore che trovò fu quello in un panificio.» Girò lo sguardo su di me e mi sorrise mestamente. «È così che ho imparato a mettere la glassa sulle torte. Non sapevi che lo so fare, vero? In realtà sono una glassatrice imbattibile.»

«Me ne ricorderò per il mio prossimo compleanno.»

«Fai bene. Mia madre credeva che ognuno dovesse costruirsi la propria fortuna, e per farlo bisognava imparare a fare delle cose. Lei mi insegnò a cucire, ad andare a caccia e a riparare quasi tutto. E poi durante la primavera dei miei undici anni, mi stava insegnando a nuotare.»

Punzecchiò un mini marshmallow nella sua cioccolata calda fino a farlo dissolvere. «Tutti i martedì e i giovedì dopo la scuola ci incontravamo alla roulotte e poi andavamo alla piscina comunale. Era una specie di rito per noi, serviva a consolarci del fatto che lei doveva andare al lavoro prima che io mi alzassi perché il panificio apriva prestissimo. In quei due giorni tornavo a casa pedalando a velocità supersonica perché adoravo le lezioni di nuoto con lei.»

Non l'avevo mai vista seduta così perfettamente immobile, ma poiché il sole che tramontava dava ai suoi capelli di seta il colore del grano, Langley sembrava brillare. «Un martedì, mi si bucò una ruota e dovetti portare la bicicletta a mano per metà tragitto, così arrivai un po' più tardi del solito. Stavo sistemando la catena sul retro della roulotte quando sentii un odore strano. Alzai lo sguardo e vidi il fumo che usciva da sotto la porta.

«La roulotte stava andando a fuoco.» Le sue dita raggiunsero il bordo del bicchiere di carta, e lo maciullarono. «Usai il mio maglione per aprire la porta e le fiamme mi esplosero in faccia. Chiamai mia madre, ma lei non rispondeva. E allora mi infilai tra le fiamme della roulotte. È così che mi sono procurata le cicatrici.»

Il suo sguardo era molto calmo. «Era troppo tardi. Il... fuoco si era già propagato e mia madre era... dissero che era morta per le inalazioni del fumo, quindi le bruciature sul corpo, quelle lei non le ha mai sentite, non aveva nessuna possibilità di farcela... in nessun modo...»

Inspirò rumorosamente e poi serrò forte la mascella. Fissava il soffitto di legno della stazione sciistica, i pugni stretti e le nocche bianche per lo sforzo di non piangere.

La abbracciai, e mi resi conto di quanto lei fosse forte e io debole. Lei era stata onesta, si era denudata davanti a me, mi aveva detto tutto. Io non ero stata capace di fare lo stesso. Avevo omesso un pezzo della mia storia. Il peggiore. Aprii la bocca per raccontarlo, ma mi si bloccò in gola.

Quando Langley ricominciò a respirare regolarmente, si ritrasse e mi guardò in faccia. «Scusa.»

«Per cosa? Mi sento... mi sento onorata che tu mi abbia raccontato tutto.»

Lei annuì e strinse le mani intorno al bicchiere straziato della sua cioccolata calda, osservandolo come se contenesse le risposte a tutti i misteri della sua vita. «Mi manca» disse. «Non mi piace mostrarlo davanti ai nonni, ma non c'è giorno in cui non sento la sua mancanza. Mi chiedo come sarebbe stata la mia vita se quell'incidente non fosse accaduto. Se io fossi tornata a casa prima. Se fossi riuscita a salvarla.»

«Langley, tu sei stata un'eroina quel giorno. Sei stata coraggiosissima. Tua madre sarebbe stata orgogliosa di te. E sarebbe orgogliosa di quello che sei diventata.»

Lei scosse la testa, fissando ancora la sua cioccolata calda. «Credi davvero che sia così?»

«Chi non sarebbe orgoglioso di te? Per i tuoi nonni sei come la luce degli occhi. Sei intelligente, bella, simpatica, desiderata, e hai un sacco di amici.»

«Sono una persona straordinaria, no?» disse con un leggero sorriso. Sembrava forte e fragile allo stesso tempo. Mi sorprese molto.

«Sì.»

Lei strizzò un occhio. «Ci vuole un ladro per prendere un ladro.»

Diglielo, mi ordinò una voce nella mia testa. Dille tutto. Prima che io potessi parlare, Langley riprese la sua storia.

«E alla fine» concluse quel giorno a Killington «mia madre non riuscì a insegnarmi a nuotare. Ancora oggi non ne sono capace. E le cicatrici me lo ricordano sempre. Tu non lo racconterai a nessuno, non è vero? La storia che ti ho detto e delle mie cicatrici. I miei nonni non vogliono che la gente lo sappia.»

Mentre la ascoltavo, mi rendevo conto che Langley mi ricordava qualcuno, e alla fine capii chi fosse. Mi ricordava la mia intrepida tartaruga, Amerigo. Erano entrambi coraggiosi. Entrambi avevano superato molte difficoltà e ne erano usciti più forti. Erano entrambi dei sopravvissuti. Io non potevo nemmeno sperare di avere metà del loro coraggio e della loro forza.

Compresa la forza di mostrare la propria vulnerabilità. «Non svelerò mai il tuo segreto» la rassicurai.

Lei sorrise. «Lo so. Lo so che posso contare su di te.»

Ora, con i capelli tirati disordinatamente all'indietro e sotto la luce artificiale della mia stanza d'ospedale, la cicatrice sulla guancia di Langley era più visibile. «Dovresti stare con tuo nonno» dissi «non qui con me.»

«Non essere ridicola. Hai bisogno di me. E poi, sono sicura che c'è qualcosa che ti preoccupa.»

«Niente d'importante.»

«Bene, allora non ci metterai molto a raccontarmi tutto.» Si avvicinò al davanzale della finestra e prese l'orsacchiotto con la canottiera. «Racconta i tuoi problemi all'orsacchiotto che vuole rivederti in piedi, caramellina. Ha un istinto animalesco per l'ascolto.»

«Basta» urlai, ridendo. «Mi arrendo.»

Langley tornò vicino a me e si mise a sedere su una sedia accanto al letto. «Si tratta di David? Ho incrociato lui e Ollie nel parcheggio. O meglio, Ollie mi è quasi venuto addosso. È un pericolo pubblico in quella enorme Land Rover. Non è un caso se gira quasi sempre con l'autista. David è stato così preoccupato per te, mi chiamava per avere notizie. Sono tanto felice che siate tornati insieme.»

«Tornati insieme?»

Langley sbatté le palpebre. «Cioè, che state insieme. Tua madre si è comportata in modo strano ieri, non voleva che lui entrasse.»

Certo. Avrei dovuto sapere che quella donna avrebbe cercato di interferire.

«E allora? Qual è il problema?»

«So che la mia domanda ti sembrerà strana, ma abbiamo litigato? Alla festa.»

«Tu e David?» mi chiese Langley. All'improvviso il tono della sua voce diventò sospettoso.

«No, io e te.»

Sembrò sorpresa.

«Il fatto è che qualcuno lo ha detto alla polizia e io ho un ricordo di te in piedi davanti a una porta e di me che non voglio uscire. O qualcosa del genere. Ma è molto confuso.»

La sua espressione si rasserenò, ma Langley iniziò a girarsi l'anello dell'amicizia sulla mano destra. «Ah. Be', sì, una specie. Stavo cercando di impedirti di uscire dal bagno. Tu... non so cosa fosse successo, ma eri davvero arrabbiata con David e singhiozzavi, e continuavi a dire: 'Non posso andare avanti così. È finita. Non ne posso più. Voglio solo farla finita.' E io ho pensato... ho pensato che fosse meglio che tu non facessi niente del genere. Non quella sera.»

«È quello che devono aver sentito tutti. Ma perché hanno pensato che io, tu e Kate avessimo litigato? Tu sai che cos'è successo?»

«No, ti ho trovata a piangere.»

«E dicevo che volevo rompere con David?»

«Dicevi che volevi farla finita... che volevi chiudere.» Langley alzò le spalle. «Forse volevi dire qualche altra cosa.» Parlava a voce bassa, più bassa del solito, facevo fatica a sentirla.

«Ad esempio?»

Mi sembrava di vedere le scene di un film che continuavano a scorrere. Alcune erano nitide, ma altre troppo confuse per capirle. Langley davanti a una porta, con un'espressione turbata, e io che dicevo parole che facevo fatica a immaginare. Perché? Cosa potevo aver visto che mi spingeva a voler chiudere la mia storia con David? E se era effettivamente successo qualcosa, perché lui non me l'aveva detto? Non sapeva che avrei potuto dirglielo io quando sarebbe venuto a trovarmi?

Stai diventando paranoica, mi dissi decisa. Come la scritta sullo specchio, probabilmente era stata solo una costruzione della mia mente, provocata dai forti medicinali.

«Grazie per avermi impedito di rendermi ridicola» dissi. «David può avere i suoi difetti, ma lo amo ancora.»

«Ma certo. Quella festa è stata solo strana. Hai saputo che Elsa ha completamente sfasciato la sua Porsche? Ha sbattuto contro un palo.»

«Cosa?»

«Sì, e non solo. Sembra che avesse delle allucinazioni, e poi diventò così violenta con gli infermieri che dovettero bloccarla.»

«Era ubriaca?»

«Elsa?» disse Langley. «Ma se si porta la sua bottiglia d'acqua da casa quando va a una festa!»

Era vero. Elsa non beveva e non usava droghe. Ed era già abbastanza strana così. «È stato un episodio nevrotico?»

«Chi lo sa. Ma è strano, non credi?»

Era bello parlare di qualcosa che non fossi io, ricominciare a spettegolare con Langley, anche se ero preoccupata per Elsa. Lei continuò: «Ollie ha detto che ha sentito che Elsa ha avuto un crollo nervoso ed è stata mandata alle Bahamas dalla sua vera madre, ma io ho saputo che l'hanno mandata in un ospedale psichiatrico e la tengono sotto osservazione.»

«Stava bene? Fisicamente, voglio dire.»

«Sì, credo di sì, solo qualche livido. E chi altri è venuto a trovarti oggi? Kate è stata qui?»

Il fatto che Langley cambiasse argomento all'improvviso mi inquietò un po'. «No. Be', non ancora.»

«Sono sicura che arriverà presto. È molto preoccupata. Ti vuole un gran bene.» Qualcosa nel modo in cui Langley mi guardò in quel momento mi mise a disagio. Se ne accorse?

No, non poteva. Nemmeno lei. Soprattutto lei.

«Credo proprio di dover andare adesso.» Mi sorrise. «Povera piccola. Soffri molto?»

«Solo un po'.» Guardai l'asta della flebo accanto a Langley. C'erano tre sacche appese, e quattro monitor digitali. «Credo che mi stiano sedando parecchio. La cosa più brutta in questo momento è che non riesco a ricordare. Ah, e non riesco a muovermi.» Avrei voluto dirlo con una voce più allegra, ma mi uscì una specie di sibilo debole e rauco.

«Starai meglio di prima, credimi.» Si chinò per darmi un bacio sul naso e dovette poggiare il braccio sul filo della mia flebo perché all'improvviso fui assalita da un'ondata di dolore.

Il monitor del battito cardiaco iniziò a emettere suoni lunghi e intensi, e Loretta entrò di corsa in camera, mentre Langley si rifugiò in un angolo e io andavo in iperventilazione.

Mio dio, che dolore.

Davanti ai miei occhi comparvero macchie bianche e nere, un ronzio mi invase le orecchie, e il corpo era in preda a convulsioni per gli spasmi dell'agonia come se il mio scheletro stesse cercando di sgusciare fuori. Sentivo urlare, erano le mie urla, e un prurito al braccio.

Poi stavo nuotando, nuotavo nell'acqua marrone, e qualcuno gridava: «Togliti di mezzo, puttanella gelosa» e io nuotavo verso l'alto, fino a raggiungere la superficie e...

All'improvviso mi sentivo benissimo. Il corpo rilassato. Gli occhi liberi. Le orecchie senza il ronzio.

Era tornato tutto normale. Anche meglio della normalità.

Loretta si piegò su di me. «Abbiamo dovuto metterti fuori uso per un po', ma solo per un po'. Come ti senti?»

«Benissimo» dissi, ed era verissimo.

Ma per Langley non era così. Il suo volto era bianco come un lenzuolo e lei tremava, sprofondata in una sedia nell'angolo della stanza come se stesse cercando di farsi il più piccola possibile. «Mio dio, mi dispiace così tanto» disse. «Non volevo provocarti dolore. Non volevo provocarle dolore.»

Loretta la guardò sorridendo con dolcezza. «Non preoccuparti. Si è trattato solo di un incidente con il filo della flebo. Nessun danno permanente.»

Langley si coprì la testa con le mani. «Mi sento malissimo.»

Le sorrisi. Non sapevo cosa mi avesse dato Loretta ma mi sentivo benissimo. «Sto bene. Non è successo niente di grave. E adesso so quanto ho bisogno di quella flebo.»

Langley mi guardò attraverso le dita che le coprivano il viso. «Sì, è vero.»

Prezzemolino in ogni minestra, mia madre entrò di corsa proprio in quel momento, avvolta da una nuvola di Coco Chanel e di domande. «Cos'era quel rumore? Che cos'è successo?» Dietro di lei, Joe.

«Solo un piccolo incidente, niente di cui preoccuparsi» li rassicurò Loretta.

«Ne è sicura?» chiese mia madre. «Jane sembra pallida come un fantasma.»

«Ancora non sono un fantasma, mamma» dissi.

«Non è divertente» sbottò lei.

Guardai alle sue spalle. «Dov'è Annie?»

«È a casa Montero, a giocare con Dora.» Dora era la sorellina di Ollie. Mia madre si voltò e si accorse della presenza di Langley. «Langley, cara, mi fa piacere vedere che sei qui. Come stanno i tuoi nonni?»

Poiché i nonni di Langley erano tra le persone socialmente più importanti della zona, era fondamentale fare quella domanda, anche se la propria figlia era paralizzata in un letto d'ospedale. Non si poteva lasciare che una sciocchezza come la morte interferisse nelle proprie buone maniere.

«Fanno quello che possono, e hanno mandato a Jane i loro auguri di pronta guarigione.»

«Ringraziali da parte nostra, per favore. Significa tantissimo per noi.»

«Ci sono novità nelle indagini?» chiese Langley.

«La polizia ha raccolto prove convincenti che siano stati i ladri che avevano rapinato il supermercato. Hanno investito Jane mentre scappavano.»

«Cosa vuol dire 'prove convincenti'?» chiesi.

«Un'auto che corrisponde alla descrizione di quella usata dai ladri è stata vista nella zona del dieci cinquantasette. Nel codice della polizia, è un investimento causato da un pirata della strada» disse mia madre, con la sicurezza di una che si era appena diplomata all'accademia di polizia. «E i segni della sbandata sull'asfalto sono compatibili con la macchina usata per la fuga.»

«Dieci quattro, agente Rosalind» dissi.

Mia madre strinse le labbra ma ignorò il mio tono irato e si rivolse a Langley. «Terremo una conferenza stampa tra pochi minuti per cercare di ottenere informazioni sull'identità dei ladri, se vuoi puoi partecipare anche tu.»

«Questo vuol dire che prenderanno i responsabili di questo incidente!» disse Langley. «Ma è una bellissima notizia.»

Mia madre annuì. «Vuol dire che Jane è vittima della crescita della criminalità in questa zona. Un simbolo di ciò che tutti noi rischiamo.»

Se avessi potuto applaudire, lo avrei fatto. «Una frase decisamente a effetto» dissi a mia madre. «Spero che la userai in tv.»

«Questa negatività e questo sarcasmo continui sono...» Si zittì, e se non l'avessi conosciuta bene, avrei pensato che stesse per piangere.

Ma la conoscevo bene. «Tu lo sai quanto è difficile per me sopportarlo.» Ed era vero. Non mi comportavo in quel modo con nessuno, solo con lei. Per la prima volta, fissando la ruga che mia madre aveva sulla fronte, mi chiesi il perché.

Lei sospirò e con gesti esitanti cercò di prendermi la mano. «Non capisci, tesoro? Vuol dire che questo incubo può finire presto.»

Ma certo, era questo il motivo. Non capivo cosa volesse dire con 'questo incubo', né con 'finire presto', ma sapevo che una di noi due era ancora completamente paralizzata. E non importava quanti rapinatori di supermercato venissero arrestati. Quella era solo un'altra prova che lei si rifiutava di vedermi come realmente ero. Ancora una volta si rifiutava di vedere la persona che aveva di fronte, come aveva sempre fatto.

Langley si alzò, risparmiandomi la fatica di trovare una risposta adatta. «Mi piacerebbe restare per la conferenza stampa ma devo tornare a casa. Mio nonno.»

«Certo, cara. Grazie per essere venuta e aver fatto compagnia alla nostra povera bimba.»

«È stato un piacere.»

«Lo vedi, mamma. Tutti pensano che sia un piacere stare con me, tutti tranne te.»

Langley mi baciò sulla fronte, avvolgendomi in una folata di essenza di pompelmo.

«Ciao, caramellina. Cercherò di tornare presto.»

«Prenditi cura di tuo nonno. È più importante.» Ero sincera. Era stata tanto carina a passare del tempo con me anche se la sua vita era già così difficile. Langley era fatta così, sempre pronta a essere forte per gli altri, senza pensare alla forza di cui aveva bisogno per sé.

Mia madre la accompagnò alla porta, ma Joe indugiava, e infine si avvicinò ai piedi del mio letto. Tossì, si schiarì la voce. «Jane, non capisco perché tu sia così arrabbiata con tua madre, ma voglio dirti che lei è davvero preoccupata per quello che è successo.»

«Non sembra. Sembra che si dedichi abbastanza bene alla sua vita.» La mia voce era debole, bassa, ma non mi importava.

«Tua madre è fatta così. È una combattente.»

«E tu cosa ne sai? La conosci soltanto da un anno. Come fai a dire lei com'è?»

Tenendo le mani in tasca, Joe si strinse nelle spalle, sembrando quasi imbarazzato. «Io amo tua madre, e la ammiro, quindi l'ho osservata con molta attenzione. Vorrei... vorrei che tu sapessi che tutto ciò che fa, lo fa perché si preoccupa per te.»

«Mia madre si preoccupa solo di come andrà la sua conferenza stampa.»

Lui strinse forte la bocca ed emise un gemito, come se gli avessi dato uno schiaffo. «Questo non è giusto. E sono sicuro che lo sai anche tu.»

«Bene. Grazie per il messaggio.»

Sembrò che stesse per aggiungere qualche altra cosa, poi alzò le spalle e se ne andò. Fissai lo sguardo sui fiori, sui palloncini e sull'orsacchiotto appoggiato sul davanzale. Quelle cose mi erano state inviate da persone che davvero si preoccupavano per me. Persone che mi volevano bene per quella che ero, e non perché pensavo all'inesistente figlia perfetta che avrei dovuto essere.

Il telefono accanto al mio letto iniziò a suonare. Forse era di nuovo David. Solo il pensiero bastò per farmi sentire un fremito in tutto il corpo, e senza pensarci, allungai un braccio e presi il telefono.

«Pronto.»

«Come stai oggi, Jane?» mi chiese una voce che non era quella di David. Non la riconobbi ma non mi importava perché mentre parlavo mi resi conto che avevo riacquistato l'uso del mio braccio sinistro. Provai con il destro. Sì, anche quello funzionava. Riuscivo a muovermi. Riuscivo di nuovo a muovermi!

«Benissimo, e tu?» risposi.

«Sto bene. Non vedo l'ora di riuscire a incontrarti.»

Quella conversazione cominciava a diventare strana. «Scusa, ma con chi parlo?»

«Non lo sai?»

«No.»

«Sono la persona che ha cercato di ucciderti. O forse dovrei dire che ti ucciderà.» Tutto il mio corpo si gelò.

«Non è divertente.»

«Ti assicuro che non ho nessuna intenzione di farti divertire.»

Deglutii. «Di cosa parli?» Adesso le mie braccia funzionavano, ma il cervello era più immobilizzato che mai.

«Sappiamo tutti e due che quello che ti è successo non è stato un incidente.»

Iniziai a tremare.

«Non è vero?» disse la voce con un tono perfido.

«Chi sei?» Le mie mani strette intorno alla cornetta si erano congelate. «Dimmi chi sei.»

«Tocca a te scoprirlo. A presto.»

La comunicazione fu interrotta. Un ragazzo che non avevo mai visto prima entrò nella mia camera con un telefono cellulare in mano e una grande scatola sotto al braccio. Guardò la scatola, poi guardò me. «Ciao, Jane.»

17

«Vattene via! Via! Aiuto» gridai. «Loretta!»

Il cellulare cadde dalle mani del ragazzo.

Loretta entrò di corsa. «Sì, tesoro, cosa succede?»

Indicai il ragazzo. Il braccio mi tremava. «Lui... lui vuole uccidermi.»

«Chi? Pete?» Loretta guardò il ragazzo che ora si stava chinando per raccogliere il suo telefono. «Non credo proprio.»

«Qualcuno... una persona ha appena chiamato per dirmi che mi ucciderà. Qualcuno mi ha appena chiamato per minacciarmi e poi lui è entrato.»

Loretta si avvicinò a me e tirò fuori la torcia medica. La accese e me la puntò negli occhi. «Guarda in alto per me, tesoro. Bene. Ora a sinistra.» Spense la luce.

«Non ho avuto un'allucinazione. Non me lo sono inventato. Qualcuno mi ha chiamata.»

Tenendomi un dito sul polso, Loretta disse: «Raccontami quello che è successo, tesoro.»

«Il telefono ha squillato e io ho preso la cornetta.»

«Hai preso la cornetta? Hai mosso la mano?» Mi fissava sorpresa.

«Sì. Adesso riesco a muovere le braccia.»

«Il Signore percorre strade strane. Il telefono ha

squillato e tu hai preso la cornetta, e poi che cosa è successo?»

«Una voce mi ha detto che non ho avuto un incidente. Che avrebbe finito quello che aveva iniziato. E che ci saremmo incontrati presto.»

«Capisco. E poi cos'altro?»

«Poi, lui» indicando il ragazzo che adesso ciondolava con l'aria divertita «è entrato. Non è divertente, comunque.»

«Non sto ridendo di te. Rido per l'orsacchiotto.» Fece un cenno verso il davanzale. «È... qualcosa di raccapricciante.»

Loretta era uscita un attimo, ma stava già rientrando. «Questo è Pete» disse. «Lavora qui come volontario. Una specie di crocerossina.»

«Non credo che volontario sia la parola giusta.» Allontanandosi dalla parete il ragazzo si avvicinò al letto tenendo in mano la scatola. «Ero venuto per consegnarti questa.»

Era avvolta in carta regalo con disegni di un cartone animato e sembrava venire dritta dritta dal reparto per adolescenti di una cartoleria.

«Non so cosa farmene di questa stupida scatola. Mi state ascoltando? Qualcuno mi ha chiamata e ha minacciato di uccidermi.» Pronunciai la frase staccando nettamente le parole le une dalle altre. «Dobbiamo avvertire la polizia. Non ho avuto un'allucinazione questa volta, Loretta. Qualcuno mi ha chiamata.»

Loretta disse: «Ho già allertato la sicurezza, stanno arrivando insieme a...»

Giunse un rumore dal corridoio e mia madre e l'agente Rowley entrano insieme nella stanza. Ma senza fretta. Sembrava che stessero facendo una passeggiata.

Raccontai anche a loro quello che era successo e si comportarono come se io avessi appena rivelato un fatto interessante certo, ma non così importante.

«Mi state ascoltando? Qualcuno mi ha minacciato di morte.»

L'agente Rowley fu così gentile da prendere il suo taccuino. «Parlami ancora della telefonata. La voce ti suonava familiare?»

«No, sembrava camuffata.»

«Sai dirmi se era un uomo o una don...»

«No, ho appena detto che era camuffata. Come se la persona parlasse attraverso un alteratore vocale.»

«E la qualità del suono? Sai dirmi se chiamava da un telefono cellulare o da rete fissa?»

«Da un cellulare, credo. Potete rintracciare la chiamata?»

Lei tamburellò con una mano sul telefono accanto al mio letto. «Sulle reti istituzionali come questa è quasi impossibile rintracciare il chiamante, a meno che non richiami. Magari più di una volta. Se ha chiamato da un cellulare...»

«In altre parole, non potete.»

«Esatto. Ma nove volte su dieci queste telefonate si rivelano una bufala.»

«Hai sentito, tesoro» disse mia madre con un sorriso raggiante. «Non hai assolutamente nulla di cui preoccuparti.»

La fissai. C'era qualcosa di strano in lei. Sapevo che odiava avere torto. E se avevo davvero ricevuto quella telefonata, non potevo essere una vittima del dieci cinquantasette e dei rapinatori del supermercato in fuga. Ma la decisione con cui negava la mia versione era troppo anche per lei.

«Sei impazzita?»

«No. Ma sono sicura che la polizia sa come agire. Se qualcuno ti ha chiamato, probabilmente era solo un mitomane.»

«Se?» ripetei. «Tu non credi che io abbia ricevuto una telefonata.» Girai lo sguardo disperato nella stanza. Quella sensazione di nausea tornò a piazzarsi sulla bocca del mio stomaco. «Nessuno di voi ci crede. Nessuno crede che io abbia davvero ricevuto una telefonata. Ma è vero.»

Lei mi sorrise. Un sorriso che ero sicura mi stesse facendo con le migliori intenzioni ma che invece mi fece sentire presa in giro. «Ma non importa se è vero oppure no, tesoro.»

«Ma certo che importa.» Nei miei occhi si raccolsero lacrime di frustrazione. «Non me lo sono inventato.»

«Nessuno ha detto una cosa del genere. Ma è possibile che non tutto quello che vedi o senti in questo momento sia reale.»

Risi senza gioia. «Sei geniale, mamma. Non hai mai giocato meglio di così con le parole.»

«Non essere sarcastica, Jane.»

Quando era diventata così insensibile? Cosa era successo alla mamma che conoscevo una volta? Quella che correva accanto a me al parco, con i capelli che le svolazzavano sul viso, e diceva: «Puoi farcela, sì, continua, continua! Non ti arrendere!» mentre io cercavo di far volare un aquilone da sola per la prima volta nella mia vita. Quella che, quando io riuscii a tenerlo in alto, tenendomi un braccio sulla spalla si fermò accanto a me a guardarlo, un pesce con una lunga coda rosa e blu che ruotava e girovagava nel cielo nuvoloso. Io alzai lo sguardo su di lei e vidi che aveva i capelli arruffati e le guance rosa, e delle macchie di sporco sulla faccia, e pensai che fosse la mamma più bella del mondo.

Dove era finita la mamma che profumava di borotalco, di shampoo e di sapone, che correva a soccorrermi quando cadevo e mi sbucciavo le ginocchia mentre mi arrampicavo sul castello gigante, che si accovacciava per terra accanto a me e mi teneva stretta e mi parlava con una voce sincera, che mi faceva sentire quanto si preoccupasse per me, e mi vedesse per quella che ero e mi volesse bene: «Va tutto bene, tesoro. Sono qua io.»

Volevo la mia mamma. Avevo bisogno di lei. Dov'era finita?

«Non l'ho inventato.» Le lacrime mi scorrevano lungo le guance. «Qualcuno mi ha telefonato e mi ha minacciata.» Guardai Pete con uno sguardo implorante. «Tu devi aver sentito, sei entrato proprio nel momento in cui ho posato la cornetta.» Avevo bisogno di un alleato, almeno di una sola persona che fosse dalla mia parte.

Pete scosse la testa. «Ti ho sentita parlare ma ero distratto. Stavo al cellulare.»

Loretta mi rivolse un sorriso rassicurante e appoggiò una mano calda e morbida sulla mia spalla. «Sta arrivando una persona che ti aiuterà a chiarirti le idee.»

«Che tipo di persona?»

«Il dottor Tan è uno psicologo. Specializzato in traumi.»

«Non ho bisogno di uno psicologo. Ho bisogno di una squadra di guardie del corpo.» Ma erano tutti impazziti? «Qualcuno sta cercando di uccidermi. Perché dovrei inventarmi una cosa del genere? Perché?» Li guardai in faccia uno per uno, come per chiedere una spiegazione, ma vidi solo sorrisi di plastica e sguardi vuoti.

«Come fai a essere così sicura che non fosse un'allucinazione?» mi chiese mia madre.

«Ho preso il telefono in mano. Ho sentito la voce. L'ho sentita. Davvero.»

«Qualsiasi cosa sia successa, nessuno nega che a te sembrasse completamente vera» mi rassicurò Loretta. Le sue parole non mi fecero sentire affatto meglio. Ma lei non si scoraggiò, continuò: «Mentre aspettiamo il dottor Tan, perché non fai vedere a tutti come sei brava ad aprire il regalo?»

Adesso facevo la parte della scimmia in un circo. Cominciai a strappare la carta e mia madre disse: «Jane, è meraviglioso. Le braccia, le mani...» Cominciò a tremarle la voce. «Riesci a muoverle.»

«Sarà inutile quando mi avranno ammazzata» dissi,

strappando via la carta dalla scatola di cartone. Credo che lei avesse gli occhi pieni di lacrime, ma la ignorai.

Dentro la scatola c'era una piccola statua di ceramica che raffigurava un angelo con orecchie da coniglio. Un bigliettino realizzato con una stampante laser attaccato all'animaletto diceva «Ricorda, non sarai mai sola. Il coniglietto Bunny ti sorveglierà sempre. Un abbraccio, il tuo ammiratore segreto.»

«Non è bellissima?» disse Loretta prendendo la statuina e mettendola sul tavolo accanto al mio letto.

«A me sembra orripilante. E anche il bigliettino. C'è qualcuno che mi sorveglia?»

«Jane, non essere paranoica» disse mia madre. «Ti prego, tesoro, hai bisogno di riposo.»

«Eccomi qui, tocca a me decidere» disse un uomo che doveva essere il dottor Tan. Indossava un camice sopra un completo beige e io mi chiesi se non lo avesse scelto per fare onore al suo nome. Aveva la testa lucida appena appena coperta da uno sparuto riporto e da un paio di occhiali senza montatura. Si diresse immediatamente verso di me. «Sono il dottor Keough Tan.»

Ci stringemmo la mano.

«Mi fa piacere vederla circondata da tanti amici e familiari» disse. «Lei è una ragazza fortunata.»

Gli rivolsi un sorriso raggiante, e falso. «Sì, è vero. Tranne per il fatto che qualcuno mi ha appena telefonato per dirmi che verrà qui a uccidermi.»

Lui annuì, con aria seriosa. «Mi racconti tutto.»

Per la terza volta riferii le parole che avevo sentito. Lui mi ascoltò con attenzione, la testa piegata su un lato, e io cominciai a pensare che finalmente stavo parlando a una persona che mi credeva. Alla fine lui disse: «E non c'era niente nella voce che le sembrava familiare? Identificabile?»

«No, come ho detto, credo che fosse alterata.»

«Ha avuto altre telefonate?»

«Il mio ragazzo mi ha chiamata ieri.»

«Sono stata io a rispondere a quella telefonata» disse Loretta. «La signorina Freeman non aveva ancora recuperato l'uso delle mani.»

«Ma ha potuto rispondere a questa telefonata. Ha preso da sola il telefono?»

«Sì. E allora? Il dottore aveva detto che avrei recuperato le mie capacità motorie.»

Il dottor Tan scrisse qualcosa su un foglio di carta. «Ho visto dalla sua scheda che ha recuperato la voce in seguito a un incidente simile.»

«Di cosa sta parlando?» disse mia madre, ma il dottor Tan la ignorò.

«Era diverso. Ero sotto la doccia, mi sembrò di vedere una scritta sullo specchio. In quel caso devo essermi davvero immaginata qualcosa. Ma questa volta... è successo davvero. L'ho sentito. Non ci si può immaginare un'intera telefonata.»

«Quindi questa volta l'episodio le è sembrato più reale?»

«No, tutti e due gli episodi erano reali. Ma l'altro... cioè, Loretta ha detto che i medicinali...» mi fermai. Dall'espressione del dottor Tan capivo cosa sembravano le mie parole. «Forse erano tutti e due reali.»

Lui mi guardò per un attimo. O forse erano tutti e due immaginari.

Mio dio, la telefonata era stata un'allucinazione? No. Era accaduto davvero. Doveva essere accaduto. Doveva.

Il dottore guardò Loretta. «E lei le aveva appena somministrato una dose aggiuntiva di antidolorifici?»

«Sì, la paziente ha avuto un problema con la flebo, quindi ho dovuto farle un'altra iniezione per sedarla fino a quando avrei ripristinato il flusso.»

Era vero. Avevo assunto una dose maggiore di medicinali. Ma... «Sembrava così vera.»

Il dottor Tan annuì. «Spesso le fissazioni provocano

questi eventi perché sono le proiezioni della parte più potente della nostra mente.» Lesse la mia cartella clinica per un po', e dopo disse: «Vedo che non ricorda nulla dell'incidente.»

«Inizio a ricordare alcune cose, ma solo piccoli pezzi. Il dottore ha detto che è normale.»

«Non è raro che delle situazioni traumatiche provochino la perdita selettiva di memoria. Spesso noi rimuoviamo le cose che non siamo ancora pronti a ricordare. Ma restano dei vuoti, e la mente cerca di riempirli, spesso con storie non vere. In questo caso, probabilmente quella sera è successo qualcosa che lei non è pronta a ricordare, e la fatica di tenere quegli eventi nascosti spinge la sua mente a generare fantasie. È una specie di depistaggio, un'indicazione fuorviante.»

«Che genere di cose? Cosa può essere successo?»

«È questo che dovremo scoprire insieme. Quanto più traumatico è stato un evento, tanto più profondamente si cerca di seppellirlo. Il fatto che ci sia un legame tra questi episodi e il recupero delle attività motorie è molto importante. Ad esempio, si potrebbe ipotizzare che il messaggio che hai immaginato di vedere sullo specchio era il tuo modo di dare voce a qualcosa che hai seppellito in profondità nella tua psiche, ed è per questo che vederlo ti ha fatto recuperare la tua voce fisica.»

«Il messaggio era 'Avresti dovuto morire, puttana'. Quindi lei sta dicendo che io avrei voluto essere morta?»

Con la coda dell'occhio vidi che mia madre fece per alzarsi ma Joe le mise una mano sulla spalla e lei lentamente si rimise a sedere.

«Non è il caso di essere così semplicistici. Poteva essere un timore anziché un desiderio. Tutto ciò che sappiamo è che si tratta di un impulso profondo.»

«E la telefonata che secondo lei mi sono immaginata in cui la voce mi diceva che sarebbe venuto a uccidermi. Vuol dire che voglio uccidermi?»

Mia madre provò di nuovo ad alzarsi e questa volta il dottor Tan le parlò.

«Credo che il subconscio di Jane abbia molto materiale su cui rimuginare. Forse non è lei che vuole uccidere, ma una parte di sé stessa.» Si rivolse di nuovo a me. «C'è una parte di te che non ami?»

«O forse la telefonata era reale e qualcuno là fuori sta pensando di uccidermi. Non è una spiegazione più semplice e più razionale?»

«È sicuramente più semplice. Razionale è una parola dal significato insidioso.» Mi diede un colpetto affettuoso sulla mano. «Parliamo di questa mattina. Oggi è successo qualcosa di speciale, di insolito, che potrebbe aver scatenato questi episodi?»

«Sono in un ospedale perché sono stata investita da un'auto. È tutto insolito.»

«Ti rifaccio la domanda. Hai parlato con qualcuno che ti ha lasciato... sorpresa? A disagio? Forse se riusciamo a individuare la miccia che ha innescato il delirio questa mattina, possiamo capire che cosa stai cercando di rimuovere.»

Non mi piaceva quella parola, delirio. Quindi decisi di non raccontare al dottor Tan quanto mi fosse sembrato strano David o quanto mi avesse ferito il fatto che Nicky aveva dichiarato che io l'avevo drogata o che Langley mi aveva detto che probabilmente volevo lasciare David la sera della festa, cosa che io non ricordavo affatto, e che tutto mi sembrava strano e incomprensibile, come un prurito che non potevo grattare perché non riuscivo a individuarlo.

«No, non mi viene in mente nulla» dissi, senza nemmeno mentire.

«Va bene, ci lavoreremo ancora.» Chiuse la mia cartella clinica. «Ma intanto, cerca di riposare. Tornerò a trovarti tra un po'. E se ricevi altre telefonate, cerca di ricordare che ora è.»

«Jane avrà altre allucinazioni? Vorrei sapere cosa aspettarmi» disse mia madre.

«Dipende dalla presenza dei fattori di stress e da come incidono sulla mente di Jane.»

«O dalla decisione dell'assassino di chiamarmi di nuovo» dissi intromettendomi nel loro discorso.

Il dottor Tan mi diede ancora una volta un colpetto sulla mano. «Non preoccuparti. Starai benissimo.»

Come?, avrei voluto chiedergli. Se aveva ragione lui, stavo impazzendo. Se avevo ragione io, qualcuno proprio in quel momento stava progettando di uccidermi. Nessuna delle due ipotesi lasciava prevedere scenari in cui potevo stare anche solo discretamente bene.

Dopo che il dottore fu uscito dalla stanza, Joe si schiarì la voce. «Rosie, pensavo che potrei chiedere ad alcuni dei miei uomini di fare i turni, sedere fuori dalla stanza di Jane, per controllare chi entra e chi esce.»

«Joe, sei un tesoro. Come ha appena detto il dottor Tan, preferisco pensare che non sia necessario. Potrebbe anzi» la sua voce tremò un po' «potrebbe essere controproducente. È meglio non incoraggiare le allucinazioni di Jane aggiungendo fattori di stress alla situazione.» Il suo telefono squillò. Mia madre mi guardò con il sorriso che rivolge a chiunque, e disse: «Vedrai Jane, andrà tutto bene» e poi rispose al telefono: «Pronto, Perry, cosa posso fare per te?»

Stavo già vedendo. Bisognava tornare al lavoro. Come sempre.

«Potete lasciarmi sola per favore?» dissi. La mia voce mi sembrò fragile, disorientata. «Loretta, puoi portarmi in bagno. Voglio restare da sola.»

«Devo occuparmi della signora Deal nella stanza accanto. Non senti le grida? Pete, per favore porta tu la signorina Freeman in bagno con la sedia a rotelle, come ti ho insegnato. Non sarà un problema per un ragazzone grosso come te.»

Lui intrecciò le dita e le fece schioccare. «Al vostro servizio.»

Prima di uscire, Joe si avvicinò e mi accarezzò una spalla. «Non preoccuparti, Jane. Ti proteggeremo noi.» La sua enorme, stupida faccia aveva un'espressione convinta. «Ti guarderemo le spalle.»

Perfetto. Il losco Joe Garcetti e la sua banda mi avrebbero guardato le spalle. Era proprio di questo che avevo bisogno, pensai. Ma dissi soltanto: «Grazie.»

18

La porta si chiuse e io rimasi sola con il ragazzo di nome Pete. Mentre lui mi si avvicinava, calcolai che probabilmente era solo di qualche anno più grande di me, notai che aveva la pelle olivastra e i capelli cortissimi e castani. Dall'aspetto si poteva dire che era indiano o pakistano, se non fosse stato per gli occhi di un blu intensissimo.

Si fermò accanto al mio letto, guardò l'orologio che aveva al polso e disse: «Bene. Per te è finita. Ora del decesso 14:03.»

Spalancai gli occhi per lo shock. «È la formula che si usa quando qualcuno muore.»

«Esatto.» Annuì. «Le donne si innamorano di me dopo avermi fissato in quel modo per soli trenta secondi e credo che tu abbia già raggiunto il minuto. Sei spacciata.»

Parlò con aria serissima, impassibile, come se stesse enunciando un semplice fatto, ma dagli occhi si capiva che stava scherzando. Indossava un paio di jeans, delle Adidas, e una maglietta bianca con sopra stampata l'immagine di un camice medico, completo di stetoscopio e della targhetta del nome, dottor Stobene. Davvero. Girai gli occhi al cielo. «Dev'essere uno scherzo.»

«No. È una maledizione.»

«Porti la croce magnificamente.»

«Magnificamente. Ottima scelta.» Indicò il davanzale pieno di fiori. «Hai pensato che forse ti stai dopando con tutto quel polline nella stanza? Questo posto sembra pronto per un funerale di lusso.»

«Non mi pare molto di buon gusto. E poi è bello che la gente mi invii dei doni così carini. È un gesto affettuoso.»

Pete spalancò gli occhi. «Certo. Vuol dire che ti vogliono bene sul serio. Che hai tanti amici, i quali ti adorano...» Piegò la testa per leggere il bigliettino sulla vaschetta di pop-corn. «Dalla Pontrain Motors.»

«Questo non è giusto. Tu non mi conosci. Là sopra, vicino a quel bouquet di ventiquattro rose dal gambo lungo, c'è un dvd che i miei amici hanno fatto apposta per me, tutti i miei compagni di liceo mi salutano e mi dicono che sentono tanto la mia mancanza. Dovresti guardarlo e imparare.»

«Oh, certo. Lo farò subito» disse, tirando il dvd fuori dalla sua custodia e facendolo ruotare su un dito. «Ma una cosa di te già l'ho imparata.»

«Quale?»

«Quando si tratta di giudicare le persone, sei una schiappa.»

Girai deliberatamente lo sguardo lontano da lui. «Vorrei che tu e la tua maglietta usciste di qui.»

«Anch'io voglio uscire di qui, e la mia maglietta pensa che la compagnia in questa stanza sia noiosa. Ma violerei le condizioni imposte dalla libertà condizionata se uscissi di qui, quindi sei costretta a sopportarci.»

«Sei in libertà condizionata? Fantastico. Non solo nessuno mi crede ma adesso mi lasciano con un criminale condannato.»

«Dicevo in senso figurato.»

«Se hai intenzione di perdere tempo, almeno smetti di insultarmi. E metti giù il mio dvd.»

«Non ti stavo insultando. Sei tu che hai insultato me. Io ti sto parlando con sincerità. Ti capita spesso nel tuo mondo imbevuto di polline di non riuscire a distinguere tra le due cose?» Almeno rimise il dvd nella custodia.

«Qual è il tuo problema?»

«Parli della mia incrollabile onestà o della mia arcana bellezza?»

«Tu sei pazzo.»

«E tu?» Pete scosse la testa. «Non importa, non rispondere.»

«Non posso crederci» dissi, più a me stessa che a lui.

«Perché quel tipo non ti piace? Quel Joe?»

Lo fissai. «È un barbaro.»

«Ottima scelta lessicale. Trascina le donne prendendole per i capelli e mangia con le mani?»

«Cose del genere.»

«Ti posso assicurare che io e lui abbiamo parecchio in comune. Comunque, sembra molto affezionato a te.»

«È tutta scena.»

«Di sicuro è molto affezionato alla tua famiglia. Da quello che ho sentito dire, è stato sempre accanto a tua madre da quando tu sei stata portata in ospedale.»

«Si chiama stalking ed è un reato in tutti gli Stati Uniti.»

«Si chiama essere d'aiuto, ed è una cosa rara. E...» Pete scosse la testa. «Non importa.»

«Cosa?»

«Niente. Non ti piacerebbe.»

«Cosa?»

«Lui ti crede. La storia della telefonata di minacce che hai ricevuto.»

«E tu come lo sai?»

«Sono bravo a capire le persone.» Io sbuffai, ma lui fece finta di non vedermi. «Che cos'era la storia della scritta sullo specchio?»

«Niente. Non è importante.»

«Come ti pare. Ma dovresti ripensare alla tua opinione di Joe. Lui era l'unico che non si è bevuto le parole dello psichiatra. Sembra un tipo in gamba.»

«Ma perché tutti cercano di farmi piacere Joe?» gridai, sorprendendo me e Pete con la mia veemenza.

Lui alzò le mani in un segno di pace. «Buona, leonessa. Stavo solo cercando di essere gentile.»

Feci un respiro profondo. «Scusa, non volevo essere così turbolenta.»

«Turbolenta. Mi piace il modo in cui usi le parole.»

«Mio padre era un poeta» dissi, sorprendendomi di nuovo.

Come mi era saltato in mente? Non parlavo mai di mio padre.

«Posso aver letto qualcuna delle sue opere?»

«Leggi poesie?»

«A volte. Nel bagno.»

Lo disse con il viso serio, ma con gli occhi che ridevano, e io mi scoprii a sorridergli. «Mio padre non ha mai pubblicato niente. Era un professore. La poesia era solo un hobby.»

«E naturalmente l'ha trasmesso a te.»

«Sì.» Smisi di sorridere. Mi sentii un groppo alla gola.

«Dov'è adesso?»

«È morto. Tre anni fa.» E poi per un inspiegabile motivo, scoppiai a piangere. «Mi manca.»

Pete mi abbracciò. «Lo immagino. Immagino che in questo momento ti manca più che mai. So quanto ci si può sentire soli quando nessuno condivide la propria idea di realtà.»

Mi staccai da lui. «Davvero?»

«Sì, davvero.» Mi asciugò le lacrime dalle guance con il lenzuolo. «Adesso appenditi con le braccia intorno al mio collo, così potrò metterti sulla sedia a rotelle e portarti a lavare la faccia.»

Ubbidii, lui mise un braccio sotto il mio corpo e mi sollevò dal letto. Quando provò a farmi sedere, la sedia a rotelle scivolò via. «Non è semplice come sembra quando lo fa Loretta.»

«Non dirmi che è la prima volta che prendi una donna tra le braccia.»

Grugnito. «No, è solo che...» la sedia si allontanò ancora «di solito le donne sono più compiacen... Fatto!» La sedia andò a sbattere contro la parete e lui mi ci lasciò cadere sopra, restando intrappolato con le braccia dietro di me.

E i nostri nasi si trovarono l'uno accanto all'altro. Restammo fermi a guardarci, facendo fatica per evitare che i nostri occhi si fondessero insieme.

Lui sorrise. Intorno ai suoi occhi si formarono delle grinze carine, e per la prima volta notai che aveva le fossette.

Sul mento c'era un piccolo cespuglio di barba, i denti erano bellissimi, e le labbra sembravano morbide e lisce, come quelle dei divi del cinema, con una piega ai lati.

Mi infilò la mano libera dietro la testa. Il mio cuore si mise a martellare. Quel ragazzo stava per baciarmi. Stava per baciarmi e io desideravo che lo facesse. Lo desideravo fortemente.

Volevo sentire la sua bocca sulla mia, la sua barba ispida sul mio collo, la sua lingua tra le mie labbra. Era un ragazzo con una maglietta ridicola e un modo di parlare brusco... ma volevo che mi desiderasse, volevo piacergli. Perché lui piaceva a me. Mi venne più vicino, tirandomi la testa in avanti, verso la sua. Il mio cuore correva all'impazzata. Chiusi gli occhi e sentii...

Sentii che tirava via l'altra mano da dietro il mio corpo. Aprii gli occhi.

«Scusami. Credo di aver bisogno di esercitarmi» disse facendo un passo indietro. Poiché io non risposi, lui si chinò verso di me. «Stai bene? Non ti ho fatto male, vero?»

Deglutii. Non ero delusa, mi dissi. «No, sto bene. Mi gira solo un po' la testa.» Forse ero impazzita! Avevo un ragazzo che amavo. Non potevo perdermi in fantasie con un altro.

«Bene. Sono abbastanza sicuro che aggiungere ferite ai pazienti non è considerato un buon lavoro per un volontario.» Cominciò a spingere la carrozzella verso il bagno.

«Che intendevi quando hai detto che non sei esattamente un volontario?»

Lui mi spinse oltre la soglia del bagno. «Mio padre mi costringe a fare questo lavoro. È una punizione.»

«Per cosa?»

«Sta cercando di impedirmi di lasciare la scuola e diventare un criminale che vive come parassita nei bassifondi.» Guardai la sua faccia riflessa nello specchio davanti a me e intravidi come un'ombra di delusione. Poi l'ombra sparì e lui mi sorrise. «Te l'avevo detto che sono pericoloso. Va tutto bene? Hai bisogno di qualcosa?»

«Sto bene.»

«Aspetto fuori. Quando vuoi uscire, bussa.»

«Grazie.»

Lui sorrise e mi accarezzò i capelli. «Non lasciare che gli altri ti facciano dubitare di te stessa. Tutti i più grandi visionari della terra si sono sentiti dare del pazzo almeno una volta.»

La porta si chiuse dietro di lui e io restai a fissarmi nello specchio.

Sapevo che quell'immagine ero io, ma avevo la sensazione che fosse un'estranea. Il gonfiore si era un po' attenuato e i miei lineamenti erano tornati quasi alla normalità, ma avevo ancora l'impressione di guardarmi in faccia per la prima volta. Quegli occhi erano proprio i miei? Quel naso era il mio? Quelle labbra erano mie? Mi chinai sul lavandino e appoggiai le mani sul vetro freddo dello specchio, coprendo le parti ancora gonfie con i palmi per vedere se c'era qualche differenza.

Il volto che mi restituiva lo sguardo era quello di un'estranea. Era un'estranea con un occhio nero e un labbro gonfio. E ora, mentre mi tornava alla mente che avevo pensato che Pete stesse per baciarmi, era un'estranea che arrossiva ferocemente. Stavo perdendo la ragione?

Oh, sì, sì, senza dubbio. Lo pensavano tutti. E questa ne era un'altra prova.

Scoppiai a ridere, ma non era una risata normale. Sembrava fuori controllo, una specie di sfogo isterico. Stavo impazzendo, stavo dando di matto: una svitata, una squilibrata, una paranoica. Avrei giurato che quella telefonata era vera, avrei giurato che quella scritta era vera. Avevo pensato che a Pete piacevo.

Pensavo che mia madre mi volesse bene. Una volta era così.

Il giorno del funerale di mio padre andai a sedermi accanto al letto di mamma e di papà, e la guardavo prepararsi. Era bellissima con l'abito nero, pensai. Splendida e raffinata e sicura di sé. Da grande voglio essere come lei.

Aveva preso la collana di perle e oro che papà le aveva regalato per il suo ultimo compleanno. Io avevo affondato il naso nel piumino per la cipria che lei teneva sulla sua specchiera, l'unica cosa che usava perché a mio padre non piaceva il profumo, e così non vidi che la collana si era annodata. All'improvviso lei me la diede e disse: «Jane, sistemala tu, per favore» e mi accorsi che le tremavano le mani. Alzai lo sguardo su di lei e vidi che piangeva.

Mi avvicinai, mi inginocchiai accanto a lei e mia madre affondò il viso tra i miei capelli. Restammo immobili in quella posizione per molto tempo, io che cercavo di confortarla, e ne traevo a mia volta conforto. Fino a quel momento non mi ero resa conto che anche per lei fosse dura, forse in un modo che io non potevo capire. Mi resi conto che papà aveva lasciato sola anche lei.

Quando lei si staccò da me, le diedi la collana senza nodi. Lei mi sorrise, mi accarezzò i capelli e disse: «Noi siamo una bella famiglia, non è vero, tesoro? Possiamo superare qualsiasi ostacolo se restiamo unite.»

Io feci cenno di sì con la testa.

«I prossimi mesi saranno difficili. Dovrò lavorare tanto per mantenere la famiglia. So che mi aiuterai con Annie. So che sarai coraggiosa.» Mi aveva scostato i capelli dalla fronte. «Sei un vero tesoro, mia piccola Jane. Ti voglio tanto bene.»

«Anch'io ti voglio bene, mamma.»

Quel ricordo mi feriva adesso. Lei mi voleva bene, mi aveva voluto bene in passato e ancora me ne voleva. Sicuramente. Avremmo potuto superare qualsiasi ostacolo se fossimo rimaste unite. Quindi se lei diceva che quella telefonata non era mai esistita, che nessuno stava progettando di uccidermi, doveva essere vero, giusto?

Implorai l'estranea nello specchio. Non è vero?

Dovevo fidarmi del mio istinto? Anche se tutti dicevano che mi sbagliavo?

Cos'era meglio, essere pazzi ma al sicuro oppure sani ma correre il rischio di essere ammazzati?

Lavai la faccia che apparteneva a me ma che non sentivo come la mia faccia, e l'asciugai sul ruvido asciugamano di carta dell'ospedale. Mi resi conto all'improvviso di desiderare che il rossetto di mia madre fosse ancora lì così avrei potuto sistemarmi un po', non per Pete, mi affrettai a dirmi. Per chi, allora?

«E così alla fine sei diventata una vera amica di sciacquone» disse una voce. «Ti preoccupi di truccarti anziché di guarire.»

Ero sola. Non c'era nessuno nella stanza. Eppure sentivo la voce di Bonnie, chiara, venata d'ironia, tornata direttamente dalla tomba. Era dentro la mia testa. Il luogo al quale apparteneva.

Bussai per farmi riportare in stanza.

«Credo di essere immune» dissi mentre la porta si apriva, sforzandomi di parlare con un tono normale. «Mi sono messa alla prova e ancora non mi sono innamorata di te.»

Ma la persona in piedi davanti a me non era Pete.

19

«Oh, lo so fin troppo bene, S.J.» disse Scott. Era seduto su una delle sedie blu di tessuto ruvido, ma saltò in piedi quando io aprii la porta e corse verso di me.

«Scusa, pensavo di parlare con un'altra persona.»

«Un'altra persona di cui non sei innamorata?» disse scherzando. Parlava con un tono un po' perplesso ma sorrideva mentre si appoggiava contro la parete tenendo le mani in tasca. «Diamine, tu sì che sei tosta.»

Non capivo se era per quanto mi fosse vicino o solo perché io ero seduta sulla sedia a rotelle, ma mi resi conto chiaramente di quanto fosse alto e di quanto scura fosse la sua pelle. Era facile capire perché Scott non riuscisse a capacitarsi del fatto che io ero l'unica tra tutte le donne del mondo a non essere innamorata di lui e perché lui venisse costantemente fermato dagli agenti delle agenzie di moda. Indossava un paio di jeans neri e una camicia di lino aperta sul collo. La famiglia di Scott era originaria di Haiti e lui diceva che il colore della sua pelle era come il legno di tek lucidato. Per me era un'abbronzatura perfetta. Scott aveva gli zigomi alti e una bocca delicata così piena che poteva anche essere considerata troppo femminile. Gli occhi erano di un caramello chiaro intonato con i capelli ricci e la pelle. Nel complesso, Scott aveva un aspetto esotico e assolutamente affascinante. Quando qualcuno lo pregava, e accadeva spesso, di fare il modello, lui spiegava che il suo posto era dall'altra parte della macchina fotografica.

Ed era un fotografo di talento. Diventava bravissimo in tutto ciò che faceva perché se lo imponeva. Era molto determinato.

«Mi fa piacere vederti. Se avessi saputo che eri qui, non avrei perso tanto tempo nel bagno.»

«Sono appena arrivato.» Scott spinse la mia carrozzella fuori dal bagno e mi girò per potermi guardare in faccia. Mi accarezzò le braccia e respirò profondamente. «Sei bellissima.»

«Per essere una che è stata investita.» Sembrava sempre che Scott mi guardasse dentro. Mi chiesi se vedesse davvero che faccia orribile avessi.

«Sei bellissima e basta. Anche se non hai potuto usare il tuo shampoo preferito e non sei innamorata di me.»

«Smettila!» gli ordinai. «Era...»

«Niente» aggiunse Scott. «Lo so.» Mi sistemò una ciocca di capelli dietro l'orecchio destro. «Scusa se non sono venuto a trovarti ieri, dovevo lavorare» mi spiegò. Scott era il primo di quattro figli allevati dalla nonna. Lei faceva l'assistente di un medico e la paga non era male ma non abbastanza per mantenere la famiglia, e così Scott arrotondava facendo una serie di lavori diversi. Non si lamentava mai ma io sapevo che lui avrebbe voluto fare il fotografo.

«Non ti sei perso niente. Non succede granché da queste parti. Sono le macchine a fare quasi tutto il lavoro.»

«Non so, tua madre sembrava molto occupata quando l'ho incontrata all'entrata dell'ospedale.» Scott si mise a sedere in una delle sedie blu e mi tirò vicino a sé. Raccolse un capello dal mio ginocchio. «Era circondata da un gruppo di persone che tramavano sulla tua guarigione.»

«È più probabile che tramassero un attacco. Tu credi che io sia pazza?»

Lui fece un'espressione interrogativa e restò in silenzio.

Non era un buon segno. «Hai bisogno di pensarci?»

Lui sorrise divertito. «Nooo, sto scherzando. No, non sei pazza, perché?»

Gli raccontai della telefonata e di come tutti pensassero che me la fossi immaginata. O che almeno la stessi prendendo troppo seriamente mentre era solo uno scherzo.

«Mi sembra credibile» disse Scott. «Che sia uno scherzo.»

«Perché?» gli chiesi.

Lui scosse la testa. «Sei gentile S.J. a mettermi con le spalle al muro. Hai ragione. Non ho nessun motivo per esserne sicuro. Ma mi piace pensare che il motivo è che non riesco a immaginare che qualcuno voglia farti del male. E penso che questo valga per tutti.»

Quando era iniziata la scuola, nove mesi prima, Scott e io ci sentivamo tutti i giorni, a volte anche più volte al giorno. Lui mi faceva cinque o sei telefonate, mi inviava un sacco di messaggi. Ma negli ultimi tempi ci eravamo un po' allontanati e ora mi rendevo conto di quanto mi fosse mancato.

Gli presi la mano. «Grazie.»

Lui si spostò sulla sedia. «Non vorrei essere antipatico, ma questo posto mi sembra bruttino. Per fortuna ho un'idea di come si potrebbe ravvivare.»

Senza lasciarmi la mano, si chinò e lo sentii armeggiare nella borsa portadocumenti che aveva appoggiato accanto alla sedia.

Quando si sollevò, teneva in mano una palla di neve con dentro la Statua della libertà. «È anche meglio di quello che sembra. Vediamo...» Mi lasciò la mano per far girare qualcosa alla base della palla e partì una canzone, *New York, New York*. «E non può essere spenta. Ti piace?»

«Sì.» La presi in mano, la sollevai e ci guardai attraverso. «Mi piace.»

«Devi guarire, così possiamo passare un'altra giornata come quella» disse.

Il fine settimana dopo la prima volta che ero uscita con David, un sabato di ottobre piuttosto freddo, io e Scott andammo a New York per la giornata che lui battezzò: La sfida delle nuvole. Si basava sul fatto che alcune persone vedono dei volti nelle nuvole e altre vedono nuvole nei volti, e che la prospettiva condiziona sia il modo in cui si guarda l'oggetto sia l'oggetto che si vede. Il suo piano era passare una giornata a New York a fare foto alle stesse cose e poi metterle a confronto per imparare qualcosa sui nostri rispettivi stili.

«Compriamo una mappa?» gli chiesi quando scendemmo dal treno alla Penn Station.

«Non ne abbiamo bisogno.»

«E se ci perdiamo?»

Scott scoppiò a ridere. «Perdersi è un'illusione; è solo un problema di regolazione della prospettiva.»

«Io compro una mappa» dissi.

«Accomodati.»

L'aria era frizzante e pizzicava quando scendemmo dal treno e ci avviammo verso il Met senza la mappa. A Central Park gli alberi iniziavano a perdere la chioma e noi scalciavamo le foglie intorno ai piedi quando uscimmo dalla metropolitana.

Entrammo nel museo e non riuscivamo a trovare la sezione dedicata alla fotografia tra le infinite stanze piene di quadri di arte sacra medievale, santi e Marie e angeli tutti raccolti contro gli sfondi blu o rosso-oro, che guardavano Gesù in piedi, fiero, al centro. Quelle immagini ci portarono a chiederci cosa significasse per un artista lavorare con un soggetto fortemente iconico. E cominciai a capire cosa volesse dire Scott quando diceva che perdersi era un'illusione.

Da lì andammo al centro, senza seguire un percorso specifico ma lasciando che i nostri piedi e i semafori decidessero quale direzione prendere. Comprammo noccioline arrostite da un ambulante sulla Quinta Strada. Ci facemmo degli autoscatti nelle vetrine di Tiffany e Barneys. Fotografammo tombini, fiori solitari nelle fioriere, e un cane accovacciato accanto a un segnale che diceva 'Lavoriamo per mangiare'. Non tirai fuori la mappa nemmeno una volta.

Vicino Union Square, Scott disse: «Tieni d'occhio quelli» indicando dei poster neri, rossi e bianchi che riproducevano il volto di un uomo molto severo con la parola 'obbedisci' sotto. «Sono disseminate in tutta la città, una specie di mostra d'arte underground.»

«Chi ce li ha messi?»

«Tutti quelli che vogliono farlo. L'idea è di far riflettere la gente su quante volte, nella loro vita quotidiana, obbediscono, seguono le regole.»

«Ma la civiltà funziona solo grazie alle regole. Senza le regole non faremmo che ucciderci a vicenda.»

«È quello che vogliono farti credere. Ma in Europa hanno fatto degli studi che dimostrano che dove ci sono meno segnali stradali la gente guida meglio. Perché stanno attenti gli uni agli altri.»

«Non so, credo di passare già molto tempo a pensare agli altri.»

«Tu pensi a cosa gli altri pensano di te. È diverso.»

«Credi che io sia egocentrica?»

«Ci risiamo.»

Per la nostra ultima serie di foto ci fermammo davanti a una bancarella a Canal Street dove comprammo una palla di neve ciascuno con l'icona più rappresentativa di New York che riuscissimo a pensare, la Statua della libertà. Ci separammo per fare delle foto da soli alla palla di neve e ci mettemmo d'accordo di ritrovarci mezz'ora dopo in un posto a Chinatown che Scott conosceva dove servivano l'anatra.

Devo ammetterlo, mi sentivo molto orgogliosa quando arrivai al Great New York Noodletown. Pensavo che le mie foto della piccola Statua della libertà fossero bellissime.

Avevo preso la palla di neve e l'avevo messa vicino a un poster con la parola 'obbedisci' davanti al quale c'era un barbone che fumava una sigaretta. La Statua della libertà da un lato e la parola obbedisci dall'altro facevano da cornice al ritratto del barbone. La intitolai *Trittico della modernità* in ricordo dei quadri sacri che avevamo visto al Met quella mattina ed ero davvero orgogliosa di quanto fosse intelligente la mia idea.

Ma Scott mi stracciò. Lui aveva aperto la palla di neve e aveva fotografato singolarmente i pezzi. La statua, i batuffoli di spuma che facevano la neve finta, il carillon, la base nera sagomata, il globo di plastica vuoto, l'etichetta su cui era scritto 'Libertà' e aveva scelto come titolo *La mia signora al bagno* o *Patriottismo rivelato*.

Mangiando anatra e bevendo tè caldo e acqua, Scott mi raccontò di aver conosciuto il Great New York Noodletown quando andava a trovare suo padre durante le udienze del tribunale in quella zona. Non potevo fare a meno di pensare a quanto Langley e Scott fossero diversi, anche se entrambi vivevano con i nonni. Eppure condividevano un nocciolo duro, il tipo di cosa che secondo me fa di chiunque un sopravvissuto. E anche un grande osservatore.

«C'è qualcosa che ti preoccupa» disse Scott.

«Hai saputo dello stage alla Getty Images?» dissi appallottolando la carta da cui avevo estratto la cannuccia.

«Sì. Mi piacerebbe candidarmi ma devo lavorare. Tu potresti farlo. Se non ci sono io, puoi vincerlo.» Fece un sorriso malizioso.

«Sei l'incarnazione della modestia.»

«Andiamo, ti ho stracciato con le ultime foto.»

«Forse. Credi davvero che dovrei candidarmi?»

«Quello che penso io non è importante. Tu vuoi farlo?»

«Credo. Non lo so.»

«Aspetta.» Prese il suo cellulare e me lo mise davanti alla faccia. «È il servizio scuse pronte che ti chiama.»

«Io non sto cercando scuse.» Versai dell'acqua sui pezzettini di carta che iniziarono a gonfiarsi.

«Hai paura. Hai paura di provare e non riuscire. Qual è la cosa peggiore che ti accadrebbe se ci provassi e non ci riuscissi?»

«Mi sentirei umiliata.»

«Davanti a chi?»

«Non lo so. I miei amici?»

«I tuoi amici penseranno che sei stata brava a provarci. Oppure puoi non dirglielo.»

«Certo. Hai ragione.» Spinsi qualche chicco di riso intorno al piatto con i bastoncini.

«Coniglio.»

«No, stiamo mangiando anatra.»

Scott mi puntò i bastoncini contro. «Sei sempre alla ricerca dell'approvazione degli altri. Perché non fai semplicemente quello che ti va di fare?»

«Non è così.» Adesso lui mi guardava con quel suo sguardo intenso.

«Sai qual è una delle cose che rende le tue foto diverse dalle mie?»

Alzai gli occhi al cielo. «La tua presunzione?»

«Tu usi la messa a fuoco automatica. Cedi una parte della tua visione a qualcun altro.»

«Ma i risultati sono buoni. E se non mi piace, posso cambiare.»

«Sempre?» Scott tracannò il resto del suo tè e ne versò ancora a entrambi.

«Che cosa vuoi dire?»

«Credo solo che se inizi a vedere le cose nel modo in cui la macchina fotografica ti dice che tutti vorrebbero vederle, nel modo standard, poi è difficile tornare indietro e trovare la tua messa a fuoco personale, il tuo punto di vista.»

«Cosa fai adesso, il capo del Dipartimento storia delle metafore? Sembri sapere davvero un sacco di cose su di me.»

«Ti ho osservato. Registro tutto quello che fai.» La sua voce era più dolce, ma poi si fece ironica quando aggiunse: «E so che diventi sarcastica quando ti senti colpita sul vivo.»

«E tu diventi aggressivo quando vuoi colpire sul vivo.»

Scott alzò le sopracciglia. «Forse. Ma è per questo che ti piaccio.»

Non era così in quel momento. E infatti mi sentii sollevata quando il mio telefono suonò per segnalarmi un messaggio di Kate e Langley.

'Siamo in centro, operazione spese' diceva. 'Tu dove 6?'

«Ascolta.» Iniziai a raccogliere le mie cose. «Vieni con me, ti presento Kate e Langley.»

«Adesso?» Scott sembrò confuso e un po' triste.

«Sì, le mie amiche sono a SoHo. È perfetto. Non vedevo l'ora di fartele conoscere.»

«Oh, anch'io. A sentire Elsa sono persone splendide. Come ha detto, una senz'anima e una con un cuore di tenebre?»

«Smettila.»

«Immagino che La sfida delle nuvole sia finita.»

«Per oggi. Mi sono divertita tantissimo.»

Io e Scott pagammo gli spaghetti di soia e ci dirigemmo verso SoHo, scattando qualche altra foto. Ma qualcosa era cambiato e non facevo che controllare la mappa a ogni isolato per essere sicura di non sbagliare direzione. Scott entrò in un negozio insieme a me per incontrare Kate e Langley e fu divertente vedere che tutte le donne presenti si giravano e lo fissavano.

Dopo che lui se ne fu andato, Kate disse: «È anche più fico di quello che hai detto e ha una cotta tremenda per te.»

«Non è vero. Siamo solo amici. E lui pensa che io viva sulla messa a fuoco automatica.»

«Va' a capire cosa significa» disse Langley.

«Ha una ragazza.»

«L'hai vista?» mi chiese Langley.

«In foto.»

«Chiunque può falsificare una foto» disse Kate.

«Comunque, noi abbiamo ragione e tu hai torto» disse Langley. E alzò le sopracciglia.

«Gli hai detto che sei uscita con David?»

Non l'avevo fatto. «Non ho avuto l'occasione.»

«Bene» disse Kate. «È molto verosimile visto che è stata l'unica cosa di cui hai parlato per tutta la settimana.»

«Chissà. Forse Scott e io abbiamo cose più importanti di cui parlare.» Lo dissi per scherzare; ma in parte era vero. Amavo le mie amiche ma non potevo nemmeno immaginare di parlare con loro di arte e obbedienza e segnali stradali in Europa.

«A proposito di David» intervenne Langley «cosa indosserai? Se è una storia a breve scadenza, dovrai fare in modo che ogni volta che uscite sia un evento da ricordare.»

Ero convinta che Kate e Langley si sbagliassero quando dicevano che Scott aveva una cotta per me, e che Scott si sbagliasse quando diceva che vivevo con la messa a fuoco automatica, ma dopo quel giorno rispondevo con meno solerzia alle telefonate o ai messaggi di Scott. E infatti, mi ricordai, il giovedì della festa mi aveva telefonato più volte ma avevo sempre deviato la chiamata alla segreteria telefonica.

«Scott, mi dispiace se non ti ho risposto qualche giorno fa. Ero...»

«Sì, è per questo che sono venuto. Per avere delle scuse. E rimangio quello che ho detto prima. Sei pazza.»

Risi.

«Le feste degli studenti della Livingston High sono imperdibili» disse. «Hai sentito di Elsa?»

«Ho saputo che ha avuto un incidente con la macchina.»

«E ora è ricoverata nel reparto psichiatrico in questo ospedale. Volevo andare a trovarla ma mi hanno detto che non può ricevere visite.»

«Fantastico. Forse non sono l'unica pazza.»

«Credo che sia solo perché voi bianchi, ricchi, avete troppo tempo a disposizione. Quando non hai niente da fare, non puoi che metterti a dare i numeri.»

«Sì, è senz'altro così.»

«Ammettiamo per un secondo che non hai le traveggole, la polizia ha qualche ipotesi per spiegare quello che ti è successo? Qualche traccia?»

Scossi la testa.

«Non hanno nessuna idea di chi può averti investito? Non ci sono testimoni o roba del genere?»

«No. E io sono inutile. Non mi ricordo niente.»

«Nemmeno di essere andata via dalla festa? O perché vagabondavi per le strade di Deal?»

«No.»

Scott fissava le mie mani. «Il tuo anello. L'anello dell'amicizia che portano anche Kate e Langley.»

«Cos'ha di strano?»

Lui scosse la testa come se stesse cercando di afferrare un'idea. «Mmm... stavo pensando, non lo portavi sull'altra mano?»

Mi resi conto che aveva ragione. Portavo sempre il mio anello dell'amicizia sulla mano sinistra, ma ora era sulla destra. Strano. «Saranno stati gli infermieri a spostarmelo. Non posso credere che hai notato questo dettaglio.»

«Lo sai che osservo tutto quello che ti riguarda. Sono sicuro che saranno stati gli infermieri.» Scott si alzò. «Purtroppo devo andare. Quei tavoli a Le Marcel non si sparecchieranno da soli e io devo trovarmi lì alle quattro.»

Gli sorrisi, strofinando la punta del pollice sull'anello.

«Grazie per essere venuto. Da quando sono qui, non mi sono mai sentita meglio di come mi sento in questo momento.»

«Ma non perdere la ragione.»

«Non lo farò.»

Dio, pensai, fa che sia così.

Domenica

20

Quella notte non feci nessun sogno. Quando mi svegliai, alle dieci del mattino, mi sentivo meglio, più vigile di quanto non mi sentissi da molto tempo. Il cane di Robert Frost era aggrappato al mio mento.

Il dottor Connolly mi aveva visitato la sera prima e aveva definito i miei progressi 'quasi miracolosi' e non avevo avuto altre allucinazioni. Osai pensare di essere davvero sulla via della guarigione.

Quando Loretta mi portò la colazione vidi una scatola accanto al mio letto. «Consegnata questa mattina presto» disse. La presi e me la appoggiai sul ventre, felice del semplice fatto di poter usare le braccia. Non era incartata e quando la aprii vidi che dentro c'era una bambola di porcellana.

Una bambola con i capelli neri vestita come una fata. Come me la sera della festa. In mano teneva una rosa. Presi il bigliettino:

> Una bambola per una bambola. Spero che la tua riproduzione ti aiuti a guarire.
> Un abbraccio,
>
> il tuo ammiratore segreto

Appena la presi tra le mani, la testa della bambola si staccò e rotolò sul pavimento, andando in mille pezzi.

Mia madre strinse le labbra dai contorni perfettamente disegnati con la matita. «Jane, non essere assurda. Qualcuno si è preso il disturbo di fare una bambola che ti somiglia. È stato un gesto molto carino, non una minaccia. Non c'è motivo di chiamare la sicurezza.»

«Davvero? Una bambola dalla quale, appena la tocco, si stacca la testa e si rompe in mille pezzi? Non è un gesto carino, è un vudù.»

Il carré biondo di mia madre si mosse appena quando lei scosse la testa. «Sono preoccupata per questa crescente paranoia» disse a Joe, come se io non fossi presente. «Forse dovremmo parlare di nuovo con il dottor Tan.»

«Posso chiamarlo io se vuoi» propose Joe.

Strinsi i pugni. «Certo, facciamo venire qualcuno che ti dica quello che tu vuoi sentire e non quello che io ho da dire.» Sentivo che le lacrime cominciavano a pungermi gli occhi. Ero stanca, stanca di non essere creduta, di non ricordare. Stanca di non potermi fidare di me stessa. «Perché non mi ascolti?» urlai. «Perché non mi credi? Fidati di me.»

Mia madre ignorò la mia nuova tattica. «Ma certo che mi fido di te, Jane.» Venne a mettersi accanto a me. «So che puoi fare tutto quello che vuoi. Sei una ragazza intelligente e bellissima.»

Per un momento, un brevissimo istante, ebbi la sensazione che mia madre, quella che mi metteva i cerotti e mi diceva che mi sarebbe passato tutto, era di nuovo al mio fianco. Alzai lo sguardo su di lei e la vidi esattamente come il mio primo giorno all'asilo, come il giorno in cui Amerigo, la mia tartaruga, morì e noi lo seppellimmo, e il suo viso era un misto di amore e affetto e tenerezza. La mamma che mi permetteva di arrampicarmi su di lei per dondolare insieme sulla vecchia amaca sotto l'albero del giardino sul retro mentre lei leggeva, finché si addormentava e gli occhiali le scivolavano dal naso e si incastravano tra i nostri corpi. Avevamo ancora quell'amaca ma non stava più in giardino. Nessuno aveva il tempo di dondolarsi.

Fissandola adesso, sussurrai: «Ho paura, mamma. Va tutto male. Ho paura di quello che non riesco a ricordare e di quello che ricorderò. È tutto così confuso.»

E come la mamma dei miei ricordi, lei disse: «Lo so, tesoro.» Appoggiò una mano sulla mia e la strinse. Sentii una bellissima sensazione. «Lo so che è difficile.» Restammo in quella posizione per un minuto e io avvertivo un senso di tranquillità, di leggerezza crescente dentro di me che fino ad allora mi era mancato. Non dovevo affrontare quella situazione da sola. Lei era accanto a me. Per me. Avremmo risolto quel problema, di qualsiasi cosa si trattasse, insieme.

Lei disse: «È per questo che dovremmo chiamare il dottor Tan e chiedergli di venire qui e aiutarti. Così potrai capire ciò che è reale e ciò che non lo è. E poi tornerai a essere quella di prima.»

Lasciò la mia mano per prendere il telefono e io ebbi la sensazione che un macigno mi cascasse sul petto. Lo sguardo mi cadde sulla mia mano vuota.

Non ho bisogno del dottor Tan, ho bisogno di te, avrei voluto dirle.

E invece dissi: «Non è necessario chiamarlo, sto bene.»

«Guarirai presto.» Digitò l'interno del dottore dal telefono della mia stanza e dalla sua voce capii che rispose la segreteria telefonica. «Dottor Tan, sono Rosalind Freeman. Vorrei chiederle se potesse venire e parlare ancora con mia figlia. Oggi si sente un po' depressa e sono sicura che parlare con lei per qualche minuto l'aiuterà a tirarsi un po' su.» Mentre parlava, mi guardava e sorrideva.

Sì, era di quello che avevo bisogno. Essere tirata un po' su. Perché sentirsi triste, avere le allucinazioni, era una specie di peccato.

Riagganciò emettendo una specie di sospiro di sollievo. «Bene, adesso sarà un esperto a occuparsi del problema.»

Mia madre aveva appena chiuso la telefonata quando Annie entrò di corsa nella stanza. «Jane, guarda.» Si avvicinò di corsa al mio letto, esibendo la bambola di porcellana come un trofeo. «Io e Loretta l'abbiamo riparata.» La bambola aveva una piccola benda intorno alla testa che teneva insieme i due pezzi, e una crepa che correva lungo il cranio. «Adesso ti somiglia ancora di più.»

«Fantastico» dissi. «Ma questo non cambia il fatto che sia raccapricciante.»

«Jane» disse mia madre in tono ammonitore. Si rivolse ad Annie. «È meravigliosa, tesoro.»

«Si chiama Robert» annunciò mia sorella con il viso impegnato in un sorriso orgoglioso.

«Robert?» chiesi. «Non mi sembra un nome adatto a una bambola. Sei sicura?»

«Sì. Me l'ha detto lei. E dice anche che è venuta in pace.»

Scoppiai a ridere, e all'improvviso mi resi conto di quanto mi fosse mancata Annie il giorno prima.

«Ti sei divertita ieri con Dora?» le chiesi.

«Sì, tanto. Abbiamo fatto il gioco delle famiglie in vacanza. Dora lo fa in modo diverso da me.»

«Tu come lo fai?»

«La mia famiglia sale in una station-wagon e va a vedere una fiera e il papà legge ad alta voce e la mamma strilla contro la gente alla radio anche se loro non la sentono e le sorelle sono sedute dietro e la sorella più grande ascolta la musica e quella più piccola cerca di trovare le targhe di tutti gli Stati guardando tutte le macchine che passano. E a volte la sorella più grande la aiuta.»

Annie aveva descritto l'ultima vacanza della nostra

famiglia prima che papà morisse, comprese le maledizioni ai talk show politici trasmessi alla radio.

«E Dora come lo fa?»

«Dora fa andare la sua famiglia a Casa del Campo, che è fatta di scatole di salviettine, ma solo quelle di color oro e argento. Ci sono solo Dora, la mamma e Ollie, e la mamma passa tutta la giornata in piscina a parlare con le persone e Ollie deve controllare che Dora mangi e deve fare tutte le faccende. Di sera Dora offre i cocktail agli ospiti di sua madre. E a volte la madre e Ollie litigano perché la mamma non passa mai un po' di tempo con Dora.»

«È diverso. Dov'è il padre di Dora?»

«È morto tanto tempo fa. Ma non fa niente perché suo fratello è l'uomo di casa e si prende sempre cura di lei e insieme fanno dei giochi bellissimi. Ma quando lui litiga con la mamma viene rimandato a casa, dove sta insieme alla sua bella fidanzata, Angel Face.»

«Oh.» Non sapevo che il padre di Ollie fosse morto o che, come me, lui avesse una madre single. Anche se sua madre non sembrava essere esattamente come la mia. E nemmeno l'immagine di Ollie che giocava allegramente con sua sorella e faceva l'uomo di casa sembrava combaciare con quella del ragazzo che conoscevo. Mi chiesi quanto di questa storia fosse vera e quanto fosse solo un'invenzione.

Annie annuì. «Ma lui e Angel Face non raccontano a nessuno la loro storia perché dicono che così è più bello e poi per quale motivo tutta la scuola dovrebbe impicciarsi degli affari loro?»

Quella, pensai, era un'invenzione perché di sicuro Ollie non usciva con nessuna ragazza della nostra scuola.

Decisi di cambiare argomento. «Come ti trovi nella loro casa?»

«Per quasi tutto il tempo abbiamo giocato da sole oppure con Rasheena, la baby-sitter. Ma poi all'ora di pranzo è venuta anche la mamma di Dora che stava riposando. Lei è molto stanca. Ci ha detto tutto su Charles Dickens, che era il suo scrittore preferito ed è per questo che ha chiamato i suoi figli Oliver e Dora, perché erano personaggi di un libro di Dickens. Io ho fatto finta di non sapere niente di Charles Dickens anche se invece lo conosco, perché non sono una bambina.»

Charles Dickens era uno degli autori che Annie chiedeva sempre a papà di leggere la sera, e l'anno prima di morire finalmente lui accettò, dicendole che lo avrebbe fatto perché lei non era più una bambina. In seguito, Annie aveva letto tutte le sue opere da sola.

«Sembra che sia stata una giornata memorabile.»

«Esatto.» Si chinò su di me e sussurrò: «Abbiamo fatto una cosa che non si fa.»

«Che cosa?»

Le guance di Annie diventarono di fuoco e gli occhi sembravano enormi dietro gli occhiali. «Devi promettere che non lo dirai a nessuno.»

«Prometto.»

«Siamo entrate di nascosto nella stanza di Ollie.»

Feci fatica per parlare con lo stesso tono serio che usava lei. «E cosa avete visto?»

«Aveva una tua foto sul comodino.»

«Una mia foto?»

«C'eri tu e Kate e Langley e David.»

«Ah, certo. Siamo i suoi amici.»

«E poi ha la biancheria intima da donna. Un intero cassetto pieno. Tutta di quel negozio alla moda di cui parlava Langley l'ultima volta che è venuta a casa nostra. Quello con i cartellini rosa.»

La stranezza della scoperta che Ollie collezionava biancheria intima femminile fu in parte occultata dal fatto che in qualche modo Annie riusciva a sentire quello che si diceva in camera mia. «Ci hai spiate?»

«No. Tu non hai chiuso la porta. Era spalancata.»

Avrei dovuto ricordarmene quando sarei tornata a casa.

«E poi Ollie aveva anche un sacco di quegli apparecchi che si usano per ascoltare le conversazioni degli altri. Dora ha detto che li conserva perché la loro casa è sotto sorveglianza. Sono davvero una ficata. Uno sembrava un pacchetto di sigarette e un altro una lattina di coca, e poi c'era una pianta e un pacchetto di gomme da masticare. E uno che somiglia tanto al telescopio nell'ufficio di Joe.»

Non mi sarei sorpresa per niente se avessi scoperto che Joe aveva disseminato cimici in tutta la nostra casa. Come non mi sorprendeva quello che Annie mi stava raccontando su Ollie e i suoi apparecchi da grande spia.

Una volta, io e David eravamo insieme da poco, Ollie si era offerto di accompagnarmi a casa con la macchina. Io accettai perché mi sembrava giusto fare in modo che tra me e il migliore amico del mio ragazzo ci fosse un buon rapporto. Ma anche quella volta Ollie mi fece sentire a disagio, nonostante io fossi intenzionata a fargli una buona impressione. Così quando lui disse: «Vuoi sentire una cosa davvero fica?» io fui felicissima.

«È un po' da fuori di testa» aggiunse.

«Bene, mi piacciono le cose fuori di testa.»

Cercò qualcosa nel suo iPod, trovò la traccia e spinse *Play*.

«Dammi un bicchiere di latte scremato con un po' di schiuma» disse qualcuno con un accento di Brooklyn. In sottofondo captai una voce di donna che diceva: «No, il barbone si ingrassa, al laboratorio mancano i nastri» e qualcuno che suonava il bongo.

«Che roba è?»

«Rumori ambientali» disse. «Starbucks. Senti questa.»

«...E così quando qualcuno pensò di ipotizzare la possibilità della radice quadrata di meno uno, cambiò la faccia del...» disse la voce del professor Reed, il nostro insegnante di matematica.

«Registri a scuola.»

«Registro ovunque.» Fece un sorrise un po' strano. «Ascolta questa.»

«...Più fico di quello che hai detto e ha una cotta tremenda per te.» Era la voce di Kate.

«Non è vero. Siamo solo amici. E lui pensa che io viva sulla messa a fuoco automatica.» Quella ero io.

«Va' a capire cosa significa» sentii dire dalla voce di Langley.

Non riuscii a nascondere il mio shock. «Era lo scorso fine settimana. Ci ha registrato? A New York? Come?»

Ollie fermò subito l'iPod. «Tecnologia. Registro tutti. Li chiamo ritratti. Un giorno li metterò tutti insieme e farò una sinfonia.»

Dimenticai l'idea di instaurare un buon rapporto con lui. «Questo si chiama spiare.»

«No, è arte. Louis Armstrong lo faceva sempre. Era famoso per questo. Fattorini d'albergo, gente in casa sua, tutti.»

«È patologico.»

«Il mondo è difficile.»

«Se la gente sapesse che registri...» iniziai a dire.

«Nessuno si scandalizzerebbe. Alla gente piace sentirsi. E poi so che non lo dirai a nessuno; rovinerebbe la spontaneità. Cioè, ascolta.»

Spinse di nuovo il tasto *Play* e sentii la voce di Langley dire: «Comunque, noi abbiamo ragione e tu hai torto. Gli hai detto che sei uscita con David?»

Io: «Non ho avuto l'occasione.»

Kate: «Bene. È molto verosimile visto che è stata l'unica cosa di cui hai parlato per tutta la settimana.»

Io: «Chissà. Forse Scott e io abbiamo cose più importanti di cui par...

Ollie fermò l'iPod. «Detto tra noi, sta' attenta con quel

tipo, Scott. È uscito con una mia amica e lei ha detto che è proprio strano. Ha una collezione di roba tipo trofei che ha raccolto da una delle sue ragazze, ma si comporta in modo un po' inquietante.»

Da che pulpito, pensai.

Lui mi sorrise e indicò l'iPod. «Roba forte, vero?»

«Già... proprio forte» dissi. Avevo la brutta sensazione di essere appena entrata in una storia pericolosa.

«Sapevo che avresti capito se solo avessi avuto il tempo di pensarci» disse Ollie, dandomi una pacca sulla spalla. Il contatto mi provocò un senso di disgusto. «Voglio dire, è esattamente come fare una foto a una persona.»

Non potevo credere che potesse equiparare il mio lavoro al suo hobby da pervertito. Dissi freddamente: «La gente si mette in posa davanti al mio obiettivo.»

«Se pensi che la gente non si metta in posa quando è in pubblico sei più ingenua di quanto credessi, Jane Freeman.»

Nella mia stanza d'ospedale Annie si era arrampicata su una sedia accanto al mio letto, e si era messa in ginocchio, tenendo Robert proprio davanti alla mia faccia. «Vuoi sapere cosa c'era dentro la testa di Robert?»

«Robert?»

«La bambola.»

«Oh, certo. Sì, che cosa c'era?»

«Piume.»

Fissai la bambola seguendo la crepa sulla testa con un dito, e pensai a quanto fosse perfetta. Eravamo gemelle, tutte e due con il cervello da gallina e la testa spaccata.

21

Lo squillo del telefono mi svegliò. Avevo quasi toccato la cornetta ma mi fermai, la mano a mezz'aria. Il mio sguardo corse verso l'orologio per vedere l'ora. L'una e cinque.

«Loretta» gridai. Volevo un testimone, qualcuno che confermasse lo squillo del telefono. «Loretta!»

«Che cosa c'è, tesoro?»

«Senti anche tu...» dissi prima di rendermi conto che in piedi accanto alla porta c'era Kate, non Loretta. Era un'imitatrice bravissima e aveva rifatto perfettamente la voce di Loretta, con la dolce inflessione dell'accento del Jersey.

«Sento cosa?» disse con la sua voce adesso, avvicinandosi a me.

Il telefono non squillava più. Se mai aveva squillato, mi disse una voce dentro la testa. «Niente.»

Kate sembrava sempre calma, ma ora i suoi movimenti erano più lenti e gli occhi un po' vitrei. Come se la sua calma fosse innaturale.

«Stai bene?»

«Ma certo. Scusa se non sono venuta a trovarti ieri; mia madre e le mie sorelle sono tornate da Los Angeles e hanno portato un maestro di yoga con loro? Non puoi immaginare quanto tempo ci vuole per riallineare i chakra di una casa di 2300 metri quadrati.»

«L'autorealizzazione è andata bene?»

«Sì. Soprattutto se ti viene detto di espirare forte e sentire l'universo.» La signora Valenti era stata un avvocato prima di smettere di lavorare per dedicarsi alla gestione dell'impero di autoaiuto del marito. Aveva dirottato tutte le sue energie e la sua intelligenza nella ricerca di una conoscenza autonoma che in pratica si traduceva nell'adozione incondizionata di una nuova religione ogni tre o massimo sei mesi. Non avevo capito bene se lo facesse con convinzione o perché era una delle cose che contribuiva alla valorizzazione di *Living Valenti*. Se Kate era una specie di parafulmine, uno strumento passivo che creava un'atmosfera elettrica, sua madre era il fulmine, rapido, dinamico, affascinante e pronta a spazzarti via se ti mettevi sulla sua strada. Diceva tutto ciò che le passava per la testa senza preoccuparsi di trovare il modo più adatto, e questo la rendeva spaventosa ai miei occhi, ma il suo lato buono, avevo imparato l'estate precedente, era la sua capacità di accoglienza.

Gli occhi grigi di Kate vagarono nella mia stanza d'ospedale e infine si fermarono sulle mie mani. Una ruga si formò tra le sue sopracciglia.

«Cosa c'è che non va?»

«N... niente, sono solo stanca?» Spostò rapidamente lo sguardo sul tavolino accanto al letto, dove Annie aveva lasciato la bambola. «Quella cos'è?»

«Secondo mia sorella, si chiama Robert. È il regalo del mio ammiratore segreto.»

«Hai un'idea di chi possa avertela mandata?»

«Nessuna.»

«Di sicuro ha un gusto strano in fatto di regali. Una bambola rotta?»

«Era integra quando è arrivata qui, l'ho rotta io. La

testa le è caduta quando ho aperto la scatola ed è rimasta mutilata.»

Kate la prese e se la girò tra le mani. «Strano.»

«Cosa vuoi dire?»

«È una di quelle bambole costose in vendita alla fiera per la raccolta fondi per i bambini ospedalizzati? Te la ricordi, quella presieduta dalla nonna di Langley? Le hanno messe all'asta. La matrigna di Elsa ne andava matta?»

«Peccato averla rotta, avrei potuto venderla su eBay.»

«Non so. Una volta qualcuno mi ha detto che sono i difetti a dare la vera bellezza.» A quelle parole, un brivido mi percorse tutto il corpo. Kate fece scorrere un dito lungo il volto della bambola. «E come ti senti oggi? A guardarti, sembra che stai meglio.»

«Riesco a muovere le mani. Ma sto diventando pazza.»

«Che cosa vuoi dire?»

«Credo di aver ricevuto una telefonata di una persona che mi ha minacciato di morte...»

Kate si portò una mano sulla bocca. «Jane, mio dio, ma è terribile.»

«Sì, è vero. Ma sembra che sia stata solo la mia immaginazione.»

«E perché lo avresti immaginato?» Mise via la bambola. «Non sapresti dire quando ricevi una telefonata?»

«Hai sentito il telefono squillare quando sei entrata?»

«No, ho sentito solo la tua voce quando chiamavi Loretta. Perché?»

Scossi la testa. «Credo che le medicine che sto prendendo mi fanno avere delle allucinazioni. E il dottor Tan ha detto che a volte, quando non si riesce a ricordare delle cose, la mente crea delle storie per riempire i vuoti.»

«Storie del tipo che qualcuno vuole ucciderti?»

«Sono sicura che se riuscissi a ricordare tutto ciò che è successo, si risolverebbe tutto. I deliri svanirebbero e io guarirei.»

«Forse» disse Kate. Le sue dita toccarono il taglio sulle sue labbra rosa per il resto perfette. «Ma forse la tua mente ti sta proteggendo da qualcosa? Forse è meglio che tu non sappia?»

«Cosa ti è successo alle labbra?»

«Le mie labbra?» Kate sembrò sorpresa e allontanò la mano dalla bocca, fissandola come se non l'avesse mai vista prima. «Oh, niente. Mia sorella si è alzata troppo velocemente e mi ha colpita.» Sorrise. «Perché ti preoccupi per me? Dovresti pensare solo a guarire così potremo passare l'estate al mare e occuparci della nostra abbronzatura.» Come se la sua naturale tonalità dorata non fosse già perfetta. «Ti ricordi quando l'estate scorsa abbiamo visto un delfino proprio davanti casa mia?»

«Incredibile. Tutta la settimana è stata incredibile.»

Accarezzò con un dito un braccio della bambola. «Sì, è vero.»

Langley era stata in Scozia per tutta l'estate, Kate e io passammo un sacco di tempo insieme, e ci divertimmo da morire. Scoprii la pericolosa voglia di divertimento che ribolliva sotto la superficie spensierata della personalità di Kate e imparai a conoscere un po' anche la sua caotica famiglia. Tutta la vita familiare girava intorno al padre e al suo lavoro, ma lui era in casa solo nei fine settimana. E quando arrivava, iniziava lo spettacolo! Ognuno aveva un ruolo. Quando lui partiva, ognuno tornava a essere sé stesso. La prima cosa che mi colpì fu il fatto che, quando il reverendo era in casa, nessuno faceva mai un errore o si comportava in maniera non consona rispetto al proprio personaggio. Diversamente dal padre di David, il quale comunicava fisicamente il proprio disappunto, i Valenti non picchiavano i figli. Ma chi dava un dispiacere al reverendo Valenti veniva escluso dalle sue attenzioni. Diventava invisibile. Sembrava una pratica indolore ma la tensione a cui si sottoponeva Kate per evitare questa ritorsione mi fece pensare che la punizione fosse molto peggio di quanto potessi immaginare.

Alla fine riuscii anche a capire cosa avevo visto nel bagno il giorno in cui conobbi Kate, e mi resi conto che lei era un'attrice anche più brava di quanto tutti pensassero. Mi ritenevo fortunata per aver avuto la possibilità di scoprire tante cose ma ancora più fortunata quando i genitori di Kate partirono portando con loro le sorelle più piccole, dalla seconda settimana di vacanza fino alla fine, e ci lasciarono sole nella casa al mare.

Ero particolarmente felice perché mia madre e Joe si erano appena fidanzati nonostante le mie obiezioni e quella era la settimana in cui ci saremmo trasferiti nel Chatoo (anche in questo caso nonostante le mie obiezioni). Oppure, come Joe amava dire: «Non pensarla in termini di trasferimento, ma pensa che guadagnerai un patrigno, una piscina, un giardino con fontana, e una stanza dei giochi dove intrattenere i tuoi amici.»

«Cosa? E la fattoria con gli animali domestici non c'è?» gli avevo chiesto.

«Ne vuoi una?» mi disse Joe, con aria seria. Iniziò a cercare il progetto. «Si potrebbe usare lo spazio dietro al giardino.»

Mia madre strinse la mascella. «Jane, ti prego.»

Più potevo stare lontano da quella storia, meglio mi sentivo. Nessuno sembrava fare caso al fatto che io non mi occupassi di niente, che non mi comportavo come un membro della famiglia.

Così per un'intera settimana, Kate e io non facemmo altro che stare sdraiate sul bordo della piscina o sulla spiaggia e guardare la tv. Vidi una Kate rilassata come non mi era mai capitato prima, e io non mi ero mai sentita così rilassata da quando ero arrivata nel New Jersey. Due sere prima che tornasse il resto della famiglia, io e Kate prendemmo la Cadillac Eldorado del '67, una decappottabile che era l'orgoglio e la gioia di suo padre, e facemmo un giro in città, poi la parcheggiammo nei pressi di un belvedere davanti all'oceano. Era un mercoledì, e quindi la zona era deserta, c'eravamo solo noi due e un immenso cielo con la luna piena.

La radio era sintonizzata su una stazione che trasmetteva musica degli anni Ottanta, e a un certo punto mandarono in onda *You Shook Me All Night Long*. Kate prese il cappello di paglia che avevamo comprato per tutt'e due, si arrampicò sul parabrezza e si mise in piedi sul tettuccio. Gambe aperte, braccia spalancate, testa all'indietro, e iniziò a ballare.

Io presi la macchina fotografica e le scattai una foto.

«No, metti via la tua coperta di Linus e vieni a ballare con me.»

Mi tese la mano, e il vento le strappò via il cappello trasportandolo verso la spiaggia.

Kate disegnò una buffa O con le labbra, rise e disse: «È di chi lo prende per prima» e si mise a inseguirlo. Io saltai fuori dalla macchina e mi misi a correre per raggiungerla. Il vento trascinò il cappello sulla spiaggia, facendolo rotolare verso l'acqua, con improvvise accelerazioni e poi rallentamenti, e noi due lo seguivamo, ridendo incessantemente. Il cappello continuava a volare, e noi non riuscivamo nemmeno a sfiorarlo, e senza rendercene conto finimmo a sguazzare nella schiuma. Ero quasi riuscita a toccare il cappello con le dita quando un'onda inaspettata lo spinse verso Kate. Lo afferrammo nello stesso istante. Ci spintonammo a vicenda con una spallata perdendo entrambe l'equilibrio, e poi cademmo, toccando con un tonfo il fondo sabbioso, con il livello del mare che ci arrivava alla vita. Per un attimo, scioccate per l'impatto con l'acqua, restammo a fissarci.

Poi iniziammo a ridere. Era quel tipo di risata che ti

prende lo stomaco, ti impedisce di respirare e ti costringe ad afferrarti all'altro per non cadere. Appoggiai la testa sulla spalla di Kate, sulla maglietta fradicia, e lei appoggiò la sua vicino la spallina della mia canotta bagnata e alla fine smettemmo di ridere e ci fermammo a riprendere fiato.

«Davvero, non ricordo l'ultima volta in cui ho riso così» disse Kate.

«Neanch'io.» Era sicuramente un po' prima che mia madre mi abbandonasse per Joe.

Per un po' restammo in silenzio.

«Hai mai la sensazione che la testa stia per esploderti? Come se dentro ci fossero troppe cose che vogliono uscire fuori?» Il volto di Kate improvvisamente si incupì in un'espressione inquietante e bellissima.

Non mi era mai capitato. Ma non volevo che lei si sentisse sola. «Certamente» risposi, stringendomi le braccia intorno alle ginocchia. Mi sentivo gelare.

«Lo sapevo.» Kate annuì. «Cosa fai quando ti senti così?»

«Aspetto che passi» tirai a indovinare. «E tu cosa fai?»

Mi osservava attentamente. Nella luce della luna, con i riccioli bagnati dei capelli sparsi sulle spalle e il mare che brillava dietro di lei, sembrava una ninfa delle acque, un essere mitico e in pericolo. Mi ricordava qualcosa ma non riuscivo a capire cosa. «Voglio farti vedere una cosa, vieni.» Si alzò in piedi, trascinandomi su con lei, e mi tenne per mano mentre correvamo affondando i piedi nella sabbia con i jeans inzuppati fino a raggiungere la macchina.

«Che cos'è?»

«Devi imparare a essere paziente, piccola principessa» disse con un mezzo sorriso malizioso.

Mi fermai. Sembravano proprio le parole di Bonnie. Ed era lei che Kate mi aveva ricordato, pensai.

Per un attimo fui assalita da una nostalgia di Bonnie

così forte che diventò un dolore. Poi Kate si girò e mi guardò con un'espressione preoccupata. «Qualcosa non va, Jane?»

Cacciai Bonnie dalla mia mente. «Nulla.»

Lei sorrise e mi tirò per un braccio. «Bene.»

Arrivammo alla macchina e lei mi spinse sul sedile del passeggero.

«Apri il cruscotto.»

Lo feci. Una decina di rossetti dai colori orribili, cinque boccette di profumo, un pacchetto di gomme, una lunga collana di perle, tre badge della Livingston High School tra cui uno dell'assistente del preside, un telefono cellulare che io riconobbi, era quello di Dom, una scatola di salviettine imbevute e una bottiglia di whisky aperta. «Che roba è?»

«L'ho rubata.»

«Rubi al...» presi uno dei rossetti e guardai l'etichetta del prezzo «supermercato CSV.»

«Dappertutto. Una volta ho rubato una pelliccia.»

«Come hai fatto?»

«L'ho indossata e sono uscita dal negozio. Ma è stato strano, non mi sono sentita soddisfatta. Ah, una volta ho rubato una macchina. Quello sì che è stato divertente. Ma poi l'ho restituita perché non avrei saputo come spiegarlo.»

«I tuoi lo sanno?»

«Stai scherzando? Si incazzerebbero come belve.»

«E se ti prendono? Kate, non puoi continuare a farlo.»

Lei mi sorrise. «È questo che volevo dirti. È questa la cosa fantastica.» Mi prese la mano.

«Cosa?»

«Da quando ci siamo conosciute questa estate, non ho più avuto quella sensazione. La testa che vuole esplodere.» Seguì i tendini nella parte interna del mio braccio, accarezzandoli così delicatamente che mi sembrò di avere ali di seta. «Da giugno non ho più rubato nulla.»

La guardai. Kate era radiosa. «Davvero?» Non capivo cosa mi stesse dicendo, perché mi tenesse il braccio in quel modo. Ma sentivo che era importante. Io ero importante. In qualche modo la stavo aiutando.

«Davvero.» Mi accarezzò i capelli con le dita come se fossi una bambola. «Ho capito fin dal primo istante in cui ti ho vista che sei speciale. Speciale per me. Mi fai sentire bene. Più che bene.»

Le sue parole fecero muovere qualcosa dentro di me, qualcosa che si era attorcigliato da quando mia madre e Joe avevano annunciato il loro fidanzamento. Mi fecero sentire di essere importante per qualcuno.

Mi toccò una guancia. «Ho voglia di baciarti.»

«Davvero?» L'unica persona che avevo baciato, a parte i miei genitori, era Liam Marsh. Non avevo mai pensato di baciare una ragazza.

Kate annuì. «Sì, davvero.» I suoi capelli si stavano asciugando in riccioli sparsi che le circondavano il volto, facendola sembrare vulnerabile. Facendola somigliare a Bonnie. Forse questa volta avrei potuto salvarla. «Mi piacerebbe molto.»

«Mmm. Va bene» dissi, e il cuore iniziò a battermi forte.

Mi chinai verso di lei. Lei si chinò verso di me. Andammo a sbattere l'una contro l'altra, naso contro naso, denti contro denti, e labbra contro labbra. Fu un bacio orribile, imbarazzante. Non sapevo se mi sentivo sollevata o delusa.

Mi allontanai da lei. «Forse non è stata una buona...»

Kate mi afferrò per la nuca e mi tirò verso di sé, tenendomi la testa ferma mentre sfiorava dolcemente la mia bocca con la sua, come in un lieve sussurro. Aveva le labbra screpolate ma morbide che sapevano di acqua di mare e burro di cacao alla fragola. Continuammo così, a sfiorarci con le labbra, muovendoci impercettibilmente, per molto tempo. Poi lei si avvicinò, aumentò la pressione e le sue labbra si aprirono sulle mie.

Insinuò la lingua dentro la mia bocca provocando onde di emozione che mi attraversarono tutto il corpo. Non avevo mai baciato Liam in quel modo. Sentii un flusso di calore nascere dalle mie labbra e percorrermi fino alla punta dei piedi, mandando scariche elettriche lungo la mia spina dorsale. Mi piaceva quello che stavamo facendo, ne volevo ancora. Almeno, il mio corpo lo chiedeva.

«Oh, Jane» sospirò Kate contro la mia bocca, e sentii le sue dita scivolarmi ancora lungo le braccia, mentre il mio corpo si accendeva.

Che cosa stai facendo?, mi chiese la mia mente. Cosa direbbero a scuola?

Mi staccai da Kate. Respiravo pesantemente. «Dobbiamo fermarci.»

Quando lei aprì gli occhi, vidi che erano lucidi di lacrime e dolci, ma poi le lacrime si asciugarono e ritornò la solita indifferenza di Kate. «Perché dobbiamo fermarci?» chiese. «Non puoi dirmi che non ti piaceva.»

«Ma certo» ammisi. «Mi piaceva.»

«E allora qual è il problema? Siamo solo due amiche che sperimentano. Non c'è nulla di male.»

Kate faceva sembrare tutto molto semplice. Solo due amiche che sperimentano. E lei voleva me.

E allora perché ero così terrorizzata?

«È che... non voglio rovinare la nostra amicizia.»

«Questo non potrebbe mai rovinare la nostra amicizia, sciocchina.» Afferrò una ciocca dei miei capelli e iniziò ad avvolgerla intorno al dito. «Ma se non vuoi farlo, possiamo fermarci?»

Volevo fermarmi? Non ne ero sicura.

«Tu vuoi che ci fermiamo?» le chiesi.

Lei scosse lentamente la testa. «No.»

«Nemmeno io.»

«Sei sicu...»

Le afferrai le spalle e la tirai verso di me. Questa volta

ci scambiammo un bacio intenso, violento, e senza respiro. Riversai in quel bacio tutte le mie sensazioni, la mia rabbia, il mio dolore e la mia paura, emozioni che non sapevo nemmeno da cosa scaturissero. Avrei voluto che mia madre mi vedesse.

«Ti è piaciuto?» le chiesi, staccandomi da lei. Mi sentivo senza freni. Spudorata. «Dimmi che ti è piaciuto.»

Kate sembrava interdetta. «È stato... è stato bello.»

«Facciamolo ancora. Ma senza andare oltre i baci. Okay?» Chi era quella ragazza, quella che parlava attraverso la mia bocca, che faceva quelle cose?

Non mi ero mai sentita così libera, così spregiudicata, nella mia vita. Era così che si baciava? Con quella folle determinazione? Senza preoccuparsi delle conseguenze? Quei baci non significavano niente, erano importanti solo nell'istante in cui venivano dati, la loro esistenza era effimera. Ci baciavamo come i personaggi dei film, baci lunghi e intensi, in cui le lingue si attorcigliavano l'una contro l'altra e un attimo dopo accarezzavano con tocchi morbidi come piume gli angoli delle nostre reciproche bocche. Nessuna di noi due faceva caso ai vestiti bagnati o alla brezza fresca. Kate mi baciò le ciglia e mi strappò un sospiro. Io le baciai il collo e le feci venire la pelle d'oca.

«Mi piace» disse ridendo.

«Anche a me.»

Ci spostammo sul sedile posteriore. Ci stringemmo forte le mani, ci baciammo e ridemmo e ci raccontammo barzellette e ci baciammo ancora. I baci erano sempre più lunghi fino a diventare quasi una sorta di trance e io non sapevo più dove iniziava il suo corpo e dove finiva il mio.

Continuammo così per ore sotto la luna piena con il suono delle onde e le alghe che ondeggiavano dolcemente nella brezza. I baci si dissolsero in abbracci e noi restammo avvinghiate sul grande sedile in pelle della

Cadillac a guardare le saltuarie nuvolette che vagavano lentamente nel cielo di velluto della notte.

Kate disse: «Ti amo, Jane.»

Era quello che desideravo sentirmi dire. Quello che avevo bisogno di sentirmi dire. Me ne resi conto in seguito. Ma quando dissi: «Anch'io ti amo» sapevo che quelle parole avevano un significato diverso per ognuna di noi. Io amavo Kate come un'amica. Amavo l'idea che lei avesse bisogno di me. Addirittura, di amarmi. Era questo che io amavo.

Il giorno dopo eravamo sdraiate su un asciugamano di batik sulla spiaggia davanti casa sua. Lei teneva la testa appoggiata sulla mia spalla e seguiva con un dito il percorso delle gocce d'acqua su una lattina di Diet-Coke.

«Che cosa succederà adesso?» chiese.

«Di cosa parli?»

«Quando ricomincia la scuola, continueremo a vederci?»

Il mio cuore iniziò a correre. «Ma certo che ci vedremo. Seguiamo quasi gli stessi corsi. Ci vedremo tutti i giorni.»

«Non era questo che volevo dire.» Si sollevò e si appoggiò su un gomito. Era senza dubbio la ragazza più carina della spiaggia, forse la più carina che io avessi mai incontrato. «In questo modo. Staremo ancora insieme in questo modo.»

«Non lo so. Non sono sicura...»

«Già. Neanch'io» disse, sdraiandosi di nuovo sulla schiena.

«E poi Langley...»

«Sì, sicuramente.»

Era stato solo un esperimento. Nessuno lo avrebbe saputo. Era stato un gioco.

Quella sera, la nostra ultima notte insieme, decidemmo di provare quello che lei chiamava l'idra dalle diciassette teste, l'impressionante doccia a vapore dei genitori di Kate. Era incredibile, tutta la parete in fondo era ricoperta di specchi riscaldati antiappannamento. Kate mi stava disegnando baffi e barba con le bollicine, dopo avermi severamente ordinato di tenere gli occhi chiusi, ma poi all'improvviso si irrigidì.

Aprii gli occhi per vedere cosa stesse succedendo e vidi sua madre riflessa nello specchio. Io e Kate non stavamo facendo nulla ma eravamo nude e posso immaginare cosa sembrasse. Come avrebbe reagito mia madre? Come avrebbe reagito chiunque davanti a quella scena? Il mio cuore iniziò a correre. Per un attimo si sentì solo l'eco del suono ritmico dei sedici getti nella stanza, come un acquazzone torrenziale. Poi la signora Valenti disse: «Non dimenticarti di asciugare l'acqua dal pavimento; non vorrei che qualcuno scivolasse e si spaccasse la testa.»

Non ne abbiamo mai più parlato. L'estate finì e io iniziai a uscire con David ma il rapporto tra me e Kate non fu mai più così intimo. Una volta lei provò a riparlarne, ma io feci finta di non capire cosa stesse dicendo.

A volte, quando ero a casa di David, nella sua stanza, guardavo verso la finestra di Kate e ripensavo alle sensazioni che avevo avuto quando la baciavo.

Mi chiesi se fosse il caso di dirglielo adesso. La guardai ma mi accorsi che lei fissava la mia mano.

«Il tuo anello» disse, indicando quello che lei aveva sulla mano sinistra. «Dove lo hai preso?»

«Me l'hai dato tu.» Lo sguardo di Kate diventò ancora più assente. Si stava ricordando di qualcosa?

«Lo so, ma...» Kate aggrottò la fronte. «Quasi dimenticavo, ti ho portato un regalo.» Frugò nella borsa grande firmata e ne estrasse una lunga sciarpa di cotone azzurro chiaro con righe dorate. «Ho pensato che potresti avvolgertela sulla testa se devi tenere quella benda. Potrebbe darti un aspetto tipo bohémien ma elegante.»

«Grazie.» Feci scorrere le dita sul cotone morbido, felice di aver riacquistato la sensibilità alle mani, finché sentii il contatto di un oggetto di plastica duro.

«Kate. C'è ancora la placca antitaccheggio.»

«Oh! Quelli del negozio devono aver dimenticato di toglierla.» Kate sembrava spaventata. «L'ho comprata. Davvero. Ho anche lo scontrino da qualche parte.»

Cominciò a frugare nella borsa, prima con calma, poi più nervosamente, fino a farla cadere dalle gambe dove la teneva appoggiata. Il contenuto si sparpagliò sul pavimento: una bottiglietta di medicinale, un adesivo per dentiera, una boccetta di profumo con l'adesivo di confezione campione attaccato, un paio di occhiali da lettura verde smagliante ancora con l'etichetta del prezzo.

«Kate, che cos'hai fatto?»

Lei aveva un'espressione addolorata. «Mi dispiace. Oh, mio dio. So che non avrei dovuto farlo. È solo... solo che... mi sento tanto in colpa. Quello che hai passato. Tutto questo?» Fece un gesto con il braccio per indicare la stanza. «Se devo essere onesta, devo ammettere che sono io la responsabile. È tutta colpa mia.»

«Cosa? Perché?»

«Avrei dovuto fermarmi.»

Non potevo credere che stesse davvero dicendo quello che mi sembrava di capire. Mi venne la pelle d'oca. «Cosa?»

«Fermare te, cioè» disse rapidamente. «Alla festa. Avrei dovuto trattenerti. Avrei dovuto capire che ti sarebbe capitato qualcosa di brutto, che non eri in te.»

«Perché?»

«Tu... non ti reggevi in piedi. Avevi bisogno di un'amica. E io ti ho abbandonato. Avrei dovuto starti vicino. Avrei dovuto avere più buon senso. E non l'ho fatto.»

«Kate. Non so che cosa sia successo quella notte, ma ti conosco e sono sicura che mi avresti aiutato se te lo avessi chiesto.»

Lei mi guardò con un'espressione di totale orrore, con una mano sulla bocca e gli occhi spalancati.

Mi sentii rabbrividire. «Kate, che cosa succede?»

Sul suo volto comparvero macchie rosa. «Io... devo andare» disse, prese la borsa e corse fuori dalla stanza.

Naturalmente, Pete scelse proprio quel momento per entrare e iniziare a tormentarmi.

«Ma allora non scherzavi. I tuoi amici davvero ti adorano» disse.

«Non sono dell'umore adatto.» Cercai di non pensare all'espressione atterrita sul volto di Kate.

«Che cos'è successo?»

«Non ne ho idea.» Lo guardai. Indossava una maglietta in stile cowboy con bottoni di madreperla e cose che sembravano peperoncini danzanti attaccati. «Dove compri i tuoi vestiti?»

«Accecanti, non credi?»

«Nel senso che fanno bruciare gli occhi come un veleno?»

Il volto di Pete assunse la sua espressione seria, le labbra strette e la fronte aggrottata lo facevano sembrare incredibilmente intelligente. «Credo che sia questa l'etimologia corretta.»

Non riuscii a trattenermi. Scoppiai a ridere. «Sono davvero stufa di essere rinchiusa in questa stanza.»

«Hai voglia di scappare?»

«Scherzi?»

Pete indicò la sedia a rotelle. «Siamo forniti di ruote, piccola.»

22

«Hai in mente una destinazione particolare?» mi chiese Pete chinandosi accanto al mio orecchio mentre spingeva la carrozzella oltre la porta. Quando sentii il suo fiato sulla pelle del collo, un brivido mi percorse le braccia.

O forse fu solo per l'eccitazione di uscire dalla stanza 403. «Non so. Al bar magari?»

«Vuoi peggiorare la tua condizione?»

«Ho saputo che la cioccolata calda è buonissima.»

«Deve avertelo detto una persona che ti odia profondamente» mi disse con il tono di chi è molto dispiaciuto di dover dare una brutta notizia, ma deve.

«Me l'ha detto la mia sorellina.»

Mi sembrò quasi di sentire che Pete alle mie spalle scuoteva la testa in un gesto di finta rassegnazione. «Gran parte degli omicidi viene commessa da familiari delle vittime.»

«Non è vero» protestai. Cercai di girarmi ma Pete mi premette una mano sulla testa per costringermi a guardare avanti. Il gesto fu deciso ma gentile. «Non credi?»

«Forse no, ma non puoi negare che i familiari hanno il movente migliore.» Lasciò la mano per qualche istante ancora sui miei capelli e quel contatto mi sembrò meraviglioso.

Per addolcire il tono, aggiunse: «Anche se Annie sembra piuttosto in gamba.»

Mi sfiorò il collo con le dita mentre ritirava la mano, e il brivido che avevo già sentito prima lungo le braccia si riattivò e raggiunse anche la pancia. Smettila, mi dissi, e mi costrinsi a concentrarmi sui reparti dell'ospedale che stavamo attraversando.

Il reparto di terapia intensiva era un dedalo di stanze a vetri e postazioni di infermeria con alcune aree in cui erano disseminati divanetti e sedie con una ricca imbottitura ma a occhio piuttosto scomode. Le pareti erano di un giallo chiaro, probabilmente per infondere allegria, ma non credo che funzionasse. Nell'area di attesa accanto alla mia stanza una ragazzina con i capelli pettinati a treccine stava colorando qualcosa distesa sul pavimento accanto ai piedi di una donna adulta che sfogliava la Bibbia. Di fronte a loro un uomo robusto e dai capelli scuri che indossava una giacca di pelle beveva una bevanda analcolica e leggeva il *New York Post*.

Le malattie fanno fare strani incontri.

«Hai fratelli o sorelle?» chiesi a Pete.

«Un ricco assortimento» rispose lui con allegria.

«Che cosa significa?»

«Alcuni fratellastri, altri metà e metà, e uno vero. I miei genitori amano sposarsi.»

«Ma tu vivi con tuo padre.»

«Adesso sì.» Salimmo in ascensore e Pete spinse il pulsante *M*. «Vivere è una parola un po' forte. Abito nella stessa casa di mio padre. Vivere significa poter respirare, e questo non è esattamente ciò che accade nell'atmosfera opprimente della casa del dottor Malik.»

Nell'ottone lucidato degli interni delle porte vedevo la sua immagine riflessa, appena distorta, ma abbastanza a fuoco da rendermi conto che l'espressione del suo viso non era allegra come la sua voce. Si appoggiò contro la parete dell'ascensore, una spalla più alta dell'altra, fissandomi ma – ci avrei giurato – senza vedermi. C'era come un vuoto nei suoi occhi, un'asprezza nella curva della sua spalla che riconobbi. Pete era una persona sola.

Alzò lo sguardo, si accorse che lo stavo guardando e sorrise. Anche nello specchio imperfetto delle porte di ottone aveva un sorriso bianco e folgorante come un attore del cinema. Ebbi appena il tempo di ricambiargli il sorriso e le porte si aprirono.

Scoprii che M era mezzanino, una specie di balcone che si affacciava sul pianterreno dell'ospedale. Le pareti in quell'area erano di un bianco bluastro punteggiate da stampe di spiagge e capitali europee. Ma anche mentre osservavo tutto, avvertivo l'imbarazzante consapevolezza della presenza di Pete dietro di me. Quando mi sfiorò le spalle con le dita, tremai.

«Scusa» disse subito, e per una volta non scherzava.

«Non preoccuparti, puoi farlo quando vuoi» dissi. Non era quello che avrei voluto dire, nemmeno lontanamente, e arrossii fino alle orecchie. «Cioè, non è successo niente, non mi hai fatto male, non mi hai sporcato. Non...» stavo peggiorando la situazione. Dovevo cambiare argomento. Ripresi il filo del discorso interrotto. «E così non vai d'accordo con tuo padre? Perché non vai a stare da tua madre?»

Mi aspettavo che ricominciasse a prendermi in giro perché mi ero inceppata con le parole e invece sembrò quasi sollevato. «Per molti motivi, ma il più importante di tutti è che lei vive a Boise, Idaho.» La tensione tra noi svanì.

«Non puoi trovare un appartamento in questa zona? Voglio dire, deve esserci un altro posto dove puoi vivere oltre la casa di tuo padre.»

«Fai molte domande per essere una damigella ferita.»

«Solo il mio corpo è ferito, la mia mente è sana.»

«Non è quello che ho sentito dire in giro.» Pete fece una risatina cattiva.

Decisi di ricambiare con la stessa moneta. «Dove hai detto che vai a scuola... Oh aspetta, hai detto che hai abbandonato gli studi e vivi come un criminale parassita.»

«No, non ho ancora iniziato. È solo la profezia di mio padre. Sono stato ammesso alla Columbia e, se lui si sbaglia, inizierò i corsi a settembre. Ma lui si sbaglia raramente.»

«Perché ti considera un parassita?»

«Sssh» disse, spingendo la sedia a rotelle lungo il corridoio di linoleum.

«Cosa? Che cosa succede?»

«Ascolta.»

«Cosa?»

«L'armonia delle sfere.»

«Credo che sia il sistema di controllo del clima.»

«Avevi detto che hai la poesia nel DNA.»

Passammo attraverso una serie di porte scorrevoli in mogano ed entrammo in un corridoio con pannelli in legno e una spessa moquette verde.

«Cosa studierai alla Columbia?»

«Ti ha mai detto nessuno che potresti fare l'avvocato? Sei implacabile.»

«E allora?»

«Sai mantenere un segreto?»

«No.»

«Almeno sei onesta. Okay, studierò...»

Ci passò accanto un uomo dall'aspetto elegante, con la pelle olivastra un po' più scura di quella di Pete, capelli neri ma già imbiancati alle tempie, un paio di occhiali con montatura in corno, un camice da laboratorio sopra un vestito gessato dall'aria costosa. Con una reazione a scoppio ritardato, tornò verso di noi. «Ciao Peter. Cosa ci fai in questo piano?» Parlava con un leggero accento inglese.

Tutta la vaghezza di Pete adesso sembrava diventare concretezza. «Sto solo accompagnando una paziente a prendere una boccata d'aria, signore.»

«Tra gli uffici amministrativi dell'ospedale?»

«Lei adora la moquette costosa.»

La mascella dell'uomo sembrò stringersi per un momento, come se pensasse che Pete lo stesse prendendo in giro e non gli piacesse affatto, ma poi riprese subito il controllo della situazione. Si chinò appena e mi tese la mano. «Buongiorno, signorina. Come si chiama?»

Pete fece le presentazioni. «Jane Freeman, questo è il dottor Sanjay Malik, il direttore dell'ospedale.»

L'uomo elegante raddrizzò la schiena, facendo un cenno di assenso con la testa. «La figlia di Rosalind. Mi fa piacere vedere che sta bene. Siamo stati molto orgogliosi di averla nel nostro ospedale. Sua madre è un prodigio della natura.»

«Sì, è vero.»

Diede una pacca sulla spalla a Pete. «Continua pure, Pete.»

«Grazie, signore.»

Aspettai di percorrere qualche decina di metri lungo il corridoio, prima di chiedere: «Quello è tuo padre? Il direttore dell'ospedale?»

«Sì.» La risposta più breve che Pete avesse mai dato.

«Non capisco. Perché vuole che tu faccia... questo?»

«Lunga storia.» La seconda risposta più breve che Pete avesse mai dato. Proprio non voleva parlarne. E questo non faceva che aumentare la mia curiosità.

«Raccontamela. Lo sai che continuerò a fare domande finché non mi avrai detto tutto.»

Lui fece un sospiro, lungo e che sembrava vero. «È solo la storia noiosa di un ragazzo, di una ragazza, di un cane con una zampa finta e di giustizia ingiusta.»

Toccò a me sospirare. «No, non è così.»

«Hai ragione. È solo un tiranno e quest'estate non ha trovato nessun altro posto in cui nascondermi.»

Avevamo superato gli uffici ed eravamo tornati nel mezzanino con le pareti di un bianco bluastro e il corridoio di linoleum con una ringhiera che si affacciava sul pianterreno. «Adesso sulla tua sinistra...»

«Sssh.»

«Ah-ah...»

«No, dico sul serio. Ci sono il mio ragazzo e una mia amica laggiù.»

Sotto di noi, al pianterreno, vedevo Kate e David che parlavano. Lei sembrava su tutte le furie e gesticolava molto.

«A essere sincero, Kate... E il freddo.»

«Non provare... Niente da dire... Perché... Sta' lontano... In pace.»

David disse: «Sai una cosa, me lo farò dire da lei» e si avviò verso gli ascensori.

«Aspetta» disse Kate. «Io non...»

«Vai vai vai» ordinai a Pete. «Veloce. Se conosci qualche scorciatoia per arrivare in camera mia, prendila!»

«Sai di cosa discutevano?»

«Non ne sono sicura» dissi. «Ma era strano, non credi?»

Lui annuì, gli occhi di quel blu incredibile spalancati, l'espressione solenne. «Oh, sì.»

Kate e David erano amici da prima che io iniziassi a uscire con lui perché abitavano porta a porta fin da quando erano bambini.

Ma ultimamente il loro rapporto sembrava essersi fatto più complesso. All'ultima gara di Langley, la settimana prima, Kate aveva detto delle cose molto strane sul conto di David.

«Credo che questa sera dovrò chiedere ai camerieri di mettermi la cena in un contenitore per portarla via» avevo detto mentre guardavamo Langley che cavalcava. Ci eravamo appoggiate entrambe all'indietro, con i gomiti sopra le sbarre alle nostre spalle e i piedi sopra i sedili davanti a noi, le mie scarpe nere senza tacco accanto ai suoi nuovi stivali marrone da motociclista. Sentivo il metallo freddo contro il braccio nel punto in cui avevo rimboccato le maniche della giacca di pelle blu navy che indossavo sopra i jeans. «Quanto credi che si incazzerà Langley?» Dopo una gara, i suoi nonni ci portavano sempre a cena fuori.

«In una scala di incazzatura dove moltissimo è il grado massimo, direi almeno moltissimo» disse Kate, tamburellando con i piedi sul sedile. Indossava un paio di jeans, una camicetta di cotone leggero e una vecchia giacca di tweed di suo padre con le maniche arrotolate.

«Ma ho davvero bisogno di parlare con David.»

«Abbandonare le amiche per un ragazzo è una brutta azione. Siamo una per tutte e tutte per una.»

«Lo so, ma non ho scelta. Questa è la sua unica serata libera e più tempo lascio passare prima di dirgli dello stage al Getty più pene mi costerà farglielo accettare.»

Kate sembrava affascinata dalla gara di equitazione. «Vuoi dire più pene dovrai succhiare, ovviamente.»

«Smettila!»

Lei sollevò le sopracciglia ma senza girare lo sguardo su di me. «Scherzo. Ma sono sicura che David troverà il modo per consolarsi.»

C'era qualcosa di strano nel suo tono. «Cosa vuoi dire?»

Adesso si girò a guardarmi. Aveva uno sguardo che mi scrutava. «Niente. Solo che potrebbe sorprenderti.»

«Sorprendermi?»

«Non ti stanchi mai di preoccuparti di quello che David pensa, che David sente, che David vuole?»

Mi staccai con la schiena dalla sbarra e mi piegai in avanti, srotolando le maniche della giacca fino ai polsi. Improvvisamente mi sentii gelare.

«Le relazioni funzionano così. Ognuno si preoccupa per l'altra persona.»

«E allora sono sicura che non avrai problemi. Perché

se David si preoccupa per te, deve chiedersi cosa ti piace fare, come tu ti chiedi cosa gli piace fare, e allora capirà e sarà felice per te.»

Kate aveva detto bene. David mi amava. Sarebbe stato felice per me. Doveva esserlo.

Qualcuno sbuffò alle nostre spalle. Mi voltai, e vidi Nicky seduta dietro di noi. «Scusate» disse. «Sto aspettando che inizi la gara di mio fratello e non ho potuto fare a meno di sentire quello che dicevate. Molto pittoresco.» Fece una vocina sottile per imitare Kate: «Se ti ama, capirà.» Alzò gli occhi al cielo. «Devi leggere un sacco di brutti romanzi.»

«Non è giusto amareggiare gli altri solo perché sei amareggiata tu» disse Kate, alzandosi.

«Adesso essere amareggiati significa 'vivere nel mondo reale'? Non me ne ero mai resa conto.»

Nicky si alzò e guardò me e Kate dall'alto. Nel suo vestito di maglina tutto ricoperto di crani, un paio di leggings e gli stivali di serpente da cowboy verdi, aveva un aspetto feroce, che diventò ancora più feroce quando si mise le mani sui fianchi e puntò lo sguardo direttamente nei miei occhi. «Forse dovresti provare a pensare da sola per una volta» mi disse. Poi si chinò in avanti, mi diede un colpetto sul naso e aggiunse: «Non ti fidare dei consigli di falsi profeti, o delle loro figlie.»

Nicky se ne andò e lasciò me e Kate a fissarci.

«Abbiamo avuto una breve visita dalla terra delle stranezze» disse infine Kate, con gli occhi spalancati.

«Mmm...» risposi con la stessa espressione. «Mi sento un po' cattiva. Cioè... Nicky è davvero simpatica.»

Kate si raccolse i capelli su una spalla e iniziò a esaminarne le punte. «Non con te.»

Aveva ragione ma c'era una parte di me che ancora ammirava Nicky, ammirava il modo in cui lei non aveva paura di dire le cose anche se sapeva che non erano quelle che gli altri volevano sentire. Era come se non si preoccupasse di essere gentile con le persone di cui non le importava niente.

Langley ci raggiunse. Nei suoi calzoni da cavallerizza beige, la giacca nera fatta su misura, e un cappello da fantino nero con le trecce bionde che uscivano da sotto, Langley sembrava appena uscita da un catalogo di moda.

«Mi fa piacere che abbiate chiacchierato per tutta la durata della mia gara altrimenti mi vergognerei per il brutto spettacolo che ho dato.»

«Mi dispiace» disse Kate.

«Non è stata colpa vostra. È stata solo una brutta giornata.»

«Intendeva dire scusa se abbiamo chiacchierato» mi intromisi.

«No, davvero, è stato un disastro. Anche se Popo mi ha regalato questo.»

Langley sollevò il braccio destro per mostrarci un elegante bracciale che aveva visto la settimana prima in una gioielleria.

Poi si voltò verso il nonno, seduto nella sedia a rotelle e sorvegliato dall'infermiera in piedi dietro di lui, e gli mandò un bacio. Lui rispose con un breve gesto della mano.

«Siete commoventi» dissi.

«Lo so. Non riesco a immaginare la mia vita senza di lui. Per me è più di un nonno. Ma torniamo a voi due, signorine cattive. Per punizione dovrete dirmi di cosa stavate parlando così accanitamente.»

«Della cena di questa sera» disse Kate.

Le rivolsi uno sguardo supplichevole. Ero già abbastanza preoccupata di dover dire a Langley della mia assenza, non era il caso che lei peggiorasse la situazione.

Langley spostava lo sguardo da Kate a me, e viceversa. «Qual è il problema della cena di questa sera?»

«Non posso venire.» Osservai il volto di Langley per capire quanto fosse contrariata ma trovai un'espressione impassibile. «Verrei se potessi, ma devo assolutamente vedere David.»

«Per dirgli dello stage da Getty» spiegò Kate. «Se non lo fa, avrà un sacco di pene da succhiare.» Incrociò le braccia e si appoggiò sulla schiena come per aspettare i fuochi d'artificio.

Langley annuì lentamente. «Far funzionare un rapporto d'amore è più importante di una cena.»

«Grazie» dissi, abbracciandola. «Sapevo che avresti capito.»

«Ma certo, caramellina.» Alle sue spalle, vidi il volto di Kate incredulo per la tranquillità con la quale Langley aveva accolto la notizia.

Adesso, mentre spingeva a tutta birra la mia sedia a rotelle lungo i corridoi dell'ospedale, Pete mi disse: «I tuoi amici stanno facendo le prove per un reality show tutto per loro? Perché di sicuro hanno la passione per la recitazione.»

«E i tuoi invece?»

Pete girò intorno a una barella con ruote che andava piano, strappando un urlo all'infermiera. «Scusa» le disse, facendo un gesto con la mano alle sue spalle. «Paziente problematica.» Poi mi disse: «I miei amici? Loro non sono molto interessati ad attività del tipo litigare ad alta voce nei corridoi degli ospedali o baciarsi nelle scale, no.»

Avrei voluto girarmi verso di lui ma ero troppo impegnata a tenermi aggrappata ai braccioli. «Chi è che si baciava nelle scale?»

«Alcune delle persone che sono venute a trovarti ieri.»

«Alcune delle persone?»

«Una ragazza e un ragazzo. Immagino che fossero amici tuoi.»

«Descrivili.»

«Aspetta, te li faccio vedere. Ho girato un video.»

«Davvero?»

«Certo che no, testa di rapa.» Eravamo arrivati al mio piano. «Quando due persone si baciano la gente si volta dall'altra parte e si allontana. Non si mette a registrare i segni particolari di ognuno per poterli raccontare alla bellissima paziente della stanza 403.»

Le sue parole mi fecero accelerare il battito del cuore. «Parli di me?»

O forse il problema fu che mentre lui le pronunciava girammo un angolo con la carrozzella in bilico su due ruote, mancammo per un soffio un inserviente e sfiorammo un cestino dei rifiuti.

Sfrecciammo davanti alla sala d'attesa della mia stanza. Intravidi per un attimo la ragazzina con il libro da colorare, ma l'uomo elegante con i capelli scuri era stato sostituito da un uomo elegante e calvo che leggeva il *Daily News* e beveva da una lattina.

«Sì, fiorellino. E a proposito della stanza 403, eccoci arrivati. Sono le tre del pomeriggio e tutto va bene. Abbiamo seminato il tuo ragazzo formato lumaca almeno due chilometri fa.» Spinse la carrozzella dentro la stanza. «Preferisci essere sistemata di nuovo nel tuo letto o ti accontenti dei comfort di questo delizioso trono?»

«Nel letto, per favore» dissi.

Pete mi circondò con le braccia e mi sollevò. Il mio naso gli sfiorava il collo. Odorava di pasticcini ai mirtilli.

«Mi trovi davvero bellissima?»

«In questo momento» disse a fatica «ti trovo pesante.» Mi scaraventò sul letto.

«Codardo.» Pasticcini ai mirtilli e pancetta affumicata, colazione abbondante con resti di briciole e dita appiccicose che dovevano essere...

«Non ho mai detto di essere coraggioso» mi disse, interrompendo il mio sogno a occhi aperti.

Per un attimo mi sentii furiosa, cosa stavo facendo, mi mettevo a pensare a un altro ragazzo mentre il mio fidanzato, il mio splendido fidanzato, stava per arrivare da me? Ma poi mi ricordai delle mie medicine. Probabilmente anche questo, come le allucinazioni, faceva parte degli effetti collaterali.

Pete non significava niente per me.

«Hai una ragazza?» gli chiesi.

«Sì.»

E io non significavo niente per lui.

«È bella?»

«Prova» grugnito «a indovinare.»

Pete si era chinato su di me per sistemarmi quando David entrò.

«Interrompo qualcosa?» disse con voce tesa.

«Stavo solo pomiciando con la tua ragazza» gli disse Pete. Il suo volto era una maschera di innocenza ma gli occhi erano molto blu e molto cattivi. «No, scherzo, amico. Sono l'inserviente dell'ospedale. La stavo sistemando nel letto. Ma è una ragazza splendida.» Aprì la mano e la sollevò in segno di saluto. «Ci vediamo.»

Lo guardai andare via. Non sentivo, mi dissi, il minimo dispiacere all'idea che avesse una ragazza. Guardai David. «Come stai?»

«Come stai tu?» disse. «Meglio di ieri, a quanto pare.»

«Riesco a muovere le braccia.»

«Fantastico.» David annuiva e si guardava intorno. Indossava una maglietta con sopra scritto SNOOPY 4 PRES e scarpe di camoscio marrone scuro. I pantaloni gli cascavano bassi sui fianchi e anche se non potevo vederli avrei scommesso che portava i boxer di Captain America. Gli piaceva abbinarli alla maglietta di Snoopy, perché erano tutti e due patriottici, diceva. Era quello l'amore, mi dissi. Sapere quale biancheria intima una persona indossa anche senza vederla.

Capire sempre lo stato d'animo. E per questo ero sicura che David aveva qualcosa da dirmi.

«Sembri pensieroso» gli dissi.

«Io? No. Be'...» Prese una sedia e la fece girare in aria, poi la mise accanto al mio letto e si mise a sedere con lo schienale davanti al petto. «Non sono riuscito a dirtelo quando ci siamo visti l'ultima volta, piccola, ma mi dispiace tanto che tu non sia morta.»

23

Lo fissai, chiedendomi se avessi sentito bene.

«Cioè, se era questo che volevi.»

Continuai a fissarlo.

«Langley mi ha detto...» iniziò, poi si fermò. La sua gamba sinistra si muoveva incessantemente su e giù. «Sai, hai ragione su di lei. È davvero una ragazza speciale.»

«Lo so. Cosa ti ha detto?»

«Mi ha raccontato quanto eri arrabbiata quella sera. Per la storia tra me e Sloan.»

«Sloan?»

Sono seduta sulle gambe di David, poi mi alzo e vado verso le scale. Mi giro e vedo Elsa che parla con lui. Mi giro ancora e vado a sbattere contro...

Non la ringhiera. Una persona. Sloan.

David disse: «Mi ha raccontato che correvi per la casa e dicevi che volevi chiudere tutto. Lei pensò che intendessi, sai, chiudere la relazione con me. Ma io... be', capisco un'altra cosa.» Iniziò a tamburellare nervosamente con le dita sulla coscia.

«Che cosa c'entra Sloan?»

***

«Scusa» dico.

«Non importa.» Sloan sorride timidamente. «Colpa della festa.»

La mia borsetta è caduta e si è aperta e lei si inginocchia per aiutarmi a raccogliere i soldi, il mascara e le chiavi e rimettere tutto dentro. Sto ancora cercando il mio lucidalabbra quando il cellulare suona ancora, un messaggio di Kate che mi chiede 'Dove 6? Chiamata urgente bagno primo piano!!!'

«Se trovi un lucidalabbra è tuo» dico.

Il suo volto si illumina. «Davvero? Fantastico.»

David prese la mano che avevo appoggiato sul letto di ospedale e iniziò ad accarezzarla. «Ascolta, piccola, possiamo superare questo momento. Per il tuo bene, devi solo buttare tutto fuori. Tutto il dolore. La rabbia. Devi scegliere cosa conservare e cosa buttare via, okay? È vero che sono stato con Sloan alla festa, ma è successo solo perché ero arrabbiato con te per quello che Elsa mi aveva detto. Pensavo che avessi una tresca alle mie spalle, e così ho voluto farlo anch'io.»

Tempo, è passato tanto tempo. Entro in una stanza e vedo due corpi su un letto. Uno è quello di David sopra una ragazza, la bacia, indosso ha solo i boxer. Scende dal letto quando mi vede. Sono sconvolta e ho paura. Lui viene verso di me, con le mani aperte.

Qualcuno mi spinge, o mi tira, fuori dalla stanza. Mi allontano, stravolta.

Dentro la mia testa sentii di nuovo risuonare le parole del dottor Tan: «Nascondiamo le cose che non vogliamo sapere. E a volte riemergono in modo strano.»

Sì, avevo sicuramente nascosto quella scena.

Ma qualcosa mancava. Ancora non riuscivo a mettere a fuoco alcuni dettagli di quelle immagini.

«Sei stato con Sloan» dissi, cercando il pezzo mancante.

«Sì, ma non ha significato niente. Capisci cosa voglio dire? Era solo per reazione al tuo comportamento. O a quello che io pensavo che avessi fatto. Sei la mia ragazza, lo sai. E abbiamo avuto dei problemi.» Si chinò per venirmi più vicino, sorridendo e arrotolandosi un ciuffo dei miei capelli tra le dita, senza smettere di muovere nervosamente la sua gamba su e giù. «Ero confuso. Ma stare con lei mi ha fatto capire solo quanto sei importante. E poi è stato meglio così perché sai quanto sono impulsivo e se ti avessi vista quella sera...» David alzò le spalle.

Lo guardavo ma mi sembrava di non conoscerlo più. «Non mi hai vista affatto quella sera? Dopo che ti ho lasciato e sono andata verso le scale?»

«Be', ti ho vista quando sei entrata nella stanza mentre ero con Sloan. Ma è stata l'ultima volta.»

E se stava mentendo? Se avesse perso il controllo e avesse cercato di investirmi? Era possibile? Non riuscivo a rispondere.

«Ascolta, piccola, non ti arrabbiare. Voglio dire, so che sei capace di...»

«Credo che sia meglio che te ne vada.»

David si fece scivolare gli occhiali da sole lungo il naso e mi guardò con due occhi iniettati di sangue.

«Non fare qualcosa di cui ti pentirai.»

«Per questo voglio che tu te ne vada adesso.»

«Okay. Pensa solo a guarire e quando uscirai di qui tornerà tutto esattamente come era prima.»

Era quello che avevo desiderato più di qualsiasi altra cosa. Ma ora... ora non ne ero più tanto sicura.

«Fa' la brava» disse, e fece il segno della pace.

«Che sciocchezza. Non puoi dire semplicemente ciao?»

«È un gioco» disse, camminando mollemente. «Mi piace.» Si fermò sulla soglia, appoggiando la grossa mano sullo stipite della porta. «Ah, piccola. Ho pensato alla 140.»

Lo guardai, lì fermo sulla soglia. Era bellissimo. La maglietta si era sollevata e vidi che avevo avuto ragione sui boxer di Capitan America. Lo conoscevo davvero bene. Stavamo bene insieme. E c'erano 140 cose che per lui erano meno importanti di me. «Che cos'è?» chiesi. Non riuscii a trattenermi.

«Granita alla fragola.» Si tolse gli occhiali per farmi l'occhiolino. «Che è una cosa fichissima.»

Riuscii a impedirmi di piangere fino a quando sentii i suoi passi dileguarsi lungo il corridoio. Non piangevo per Sloan, anche se forse avrei dovuto. Piangevo per quello che lui mi aveva detto. Numero 140.

Perché la granita alla fragola era una cosa che David adorava. E lui pensava che anch'io l'adorassi perché ne prendevo sempre una, ma era solo per farla finire a lui, perché io preferivo la Coca.

In un certo senso, quel dettaglio diceva tutto sulla nostra relazione.

Stavo ancora tirando su con il naso quando squillò il telefono. Almeno a me sembrava che squillasse. Ma forse me lo stavo solo immaginando. Forse la lite con David era stato l'evento scatenante, aveva detto così il dottor Tan?, e il telefono non squillava affatto.

«Loretta!» gridai.

«Sì, tesoro. Perché non rispondi al telefono?»

Ah! Allora lo sentiva.

Presi la cornetta.

24

«Pronto?»

«Jane Freeman? Sei tu?» sussurrò una voce.

«Sì, con chi parlo?»

«Sono Elsa. Ciao!» continuava a sussurrare.

«El...»

«Sssh. Non dire il mio nome. Non devono sapere che ti ho chiamato.»

«Chi?»

«I Sapientoni. Loro sentono tutto quello che dici.»

«Di cosa parli?»

«Li ho sentiti mentre parlavano sulle scale. Ascoltano tutto. Sanno se ti sei comportata male o ti sei comportata bene quindi comportati bene, per amor di Dio. O si dice per l'amor di Dio?»

Elsa aveva ufficialmente perso il senno. «Grazie per avermi avvisata. Come stai? Ho saputo del tuo incidente.»

«Non sono autorizzata a farlo. Sono sotto una scrivania. È molto intimo qua sotto. Come un topolino in una tanina. Non è vero, Reginald?»

«Chi è Reginald?»

«Il topo. Chi è Reginald?» disse di nuovo come se fosse il leitmotiv di un numero comico, e iniziò a ridere fino a non poter più respirare.

«Dove sei?»

«Da Reginald, te l'ho detto.»

«È un posto carino?»

«Se ti piacciono i ragni. Che io odio.»

«Oh.»

«Sssh, sta arrivando qualcuno.»

«Perché mi hai chiamata?»

«Ti ho chiamata? Perché avrei dovuto farlo? Eri così arrabbiata con me alla festa.»

«Davvero?»

«Non potevo fare altrimenti. Non sapevo cosa sarebbe successo.»

«Cosa intendi dire?»

«Be', non avrei dovuto fare quella foto. Ma c'era dell'altro.»

«Quale foto?»

«Sssh, sto pensando. Dio, non so cosa mi stiano facendo in questo posto, ma mi stanno mandando in fumo il cervello. Oh, ora ricordo. All'inizio non ti vedevo. E poi non potevo fare più niente. Ho provato. Ho cercato di aiutarti. Di fare quello che tu avresti voluto. Aiutarti a farti passare il dolore.»

«Dove? Dove mi hai vista?»

«Devo andare.»

«Sei stata tu a investirmi?»

«Investirti? Non avevo vestiti da metterti addosso!» sentii la sua risata e poi il suono della telefonata che veniva interrotta.

Mentre rimettevo giù la cornetta la mano mi tremava. Elsa aveva appena confessato?

Presi il bigliettino da visita dell'agente Rowley e feci il suo numero. Lasciai un messaggio nella segreteria telefonica.

Mentre aspettavo che mi richiamasse, cercai di dare un senso a quello che Elsa mi aveva detto.

«Eri così arrabbiata con me alla festa.»

Ripensai a quella sera, cercando Elsa tra i miei ricordi confusi. Non mi ero arrabbiata quando l'avevo vista insieme a David al piano terra, ero appena...

Quando esco di corsa dalla stanza dove Sloan e David stanno a letto, mi scontro con Elsa.

«Sta' attenta, Freeman, cerca di non farti male» dice, scansandomi.

Mi aggrappo a lei. «David. Lui sta...»

«Perché dovrei stare a sentire i problemi che hai con il tuo ragazzo?» Alza le mani come se volesse strangolarmi e invece mi dà solo uno spintone. «Sta' alla larga da me.»

Barcollando finisco contro una parete.

Ho la sensazione di spostarmi, o di essere spostata?, dalla moquette a qualcosa di freddo, ma non vedo nulla. È buio, buio dentro la mia testa. Lentamente inizio a mettere a fuoco delle cose. Sono in...

Sono circondata da occhi. Ovunque io guardi, ovunque mi volti, ci sono occhi. Mi fissano. Li sento sopra di me, accanto a me, dietro di me. Mi guardano. Ridono di me.

Mi odiano.

«Addio, Jane» dice una voce.

Devo uscire di qui.

Cerco con tutte le mie forze di rimettermi in piedi. I miei palmi fremono al contatto con la carta da parati con motivi in rilievo mentre mi appoggio alla parete nel tentativo di reggermi. Sono in un corridoio e il tappeto orientale scivola avanti e indietro come un serpente sotto i miei piedi, e le mie caviglie traballano a ogni passo.

Non fermarti!, mi dico.

Dietro di me sento gente che parla, che ride. Qualcuno grida il mio nome.

«Fermati, Jane!»

Scacciai i ricordi dalla mia mente ma la sensazione di essere inseguita, e osservata, non mi abbandonava. Quegli occhi non mi erano estranei. Li conoscevo ma non ero in grado di dire a chi appartenessero.

Nella mia testa si rincorrevano mille voci, si inseguivano come in una radio andata in tilt. Elsa: «Ascoltano tutto. Sanno se ti sei comportata male o ti sei comportata bene quindi comportati bene, per amor di Dio.» Annie: «E poi Ollie aveva anche un sacco di quegli apparecchi che si usano per ascoltare le conversazioni degli altri.» L'agente Rowley: «Hai un fidanzato generoso.» Io: «Non è stato il mio fidanzato a mandarmeli, ma...» Elsa: «Ascoltano tutto.»

La sedia a rotelle era accanto al letto. Se fossi riuscita a sedermi lì, forse avrei potuto raggiungere la finestra e prendere... Loretta arrivò proprio mentre stavo per cadere sul pavimento. «Tesoro, ma cosa stai facendo?»

«Devo prendere i fiori» dissi.

«Quali fiori?»

«Il mazzo più grande. Devo... devo controllare il bouquet grande di fiori. Lui non aveva nessun motivo per mandarmi una cosa del genere, ma adesso capisco.»

«Okay, resta seduta nel letto, te li porto io.»

Prese il bouquet e lo mise sul comodino accanto a me. «Sono bellis... Ma cosa fai?»

«Ciao!» dissi parlando ai fiori. «Mi stai ascoltando?»

«Tesoro.» Loretta si mise al mio fianco.

«Spero che stai ascoltando perché adesso voglio farti sentire questo: stronzo.» Sollevai il vaso e lo lanciai per terra. L'impatto provocò un rumore fragoroso e il vetro andò in mille pezzi, lasciando sul pavimento l'acqua e i fiori e i cocci del vaso sparpagliati.

«Contento?» gridai verso il pavimento, e cominciai a ridere. «Io lo sono!»

Loretta mi guardò terrorizzata. Mi mise una mano sul petto, tenendomi ferma sul letto, e spinse uno dei pulsanti del telefono con un dito. «Ho bisogno del dottor Tan, subito.»

La fissai. «Cosa stai facendo? C'era una cimice là dentro. Stavo solo distruggendo una cimice.» A tratti ridevo ancora. «Dio, che bella sensazione.»

«Sssh. Andrà tutto bene» disse Loretta. «Cerca solo di non muoverti.»

«Ma no, sto bene. Ho risolto il problema. Adesso mi sento meglio.»

«Tranquilla, tesoro. Andrà tutto bene.»

Il tono della sua voce, l'espressione del viso, mi fecero capire cosa potesse sembrare il mio comportamento. Prima avevo parlato a un bouquet di fiori come se potesse sentirmi. Poi lo avevo distrutto.

Pazza. Ecco come dovevo sembrare.

Oh dio. Oh no. «Non sono pazza, Loretta» dissi, mentre l'adrenalina che mi aveva fatto fare quel gesto cominciava a svanire. Iniziai a tremare. «Non sono impazzita.»

«Sssh. Andrà tutto bene, tesoro.»

«La sua famiglia è sotto sorveglianza» dissi. Cominciavo ad avere difficoltà a respirare. Stavo impazzendo? Tutti pensavano che fossi matta. «C'è un filo logico» le assicuravo. «Posso spiegare tutto. C'è un filo logico.»

«Respira, tesoro» disse Loretta, mettendomi una maschera per l'ossigeno sulla bocca. «Adesso respira normalmente.»

«È tutto logico» dissi, ma le parole venivano attutite. «Non sono pazza.»

Quando il dottor Tan arrivò, respiravo normalmente. «Allora, signorina Freeman. Ha avuto una giornata difficile» disse.

Loretta aveva chiesto a Pete di pulire il disastro del vaso rotto nel quale, per quanto riuscii a vedere, non c'erano cimici.

«Vuoi che me ne vada?» mi chiese dopo avermi tolto la maschera d'ossigeno.

Scossi la testa. «Non fa nessuna differenza.»

Il dottor Tan si accomodò sulla sedia accanto al mio letto. «Mi racconti quello che è successo.»

Gli raccontai della telefonata di Elsa e di come mi avesse detto che qualcuno mi spiava e di quello che Annie mi aveva confidato a proposito degli apparecchi che Ollie usava per spiare le persone; lui annuiva e prendeva appunti.

«E cos'altro ha fatto oggi?»

«Ho incontrato il direttore dell'ospedale.»

«Interessante.»

«E ho scoperto che il mio ragazzo mi ha tradita.»

«Ah.»

Sapevo cosa il dottor Tan stava pensando perché anch'io ci avevo pensato. Quando credevo che la telefonata fosse il frutto della mia immaginazione. Non era così ma scoprire il tradimento di David con Sloan poteva aver generato una tendenza alla paranoia.

O forse avevo ragione.

«Ma questo non ha niente a che fare con il fatto di aver rotto il vaso.»

«Cos'ha pensato mentre lo rompeva?»

«La famiglia del ragazzo che mi ha mandato i fiori... è sotto sorveglianza. Il suo hobby è spiare le persone. E non gli sto affatto simpatica, e quindi non aveva nessun motivo per mandare dei fiori, meno che mai un bouquet così bello. Vede, allora, che il mio gesto non è stato così folle come potrebbe sembrare?»

«Molte convinzioni irrazionali si basano su fatti reali. La domanda da farsi è perché lei avesse così tanto bisogno di credere che qualcuno la stesse spiando. E perché ha voluto distruggere il vaso anziché chiedere semplicemente che venisse portato via.»

«Non lo so» dissi. «Tutto quello che dico sembra folle.»

«Sua madre mi ha telefonato poco fa. Mi ha parlato di una bambola?»

Indicai Robert sul davanzale della finestra, il dottor Tan si alzò, andò a prenderla e tornò a sedersi.

Scrutò la bambola girandosela tra le mani. «È chiaro che è stata fatta da una persona che tiene molto a lei» disse. «Riesce a immaginare chi possa essere?»

«No. Ma tutti i regali... sono un po' strani. Ad esempio, l'idea di mandarmi delle rose sapendo che sono stata ritrovata in un cespuglio di rose. E poi una statuina di porcellana con un biglietto in cui c'era scritto che il mio ammiratore segreto mi sorvegliava sempre. Questa bambola. Quando l'ho presa dalla scatola, la testa è rotolata per terra.»

«Probabilmente si è rotta durante il trasporto.»

«Sì. Lo so. So che nessuna delle cose che ho detto è una minaccia. Che non posso fidarmi del mio istinto e non posso fidarmi dei miei occhi e delle mie orecchie. Non so più nemmeno cosa sia reale.»

«Si risolverà tutto molto presto. Ammettere che ciò che percepisce potrebbe non essere ciò che crede, è un buon inizio.»

Mi guardai le mani e vidi il mio anello. «C'è qualcosa di strano anche su questo anello» dissi.

«Cosa?»

«Di solito lo porto sulla mano sinistra, ma ora è sulla destra.»

«Ne è sicura?»

«Che lo porto sulla sinistra? Certo!» Ne ero sicura. Vero?

«Crede che l'anello si sia spostato? Da solo?»

«Forse qualcuno dell'ospedale lo ha spostato.»

«Perché avrebbero dovuto farlo?»

«Non lo so. Lei crede che io sia paranoica, vero?»

Anziché rispondere, aggiunse un'altra nota sulla mia cartella.

«Cosa ha scritto?» gli chiesi, allungandomi per leggere.

«Mi sono segnato una nota per ricordarmi di chiedere agli infermieri dell'anello.»

«Oh.»

«Ha detto che non è più sicura di ciò che è reale e ciò che non lo è. Le dirò due cose che sono sicuramente reali. La prima è che tutte le persone in questo ospedale si preoccupano di una cosa soltanto: che lei guarisca. Nessuno la sta spiando. Tutto ciò che vogliamo è aiutarla.»

«Grazie. Qual è la seconda?»

«La seconda è il vaso a pezzi sul pavimento. Questo ragazzo si sta facendo in quattro per pulire. Se vuole tornare tra le grazie di Loretta, le suggerisco di dargli una mano.»

25

Loretta spedì Pete a fare una cosa per la quale 'lui non avrebbe sprecato il suo tempo', mi mise sulla sedia a rotelle e mi diede una scopa per aiutarla a pulire. Mi ci volle quasi un'ora per finire ed erano da poco passate le 16:30 quando ammisi che non c'era nessuna cimice. C'erano ancora una decina di cocci sparpagliati per terra quando sentii dei passi, alzai lo sguardo e vidi Ollie sulla porta. Indossava un paio di jeans scuri, una camicia a righe verdi e bianche, una giacca di velluto a coste viola e un berretto abbinato dello stesso colore.

«E tu cosa ci fai qui?» Probabilmente non lo dissi con la gentilezza dovuta, ma ero furiosa contro di lui, perché avevo pensato che mi spiasse e perché mi ero sbagliata.

Entrò nella stanza, si fermò spostando lo sguardo da me al vetro sul pavimento, poi disse: «L'agente Rowley mi ha chiesto di venire. Che cos'è successo?»

«Il vaso dei fiori si è rotto» gli risposi. Senza spostarsi da dov'era, con la paletta per la spazzatura in mano, Loretta mi lanciò uno sguardo.

«Forse era difettato o qualcosa del genere. Mi dispiace che abbia creato questo disastro» disse Ollie.

Non sembrava preoccupato per il vaso rotto. Se invece dentro ci fosse stata qualche sofisticata microspia si sarebbe allarmato, pensai. Tuttavia, il fatto di aver pensato che Ollie mi spiasse non faceva di me una pazza.

Lui si chinò e iniziò ad aiutarmi a pulire. Era domenica ma indossava ancora la camicia con i gemelli. Su uno riuscii a leggere la parola LAW. Mi chiesi se sull'altro ci fosse scritto ORDER. Sarebbe stato perfetto per un maniaco delle microspie. Mentre lui era piegato in avanti, mi misi a sbirciare il suo fondoschiena per vedere se dal pantalone fuoriuscisse un pezzettino di biancheria intima femminile.

Forse ero pazza davvero.

«Grazie, caro» gli disse Loretta quando finimmo di pulire il pavimento. Portando via la spazzatura, la mia infermiera mi lanciò un'occhiata di fuoco. «Manderò subito qualcuno con uno straccio per asciugare l'acqua rimasta.»

L'agente Rowley entrò nella stanza proprio in quel momento e chiuse la porta alle spalle di Loretta.

«Signor Montero, vuole dire per favore a Jane quello che mi ha detto qualche ora fa. Inizi da quando Jane ha lasciato la festa.»

«Vidi Jane uscire barcollando dalla casa e la seguii.»

Cercai di tornare con la mente a quelle ore.

Il corridoio mi gira intorno, il tappeto si muove. Le mie braccia sono sollevate davanti a me, come una sonnambula. Se riuscissi ad arrivare al piano di sotto, penso. Se riuscissi a uscire, sarei al sicuro.

Perché?

Volti indistinti mi passano davanti, volti che conosco ma che adesso mi sembrano deformi, sfigurati da bocche che ridono. Ho paura di guardare nei loro occhi, ho paura di vedere l'odio che so di trovarci.

Continua a camminare!

Riesco a percorrere le scale e arrivo nel salotto. È pieno di corpi sudati. Si stringono intorno a me ondeggiando, ma devo andare avanti, come i salmoni che nuotano controcorrente per sopravvivere. Spingo e mi infilo tra spazi stretti e...

Sono fuori.

Pensavo che l'aria all'esterno fosse fresca, ma non è così. È calda e pesante come una coperta.

«L'ho chiamata» stava dicendo Ollie all'agente Rowley e a me.

Ricordavo qualcuno che urlava 'Jane, aspetta!' dietro di me. Ma non mi sembrava Ollie.

«Quando finalmente ti ho raggiunta, barcollavi ed eri strana. Ti ho portata verso le scale e ho cercato di guardarti gli occhi per vedere se avevi una commozione cerebrale.»

«Perché?»

«Prima di arrivare al piano di sotto, eri stata colpita alla testa da qualcosa ed eri svenuta per qualche istante.»

«Colpita da cosa?»

«Non lo so, ti ho solo vista stramazzare al suolo. Ti ho controllato gli occhi e mi è sembrato che stessi bene.»

Sento il marmo caldo dei gradini attraverso la gonna da fatina e sulle mie cosce nude. Sono seduta per terra, intontita, penso a...

All'improvviso Ollie è lì, vicino al mio viso. Sembra preoccupato, e sobrio. Mi prende il mento con una mano, mi gira la testa da un lato e poi dall'altro.

«Che cosa stai facendo?» gli chiedo staccandomi da lui.

«Hai sbattuto la testa.»

«Sto bene» gli dico. «Lasciami in pace.»

«Aspettami qui, ti accompagno a casa.»

«No.»

«Torno subito.» Entra in casa. Con molta fatica mi rimetto in piedi.

***

Ollie scosse la testa quando gli dissi ciò che ricordavo.

«Ti manca un pezzo» disse, quasi come per scusarsi. Spostò il peso del corpo da un piede all'altro, come se si sentisse a disagio.

«Quale pezzo?»

«Quando mi hai detto: 'Stai solo coprendo quel coglione del tuo amico. Io sto bene. So che cosa ho visto.' E io ho risposto: 'David non ti merita.' E... questo è imbarazzante, ho cercato di baciarti.»

Non avevo nessun ricordo di questi avvenimenti. Nulla di quello che mi stava raccontando Ollie sembrava vero o anche solo sensato. Mi sarei ricordata se qualcuno avesse cercato di baciarmi, no? Ma Ollie non aveva motivo di mentire.

Non ero sicura di volerlo sapere, ma dovevo chiedere. «E che cos'è successo dopo?»

«Tu mi hai spinto via e mi hai detto: 'Ma cosa fai?' E io ho risposto: 'Pensavo che lo volessi.' Tu hai detto: 'No. Non con te. Mai.'»

Neanche questo episodio ricordavo, e anche se la mia reazione era stata molto probabilmente come aveva raccontato Ollie, mi piace pensare che avrei dovuto essere più gentile. «Che sgarbata» gli dissi. «Mi dispiace.»

Lui fece un gesto con la mano per interrompere le mie scuse. «Sei stata solo sincera. Poi mi hai detto di andare via e lasciarti in pace. E io l'ho fatto.» Si mise le mani in tasca e iniziò a tormentare nervosamente le sue chiavi. «Ero un po' arrabbiato quando sono tornato alla festa. Ma poi mi sono sentito in colpa. E allora ti ho chiamato sul cellulare e ti ho chiesto scusa, ho cercato di convincerti a farti accompagnare a casa. Ti ho chiesto dove fossi e tu hai detto: 'Sono a Dove Street.' E poi...»

***

Restò in silenzio, camminò in tondo nella stanza e si fermò davanti al davanzale della finestra dove c'erano i fiori e i regali, spostandoli uno a uno, toccandoli uno a uno. Dandomi la schiena disse: «Mentre parlavamo ho sentito le ruote stridere e... e il telefono si è spento.»

«Hai sentito i rumori dell'incidente?»

«Non ho capito cosa fosse successo. Ma mi è sembrato il rumore di ruote sull'asfalto.»

Restò ancora in silenzio e poi si voltò.

Aveva un'espressione tesa, gli occhi spiritati. «Mi dispiace, Jane. Mi dispiace davvero.» Pronunciò quelle parole in un modo diverso da tutte le altre. E sembrarono vere, quelle ultime parole.

Lo fissai con uno sguardo duro. Non perché fosse al telefono con me mentre mi investivano. Ma perché molte delle cose che aveva detto non avevano senso.

«Sono a Dove Street.» Ripetevo le parole, per vedere se pronunciandole mi sarebbero sembrate più vere. Ero stata trovata in quella strada, ma quella frase mi suonava falsa. Sicuramente era il nome di una strada, ma Dove Street...

Mi sto appoggiando al supporto metallico di un segnale stradale, mi piego per riuscire a leggerlo. È buio, la pioggia cade a catinelle. C'è scritto...

«Sei sicuro che non ho detto Peregrine Road?»

«Certo. Non ti hanno trovata a Dove Street?»

«Sì. Ma... non può essere andata così. Qualcosa non torna.» Come potevo spiegarlo?

«Peregrine Road è solo girato l'angolo da Dove Street» spiegò l'agente Rowley.

«Tu hai detto Dove Street» disse di nuovo Ollie, alzando la voce e arrossendo leggermente.

«Okay. Devo crederti sulla parola.» Ma come poteva essermi tornata in mente Peregrine Road se non l'avessi conosciuta in passato? Anche se ero stata in quella zona l'estate precedente, insieme a Kate, non avevo mai letto i nomi delle strade. Perché avrei avuto la sensazione di aver detto il nome sbagliato? E perché avrei dimenticato quello giusto?

«Il tabulato del suo cellulare, signorina Freeman, conferma che il signor Montero è l'ultima persona con la quale ha parlato» disse l'agente Rowley. «Speravo che questo racconto potesse stimolare i suoi ricordi.»

«Non è così.» Ero passata dal sentire telefonate che nessuno credeva fossero state fatte al non credere nell'esistenza di telefonate che sicuramente erano state fatte.

Guardai fisso Ollie. Perché non ricordavo?

«Abbiamo finito?» chiese lui all'agente Rowley. «Posso andare?»

Lei annuì. «Guarisci presto, Jane» mi disse. «Se fossi in te, smetterei di sforzarmi di ricordare e mi concentrerei su come rimettermi in piedi.»

«Grazie.»

Ero così assorta che mi dimenticai di controllare se Ollie indossava biancheria femminile mentre usciva dalla stanza.

«Mi ha chiamata, signorina Freeman?» disse l'agente Rowley riportando la mia attenzione al presente.

«Sì. Ho ricevuto una telefonata molto strana.» Lei sospirò e si mise una mano su un fianco. «Una vera» continuai. «Può chiedere a Loretta. Era una mia compagna di scuola, Elsa. Ha avuto un incidente nella stessa notte in cui sono rimasta ferita anch'io.»

«Elsa Blanchard. Le ha telefonato? Pensavo fosse nel reparto psichiatrico, e là non ci sono telefoni nelle stanze.»

«Non lo so, ha detto delle cose molto strane in proposito, tipo che si stava nascondendo, e che non le era permesso telefonare. Ma ha detto altre cose... strane.»

Era chiaro che l'agente Rowley faceva molta fatica a credermi. «Sì.»

«Ha detto che lei stava cercando di aiutarmi a farmi passare il dolore. Per qualcosa nel modo in cui l'ha detto, e considerando il fatto che la sua macchina è andata a sbattere, mi è venuto da pensare... Cioè, potrebbe essere stata lei a investirmi? E poi lanciarsi contro il palo per coprire il mio incidente?»

«Abbiamo indagato su questa ipotesi due giorni fa, signorina Freeman. Non c'è alcun dubbio sul fatto che tutti i danni sull'auto di Elsa Blanchard sono stati causati dall'impatto contro il palo. E anche se non fosse andata così, quella macchina era troppo piccola per causare le sue ferite. Lei è stata investita da un'auto tipo berlina.»

Se Elsa non mi aveva confessato di avermi investita, che diavolo aveva voluto dirmi?

L'agente Rowley se ne andò.

Seduta sulla sedia a rotelle continuavo a rimuginare, cercando in tutti i recessi della mia mente qualche ricordo di Ollie che tentava di baciarmi, e mezz'ora dopo Sloan comparve nella stanza alla ricerca di mia madre. Una parte di me voleva arrabbiarsi con quella ragazza, odiarla, ma non ci riuscivo. I suoi capelli scuri erano luminosi e il suo viso ovale con gli occhi molto distanti non era truccato. I vestiti che portava addosso sembravano usciti dal mio armadio.

Quando si rese conto che ero sola, cercò di scappare, ma io la fermai.

«Aspetta. Posso farti una domanda?»

Lei deglutì e si fermò accanto alla porta. «Devo proprio trovare tua madre. Mi ha detto di farmi trovare qui alle cinque e quindici e sono quasi le cinque e mezza.»

«Sì, certo, ci vorrà un minuto. Mi stavo chiedendo, la sera della festa, eri con qualcuno?»

Sloan sollevò il mento e raddrizzò le spalle. «Non credo siano fatti tuoi.» Dio, era già diventata la versione in miniatura di mia madre. Eppure quella risposta in qualche modo le fece guadagnare punti ai miei occhi.

Sorrisi per farle capire che non ero io il nemico. «Scusa, ho formulato male la domanda. Volevo solo sapere se eri insieme a David.»

«David?» lei disse, e anche se restava tesa sembrò leggermente più sollevata. «Lui mi accompagnò a casa.»

Avevo già sentito tutte le coperture, risposte evasive e le mezze verità che potevo sopportare. Mi costrinsi a fare una domanda diretta. «Sei andata a letto con lui?»

Ero pronta a qualsiasi reazione. Ma la risposta di Sloan riuscì a sorprendermi.

26

Sloan disse: «Non lo so.»

«Che cosa significa?»

Si avvicinò al mio letto, lo sguardo apprensivo e spaventato ma dolce, come un animale addomesticato. «Non so se ricordi, ma durante la festa mi sei venuta addosso.»

«Me lo ricordo. Mi è caduta la borsetta e tu mi hai aiutato a raccogliere il contenuto dal pavimento.»

«Esatto. Hai appoggiato il tuo bicchiere da qualche parte e lo hai lasciato lì quando sei andata via. E così, l'ho bevuto io.»

«E?»

«Credo che dentro ci fosse qualcosa perché dopo aver bevuto mi sono sentita stranissima. Ricordo di essere andata a cercare una mia amica e poi più niente, fino a quando ho aperto gli occhi e David era sopra di me che cercava di svegliarmi e mi diceva che dovevamo andare via di lì.»

«Ti sei svegliata e hai trovato David sopra di te?» Mi ci vollero diversi secondi per capire bene le sue parole. «Oddio Sloan, stai bene? Cioè, credi che ti sia successo qualcosa che non avresti voluto? Vuoi parlare con un'infermiera?»

Il suo viso mostrò sorpresa e gratitudine. «Sei davvero... è molto, molto carino da parte tua. Ma sto bene.» Si piegò verso di me. «E poi... ho il ciclo, perciò...»

Sapevo come reagiva David quando si trattava del ciclo quindi mi convinsi che Sloan stava bene. Non era successo niente. Non che credessi possibile che David approfittasse di una persona in quel modo, mentre era sotto l'effetto di droghe, ma in quel momento non ero sicura di niente.

«Ma dev'essere stata una brutta esperienza. Che cosa è successo dopo che ti sei svegliata?»

«David mi ha accompagnato a casa. Forse non avrei dovuto andare con lui perché sembrava abbastanza ubriaco ma non me ne rendevo conto in quel momento. Il giorno dopo ha cercato di parlarmi, doveva dirmi qualcosa sulla sua macchina, ma io l'ho ignorato. E da allora non l'ho più visto... be', tranne qui.»

Almeno su quello David non aveva mentito.

«E giuro solennemente che non lo vedrò più, mai più» aggiunse.

«Se lo vuoi, è tutto tuo.»

«Non è... be' lui non è il mio tipo.» Dalla sua tasca uscì un ronzio. «Oh, è tua madre. Devo correre.»

Arrivò alla porta, si fermò e si girò verso di me. «Un'altra cosa. Ricordi che non riuscivi a trovare il tuo lucidalabbra? E mi hai detto che se lo trovavo, potevo tenerlo?» Sloan arrossì e sembrò nervosa. «È un po' stupido ma a volte... be', una persona mi dice che ti assomiglio e io ho sempre pensato che fosse molto divertente. E allora ho continuato a cercarlo. E l'ho trovato. Il lucidalabbra, intendo. Ma te lo posso restituire, ovviamente.»

«No, grazie.» La mia ultima preoccupazione in quel momento era il lucidalabbra. Il che rappresentava una grande novità per me. «Spero che... quella persona ti dirà che stai bene con il mio lucidalabbra.»

Lei sorrise e arrossì. «Se posso aiutarti, non hai che da chiedere.»

Avrei voluto che ci fosse un modo in cui Sloan potesse aiutarmi. O chiunque altro al posto suo. Ripresi a vagare tra le nebbie della festa, per cercare di mettere quel pezzo al posto giusto. Se quello che mi aveva raccontato Sloan era vero, il bicchiere di plastica rosso era stato veramente drogato. Ma io ero stata avvelenata in un altro modo.

Apro la porta e vedo Sloan e David insieme.

E qualcun altro.

C'è un'altra persona in quella stanza. Qualcuno... che mi spinge dentro? Ma perché qualcuno dovrebbe spingermi in quella stanza?

Sono confusa e infuriata. «Perché lo fai?»

Langley? No, Langley era davanti alla porta del bagno, non della camera da letto, e non cercava di spingermi dentro ma di impedirmi di uscire.

Ma...

Sono fuori e piove.

Devo togliermi le scarpe di Langley. Le avevo promesso che non le avrei fatte bagnare e sta diluviando. Si sono già inzuppate. Rovinate. Mi chino in avanti per sciogliere le fibbie e per poco non cado.

Non hai il tempo di farlo!, mi dice una voce dentro la mia testa. Continua a camminare.

Mi rimetto in piedi a fatica, rinunciando a salvare le scarpe. Ne comprerò un paio nuovo per Langley. Devo continuare a camminare, devo allontanarmi.

Il telefono squilla. È buio e la pioggia è violentissima, faccio fatica a leggere il nome del chiamante sul display.

Ollie M.

C'era scritto così oppure mi è venuto in mente solo perché mi hanno detto che è andata così?

Sento le parole che Nicky mi aveva detto due settimane prima: 'Forse dovresti provare a pensare da sola per una volta.'

Ero così arrendevole? Così priva di spina dorsale?

Il telefono squilla ancora. E ancora.

Se era Ollie, perché non ricordavo di avergli parlato?

Il telefono suonava ancora.

E a quel punto mi resi conto che non squillava nei miei ricordi ma nella stanza dell'ospedale.

«Loretta» gridai. «Il mio telefono squilla.»

«E allora rispondi, tesoro.»

«Lo senti anche tu?»

«Forte e chiaro.»

Il mio cuore accelerò. Poteva essere la volta buona per dimostrare a tutti che non ero pazza.

«Pronto?»

«Ciao, caramellina» disse Langley.

Loretta si era fermata proprio sulla soglia. Le feci cenno con la mano che poteva andare.

«Ciao. Come stai?»

«Bene, ma oggi non credo di poter passare da te. Popo...»

«È peggiorato?»

«Be', non è migliorato.»

«Mi dispiace tanto.»

«Grazie. E tu come stai?»

Fissavo i palloncini colorati che cominciavano lentamente a perdere quota in un angolo della stanza. «Confusa. David è stato qui. Mi ha detto di Sloan.»

Langley sospirò. «Ah.»

«Così quando bloccavi la porta per impedirmi di uscire dal bagno...»

«Sì?»

«Cosa mi hai sentito dire?»

«Non posso andare avanti così. È finita. Voglio farla finita. Cose del genere.»

«Sei sicura che parlassi di David?» Il mio sguardo vagava sui bouquet di fiori appoggiati sul davanzale.

«Credo di sì. Perché?»

«Be'... non lo so. Non so più niente. Grazie.»

«Sembri triste. Vengo da te.»

«No, non farlo. Resta con tuo nonno.»

«Sei sicura?»

«Sicurissima.»

«Ti voglio bene, caramellina.»

«Anch'io.» Diedi un bacio nel ricevitore e riattaccai.

Il telefono ricominciò immediatamente a squillare. Risposi dicendo: «Davvero, sto bene.»

«Sei tu, Jane?»

Restai di sasso. Era lui. Perché non avevo chiamato Loretta?

Portai il telefono più vicino al letto e allontanai la cornetta fino a stendere completamente il filo. «Ciao. Come va?»

«È arrivato il momento.»

«Il momento per cosa?» chiesi. Tenevo il telefono lontano da me e intanto mi chinavo verso la porta. «Loretta» sussurrai. Volevo che qualcun altro sentisse quella voce.

«Non fare la stupida. Ti sei messa in ginocchio lì, al centro della strada. Lo sai che lo volevi almeno quanto lo volevo io. E sai perché.»

Mi sentii gelare.

Loretta accorse verso di me e afferrò il telefono. Lo tenne vicino all'orecchio per qualche istante, poi rimise con tutta calma la cornetta al suo posto.

Ti sei messa in ginocchio. Solo due persone potevano saperlo. Io. E la persona che mi aveva investito.

Non era stato un incidente. Si trattava di omicidio.

Guardai Loretta. «Perché hai riagganciato? Perché non gli hai parlato?»

«Non c'era nessuno al telefono.»

No. Non era possibile. «C'era un uomo in linea. Mi ha parlato fino al momento in cui tu hai preso la cornetta dalla mia mano.» La fissavo. «Devi credermi. Lui mi ha parlato.»

Non era così?

Mi passai una mano sui capelli, li schiacciai, cercando di trovare delle spiegazioni. «In qualche modo lui deve aver capito che ti avevo dato il telefono.»

«E come? Hai detto che ti stava parlando.»

«Non lo so. Forse abbiamo fatto un rumore.» Lui era al telefono. Lo avevo sentito. Sicuramente.

O forse no? Oh, dio. Stavo davvero impazzendo.

Ti sei messa in ginocchio. Lo sai che lo volevi almeno quanto lo volevo io. E sai perché. Potevo solo immaginare cosa avrebbe detto il dottor Tan.

«Che cosa ha detto questa volta, tesoro?»

«Che cosa ha detto chi?» chiese mia madre, entrando con aria disinvolta nella stanza. Joe si trascinava pesantemente dietro di lei, portando un sacchetto del supermercato, seguìto dall'agente Rowley, sempre impeccabile nella sua uniforme. Annie, che indossava un abito verde, delle calze verdi, e scarpe da ginnastica verdi, tutti di una tonalità diversa, entrò per ultima.

Mia madre mi guardava aspettando.

«Il mio uomo del telefono» le dissi. «Ha chiamato di nuovo.»

Invece di mostrarsi preoccupata o esasperata, mia madre sorrise. Un sorriso dolce, autentico. Evidentemente c'era una novità. «Credo che non dovremmo più preoccuparci per quelle telefonate, non è vero agente Rowley?»

«Spero di no» rispose la poliziotta.

«Perché?»

«Perché i bravi poliziotti della nostra città hanno arrestato i ladri del supermercato» annunciò mia madre. «In parte grazie alla ricompensa offerta da Joe.»

«Quella non c'entra niente» mormorò lui, ravanando tra i suoi snack.

«Non essere così modesto» gli disse mia madre.

Io dissi: «I ladri hanno confessato?»

Mia madre scosse la testa. «No, i fratelli Barney, si chiamano così, si rifiutano di parlare. Ordini degli avvocati. Ma non ne abbiamo bisogno. I segni della sbandata sulla strada corrispondono sufficientemente alle loro gomme, sulla loro macchina ci sono delle ammaccature compatibili con l'urto di un pedone, e poi avevano la tua borsetta e il tuo cellulare.»

«Davvero? Posso riavere il mio telefono allora?» Qualsiasi collegamento concreto a quella sera era prezioso.

«Quando avremo finito di analizzarlo» disse l'agente Rowley.

«Ma non capisci?» disse raggiante mia madre. «Questo vuol dire che è tutto finito. Tutto finito.»

«È una buona notizia, piccola» disse Joe.

«Dillo alle voci nella mia testa.»

«Che cosa ti hanno detto le voci questa volta?» mi chiese mia madre, come se stesse parlando a un bambino in fasce.

«Hanno detto...» Sapevo che se avessi raccontato la verità, sarei passata per un'autentica suicida. «Hanno detto che è arrivato il momento. Che è ora di finirla.»

«Hai visto? Siamo tutti d'accordo. Io, tu e il tuo subconscio.»

Sentivo che la rabbia mi saliva alla gola. Volevo stare da sola. Guardai Loretta. «Posso fare una doccia? Credo di riuscire a fare da sola, basta che mi apri l'acqua.»

«Certo, tesoro.»

«Ciao, Jane» disse Annie avvicinandosi a me e dandomi un bacio appiccicoso sulla guancia.

«Oooh» dissi, pulendomi il viso. «Che cos'hai mangiato a colazione?»

«Ciambelle con marmellata. E adesso potrai mangiarne anche tu qualcuna.»

«Grazie, preferisco di no.»

Lei mi baciò di nuovo, rise per la mia espressione disgustata e seguì Joe e mia madre fuori dalla stanza.

Mentre entravo nel bagno sulla sedia a rotelle mia madre mi si avvicinò e mise una mano sul bracciolo della carrozzella. «Ancora una cosa, Jane.»

Io strinsi la mascella. La guardai alzando la testa. «Cosa c'è?»

«Il dottor Malik mi ha detto che oggi vi siete incontrati. Eri con suo figlio, Peter.»

«Sì. Pete mi stava portando in giro per prendere un po' d'aria.»

«Vorrei che non passassi troppo tempo insieme a lui» disse mia madre.

«Non preoccuparti, il dottor Malik non è il mio tipo.»

«Con suo figlio, Peter. Ha lasciato la scuola e in passato ha fatto uso di droghe. Suo padre gli ha trovato addosso una quantità notevole di una qualche sostanza pesante ed è per questo che ora lavora in ospedale. Perché così suo padre può controllarlo.»

Il modo in cui mia madre disse 'una qualche sostanza pesante', come se ignorasse i termini giusti, mi costrinse a soffocare una risata. «Certo. Come vuoi. Posso andare ora?»

«Vorrei anche che tu fossi un po' più gentile con Joe.»

«Perché tutti si preoccupano così tanto di Joe.»

«È un uomo gentile e generoso» disse mia madre.

«L'ho sentito dire.»

Lei strinse le labbra. «Non...» La vidi deglutire. «Non sto cercando di sostituire tuo padre, Jane?»

«Forse è proprio questo il problema» dissi, e già sentivo le lacrime che mi tremavano negli occhi. «Forse dovresti.»

«Tesoro...»

«Devo andare.»

Non so quanto tempo restai seduta sotto la doccia, immobile, lasciando che l'acqua calda mi scorresse addosso. Hanno preso i responsabili del tuo incidente, pensavo. Avevano il tuo telefono. In quale altro modo avrebbero potuto mettere le mani sul tuo cellulare se non fossero stati loro a investirti? Lascia che i tuoi dubbi, le tue paure, i buchi della tua memoria scorrano via. Lascia che i tuoi sentimenti verso Joe scorrano via. Smetti di ascoltare le tue sensazioni smetti di sentire la mancanza delle persone smetti di voler bene smetti di preoccuparti. Adesso nessuna di queste cose è importante. Va tutto bene. Non sei più in pericolo. La tua vita come l'avevi conosciuta è intatta. Ammetti solo di essere pazza e tutto andrà a posto.

Quando mi alzai, lo specchio era completamente appannato. Si vedevano le impronte delle mie mani, quelle che avevo lasciato il giorno prima quando cercavo di coprirmi i capelli lasciando un buco al centro delle dimensioni di un volto.

Ero io. Uno spazio vuoto. Chi ero io? Chi era Jane Freeman?

Pulii un pezzettino di specchio, in modo da poter vedere solo i miei occhi, e ci guardai fisso dentro, ma non vidi nessuna risposta.

27

Quella sera Joe portò mia madre e Annie nella pizzeria preferita di mia sorella mentre io mi godevo il cibo insapore e incolore guardando la tv dal letto. Fuori era buio e pioveva, e il rumore che arrivava attraverso la finestra mi ricordava la pioggia che cadeva la sera della festa.

Pat pat pat pat.

Adesso la pioggia è meno insistente, mi cade sulle braccia, sulle gambe, sul viso, e fa più freddo. Ogni goccia che mi tocca mi procura dolore; mi fa male tutto il corpo. È come se qualcosa mi pungesse ovunque, mi bucasse la pelle.

Una voce grida il mio nome: «Ehi, Jane!»

Sono qui, vorrei gridare. Qui. Eccomi, mi vedi? Salvami. Ti prego. Non ho più forze. Sono così stanca. Ti prego, ti prego, aiutami. Ma non riesco a muovere le labbra.

«Ehi» dice di nuovo quella voce. E poi la vedo proprio davanti a me; sento un respiro vicino alla mia guancia e una mano sul collo. Grazie a Dio. Qualcuno mi salverà. Vorrei afferrare quella mano ma non ci riesco.

La voce dice: «Jane Freeman, sei spacciata.»

* * *

Spalancai gli occhi. Ero nella mia stanza d'ospedale, da sola. Non c'era nessuno con me, nessuno che mi sussurrava sul viso.

Era stato un sogno? O un ricordo? Qualcuno si era davvero fermato accanto al mio corpo mentre ero nel cespuglio di rose e aveva detto: 'Jane Freeman, sei spacciata?'

Perché in questo caso, significava che non ero stata investita a causa di un incidente fortuito da parte dei fratelli Barney. Significava che ero stata investita da qualcuno che conoscevo. Qualcuno che sapeva il mio nome.

Il cuore iniziò a battere forte. Allora l'assassino doveva essere uno dei miei amici.

Sobbalzai al suono della voce di Scott.

«Sembri una nel bel mezzo di una crisi esistenziale» disse. «O forse qui dentro non ti danno abbastanza fibre.»

Uno dei miei amici presenti alla festa. Il che voleva dire chiunque tranne Scott.

«Sono così felice di vederti» gli dissi. «Forse tutt'e due le cose.»

«Quale tipo di crisi esistenziale stai affrontando? 'Perché siamo qui?' o 'Cosa devo fare della mia vita?'»

«Una più semplice. 'Chi sono?'»

«Oh, quella è tosta. Cosa ti ha provocato una crisi del genere proprio adesso, alle...» diede un'occhiata al suo orologio «7:45 di domenica?» Si mise a sedere sulla sedia accanto al mio letto e si chinò verso di me. La maglietta bianca aveva le maniche arrotolate e metteva in mostra parte del suo splendido avambraccio.

«L'assassino mi ha chiamata di nuovo, oggi.»

«Ah.»

«E se non mi credevano prima, adesso che hanno preso i ladri del supermercato, scusa... i fratelli Barney, non mi ascoltano nemmeno.»

«Oh.»

«E questa volta l'assassino ha detto: ' Ti sei messa in ginocchio lì, al centro della strada. Lo sai che lo volevi almeno quanto lo volevo io.'»

Scott strinse gli occhi e tirò in dentro le guance. «Mmm.»

«E questo vuol dire o che è il vero assassino – altrimenti come lo avrebbe saputo – oppure che io ho immaginato tutto e questo è il segnale del mio subconscio per dirmi che volevo morire.»

Adesso Scott spalancò gli occhi. «Oooh.»

«Già. Quindi mi restano due bruttissime ipotesi. Ma è inutile anche pensarci perché mia madre preferisce pensare che io sia pazza piuttosto che considerare l'eventualità che i fratelli Barney non siano i responsabili.»

Scott si appoggiò contro lo schienale della sedia. «Hanno un nome orribile. Sembra un duo comico più che una banda di ladri.»

Scoppiai a ridere. «Hai ragione. Per fortuna non ci sono riusciti. Non mi sarebbe piaciuto averli nel mio necrologio.»

«Mi piace il tuo spirito. E ho una diagnosi per la tua crisi esistenziale. Tu sei vittima della sindrome da otturatore.»

«Che cos'è?»

«Come sai, nelle macchine digitali si sente un clic quando scatta l'otturatore, no? Originariamente quel suono era il rumore meccanico della lente che si apriva e chiudeva, mentre nelle digitali è programmato.»

«Certo.»

«Il fatto è che la gente ha bisogno di segnalatori. Vuole vedere soddisfatte le proprie aspettative, non vuole domande. Sembra che tua madre stia facendo proprio questo. Per qualche motivo, per lei è importante che ti sia capitato un incidente a causa di due estranei. Anche se hanno un nome orribile.»

«Perché?»

«Prova a chiederlo a lei.»

«È un nuovo modo di affrontare il problema.» Ci pensai. «Vorrei avere un solo argomento, un fatto concreto che possa contraddire la teoria estranei-incidente.»

«Per sostenere la tua idea o solo per irritare tua madre?» Gli lanciai uno sguardo di fuoco. Lui scrollò le spalle. «Era solo una domanda. E cosa sai della macchina che ti ha investito? Deve aver subìto dei danni, no?»

«La macchina usata per la fuga dal supermercato aveva dei danni che 'potevano essere compatibili' con ciò che è stato scoperto.»

«Ma hanno smesso di cercare altre macchine.» Scott si fermò a riflettere per qualche istante. Per la milionesima volta restai senza fiato davanti alla sua bellezza, soprattutto quando lui pensava intensamente, il suo passatempo preferito. «Ascolta, credi davvero che sia stato qualcuno che era alla festa?» disse.

«Ricordo che mentre ero nel cespuglio di rose qualcuno mi ha detto: 'Jane Freeman, sei spacciata.' Se questo è vero, doveva essere qualcuno che mi conosceva, e tutti quelli che mi conoscevano a Jersey erano alla festa. Perché?»

«Ho scritto un articolo per il giornale della scuola sulle officine meccaniche. Molti dei nostri 'diplomati' finiscono a lavorare in quel campo. Potrei fare un po' di domande in giro, tra le officine, e vedere se qualche studente della Livingston High ha portato una macchina a riparare questo fine settimana. È una possibilità remota ma...»

C'era qualcuno che mi credeva. Qualcuno che mi sarebbe stato vicino. E che, in quel momento, era proprio accanto a me.

Poiché Scott era seduto sulla sedia vicino al mio letto, aveva la testa alla stessa altezza della mia. Gli tirai la bocca verso di me e lo baciai.

«Era solo un modo per ringraziarmi?» La sua determinazione sembrava essere evaporata e improvvisamente diventò timido. Addirittura impacciato.

«Non lo so. Vuoi che sia solo un modo per ringraziarti?» Da qualche parte dentro la mia mente si accese un campanello d'allarme. Ma come potevo sapere che quella non era proprio la parte del mio cervello che stava impazzendo?

Scott mi fissò. «Dovresti essere una stupida per non aver capito cosa provo per te, Jane. E quanto... quanto mi piaci.»

«Dimmelo.» In quel momento, avevo bisogno di essere rassicurata il più possibile.

«Diciamo che ti considero una ragazza meravigliosa.»

«Questo è tutto?»

«Mi tengo la parte migliore per me. Voglio che tu sia sicura.»

«Sicura di cosa?»

«Di voler stare con me perché ti piaccio e non solo per farmi felice.»

«Non sono il tipo.»

«Jane Freeman, sei la più grande accontentatrice che io conosca. Tu prenderesti i pop-corn al cinema anche se preferisci le barrette di cioccolato bianco solo perché credi che la persona insieme a te vuole i pop-corn, e magari vorrà anche condividerli con te.»

Lo fissai. «Leggi nel pensiero? Le barrette di cioccolato bianco sono la cosa che amo di più.»

«So diverse centinaia di cose su di te» disse Scott prendendomi un po' in giro.

«Allora saprai che questo mi piace.» Lo baciai di nuovo.

Lui ricambiò il mio bacio. Poi lo ricambiò con più convinzione.

Aveva le labbra calde. Profumava di sandalo e di talco per bambini. Mi baciò a lungo, con dolcezza, mentre mi teneva la testa tra le mani con abilità, fino a farmi contorcere le dita dei piedi.

Mi staccai da lui, respirando a fatica. «Ho i piedi arricciati! Mi hai fatto arricciare le dita dei piedi.»

Ci mise qualche istante per mettere a fuoco, ma poi sorrise. «Davvero? O lo dici a tutti i ragazzi?»

«No, davvero. Guarda.» Guardammo insieme prima le dita del mio piede sinistro, poi quelle del mio piede destro, tutte arricciate. «Baciami ancora, vediamo se recupero la sensibilità fino alle ginocchia.»

«Mi stai usando per le proprietà curative delle mie labbra?»

«Certo.» Annuii, cercando di mantenere un'espressione seria sul volto.

«Se è quello lo scopo» disse. Questa volta mi baciò con più lentezza, più intensità, più cura. Era chiaro che Scott si era esercitato molto a baciare e, come tutte le cose che faceva, aveva finito per farlo benissimo, con estrema competenza.

«Sentito niente ai polpacci?» mi chiese, appoggiando la fronte contro la mia.

«Non ancora. Dovremo continuare a provare.» Feci scorrere una mano sul suo petto, e sotto le dita sentii la forma perfetta dei suoi muscoli.

Scott mi guardò come se io fossi qualcosa di importante, prezioso. «Sai da quanto tempo avrei voluto farlo?»

Quella domanda mi fece tremare qualcosa dentro, e allora gli sorrisi soltanto.

«Vorrei che potessimo avere un po' di privacy» disse.

«Anch'io.» Ancora il campanello d'allarme. Buona! Dio, aveva degli addominali bellissimi. «Mi piacerebbe vederti senza la maglietta.»

Lui deglutì rumorosamente. «Vedrò cosa posso fare per domani.»

«Che cosa vuoi dire? So che sei un mago, mi hai fatto arricciare le dita dei piedi, ma come potremmo vederci in un posto dove siamo sicuri di essere soli?»

«Ho i miei metodi.»

Guardandolo negli occhi vedevo l'opposto di ciò che vedevo negli occhi che popolavano i miei ricordi. Non c'era traccia di odio, né di derisione. Vedevo solo sincerità e ammirazione. Potevo non sapere chi fossi, ma sapevo come volevo essere vista.

Stavamo per iniziare un'altra sessione di terapia fisica quando dal corridoio arrivò il suono della voce di Annie che diceva: «Sotto la panca Pete campa sotto la panca Pete crepa.» Evidentemente Pete le aveva insegnato una nuova versione dello scioglilingua.

Scott si raddrizzò di scatto e quando Annie entrò in camera seguita da Joe e dalla mamma lui era già a una distanza appropriata e innocente dal mio viso.

«Ciao, Scott» disse mia madre, e si riavviò i capelli. Come tutte le donne, si diede una sistemata in presenza di Scott.

«Buonasera, signora Freeman. Annie. Piacere di conoscerla, signore.» Strinse la mano di Joe. «Ero solo... mmm, passato a vedere come sta Jane.»

«E come l'hai trovata?» chiese mia madre con un tono di voce sinceramente preoccupato, come se stesse scrutinando i voti di un gruppo di discussione.

Lo sguardo di Scott si incrociò con il mio. «L'ho trovata meravigliosa. La trovo sempre meravigliosa.» Guardò il suo orologio facendo molta scena. «Le otto e mezza. Devo scappare. Arrivederci» disse a tutti. A me: «Mi impegnerò su entrambi i progetti di cui abbiamo parlato.»

Mi ero dimenticata della ricerca nelle officine meccaniche. «Bene.»

Lui sorrise. «A domani.»

«Non vedo l'ora.»

Quando se ne fu andato, Annie disse: «Tu e Scott vi stavate baciando?»

Mia madre rispose: «Non essere ridicola Annie, Jane è fidanzata con David.»

«Non più» annunciai.

«Perché no?»

«Perché credo che David mi piacesse solo perché io piacevo a lui. Non mi sono mai presa la briga di chiedermi quanto ci tenessi a lui.»

«E Scott ti piace?» chiese Annie.

«Lui è un carissimo amico.» Volevo cambiare argomento. «E diversamente dagli altri, non crede che io sia pazza.»

«Diversamente dagli altri, può non essere a conoscenza di tutti i fatti» disse mia madre.

«Come fai a essere così sicura di te, mamma? Come sai che tu hai ragione e che io sono un'imbecille?»

«Ho parlato con gli esperti, Jane, e loro dicono...»

«E io? Io sono l'esperta di me stessa. Cosa sai veramente di me?»

Mia madre restò immobile, e quando mi guardò sembrò farlo con tutta la sua anima. «Hai ragione, Jane. Ho proprio la sensazione di non conoscerti più. Non capisco cosa ci sia successo. Cosa sia successo al nostro rapporto. Io... sento di aver fallito con te. Da quando Bonnie si è suicidata, si è creata una distanza che non ho saputo più colmare. Oh, Jane, mi dispiace così tanto.»

Lei era in piedi accanto al mio letto, con la testa china, piangeva e mi teneva la mano. Questa volta sentivo le lacrime sulla pelle.

«Bonnie non si è suicidata» dissi. Non ero più la ragazzina che ordinava la granita alla fragola.

«Come?» mia madre mi guardò, scioccata. «Ma certo che si è suicidata.»

«No. Devo confessarti una cosa. Una cosa che avrei dovuto dirti molto tempo fa.»

28

Ricordavo bene il funerale di Bonnie. Si svolse nella stessa chiesa in cui si era svolto quello di mio padre sei mesi prima, ma in quel caso era l'inizio dell'estate, per Bonnie era già inverno.

«Perché entrare in una vasca da bagno all'aperto d'inverno?» risentivo l'eco delle mie parole a Bonnie.

«Smettila di controllarmi.»

La chiesa era piena quando io e mia madre entrammo. Ricordo che lei tentò di prendermi la mano, ma io la tenni chiusa, attaccata al fianco, e dopo due tentativi mia madre si arrese. «So che quest'anno non vi siete frequentate come in passato,» mi disse chinandosi verso di me «ma immagino quanto sia difficile...»

«Smettila.» Non sai niente. Come potresti? Nessuno può sapere la verità.

«Jane, ti prego, è...»

«Ti avevo detto di non venire.»

«Tesoro, a volte si ha bisogno di qualcuno a cui aggrapparsi. Anche senza rendersene conto.» Potevo raccontare tutto, pensai in quel momento. Guardare mia madre e dirle che ero stata a quella festa e che pensavo che Bonnie non si fosse suicidata. Che questa ipotesi non aveva senso. Non avevo prove, ma...

La voce di una persona seduta nel banco accanto a me disse: «Jane. Come stai?» e io mi ritrovai a guardare nel bel volto di Liam. «So che tu e Bonnie eravate molto amiche» disse, come se io e lui fossimo semplici conoscenti, come se non ci fossimo mai baciati sul sedile posteriore della sua macchina «e volevo dirti quanto mi dispiace per lei.»

«Ciao, sono Rosalind Freeman, la madre di Jane» si presentò mia madre.

«Liam Marsh.» Si strinsero la mano.

Mia madre scorse il suo schedario mentale. «Il figlio di Dudley Marsh?»

«Il solo e unico.»

«Tuo padre è un membro tra i più onesti della comunità.»

«Abbastanza onesto da ottenere il suo permesso per uscire con sua figlia?» chiese Liam. Poi mi fece l'occhiolino. «Se Jane è d'accordo, certo.»

Mia madre sorrise. «Se Jane è d'accordo.»

«In verità, un gruppo di amici è seduto tra le prime file. Credo che dopo la funzione faremo una specie di commemorazione. Jane, se ti va di venire...»

«Va pure» disse mia madre, quasi entusiasta. «Non preoccuparti per me, starò bene. Hai proprio bisogno di un cambiamento. Ti farà bene.»

Avrei ancora potuto farlo, dire la verità. Non sarebbe stato troppo tardi. Bonnie non era stata ancora seppellita.

Ma mia madre mi fece il suo sorriso eroico e sembrò così ansiosa che io andassi con Liam. Era un ragazzo educato, e apparteneva a una buona famiglia. Forse quello che mi aveva detto era vero. Forse Bonnie davvero era andata in overdose da sola.

E forse non era nemmeno importante. Perché guardando ora lui ora mia madre, che annuiva e mi faceva segno di andare, mi resi conto che Liam era tutto ciò che avevo. Bonnie era morta. Per me era il momento di ricominciare daccapo.

E inoltre, non era questo ciò che volevo? Perché mi ero data tanto da fare per cambiare look in modo da poter essere invitata alla festa di Trish?

La mia mente virava pericolosamente verso il pomeriggio prima della festa, quando avevo tormentato Bonnie per il suo modo di vestirsi.

Lei aveva molti punti a suo favore dal punto di vista estetico, comprese due grandi tette, ma non faceva mai niente per valorizzarli. Quel giorno cercai di darle dei consigli sull'abbigliamento da usare, ma lei mi ignorò. «Non mi importa niente di quello che indosso perché non mi importa niente di cosa quelle persone pensano e non voglio essere amica di gente che mi giudica in base ai miei vestiti» disse mentre si infilava la salopette che indossava tutti i fine settimana. La sua unica concessione fu di metterci sotto una canotta e sopra uno dei miei cardigan nuovi invece della sua vecchia maglietta con l'unicorno più grande di diverse taglie e una felpa. Ma non era tanto.

«Almeno lasciati sfoltire le sopracciglia.»

«Hai perso la testa» mi disse. «Non ragioni più. Lascia in pace le mie sopracciglia. E poi non credo che resterò abbastanza da dare il tempo a qualcuno di notarle. Sei sicura di volerci andare?»

«Bonnie, è la nostra grande occasione.»

«Vuoi dire che stanno per proibire le pratiche noiose?»

«Andiamo» la pregai. «Vedrai che sarà divertente.»

Lei esitò per un momento, poi lasciò cadere le spalle e scosse la testa. «Tu e la tua forza da piccola Jedi.»

Mark Ellis, l'esca che avevo usato per attirarla lì, fu la prima persona che vedemmo quando arrivammo all'affollata festa per ragazzi. Lui era il figlio del preside, e questo gli dava una certa autorità. Con gli occhi di un azzurro freddissimo, le sopracciglia e le ciglia così bionde da essere quasi invisibili, e le labbra sempre screpolate durante l'inverno a causa dello snowboard, sembrava un tipo brusco e più grande dei suoi diciassette anni. Non so se fosse a causa della freddezza dei suoi occhi o se fosse solo un fatto istintivo, ma Mark mi faceva venire i brividi.

Per Bonnie era diverso, invece. Si era innamorata di lui da quando era iniziata la scuola, anche se Mark era di due anni più grande. Mentre varcavamo la soglia, lui le disse: «Ciao, tu non lavori come bagnina alla piscina durante l'estate? Ricordo di averti vista lì.»

Un attimo dopo Bonnie sparì dalla mia mente perché Liam Marsh, il migliore amico di Mark e secondo il mio personale parere il ragazzo più fico della scuola, si avvicinò e iniziò a parlarmi. Rividi Bonnie solo molto più tardi, quando lei mi afferrò e mi trascinò nel bagno. Iniziò a spogliarsi.

«Non è fantastico?»

«Cosa stai facendo?» le chiesi.

«Mark mi ha chiesto di fare un bagno nudi insieme nella Jacuzzi in giardino.»

«No» dissi, bloccandola per impedirle di svestirsi. «Non è una buona idea.»

Lei mi guardò e fece un singhiozzo. «Perché?»

«Perché hai bevuto molto e fa freddo lì fuori e non puoi sapere cosa accadrà.»

«Pensavo che fossimo venute qui per fare delle esperienze nuove. Con i ragazzi.» Intanto si toglieva i pantaloni.

«Infatti. Era per questo. Ma non così.» Bonnie aveva uno sguardo perso, e mentre la guardavo inciampò nei suoi pantaloni e per poco non cascò per terra. Mi lanciai per sorreggerla ma lei mi spinse via.

«Non toccarmi» mi disse, guardandomi con odio. Si alzò e si appoggiò al lavabo. «Perché mi fissi? Eh?» Mi guardava con aria di sfida, la mascella serrata. «Aspetta, lo so. Sei gelosa.» Rise in modo cattivo. «Sei gelosa perché sarò baciata prima di te.»

«Non è vero. È solo che non credo che tu stia per fare...»

«Jane è gelosa, Jane è gelosa» si mise a canticchiare, muovendo la testa avanti e indietro. «Bene, allora lascia che ti dica una cosa, Jane, tu puoi anche scegliere di vivere come una vecchia bigotta, ma io non ci sto.»

«Bonnie, sei fuori di te.»

Lei fece un ghigno di disprezzo. «Vuoi dire che non sono come tu vorresti che fossi. Non seguo i tuoi ordini.»

Mi sentii il volto in fiamme come se qualcuno mi avesse schiaffeggiato. Prima che io potessi rispondere, Bonnie continuò dicendo: «Tutti gli altri pensano che io vado bene così. Soprattutto Mark.»

Trovai la forza di parlare. «Se veramente gli piaci, vorrà baciarti anche domani.»

«Perché rimandare a domani quello che si può fare oggi? È così che dice sempre mia madre. Fammi passare, Jane. Ti avevo detto che i vestiti non sarebbero stati importanti.» Era nuda adesso, coperta solo da un asciugamano.

«Perché immergersi in una Jacuzzi d'inverno?»

«Smettila di controllarmi.»

Ero in piedi davanti alla porta.

Lei mi venne vicino e si fermò solo quando il suo naso toccò il mio.

«Togliti di mezzo, gelosa puttanella, o ti sposterò io.»

«Che cosa ti è successo? Cosa...»

Mi diede uno schiaffo.

«Adesso vuoi toglierti dal cazzo, sì o no?»

Mi spostai. Sapevo che lei era totalmente fuori di testa, la ragazza che mi aveva dato uno schiaffo era una persona che non conoscevo, ma ero troppo arrabbiata per rendermi conto di cosa significasse. Passai il resto della serata al piano di sopra a parlare con Liam e ad ascoltare la musica dal suo iPod, e a sentirmi in collera in un modo che non avevo mai provato prima per quello che Bonnie mi aveva detto. Io non la stavo controllando. Stavo solo cercando di aiutarla. Aiutare noi due. No? Devo essermi appisolata perché la cosa successiva che ricordo è Liam che mi accarezza una spalla e mi dice: «Ti accompagno a casa.»

«Dov'è Bonnie?»

«Ha avuto un incidente. Andiamo, mettiti le scarpe, ti porto fuori di qui.»

Mi svegliai completamente. «Che tipo di incidente?»

«Quello che ti fa chiamare la polizia. Ma non è necessario che ti faccia vedere anche tu.»

«Ma...»

«Ascoltami, Jane. Non ti piacerà sentirlo, ma Bonnie... Bonnie è morta. Ha preso una dose eccessiva e si è uccisa.»

Scoppiai a ridere. Dovevo ridere. Perché era impossibile. Liam stava scherzando, per forza.

«Parlo sul serio. E la polizia sarà qui a momenti. È inutile far sapere che eri qui anche tu.»

«Ma Bonnie non può essersi uccisa.»

«Fidati di me. È andata così. Ma non dovrai raccontare niente a nessuno se ti fai accompagnare subito a casa. Altrimenti potrebbero esserci un sacco di guai.»

Mi guardava dritto negli occhi con quelle sue enormi pupille castano e molto intense, e sapevo che lui aveva a cuore solo il mio interesse. Annuii e uscimmo.

«Voglio vederla» dissi.

«No, è meglio di no.»

«Sì invece, devo.»

Lui disse: «Va bene» e mi indicò la porta che portava sul retro della casa.

Bonnie giaceva in un angolo della Jacuzzi, la testa dondolava sulla superficie dell'acqua, i capelli erano sparpagliati intorno al corpo, e lo coprivano. Le braccia galleggiavano mollemente lungo i fianchi. Aveva gli occhi aperti, due pozze senza vita.

Anche con i riscaldamenti accesi al massimo nella jeep rossa di Liam, tremai per tutto il tragitto fino a casa. Prima di lasciarmi scendere alla fine dell'isolato, mi disse: «Stai bene?»

Feci cenno di sì con la testa.

«Brava.» Mi sorrise e mi prese il volto tra le mani. Appoggiò le labbra sulle mie, morbidamente, poi diventò più impetuoso e mi spinse contro la portiera finché la maniglia mi entrò nella schiena. Sapevo che avrei dovuto pensare a quello che era successo, che si era appena consumata una tragedia, ma in quel momento riuscivo solo a pensare che Liam Marsh mi stava baciando.

«Ricorda, hai passato tutta la serata a casa. Non hai visto la tua amica, non sei uscita di nascosto per andare alla festa.»

Annuii. Come potevo pensare a qualcosa che non fossero i suoi baci sulle mie labbra?

«Ti chiamo, così usciamo insieme.»

Lo fece. Uscimmo quasi tutte le sere fino alla fine dell'anno scolastico. Accanto a lui, diventai una ragazza conosciutissima. Avevo tutto quello che avevo sempre desiderato.

Il suicidio di Bonnie aveva sconvolto tutti. «Come... Cosa? Perché? Jane, perché avrebbe dovuto mettere fine alla sua vita?» mi disse sua madre, pregandomi di aiutarla a trovare delle risposte.

«Non lo so» le dissi.

«Una maledetta festa.» Suo padre andava avanti e indietro nella cucina, creando dei solchi nel linoleum giallo. «Bonnie non era mai andata a una festa in tutta la sua vita.»

«Chi erano le persone con cui stava?» voleva sapere sua madre. «So che ultimamente voi due non vi frequentavate tanto, ma chi erano quei ragazzi? Perché mia figlia era uscita con loro?»

Suo padre si passava continuamente la mano sui capelli, avanti e indietro, e li lasciava ritti sulla testa come tanti pinnacoli. «Disse che sarebbe venuta a casa tua. Perché ci ha mentito? Perché?»

«Mi sembra di non conoscerla più, mia figlia» diceva singhiozzando sua madre. «Oh mio dio, mi dispiace Jane, so che è molto difficile anche per te.»

Io ero inebetita. Cacciai il dolore in fondo al mio cervello, e anche la confusione, e scelsi di credere a ciò che Liam mi aveva detto e a ciò che io stessa avevo detto a tutti. Diventai la ragazza che non era andata alla festa, la ragazza che usciva con Liam Marsh. Quella che conoscevano tutti. Che amavano tutti. La ragazza che dimenticò la verità su Bonnie.

Avevo scambiato la mia migliore amica per qualche bacetto e per un posto al tavolo delle celebrità. Perché dopo la morte di mio padre avevo troppa paura di restare sola. Non mi rendevo conto di non essere affatto sola. Avevo Bonnie e la mamma e Annie. E avevo me stessa.

Ero stata davvero una codarda. Ma adesso volevo smetterla.

«Bonnie non si è suicidata» dissi nella mia stanza d'ospedale, rivolgendomi a mia madre, a Joe e ad Annie.

«Di che cosa stai parlando, Jane?»

«Ero alla festa. Bonnie non era sola nell'angolo con il suo libro come hanno detto. Era insieme a Mark Ellis. Credo che lui le abbia dato qualcosa, qualche droga. Io cercai di farla smettere ma lei non volle ascoltarmi. Credo che lui le abbia dato troppa roba. È andata in overdose ma non volontariamente, so che non avrebbe voluto farlo. Morì nella Jacuzzi, devono averla spostata dopo. L'ho vista, là, dentro l'acqua. Sembrava... tranquilla. Come una principessa.» Il fiato mi si spezzò in gola quando pronunciai la parola principessa. Una principessa morta. Come avevo fatto a non rendermi conto di cosa avevo fotografato negli ultimi anni? «Cercai di fermarla, ma lei non mi ascoltò. Mi diede uno schiaffo e mi disse di togliermi di mezzo. Cercai di fermarla, lo giuro, ma...» non riuscii a impedire che le lacrime mi bagnassero il viso.

«Jane, ma che cosa stai dicendo» disse mia madre. «Tu non eri alla festa. Eri a casa. A letto.»

«Uscii di nascosto. È lì che ho incontrato Liam. E...» Era arrivato il momento di dire la verità su quella storia, a me stessa e agli altri. «Credo che uscisse con me solo per assicurarsi che non dicessi niente. È difficile parlare quando qualcuno ti bacia.»

Mia madre restò paralizzata. «Tutti questi anni, tutto questo tempo. Perché non l'hai detto a nessuno?»

«Non sapevo niente di preciso. Avevo solo una sensazione. E credevo che non facesse molta differenza. Che si fosse uccisa o fosse morta per un'overdose accidentale, era in ogni caso morta.»

«C'è un'enorme differenza.» Mia madre stringeva le mani a pugno. «Un'enorme differenza.»

«Adesso lo so» dissi tristemente. Bonnie era importante. I suoi genitori erano importanti. E il fatto che qualcuno l'avesse fatta franca dopo un omicidio era enormemente importante. «Al funerale stavo per dirti tutto. Ma poi arrivò Liam e tu mi desti il permesso di uscire con lui. Come potevo parlare dopo? Sembravi così felice di liberarti di me.»

«Liberarmi di te? Tesoro, volevo solo che tu fossi felice. Sapevo quanto Bonnie fosse importante per te; eravate state inseparabili e io pensai che forse se avessi avuto nuovi amici per te sarebbe stato più facile superare il dolore. Stavo cercando di dirti che non dovevi restare a prenderti cura di me.» Mia madre crollò su una sedia con la testa tra le mani. Joe le mise un braccio sulle spalle. «Mio dio, i genitori di Bonnie.»

Deglutii per cacciare indietro le lacrime. «Li chiamerò. Racconterò tutto anche a loro.»

Mia madre mi guardò. «No, tesoro, lo farò io. Tu devi pensare solo a guarire. Questa è una cosa troppo dura.»

«Fare qualcosa di difficile mi aiuterà a stare meglio.» Per troppo tempo mi ero seduta ai bordi del campo dove si giocava la partita della mia vita, osservando tutto attraverso la messa a fuoco automatica.

Joe era stato in totale silenzio per tutto il tempo in cui avevo raccontato la mia storia. Poi mi si avvicinò e si fermò accanto al mio letto. Aveva il volto fermo, quasi arrabbiato.

Disse: «Il tuo gesto è stato davvero coraggioso, cara. E anche la tua offerta di parlare ai genitori di Bonnie è stata coraggiosa. Sono davvero colpito. Fatti stringere la mano.»

Mi tese la mano, io gli tesi la mia e ce le stringemmo. Sentii che altre lacrime mi pizzicavano gli occhi.

«Bene. A questo punto credo proprio che dovrei riportare tua madre e tua sorella a casa.»

Li osservai. Mia madre sembrava sconvolta, fragile. E vecchia.

«Grazie» dissi con sincera gratitudine. «Grazie, Joe.»

Uscirono dalla stanza, il braccio di mia madre intorno alla vita di Joe, il braccio di lui sulle spalle di lei.

Annie mi si avvicinò e mi baciò sulla guancia. «Anch'io credo che tu sia stata molto coraggiosa. Ho la sorellona migliore del mondo.»

«E io ho la migliore sorellina» sussurrai. Le lacrime erano ancora attaccate agli angoli dei miei occhi.

«Quale torta credi che ti aspetterà per la festa di bentornata a casa?»

«Non lo so. Secondo te?»

«Semifreddo.»

«Mi sembra un'ottima scelta.»

Se ne andò, e io restai sola.

Aspettai di sentire le porte dell'ascensore aprirsi e chiudersi prima di schiacciare la zampa di Robert Frost.

La voce di mio padre, bassa e dolce, mi raggiunse, avvolgendomi come una colata di miele.

'Divergevano due strade in un bosco...'

Le lacrime fuoriuscivano dai miei occhi come un torrente, come un flusso purificatore. Quando finirono, ero spossata, esausta. Mi addormentai. Con gli occhi semichiusi avevo l'impressione che qualcuno spiasse la mia camera, ma doveva essere un sogno perché c'era un grande silenzio.

Il telefono squillò. «Pronto» risposi, ancora un po' assonnata. Guardai l'orologio e vidi che erano le dieci meno dieci. «Scott?»

Ma non era la voce di Scott che disse: «Buonanotte, Jane.»

Adesso ero sveglia. Sveglia, attenta e sicura di quello che sentivo. Pensavo. «Smettila di chiamarmi. Tu non sei un mio amico, sei un assassino.»

«Tu lo sei di sicuro, e io invece cosa sono?»

«Di che cosa stai parlando?»

«Fai del male a tutti quelli che ti vogliono bene, vero Jane?»

«No, questo non è vero.»

«Con i tuoi segreti e le tue bugie. Sono tutti pedine nel tuo piccolo gioco.»

Mi sentii percorsa da un brivido. Quella doveva essere una telefonata reale. Non potevo immaginarla. Perché non credevo a quelle parole. «Io non sono così. Non è vero.» Non era vero?

Volti si rincorsero nella mia mente. Bonnie. Mia madre. Kate.

No!

Non poteva andare avanti così. «È ora di finirla.»

«Sono d'accordo. Ci vediamo domani. Sogni d'oro.» La linea fu interrotta.

Andai in iperventilazione. Abbracciai Robert Frost che ripeteva la voce di mio padre: 'Oh, quell'altra lasciavo a un altro giorno! Pure, sapendo bene che strada porta a strada, dubitavo se mai sarei tornato.'

Ci vediamo domani.

Se il mio assassino esisteva o lo immaginavo io, quella storia sarebbe finita presto.

Lunedì

29

Il pontile si protendeva sull'acqua tranquilla del lago come la lingua di una bocca aperta pronta a gridare, alberi giallastri la circondavano come tanti denti. Sotto i miei piedi, le tavole consunte erano calde e irregolari e le schegge mi pungevano la pelle. Un formicolio mi tormentava le dita dei piedi.

«Che cosa stai aspettando, Jane?» disse l'assistente di campeggio, quello fico, mentre galleggiava nell'acqua mezzo metro davanti a me. «Buttati, è bellissimo.»

Saltai. All'inizio l'acqua era fantastica, fresca e tranquilla. Le erbacce da cui mi aveva messo in guardia Bonnie mi passavano vicino come lingue amichevoli e mi accarezzavano, mi accoglievano. Mi girai e iniziai a nuotare verso il galleggiante al centro del lago.

Le lingue cominciarono ad agitarsi, a muoversi con meno dolcezza. Adesso mi sferzavano, ogni colpo più violento, più minaccioso. Mi circondarono, mi avvolsero, e mi trascinarono giù. Ora sei nostra, sembravano dire. Non puoi sfuggirci. Mi sembrava di sentire centinaia di voci che parlavano di me, mi prendevano in giro. Che cosa è successo alla tua frangetta? Guarda i buchi che ha nelle calze.

Voci che mi circondavano, mi tormentavano, mi facevano sentire insicura.

Sono così stanca. Voglio che la smettano. Rilassati, arrenditi, andrà tutto bene, mi dicono.

Bugie. Sapevo che erano bugie. Nuotai con tutte le mie forze, usando tutti i muscoli, ogni molecola d'aria del mio corpo. Lassù in alto, attraverso le erbacce, vidi una mano. Qualcuno stava cercando di raggiungermi per salvarmi.

Ma per quanto mi sforzassi di nuotare, non riuscivo a raggiungerla.

A ogni bracciata ero più vicina, ma non abbastanza vicina. Sentivo che i polmoni stavano per esplodermi, che non potevo continuare a lottare. E in quel momento la vidi, attraverso il groviglio delle erbacce. Mi fissava, i suoi occhi fermi dentro i miei.

Occhi pieni di odio e cattiveria, e disgusto. Occhi che volevano vedermi morta. Occhi che conoscevo.

«Puoi dirlo di nuovo» disse Loretta entrando nella mia stanza.

«Che cosa ho detto?» mi stavo appena svegliando e dovevo aver parlato nel sonno. Guardai l'orologio. Erano le otto e mezza del mattino.

«Mi sembrava che dicessi 'i miei occhi'. Vuoi dare uno sguardo qui?»

Mi sollevai nel letto e vidi che Loretta stava trascinando un'enorme ghirlanda di fiori. «Questo raggiunge il limite massimo» disse. «È meglio se guarisci presto ed esci di qui o non avremo più spazio.» Mi diede il bigliettino.

La ghirlanda era fatta di rose rosse e gialle sistemate a formare due cuori intrecciati e sopra c'era un nastro di seta bianco sul quale erano scritte in oro le parole CI MANCHERAI!

«Dev'esserci stato un equivoco» disse Loretta.

Aprii il bigliettino.

Non preoccuparti Jane, i nostri destini sono intrecciati.
Mi prenderò cura di te ovunque andrai.
Baci,

il tuo ammiratore segreto

Probabilmente l'espressione del mio viso cambiò perché Loretta scosse la testa. «Non provare a dirmi che anche questa è una minaccia. Sono due cuori. I cuori non minacciano. Due cuori intrecciati vogliono dire amore.»

«Certo. Hai ragione.»

Mia madre chiamò per dire che lei e Joe sarebbero venuti a trovarmi più tardi perché Annie aveva un po' di febbre. Appena riagganciai, il dottor Tan, in un altro vestito color pelle abbronzata, si materializzò nella stanza.

Era la felicità in persona. «Buongiorno, signorina Freeman. Ho saputo che hanno preso la persona che l'ha investita.»

«Se lei ci crede.»

Sembrò lottare molto per impedirsi di sospirare. «Lei no?»

«Ricordo una persona china su di me mentre ero intrappolata nel cespuglio di rose che mi diceva: 'Sei spacciata, Jane Freeman.' I fratelli Barney, quelli che hanno rapinato il supermercato, non conoscevano il mio nome, quindi non possono essere stati loro.»

«O forse anche questo è un ricordo fittizio. Un'altra chiave per le nostre ricerche.»

«Perché non dovrei volere che siano stati i fratelli Barney?»

«Dobbiamo continuare a lavorarci. Altri deliri? Allucinazioni?»

«L'assassino ha chiamato ieri sera e mi ha detto che sarebbe venuto qui oggi.»

«Interessante» disse il dottor Tan. Facendo finta di credermi. «Quando?»

«Ha chiamato alle dieci meno dieci.»

«Bene, allora dovremo sorvegliarti con grande attenzione. Le dieci meno dieci. Il numero dieci ha un significato particolare per lei, signorina Freeman?»

Accidenti! Come avevo fatto a non pensarci prima? «Il mio compleanno è il 10 ottobre.»

Lui mi guardò sorpreso per qualche istante, poi ricominciò a prendere appunti. «E come si sente oggi? Ha la sensazione che questa giornata sia particolarmente importante?»

«A parte l'incontro con il mio assassino? No.»

«E l'anello? Le ha dato altri problemi? Si è spostato ancora da un dito all'altro?»

«No. Perché non sono pazza.» Non lo ero. Non lo ero.

«Naturalmente no.» Chiuse la cartellina e se ne andò, promettendo che sarebbe tornato più tardi.

L'agente Rowley fu la mia visita successiva.

«I rapinatori del supermercato hanno già confessato?» le chiesi.

«No. Ma hanno in parte modificato la loro versione. Sostengono di aver visto la sua borsetta e il suo cellulare in strada e che per questo si sono fermati. A sentir loro, non l'hanno nemmeno vista. La nostra squadra investigativa ha trovato questa in un canale di scolo accanto al cespuglio di rose.» Mi diede una foto. «Sembra il fermaglio di qualcosa. È suo?» Nell'immagine c'erano due C tempestate di pietre che si intersecavano.

«Sicuramente no.»

«L'ha già visto prima?» mi chiese.

«Sì.»

«Dove?»

«Su un manichino nella vetrina di un negozio ai grandi magazzini Short Hills» dissi con tono servizievole.

Era vero. Lei non mi aveva chiesto dove l'avessi vista l'ultima volta. Avevo capito che collaborare non mi avrebbe aiutata. E quel fermaglio mi aveva fatto venire un'idea.

Ehi, Jane.

Un'idea che poteva risolvere tutto. Ma dovevo prima fare qualche domanda.

«Sono stata autorizzata a darle questo» disse, porgendomi un sacchetto delle prove con il mio cellulare.

Era strano vederlo lì dentro. Per tanto tempo mi ero sentita legata al mio telefono, come se non potessi separarmene. Adesso mi sembrava solo un oggetto.

Ma vederlo nel sacchetto delle prove mi fece venire un'altra idea. «Ha una foto della scena? Di quando ero ancora nel cespuglio di rose? Mi piacerebbe vedere com'ero.»

«Perché?»

«Sono abbastanza vanitosa» dissi, sperando che mi avrebbe creduta. «E poi sono una fotografa.»

«Vedrò se posso fargliene avere una copia.» Si alzò.

«Grazie. E se vede Pete, può dirgli di venire ad aiutarmi?»

Quando Pete arrivò, quindici minuti dopo, erano già passate le dieci e stavo per provare a sedermi da sola nella sedia a rotelle. «Dov'eri? Ti stavo aspettando.»

Lui strizzava gli occhi per proteggersi dalla luce che entrava dalle finestre, e se non fosse stato per la camicia, dello stesso colore di un tronco d'albero, perfettamente stirata, avrei pensato che aveva dormito in auto. Sotto gli occhi aveva voragini nere e una leggera barba ispida sul mento e le guance.

«Non sapevo che avessimo un appuntamento d'amore.»

«La tua camicia è molto alla moda» dissi.

Lui mi guardò stringendo gli occhi. «Che cosa ti è successo?»

«Niente. È solo che non vedevo l'ora che tu arrivassi.»

«No, non è vero. E neanche per me è così.»

«Mi porteresti a trovare una mia amica ricoverata in questo ospedale?»

«No.»

«Ti sei preso una sbornia stanotte?»

«No.»

«Sembrerebbe così invece. Hai gli occhi piccolissimi e iniettati di sangue. E sei anche piuttosto irascibile.»

«Non è vero. Non ho gli occhi piccoli e iniettati di sangue.»

«Come un coniglietto. O forse un maialino. Quale animale ha gli occhietti rossi e lucenti?» dissi per stuzzicarlo.

«Perché continui a parlare?»

«Sto cercando di fare amicizia.» Sorrisi e le ferite al volto mi fecero male.

«Sii meno amica.»

«Lo sarò se mi porti da Elsa Blanchard. Non mi hai mai detto dove compri le tue camicie. Le trovi a Manhattan?»

«Stai cercando di corrompermi? Se faccio quello che mi hai chiesto, starai zitta?»

«Ragazzo intelligente.»

«Bene.» Mi sistemò sulla sedia a rotelle. «Andiamo a fare una visita a Elsa Blanchard.»

«Stai diventando...»

«Sssh...»

«Stavo solo per farti un complimento» sussurrai.

«I complimenti più belli si fanno in silenzio.»

Iniziò a spingere la mia carrozzella lungo il corridoio che portava all'ascensore. La ragazza con le trecce e il libro da colorare e la nonna erano andate via, ma l'uomo elegante con la lattina era tornato. Stava leggendo il *Post*, ma ebbi la sensazione che osservasse me e Pete mentre gli passavamo davanti.

«In quale stanza è ricoverata Elsa?» mi chiese Pete.

«Non lo so. Pensavo che tu potessi scoprirlo.»

Mi parcheggiò al centro del traffico e si trascinò verso un computer. Quando tornò, girò la carrozzella e iniziò a spingermi nella direzione della mia stanza.

«Dove stiamo andando?»

«La tua amica si trova nel reparto psichiatrico. Dove non è permesso entrare.»

«E allora? Questo non rende tutto più intrigante?»

«No. Rende tutto impossibile.»

«Impossibile è solo un sinonimo di 'perdenti che si arrendono'.»

Continuava a spingermi verso la mia stanza.

«È vero che hai lasciato la scuola?»

«Sì.»

«Perché?»

«Per partecipare al campionato di frisbee.»

Scoppiai in una risata. Non riuscii a farne a meno, la battuta era troppo inaspettata.

«Non farmi ridere, mi fanno male le ferite al volto.»

«Credimi, non è stato intenzionale. Sentirti ridere mi procura un dolore alla testa.»

«E allora, qual è il vero motivo per il quale hai lasciato la scuola?»

Girò intorno alla carrozzella, si chinò per guardarmi dritto negli occhi e puntellandosi con le mani sui braccioli della sedia disse: «Bella, stai cercando solo di essere irritante sfruttando una specie di codice del sicario della conversazione, oppure vedere questa persona è davvero importante per te?»

Il mio cuore si mise a battere forte. Bella? Davvero pensi che io sia bella?, avrei voluto chiedergli. Non essere ingenua, mi dissi. Probabilmente lo dice a tutte. Ti stai rendendo ridicola.

E invece gli chiesi: «Che cos'è un sicario della conversazione?»

«Non conosci il codice del sicario?»

Scossi la testa.

«Quando un sicario mira a qualcosa oltre una finestra ha bisogno di due proiettili. Uno per fare un buco nel vetro e l'altro per attraversare il buco e colpire il bersaglio.»

«E io che c'entro?»

«Tu fai domandine semplici finché a un certo punto *boom!*, ne arriva una pesante e mi colpisce nel punto più dolente.» Si indicò la fronte. «E oggi è questo. Quindi, stai solo cercando di tormentarmi o questa Elsa è davvero importante per te?» Mi guardava con aria serissima, spostando lentamente gli occhi azzurri sul mio volto. Odorava di ammorbidente e di sapone e di qualcosa di indefinibile che doveva essere semplicemente il suo odore. Il suo sguardo dritto nel mio era serio, come il suo effetto sulle mie pulsazioni.

A cosa stai pensando?, mi chiesi. Non è interessato a te. Tu hai un appuntamento con Scott. E forse un assassino alle calcagna. Sbattei le palpebre per schiarirmi le idee. «Devo vedere Elsa.»

Lui fece un respiro profondo e mormorò: «Me ne pentirò.» Tornò alle mie spalle e mi spinse verso l'ascensore.

«Quindi...»

«Silenzio.»

Il silenzio durò fino all'ottavo piano.

Un'infermiera enorme era di guardia davanti all'ascensore, seduta accanto a una porta chiusa in modo quasi inespugnabile.

«Mio padre mi ha chiesto di portare questa paziente a visitare un'amica. Elsa Blanchard, stanza 808» disse con un sorriso accattivante.

«La signorina Blanchard non può ricevere visite.»

«Sto solo facendo quello che mi ha chiesto mio padre. Lo chiami pure se vuole.» Pete si guardò il polso. «Le dieci e venticinque. In questo momento dovrebbe trovarsi all'ottava buca.»

L'infermiera arricciò le labbra, pensando, poi prese la sua decisione. «Accomodati, tesoro.»

«Grazie.»

Quando le porte si chiusero alle nostre spalle, dissi: «Sei grande.»

«Te l'ho detto, tutte le donne si innamorano di me.»

«Cosa vuoi fare da grande?»

«L'avvocato.»

«Mia madre ha detto che sei stato pizzicato con della droga ed è per questo che sei agli arresti domiciliari.»

«Pensavo che saresti rimasta in silen... Ah, eccoci arrivati. Fine del tour.»

La stanza di Elsa era come la mia, con l'unica differenza che non aveva finestre e tutti gli oggetti erano imbullonati, compresa lei: al letto. Alzò lo sguardo quando Pete mi spinse nella stanza e io rimasi scioccata. Non avevo mai visto Elsa senza una pesante linea di eye-liner e il rossetto rosso, ma adesso non aveva trucco e sembrava incredibilmente piccola e innocente. Le sue guance sembravano morbide come quelle dei neonati e aveva degli occhi grandissimi. Se non fosse stato per i due cerotti bianchi che le tenevano due elettrodi bloccati sulla fronte, avrei detto che Elsa era più in forma di quanto non l'avessi vista da anni.

Lei ci osservò attentamente e alla fine disse: «Siete veri o siete un'allucinazione? Mi stanno dando tanta di quella roba che non distinguo più le cose.»

Mi venne voglia di abbracciarla.

«Sono vera.»

Lei era un po' agitata. «Sei sicura? Hai la faccia della svitata.»

Pete si schiarì la voce. «Non so quanto tempo abbiamo prima che la nostra infermiera Ficcanaso là fuori si decida a chiamare mio padre...»

«...Ma hai detto che stava giocando a golf.»

«Mio padre detesta il golf. È nel suo ufficio. Per questo motivo ti consiglio di tagliare corto sui convenevoli e fare quello che sei venuta a fare.»

Guardai Elsa. «Che cosa è successo dopo la festa? Perché sei finita qui?»

Lei rivolse lo sguardo verso un angolo della stanza, muovendo la testa su e giù. Poi con voce cantilenante disse: «Come si chiama una pianta fuori posto?»

Non stava guardando me, quindi non risposi. Poi i suoi occhi si spostarono velocemente su di me: «Come si chiama una pianta fuori posto?» chiese.

«Non lo so.»

«Erbaccia. Lo stesso vale per i pensieri. I pensieri fuori posto, vengono chiamati pazzia.» Elsa aveva uno sguardo intenso. «Ma io non sono pazza, Freeman.»

«Lo so.»

Iniziò a fare cenni di assenso come per convincere sé stessa. «Non sono pazza. È colpa delle medicine. Hanno trasformato la mia vita in una *vida loca* tanto per capirci.»

Sentii Pete sforzarsi di trattenere una risata.

«Non sto scherzando, bello.»

«Che cos'è successo dopo la festa?» le chiesi.

«La festa. Mi sembrava più la riunione del club del melodramma. Tutti a piangere e gridare. Una vera follia. Me ne sono andata per disperazione. *Had to ease on down, ease on down the road...*» Iniziò a canticchiare muovendo la testa su e giù. «*Ease on down...* lo sai che l'ha scritta mio zio questa canzone?»

«No» risposi.

Pete si picchiò con un dito sul polso, nel punto in cui portava l'orologio.

«Sei entrata in macchina» dissi per accelerare i tempi.

Parlando di getto disse: «Sono salita in macchina e ho iniziato a guidare e ho visto qualcosa sul ciglio della strada, e allora ho rallentato e sono andata a vedere cos'era.» Riprese fiato. «Eri tu, Freeman. In quel cespuglio.

Freeman freeman freeman» ripeteva. «Ma in quel momento non eri libera, non è vero?» Elsa iniziò a ridere.

«E poi?»

«Eri proprio carina rannicchiata là dentro, come in un posticino intimo, ma ho pensato che ti saresti sentita meglio da qualche altra parte. E allora mi sono abbassata per vedere se riuscivo a svegliarti.»

«E hai detto: 'Ehi, Jane?'»

«Sì!» Elsa si illuminò e il suo sguardo sembrò vigile per la prima volta. «Ho detto proprio così. Me ne ricordo bene.»

«E poi hai detto: 'Sei spacciata'?»

«Sì, anche questo!» Sembrava felice, come un bambino che ha trovato un nuovo giocattolo. «Ma non riuscivo a svegliarti. Tu ti lamentavi e dicevi: 'Mi fa male, aiutami ti prego', e quindi sapevo che avevi bisogno di aiuto ma non il tipo di aiuto che potevo darti io, oh no. Un aiuto bello forte. Da uomini virili.» Guardò verso Pete. «Tu non saresti andato bene. Non sei abbastanza forte.»

«Grazie.»

«Hai chiamato l'ambulanza?» le chiesi.

«Ci ho provato, sai. Ho cercato il mio cellulare ma non sono riuscita a trovarlo, e allora ho iniziato a guidare. E guidavo guidavo. Cercavo qualcosa, ma pioveva ed era difficile vedere e allora...» Sembrò ricordarsi qualcosa. «Un telefono pubblico. Era quello che cercavo. Ma invece ho trovato il palo. Sono andata a sbatterci. Accidenti, che male.» Elsa rise. «Ma ha funzionato, non è vero? Perché poi sono arrivati tanti uomini virili, tutti quei paramedici.» Pronunciò piano l'ultima parola, poi si fermò. «Significa che sono medici paranormali? Come vampiri?»

«No» disse Pete.

Elsa sembrò riflettere su quella risposta per un momento. «Bene, ho detto ai paramedici che dovevano andare ad aiutare te e non me. Gliel'ho detto mille volte:

'Andate ad aiutare la mia amica, andate ad aiutare la mia amica.' Ma loro non capivano.»

Guardò di nuovo Pete. «Sei sicuro che non sono vampiri?»

«Sì.»

Una delle gambe di Elsa aveva iniziato a vibrare leggermente. «Perché non capivano niente. Continuavano a dire: 'Non c'è nessun altro nella tua macchina.' E io dicevo: 'Lo so, stupido, ma la mia amica ha bisogno di aiuto', e ripetemmo quelle parole ancora ancora e ancora.» Mentre parlava Elsa faceva girare la testa disegnando un cerchio. Poi tornò di nuovo lucida. «Non mi ascoltavano, e allora diedi uno schiaffo a uno di loro.» Arricciò il naso. «Ma non uno forte, un colpettino. Come si potrebbe dare a un chihuahua. Eh-eh. Ma non gli fece piacere. Era proprio un cattivaccio, e mi immobilizzò. E credo che si sia preso anche la mia collana di perle.»

«Si è rotta. La polizia ha trovato il fermaglio nel cespuglio di rose.»

«Digli che me lo devono restituire. Karl lo aveva fatto apposta per me, personalizzato.» Guardò Pete, con uno sguardo malizioso adesso. «Karl è mio amico intimo.»

«Ah.»

«Ah!» disse Elsa, e lo guardò in attesa. «Adesso dirai 'ah'. Così, per gioco.»

Invece Pete si rivolse a me dicendo: «Dobbiamo andare.»

«Non andate via!» Elsa sembrò spaventata. «Restate ancora. Bevete un po' di tè con biscotti.»

Era inquietante vederla in quelle condizioni, così priva di controllo. Sperai con tutta me stessa di non fare la stessa impressione a quelli che mi guardavano. «Dobbiamo proprio andare» le dissi. «Ma tu sei stata di grandissimo aiuto.»

Nonostante la sua follia, mi aveva aiutato più di quanto potesse capire. Perché adesso sapevo chi aveva detto che ero spacciata. E sapevo che era stato qualcuno che non voleva uccidermi. Il che significava che i fratelli Barney potevano essere i responsabili del mio incidente. E se questo significava anche che mi ero immaginata le telefonata, senza dubbio a causa delle medicine, mi sentii enormemente sollevata.

«Ma... non avete ancora visto le mie foto.»

«Quali foto?»

«Quelle della feeeeeesta» disse cantando. Piegò la testa verso Pete. «Lo so che vuoi vederle, non è vero, cattivone?»

«Pete sarebbe proprio contento di vedere le tue foto» risposi al posto suo.

Lui guardò l'ora. Mancava un solo minuto alle undici. «In fretta.»

Elsa lo guardò maliziosa e con la mano destra indicò una macchina fotografica appoggiata su uno scaffale a muro. «Portamela.»

Pete gliela consegnò e lei iniziò a scorrere le foto sul display con una mano sola. «Queste sono tutte della festa.» Fece un'espressione fintamente distratta. «Non far vedere questa a Jane.»

«Quale?» chiesi.

Pete girò la macchina fotografica in modo da farmi vedere l'immagine. C'era David, e Sloan sulle sue gambe. Lei aveva gli occhi spenti e la testa le penzolava all'indietro come se non fosse cosciente. Bellissimo.

Elsa si riprese la macchina e riprese a scorrere le foto, mormorando a bassa voce. «Oooh, questa è bella.»

Pete girò lo schermo per farmela vedere. Langley era carponi sul pavimento, come un cane che cerca un osso.

«Bau bau» disse Elsa.

«Che cosa stava facendo?» chiesi.

«Ritornando alla sua vera natura?» Elsa rise alla sua battuta ma poi improvvisamente tornò seria. Sembrava più lucida, più equilibrata di quanto non fosse quando eravamo arrivati. «Questa mi dispiace averla scattata. Non avrei dovuto.»

Pete mi mostrò ancora la foto.

C'ero io in quell'immagine, spalmata contro una parete con gli occhi solo in parte aperti. Appoggiavo la fronte sulla mano sinistra mentre la destra era distesa verso l'obiettivo nel tentativo di tenerlo lontano.

Il mio anello dell'amicizia non c'era, su nessuna delle due mani.

Sembrava, quindi, che le mie domande non fossero ancora finite.

«È stato sorprendente» disse Pete mentre mi riportava in stanza. «Hai degli amici davvero interessanti. Dovrò guardare quel dvd che ti hanno fatto.»

«Elsa non è sempre così.»

«Questo è confortante. Hai trovato quello che cercavi?»

«Non lo so.» Come poteva un anello sparire e poi ricomparire sul dito sbagliato?

«Hai mai avuto la sensazione di stare per impazzire? Oppure che tutti quelli che ti circondano sono sull'orlo della follia?»

«Sì.»

Feci un lungo sospiro, di stanchezza, mentre lui spingeva la carrozzella nell'ascensore.

Pete si schiarì la gola. Mentre le porte si chiudevano, disse: «La droga che mi hanno trovato addosso, quella di cui ti ha parlato tua madre, era di una mia amica.»

«Non sei obbligato a dirmelo. Non sono fatti miei.»

«Voglio farlo. E poi è importante. La mia amica stava cercando di disintossicarsi e mi chiese di andare a casa sua e prendere tutta la droga che trovavo, in modo che lei non potesse ricaderci. Cercai dappertutto, in ogni angolo, e anche dopo aver trovato robaccia che avrebbe riempito un'intera farmacia, sapevo che mancava ancora qualcosa. Alla fine li trovai, gli ultimi due grammi di coca. Li aveva nascosti nella gamba protesica del suo cane.»

Girai la testa per guardarlo. Aveva le mascelle serrate e i capelli un po' arruffati, e per un momento non riuscii a pensare ad altro che a quanto fosse fico. Poi mi ricordai cosa volevo dirgli. «Non stavi scherzando, vero?»

Lui mi mise una mano sulla testa e la girò in avanti. «Sguardo frontale. Non ci si può girare sulla sedia. E no, non stavo scherzando. È la pura verità. E tu non mi credi.» Sembrava offeso.

«Questo non è giusto» protestai. «Sembrava... pretestuoso.»

Le porte dell'ascensore si aprirono e lui mi spinse fuori. «Scherzo. Ma mio padre non crede a questa storia della droga. Lui è convinto che sto cercando di far passare la solita storia che 'la conservavo per un'amica'.»

«Ma è andata proprio così.»

«Impossibile da provare.»

«Perché non chiedi alla tua amica di confermare la tua versione a tuo padre?»

«Lui che crede alle parole di una drogata? Vuoi scherzare? E poi, lei non vive più da queste parti.»

«Che cos'è successo? Si è disintossicata e si è trasferita?»

«È stata pulita per tre mesi. Poi è sparita e io non sono troppo sicuro che si sia rifatta una vita sana e meravigliosa da qualche altra parte.»

«Mi dispiace.»

«Sì, anche a me.» Nella sua voce c'era una venatura di ansia diversa dal solito tono autoironico, ed era incredibilmente commovente.

«E adesso sei tu quello che si trova nei guai. Quindi forse non ne è valsa la pena.»

«Vale sempre la pena fare la cosa giusta, anche se finisce male.»

Rise, in modo intenso e conturbante. Quella venatura era sparita. «Dio, parlo da perfetto idiota. E poi senza questa storia, quale scusa avrei per il rapporto schifoso con mio padre?»

«Stai dicendo che ti piace avere un brutto rapporto con tuo padre?»

«Gli schemi, quelli che conosciamo bene, sono confortanti per gli esseri umani, anche quando sono malati. Ci vuole un grande coraggio per ammettere che sono sbagliati e cercare di migliorarli.»

Mi fermai a riflettere su quelle parole per qualche istante. «Allora è per questo che vuoi studiare legge? Per fare in modo che la gente venga ascoltata come merita?»

«Forse. O forse sono solo un pagliaccio che vuole guadagnarsi un sacco di soldi sfruttando la miseria degli altri.»

«Mi spaventi quando dici queste cose con tanto entusiasmo.» Non riuscii a fare a meno di sorridere, nonostante il dolore.

30

Scott camminava avanti e indietro nella mia stanza quando arrivammo. «Dove sei stata? Mi hai fatto preoccupare.» Guardò l'orologio. Erano le undici e un quarto.

«Non ci penso neanche» disse Pete fermandosi sulla soglia e tirandomi di nuovo indietro. «Non ci penso neanche a lasciarti sola con questo tipo.»

«Lui è un mio amico, uno fidato.» Sorrisi a Scott e lo salutai con un cenno della mano.

«Sei fuori di testa? Questo qui è troppo bello. Sparisci, campione.»

Scott scoppiò a ridere. «Sta scherzando, vero?» mi domandò.

«Penso di sì. Non si può mai dire. Pete» dissi girandomi indietro «va tutto bene, puoi andare.»

Lui scosse mestamente la testa e disse: «E io pensavo di essere affascinante.» Poi si chinò per sussurrarmi: «Non dire che non ti avevo avvertito.» Si strofinò le mani come per lavarsi da qualsiasi responsabilità, e sparì.

Scott lo osservò andare via. «Chi è quel ragazzo?» Iniziò a camminare verso di me, lentamente, mentre un sorriso gli si apriva sul volto. «Lascia stare, non importa. Dio, sono pazzo di te. Anche quando sei imperfetta sei perfetta.»

«Ne sono felice» dissi. Sorrisi, ma per un attimo sentii qualcosa di quasi impercettibile rovinare il quadro.

Scott si chinò su di me, appoggiò le mani sui braccioli della sedia a rotelle e mise le labbra sulle mie. «E hai anche un buon sapore.» Il quadro diventò di nuovo perfetto.

Dopo un po' Scott si alzò. «Come stanno le dita dei tuoi piedi?»

«Formicolanti» annunciai. «E inquiete.»

«Fantastico. Credi di essere pronta per una gita?»

«Certo. Dove andiamo?»

«La mensa dei dirigenti al secondo piano oggi è vuota perché è festa» disse. «Sarebbe perfetta per un pic-nic.»

«Come hai fatto a escogitare questa genialata?»

Lui mi fece l'occhiolino. «Ho i miei metodi.» Riuscivo a immaginare l'intero personale di turno dell'ospedale capitolare davanti ai suoi metodi. «Ho già avuto il permesso di Loretta, a patto che porti il tuo cellulare. Se sei pronta, possiamo andare.»

«Vorrei avere qualcosa da mettere addosso che sia meno stile ospedale.»

«Non preoccuparti, ti amo per la tua intelligenza.» L'idea che lui dicesse 'ti amo', anche solo per scherzo, mi procurò una stilettata in tutto il corpo. Voglio dire... eravamo amici, e forse Kate aveva ragione quando diceva che lui aveva una cotta per me già dall'autunno precedente, ma ci eravamo baciati per la prima volta solo il giorno prima. Era impossibile che anche solo uno di noi sapesse di cosa si trattava.

Scott mi sistemò nell'elegante mensa dei dirigenti e andò nella cucina in fondo al corridoio per prendere quelle che chiamava le 'forniture'. Dopo che si fu allontanato, il mio cellulare squillò.

Sul display lessi il nome del chiamante, David. Il mio cuore si fermò per un secondo, non ero più abituata, poi prese a correre. Mi chiesi se dovessi rispondere, ricordandomi di lui fermo sulla porta, e alla fine cedetti.

«Ciao, piccola. Come ti senti oggi?»

«Meglio.»

«Ascolta, ieri ci siamo detti cose brutte, ma volevo dirti che ti perdono. So che sei sotto stress. Ma stiamo troppo bene insieme per chiudere questa storia.»

«Tu perdoni me?»

«Certo, piccola.»

La vecchia me avrebbe lasciato perdere, per non dire qualcosa di offensivo. La nuova me era furiosa. «Io non ho fatto niente di sbagliato. Non posso credere che tu sia andato con Sloan solo perché Elsa ti aveva detto dello stage.»

«Stage. Ma di cosa parli?»

«Il mio stage di questa estate, fuori città.»

«Ti stanno dando medicine nuove?»

«Che cosa ti ha detto Elsa? Che cosa ti ha fatto decidere di mollare me e andare con un'altra?»

«Ma perché insisti ancora con quella storia? Ne è passata di acqua sotto i ponti, piccola.»

«Voglio solo saperlo.»

«Lei era venuta a cercarti perché il tuo amichetto del cuore, Scott, era fuori che ti aspettava. Non potevo stare lì seduto ed essere umiliato, non credi?»

David continuò a parlare, ma io non lo ascoltavo. Scott era stato alla festa? Era per questo che David era così indispettito, pensava che io avessi una tresca con Scott.

Aspetta. Se Scott era alla festa, perché non me l'aveva detto? Perché mi aveva fatto credere di non esserci andato? Perché...

Scott riuscì ad arrivarmi alle spalle senza che io me ne accorgessi. Mi prese il cellulare dalle mani e chiuse la telefonata.

«Capisco che hai dovuto portarlo, ma sarà meglio non avere scocciature.»

La sua voce era diversa. Più fredda. «Adesso dobbiamo stare soli. Io e te, e nessun altro.»

Girò la mia carrozzella in modo da poter essere faccia a faccia e appoggiò le mani sulle mie gambe. Mi resi conto che iniziavo a recuperare la sensibilità. Non potevo muoverle ma avvertivo la leggera pressione delle sue dita.

Gli occhi marrone scuro di Scott brillavano in modo strano. «Ho aspettato così tanto questo momento, Jane. Per averti tutta per me. Guarda, ho una sorpresa per te.»

Indicò una serie di foto sistemate sul tavolo. Una riproduceva un fazzolettino di carta, un'altra l'involucro di carta di una cannuccia. Poi c'era una scheda di un corso di spagnolo illustrato sulla quale era stata impressa con il rossetto la forma di due labbra, un calzino con un buco in corrispondenza di un dito, e infine una rosa appassita. «Sai cosa sono?»

Scossi la testa.

Il respiro di Scott era pesante. «Sono i miei trofei. Di te.»

Mi ricordai di quello che Ollie mi aveva detto di lui. Che conservava inquietanti trofei di una delle sue ragazze. Si trattava di me?

«Questa» Scott indicò la foto del tubicino di carta bianca «è la carta della cannuccia che appallottolasti quel giorno che passammo insieme a New York. Questa» e indicò le schede di spagnolo illustrato «ne perdesti una un giorno mentre prendevi il caffè con le tue amiche. Alcuni di questi oggetti ho dovuto recuperarli dalla tua spazzatura.»

«Hai rovistato nella mia spazzatura?» sentivo che stavo per vomitare. Come avevo fatto a non accorgermi di nulla? Come avevo potuto ignorare tutti i segnali? Scott. Scott era stato alla festa.

Lui piegò la testa. «Perché non hai l'aria felice?»

«Perché hai cercato di uccidermi?»

«Ucciderti? Ma io ti amo. Tu sei... sei tutto. Pensa a quanto tempo e a quanta fatica ho fatto per imparare a conoscerti. So tutto di te.» Cercò di abbracciarmi.

«Non toccarmi. Se vieni più vicino, mi metto a urlare.»

Scott scoppiò a ridere, una risata molto inquietante. «Chi vuoi che ti senta? Come avrai notato, siamo piuttosto isolati quaggiù.»

«Eri lì quella sera. Alla festa. Mi hai mentito.»

«Vuoi dire la sera in cui non hai risposto alle mie telefonate.» La sua voce diventò più tesa. «La sera in cui ti ho chiamato quattro volte ma tu non potevi prenderti il disturbo di richiamarmi?»

«Mi dispiace, non sapevo che fosse importante.»

In un attimo la tensione si allentò. «Va bene. So che era difficile. Con quel perdente di David ancora tra i piedi. Hai idea di cosa significasse per me stare seduto fuori casa tua sapendo che lui era in camera con te? Ma non accadrà più.» I suoi occhi bruciavano nei miei con tutta la sua consueta intensità. Ma adesso anziché essere intriganti, facevano paura. Molta paura.

«No.» Non farlo innervosire, mi dissi. «Naturalmente no. Perché mi avevi chiamato?»

«Avevo saputo che alcuni dei ragazzi della Livingston si stavano procurando della droga da mettere nelle bibite delle ragazze durante la festa, avrebbero fatto una specie di gara a chi faceva più vittime, e volevo avvisarti.»

«Perché non mi hai lasciato un messaggio nella segreteria per dirmelo?»

Lui sorrise imbarazzato. «Credo che volessi sentire la tua voce. Ma tu non mi richiamavi e non rispondevi ai miei sms. Stavo andando a casa tua quando mi hai superato seduta sul sedile posteriore della macchina rossa di Langley.»

«Come sapevi che tipo di macchina guidava Langley?»

«So tutto di te. Tutto. Tu e la fotografia siete le mie materie di studio più importanti. E io imparo molto velocemente. So che non ti piace quando David ti bacia sul collo, anche se fingi il contrario. Soprattutto quando siete al cinema.»

Lo sguardo di Scott si fermò sul mio collo, poi sulla mia bocca. Mi sentii nauseata. «Capisci? Sono un esperto di Jane Freeman. Il che significa che so esattamente come farti felice.»

Inghiottii il mio disgusto. L'unica cosa importante in quel momento era scoprire cos'altro sapesse. «Sono senza parole» dissi, sperando che la mia voce non suonasse falsa come la sentivo. «Che cosa hai fatto dopo aver incrociato la macchina di Langley?»

«Ho fatto un'inversione a U, ti ho seguita fino a Deal, e ho parcheggiato davanti alla casa della festa, cercando di decidere cosa fare.»

«Perché non sei semplicemente entrato?»

«Non era il luogo adatto a me, S.J., lo sai. Ma poi Elsa è uscita e ha cercato di baciarmi.»

«Elsa?»

«Ci provava con me da quando eravamo al campeggio. E così è arrivata al punto di dirmi: 'Stai aspettando Jane ma non l'avrai mai', e stronzate del genere. Ero sicuro che si sbagliava.» Scott cercò di accarezzarmi i capelli.

Gli bloccai la mano. «Che cosa è successo dopo?»

Lui mi guardò con aria interrogativa. «Ma ti piace essere accarezzata sui capelli.»

Avevo la sensazione che il mio stomaco stesse tentando di arrampicarsi fino a uscirmi dalla gola. Deglutii con difficoltà. «Tra un po'. Raccontami di Elsa, che cosa è successo?»

«Le ho chiesto di avvisarti che ero fuori e che volevo parlarti, ma tu non ti facevi viva. Stavo proprio per dare l'assalto al castello quando ti ho vista uscire insieme a una delle tue amiche, quindi ho pensato che stavi bene e me ne sono andato. Ma poi... Be' mi sono sentito malissimo il giorno dopo quando ho saputo quello che era successo. Ho capito che avrei dovuto restare. Che avevi bisogno di me quella sera.»

«Con quale delle mie amiche sono uscita?»

«Una che indossava delle ali. Perché voi persone ricche vi vestite in modo così strano?»

«Ma quale?»

«Non vedevo bene. Era buio e pioveva.» Scott si alzò e iniziò a camminare avanti e indietro. «Perché mi stai facendo il terzo grado? Dopo averti vista, sono andato via. E ho fatto di tutto per aiutarti. Tu sei molto importante per me.» Si chinò per baciarmi ma io lo spinsi via.

«Qual è il problema, S.J.?»

«Quello che facciamo. Non voglio continuare.»

«Di che cosa stai parlando?»

«Non uscirò con te. È stato un errore. Lo facevo per i motivi sbagliati. Il nostro rapporto non può che essere di amicizia.»

Scott sembrò essere stato appena schiaffeggiato, iniziò anche a sfregarsi le guance. «Non puoi dire una cosa del genere. Non puoi. Siamo una coppia perfetta.» Restò in silenzio con gli occhi furenti. «Aspetta un attimo.» Afferrò il mio telefono e controllò il nome dell'ultima chiamata. «Lo sapevo. Quel bastardo, David. Quello di 'Fa' la brava'. Ti ha chiamato e adesso tornerai con lui.»

«No. Lui non c'entra niente. Tu... mi hai perseguitata.»

Lui scoppiò a ridere. «Ti ho perseguitata? Ho cercato di proteggerti. Ho imparato tutto di te, ho scoperto tutto per poterti amare. È esattamente quello che fa un buon fotografo per il suo soggetto. È un delitto?»

«È solo che non sento per te quello che tu senti per me.»

Sul suo bel volto che sembrava modellato a mano si disegnò un'espressione incredula, e qualche altra cosa. Vidi una goccia di sudore che iniziava a formarsi su una tempia. «No. Tu non senti. Punto. Tu hai il terrore di avere dei sentimenti, non è vero?» Si chinò su di me e avvicinò il suo volto al mio. Aveva un'espressione cattiva. «Hai paura di essere sopraffatta. Per questo le tue foto sono fredde e morte. Perché tu sei fredda e morta. O quasi.»

«Mi dispiace, Scott. Ma non è così.»

«Non è così? Vuoi sapere com'è?»

Adesso sudava sul serio e sembrava che gli occhi stessero per schizzargli fuori dalle orbite. Non era più bello, per niente. Si avvicinò a un grande zaino che aveva appoggiato su una sedia e cominciò a rovistare furiosamente finché trovò ciò che cercava. «Non sono io il cattivo in questa storia. Sono il buono. Vuoi sapere chi è il cattivo? Guarda questa.»

Lanciò un pezzo di carta sul tavolo. «Spero che tu sia felice» disse, e se ne andò di corsa. Mi lasciò sola con la fotocopia del preventivo, con la data del giorno successivo alla festa, della riparazione del paraurti di una Audi A4 registrata a nome di David Tisch.

'Il veicolo è andato a sbattere contro un palo' c'era scritto. Mi resi conto che era vero. Avevo dimostrato di avere la stessa intelligenza di un palo.

Sembra che lei fosse in ginocchio al centro della strada, aspettando che la macchina la investisse, aveva detto l'agente Rowley il primo giorno che mi aveva interrogata. 'Di solito ci sono due spiegazioni per questo tipo di comportamento.'

Ma si sbagliava. Ce n'era una terza. Puoi stare in ginocchio in mezzo alla strada senza muoverti se conosci la persona che guida la macchina e sei sicuro che si fermerà.

31

Sapevo che avrei dovuto chiamare aiuto. Avvicinarmi al tavolo conferenze e premere uno qualsiasi dei pulsanti del telefono e chiedere dell'agente Rowley, di Loretta o chiunque altro. La notizia sulla macchina di David (adesso capivo perché il primo giorno era venuto con Ollie) rendeva impossibile la teoria della rapina al supermercato. E quell'altra rivelazione di Scott, che io ero uscita insieme a una delle mie amiche. 'Ragazze con le ali.' Poteva essere solo o Langley o Kate.

Se Scott mi aveva vista fuori dalla casa insieme a una di loro, Ollie aveva mentito. Non era stato lui a seguirmi fuori, ma qualcun altro.

Quanto più un evento è traumatico, tanto più profondamente viene seppellito, aveva detto il dottor Tan.

Sono davanti alla porta della camera da letto. Qualcuno, fermo proprio sulla soglia, mi blocca il passaggio.

Anzi, no, non blocca il passaggio. Tiene aperta la porta. È Kate, Kate tiene aperta la porta, Kate dice: «Vuoi sapere dov'è il tuo prezioso David? Guarda, eccolo.» Kate indica David e Sloan insieme sul letto.

Sono sconvolta. «Come puoi farmi questo?» chiedo.

«Ho pensato che avresti voluto saperlo.»

«In questo modo? Davvero?»

Mi tolgo l'anello dell'amicizia che lei mi aveva dato e glielo lancio in faccia.

Il pavimento del corridoio balla sotto i miei piedi. Riesco a fatica a uscire dalla casa.

«Jane, aspetta.»

Kate mi sta seguendo. Ha delle strisce di mascara lungo il viso come se avesse pianto e sul collo del suo costume da fata c'è uno squarcio. Adesso Kate mi dice: «Mi dispiace. È stato brutale. Non avrei dovuto farlo. Ma questa sera non sei l'unica che è stata ferita.»

«Non mentire.» Sono furiosa. Furiosa con David. Furiosa con me stessa. Ma me la prendo con lei. «Hai cercato di separarci da quando io e David abbiamo iniziato a uscire insieme. Bene, ci sei riuscita. Ottimo lavoro.»

«Non è questo che...»

La bacio sulla bocca, con violenza, e le mordo le labbra. Quando la lascio andare, lei rimane immobile. «È questo che volevi?» le chiedo. «Sei felice adesso?»

Kate si tocca le labbra con le mani. Sta sanguinando.

«Vuoi che lo faccia di nuovo? Il problema è tutto qui?»

I suoi occhi bruciano di disprezzo. «Ti odio, brutta puttana. Pagherai per questo.» Gira sui tacchi e torna di corsa alla festa.

E a quel punto era comparso Ollie. Per questo lo avevo ascoltato. Perché ero troppo intontita per muovermi.

'Avrei dovuto fermarmi' aveva detto Kate. Era stata lei a investirmi? E poi aveva ritrovato il mio anello e me lo aveva rimesso al dito per non far capire che avevamo litigato? E quando ha detto a David di lasciarmi in pace, era perché non voleva che lui mi facesse altre domande e stimolasse i miei ricordi?

'Pagherai per questo' aveva detto Kate. E aveva tutti i diritti di essere arrabbiata, ora me ne rendevo conto. Al mare, l'estate precedente, io l'avevo usata. Avevo pensato che mi piacesse quello che lei voleva, ma non era così semplice. Mi prendevo quello che mi serviva. Amore. La sensazione di essere importante per qualcuno. Pensavo che fosse giusto... Era stata una sua idea, dopotutto. Ma non era giusto. Perché sapevo che per lei quella storia significava più di quanto significasse per me, ma l'avevo accettata lo stesso. Le dovevo delle scuse.

Se fossi sopravvissuta.

Il telefono dell'ospedale sul tavolo stava suonando. Senza pensare, risposi. «Pronto.»

«Il suo fantasma ti perseguita?»

«Quale fantasma?»

«Bonnie, naturalmente. La ragazza che hai ucciso.»

«Io non l'ho uccisa.»

«Sarebbe morta adesso se non ti avesse conosciuta?»

Tranne le persone che erano nella mia stanza la sera prima, nessuno conosceva quella storia.

«È arrivato il momento che tu paghi per quello che hai fatto, Jane. O per quello che non hai fatto.»

E io. Anch'io la conoscevo.

Il che significava che ero in preda a un'allucinazione. Quella conversazione esisteva solo nella mia testa. Era tutto...

«Spero che tu sia pronta per morire.»

Abbassai il ricevitore con violenza.

No.

Non era possibile. Io non volevo morire. Non era un'allucinazione...

O forse sì?

...Se non lo era, qualcuno stava per venire a uccidermi.

Ma nessuno avrebbe potuto trovarti. Nessuno, tranne Scott e Loretta, sapeva dove ti trovavi.

Non l'ho immaginato. Non...

Sei sicura?

...Voglio morire.

Basta!

Mi misi le mani sulle orecchie per zittire quelle voci.

Era troppo. Non ne potevo più. Presi il telefono e iniziai a spingere i pulsanti violentemente finché la voce di Loretta disse: «Che cosa stai facendo, tesoro?» accanto a me.

«Oh, grazie a dio.» Misi giù il telefono. «Come sei arrivata qui?»

«Scott è venuto nella tua stanza per dirmi che avete avuto una piccola discussione, ma si era preoccupato per il fatto che tu fossi rimasta qui da sola, quindi...»

Se Scott era insieme a Loretta, non poteva aver fatto quella telefonata.

Se mai c'era stata.

«Dobbiamo andare via di qui, Loretta.» Facendo leva sulle mani, cercavo di spostare la sedia a rotelle verso la porta, ma mi incastrai tra il tavolo da pranzo e la parete. «Sposta quel tavolo.»

«Calmati, tesoro.»

Le afferrai un polso. «Ha chiamato di nuovo, Loretta. L'assassino.»

Lei mi mise una mano sulla fronte. «Hai la febbre.»

Mi scostai. «Non ha nessuna importanza. Qualcuno sta venendo qui per uccidermi. Devo andare via. Loretta, devi aiutarmi.»

«Ma certo, tesoro.»

Mi girai verso il tavolo. Se lei non voleva aiutarmi, avrei trovato da sola un modo per andarmene. Appoggiando le mani sul tavolo, cercai di alzarmi. «Non c'era nessun volto. Nello specchio del bagno non avevo il volto. C'erano solo le mani.»

«Siediti, cara.»

Le braccia mi tremavano per lo sforzo. «Non capisci cosa significa, Loretta? Uno spazio vuoto. So cosa hanno fatto.»

«Ti aiuto a rimetterti sulla sedia a rotelle.»

«Kate. Kate ha detto che avrei pagato per quello che ho fatto. E la macchina di David ha sbattuto contro un palo.»

«Siediti, tesoro.»

«Non sono pazza. Non ho le allucinazioni. Non c'è tempo. È arrivato il momento. Ha detto così l'assassino. È arrivato il momento di morire.»

«Va bene, tesoro.»

«Dobbiamo andarcene. L'assassino sta per arrivare, vuole uccidermi. Nessun posto è sicuro. Ero drogata ma non avevo bevuto niente. Non toccare niente. Qualsiasi cosa potrebbe essere avvelenata. Non capisci?»

«Capisco. Siediti e ti porterò fuori di qui in carrozzella.»

Sentii un grande sollievo. Ero riuscita a farmi capire da Loretta. «Sì. Grazie.» Mi lasciai andare sulla sedia, così felice che iniziai a singhiozzare. «Grazie, Loretta.»

Con la coda dell'occhio mi rendevo vagamente conto che lei faceva qualcosa con la mano, e poi sentii la sua voce al telefono: «Sono Loretta Bonner dalla mensa dei dirigenti nel lato occidentale. Ho un codice 4.»

«No.» Cercai di prendere la cornetta. «Ci troverà prima lui. Dobbiamo andare via.»

Loretta mi spinse via la mano. «Mandatemi la sicurezza e il dottor Tan, immediatamente.»

Non mi aveva creduto. A causa delle medicine. Lei pensava che le medicine mi provocassero le allucinazioni.

In quel momento capii quale era la soluzione per mettere fine a tutta quella storia, per eliminare qualsiasi dubbio. Avrei capito! Avrei capito se ero pazza oppure no. Cercai di afferrare il tubo della flebo che avevo al braccio. «Toglimi questo affare. E dopo sapremo con certezza.»

«Che cosa stai facendo?»

«Voglio essere sicura. Capisci? Così sapremo.» Ero così felice di aver avuto quell'idea che iniziai a ridere.

«Sapremo cosa?»

«Se le telefonate sono vere oppure se è solo questo,

questo veleno, che mi è stato iniettato nelle vene.» Le sorrisi e continuai a tirare la flebo. «È così ovvio.»

Lei mi afferrò con forza il polso per fermarmi. «Adesso devi cercare di calmarti, tesoro.»

«No. Devo cercare di fare questo. Aiutami, Loretta. Ho bisogno di sapere cosa è vero e cosa non lo è. Toglimi questa roba.»

Loretta si era chinata su di me e mi teneva ferme le braccia. «Sta' ferma, tesoro.»

«Si deve risolvere. Deve finire. Questa storia deve finire.» Visto che lei mi bloccava le mani, decisi di togliermi la flebo con la bocca. «Basta. Voglio che finisca.» Piegai il collo per avvicinarlo il più possibile al braccio.

Loretta mi spinse la testa indietro. «Devi smetterla, tesoro. Smettila e andrà tutto bene.»

«Stai mentendo!» mi liberai dalla sua stretta, la mia mano era improvvisamente diventata forte, e cercai di alzarmi dalla sedia. «Tu sei contro di me. Siete tutti contro di me.»

Non vidi l'ago finché lei non me lo infilò nel braccio.

32

Qualsiasi cosa Loretta mi iniettò, mi stese in un lampo. Quando aprii gli occhi, mi ritrovai in un luogo che non conoscevo. Ero in una stanza completamente diversa. Non c'erano finestre, e quindi anziché sul davanzale, tutti i simboli delle mie amicizie erano stati spostati dalla stanza 403 e messi sopra una mensola sulla parete di fronte al letto. Sentivo un prurito al viso e quando cercai di grattarmi scoprii che non riuscivo a muovere le braccia. In un primo momento pensai di essere di nuovo paralizzata, ma poi mi resi conto che la realtà era peggio. Ero legata al letto.

Mi dimenai ma non riuscii a liberarmi. «C'è qualcuno?» urlai. La porta era chiusa. «Qualcuno mi sente? C'è qualcuno?»

Una chiave girò nella toppa e mia madre e il dottor Tan entrarono nella stanza.

«Oh, Jane.» Mia madre piangeva a dirotto. Ogni pretesa di perfezione era svanita. «Oh, tesoro, bambina mia. Cosa succede dimmi cosa posso fare mi dispiace così tanto non siamo venuti questa mattina presto perché Annie era malata oh tesoro...»

«Signora Freeman, se non le dispiace.» Il dottor Tan cercò di passare davanti a mia madre ma lei lo bloccò con lo sguardo.

«Mi dia un minuto, dottore. Ho bisogno di parlare

con mia figlia.» Si rivolse di nuovo a me. «Piccola, mi dispiace così tanto. So di averti abbandonata.»

Mi abbracciò e mi tenne stretta forte forte. Avvertii di nuovo la sensazione di cadere che avevo avuto prima, ma questa volta era bella. Splendida. «Mammina» dissi, cercando di alzare le braccia per stringerla anch'io forte.

Lei si staccò da me. Aveva un'espressione piena di amore e fiducia e dolcezza per me. Avrei voluto asciugarle le lacrime. «Non piangere, mammina.»

«Ti voglio tanto bene, Jane.»

«Anch'io.» Cercai di nuovo di muovere le braccia. «Dove sono? Perché sono legata?»

Il suo sorriso era ancora lì ma per un attimo tremò. Mi scostò i capelli dalla fronte e appoggiò la mano sulla mia guancia. «Abbiamo dovuto spostarti all'ottavo piano.»

«Nel reparto psichiatrico? Perché? Non sono pazza.»

Il dottor Tan si avvicinò e si fermò accanto a lei. «Se mi consente, signora Freeman» disse, e lei si spostò appena, ma senza lasciare la mia mano. Me la strinse, e io ricambiai la stretta. Avremmo affrontato insieme quell'ostacolo. Ero così felice che quasi non feci caso al dottor Tan che diceva: «Lei ha avuto un episodio psicotico piuttosto grave, Jane. Ha cercato di togliersi la flebo e ha iniziato a dire che doveva farla finita.»

«No.» Scossi la testa. La mano di mia madre dentro la mia mi rasserenava. Le sorrisi. Sarebbe andato tutto bene, dovevo solo spiegare. «Avete capito tutti male. Volevo che finisse la cura, non volevo più prendere i medicinali per poter provare a tutti che non avevo le allucinazioni, e che qualcuno stava cercando di uccidermi. Oppure provare a me stessa che quegli episodi erano allucinazioni.» Mi sforzavo di parlare con voce piatta, calma. «In un modo o in un altro, eliminare i medicinali avrebbe risolto il dilemma. Era questo che volevo finisse, la cura con i medicinali. Il veleno. Volevo riconquistare il controllo della mia mente, della mia vita.»

«E noi siamo qui per aiutarla a farlo» mi assicurò il dottor Tan.

«Bene» dissi. «Che ne dice di cominciare liberandomi le braccia?»

«Forse tra un po'.»

Mi aveva ascoltato? Riprovai. «Ma se io ho ragione, e qualcuno sta cercando di uccidermi...» dissi, pronunciando con molta attenzione ogni singola parola «lasciandomi immobilizzata qui, sarò un bersaglio molto facile da colpire.»

Gli occhi del dottor Tan scavarono dentro i miei. «Chi è che sta cercando di ucciderla? Può darci indicazioni più precise?»

Guardai mia madre, ma il suo sguardo era piantato sullo psichiatra e non su di me. In quel momento mi resi conto che non sarebbe andata come avrei voluto. «Non lo so. Ne abbiamo già parlato. Credo che sia una persona che conosco. Un amico.»

Il dottor Tan mi diede qualche affettuoso colpetto sul braccio. «Finché non avrà scoperto chi è, qui sarà al sicuro. Ci sono dei poliziotti fuori della porta e nessuno può entrare o uscire senza un'appropriata autorizzazione.»

«Questo non fermerà il mio assassino. Devo uscire di qui.» Stavo cercando di sfilare dalla cinghia di cuoio la mano che mia madre non stringeva. Se solo fossi riuscita a liberarmi...

«Per quale motivo qualcuno vorrebbe ucciderla?» mi chiese il dottor Tan con la sua voce monotona fino all'esasperazione.

«Non-lo-so» dissi a denti stretti. Stavamo perdendo tempo. «Ma anche questo deve far parte del suo piano.»

«È onnipotente?»

Non avevo nemmeno bisogno di guardare la sua faccia per capire quanto suonasse folle. «Sì. No. Dio.» Iniziai a piangere.

Lui si rivolse a mia madre. «È normale dopo un episodio di stress emotivo. La cosa migliore che possiamo fare in questo momento è lasciarla riposare.»

Mia madre annuì e mi sorrise. Lo stesso sorriso di qualche minuto prima, pieno di amore. Ma questa volta disse: «Qui sei al sicuro, Jane. Nessuno potrà farti del male. E tu non potrai fare del male... a nessuno.»

«Non ho intenzione di fare del male a nessuno» dissi, ma poi mi resi conto che lei voleva dire un'altra cosa. Lei pensava che io potessi fare del male a me stessa.

«Non stavo cercando di uccidermi, mamma» dissi, con tono implorante. «Devi credermi.»

Lei mi guardò con l'espressione più triste che io abbia mai visto. «Il dottor Tan dice che aver fatto riemergere tutta la storia su Bonnie ieri può ave...» Le lacrime le bagnavano il viso. Si chinò verso di me e si portò la mia mano alla guancia. «Oh, Jane, mi dispiace così tanto di non essere venuta qui questa mattina. Non me ne andrò, non andrò da nessuna parte finché non starai meglio. Tesoro, hai tante cose per cui vivere. Ci sono tante persone che ti vogliono bene.»

«Ti prego, fammi riportare nella stanza dov'ero prima. Non mi piace questa.»

«È solo per un po', tesoro. Finché... finché saremo sicuri che sia passato.»

«Non lasciarmi. Ti prego.»

«No, non lo farò.»

«Signora Freeman, le consiglio vivamente...» iniziò il dottor Tan, ma mia madre lo zittì.

Si alzò in piedi, raddrizzò le spalle e annunciò: «Mia figlia ha bisogno di me, e io le starò accanto.»

Credo che mi diedero un forte sedativo perché non ricordo molto di quello che accadde dopo. Addormentarmi con una mano stretta in quella di mia madre, anche se avevo il polso bloccato, era la più bella sensazione del mondo.

Quando mi risvegliai, lei non c'era ma il senso di benessere persisteva. Quel risveglio fu totalmente diverso da quello di quattro giorni prima.

Dio, erano davvero passati solo quattro giorni?

Ripensai a tutto quello che era successo, il messaggio sullo specchio quando non c'era nessuno, la paranoia della cimice nella mia stanza che poi non avevo trovato, le telefonate che nessuno tranne me sentiva, i regali dell'ammiratore segreto che tutti tranne me consideravano innocenti. Gli strani sguardi e le mezze verità dei miei amici che sembravano minacciosi ma che avevano una spiegazione innocente. L'unica cosa fuori posto, l'unica cosa che rendeva strano ogni episodio ero io.

Come ero arrivata lì? Quattro giorni prima ero una ragazza assolutamente normale e ora... mi guardai un polso, legato al letto da una grossa cinghia di cuoio. Sembrava la scena di un brutto film. Avevo i pugni chiusi e quando li aprii vidi l'anello dell'amicizia sulla mia mano destra.

Ecco. Quella era una cosa, l'unica cosa, che ero sicura di non aver immaginato. Il mio anello. Non solo si era spostato, ma a un certo punto era sparito.

Sembrava impossibile, ma era vero. E se era vero, poteva essere vero anche tutto il resto.

E quindi qualcuno stava venendo a uccidermi.

Non preoccuparti, Jane, i nostri destini sono intrecciati. Mi prenderò cura di te ovunque andrai, aveva detto il mio ammiratore segreto.

«Mamma!» gridai. «Mamma!»

Nessuna risposta. Considerando lo strano silenzio della stanza, immaginai che fosse completamente insonorizzata.

Cercai di liberarmi delle cinghie strette intorno alle braccia, mi inarcavo per passarci attraverso ma non ci riuscivo. Mi guardai intorno alla ricerca di qualcosa da poter afferrare e notai una busta trasparente sul tavolino accanto al letto. Sbirciando, capii che l'agente Rowley era passata per darmi la foto della scena del crimine.

***

L'immagine era spoglia ma bella.

Fu la prima cosa che notai. Mostrava il momento appena prima dell'alba, quando il mondo diventava monocromatico e una luce grigiazzurra avvolgeva tutte le cose. I lampioni erano spenti, e la strada era diventata un nastro grigio e silenzioso solcato da due strisce nere che nascevano in alto a sinistra e si spegnevano in basso a destra. Sullo sfondo si intravedevano grandi edifici, sfocati e con macchie scure di pioggia. In primo piano, leggermente spostato a destra, sopra un prato grigioblu, c'era un bellissimo cespuglio. Sembrava essere uscito da una favola, somigliava al corpo di una strega trasformata per una maledizione, con le dita rugose rivolte verso il cielo. Dentro c'era una ragazza.

Guardai la foto come se quella ragazza non fossi io, cercando indizi. Brandelli della sua gonna di tulle erano impigliati tra i rami mossi dalla brezza mattutina come minuscole bandiere. Un coniglio di ceramica, una mamma anatra seguita da cinque piccoli anatroccoli e uno scoiattolo che suonava il flauto la circondavano come silenziosi guardiani. Aveva una gamba piegata; l'altra, da cui penzolava una scarpa di Prada con una zeppa altissima, sporgeva dal cespuglio. La mano sinistra era incastrata sotto il corpo e la destra, con un anello dell'amicizia sull'indice, era protesa verso l'alto, quasi come se volesse raccogliere l'unica rosa di un rosso intenso sopra di lei, la sola macchia di colore dell'immagine. I capelli neri le coprivano metà del viso. Sul corpo erano visibili moltissime ferite profonde, e dalla testa partiva un rivolo rosso di sangue. Le labbra erano dischiuse, come se la ragazza stesse per dire qualcosa, rivelare un segreto.

«Buongiorno, principessa» disse una voce allegra vicino la porta della mia stanza.

Alzai gli occhi e vidi un uomo sconosciuto con indosso un camice da ospedale. Avrei voluto che fosse Loretta.

Il nuovo infermiere mi disse: «Mi chiamo Ruben. E a giudicare da questa stanza, devi essere la nostra Miss Mille Amici.» Iniziò a sfiorare i mazzi di fiori che erano stati spostati su una mensola davanti al mio letto, e si fermò su due dozzine di rose rosse. «Queste devono essere costate un occhio. Vorrei trovare anch'io un fidanzato così generoso.»

«Non me le ha regalate il mio fidanzato» gli dissi.

«Oooh, ma allora devi essere una persona speciale. E di questo amico cosa mi dici?» Prese l'orsacchiotto tipo palestrato con la canottiera. «Non saprei dire se è stato mandato da un amico o da un nemico.»

«Neanch'io» dissi.

Quanto più un evento è traumatico, tanto più in profondità viene seppellito, aveva detto il dottor Tan. Guardando la foto, ebbi la sensazione di essere arrivata a un solo passo dal traguardo. Il segreto finale. Adesso Ruben era in piedi davanti alla ghirlanda di rose a forma di cuori sulla quale era appoggiata la bambola che Annie aveva chiamato Robert, e poco distante c'era il coniglietto di ceramica. Ruben strinse gli occhi per leggere il bigliettino accanto al coniglietto. «Dal tuo ammiratore segreto» lesse ad alta voce. «Allora, vediamo. Hai un fidanzato, un non fidanzato e un ammiratore segreto.» Mi guardò e scosse la testa. «Tesoro, non mi meraviglio se qualcuno ha cercato di metterti sotto.» Quanto più un evento è traumatico...

Fissai il volto della ragazza nella foto e pensai allo specchio nel bagno al piano di sotto. Il modo in cui si era appannato, lasciando solo lo spazio vuoto tra le mie mani dove avrebbe dovuto esserci il mio viso. E la verità si abbatté all'improvviso sulla mia mente con la forza di un fiume in piena, inevitabile, dolorosa, lasciandomi senza fiato.

All'improvviso capii tutto. Capii come una mano invisibile poteva aver scritto. Come qualcuno può chiamare senza che nessuno senta. Come un anello può svanire e ricomparire nel posto sbagliato. Capii tutto sulla telefonata. Il bicchiere. La macchina.

Capii che non ero pazza e non lo ero mai stata.

«Tornerò da te tra un attimo, principessa» disse Ruben ma io quasi non l'ascoltavo.

Sapevo chi era il mio assassino. Lo avevo sempre saputo ma il mio cervello aveva fatto di tutto per trovare un'altra soluzione, un'altra spiegazione. Un'uscita.

Non ce n'erano. L'ultimo tassello di quella notte s'incastrò al suo posto.

Sono sola al centro della strada. L'asfalto è scivoloso e scintillante a causa della pioggia.

Non fermarti, mi dico. Devi continuare a correre. Qualcuno di cui mi fido vuole farmi del male.

Il suono dei miei tacchi risuona nella strada, le mie caviglie si storcono e io cado a terra.

Alzati! Non fermarti!

Voglio mia madre, penso mentre mi sforzo di rimettermi in piedi, la voglio con una tale intensità che risuona dentro di me come una sinfonia. Voglio accucciarmi vicino a lei nella vecchia amaca sgangherata sotto l'elmo del nostro giardino a Naperville, guardare le api pigre che svolazzano da un fiore all'altro e ascoltare Annie e la voce di mio padre che si rincorrono in una delle loro storie inventate di principi e regine e ippopotami. Voglio tornare nella nostra vecchia station-wagon e scommettere sui secondi che mancano prima che il semaforo scatti sul verde e sorprendermi dell'abilità di mia madre che riesce a indovinare quasi tutti le volte. Voglio tornare nella cucina con le piastrelle gialle che non hanno mai cambiato, voglio mangiare pancake ai mirtilli con mio padre mentre Annie canta *Itsy-Bitsy Spider* nel suo seggiolone. Voglio tornare nella nuova cucina in muratura con mia madre e Joe e Annie a non fare nulla.

Voglio tornare a quando non sapevo certe cose, a quando non soffrivo così tanto. Voglio che il dolore si fermi. Che cosa sto facendo qui, a un'altra festa, con un altro costume? Perché non sono rimasta a casa? Perché scelgo sempre di uscire? Ho giocato a travestirmi per troppo tempo.

Muoviti. Continua a camminare.

Rivoli d'acqua zampillano ai lati della strada e mi costringono a camminare al centro. Non c'è nessuno in giro, solo qualche discreto sporadico lampione, come in tutte le aree residenziali. Mi fa male la caviglia, zoppico e ho freddo, ma la pioggia diminuisce.

Il mio cellulare squilla. Leggo il nome del chiamante ed esito. Ho voglia di parlare con Ollie? Ho bisogno di essere accompagnata a casa.

Sono fradicia e riesco ad aprire il telefono con le mani tremanti solo dopo tre tentativi. Una voce, che non è di Ollie, mi dice: «Dove sei? Vengo a prenderti.»

«Sono a Peregrine Road.»

«Al prossimo angolo gira a destra, sarò lì ad aspettarti.»

«Va bene, a tra poco.»

Arrivata all'angolo giro e continuo a camminare al centro della strada, passando dal buio alle macchie di luce dei lampioni, e poi di nuovo al buio. Il telefono vibra e cerco goffamente di rispondere. Mi scivola dalla mano bagnata e cade sull'asfalto bagnato. Quando mi piego in avanti per prenderlo le mie ginocchia cedono e mi ritrovo distesa per terra sotto un lampione.

Alzati! Devi alzarti!

Sono appena riuscita a mettermi sulle ginocchia quando sento il rumore di una macchina che viene lentamente verso di me dal limite dell'isolato, ma non vedo altro che buio. Stringo gli occhi, intravedo la sagoma di una berlina con i fari spenti che si avvicina. È la macchina di David.

Ancora inginocchiata, faccio un gesto con la mano per farmi vedere.

La macchina inizia ad accelerare.

Non può vedermi se ha i fari spenti, penso.

«Fermati!» grido, cercando di alzarmi. I miei piedi scivolano senza controllo nelle scarpe prese in prestito e io non riesco a muovermi. Mi ha quasi raggiunto, ormai, si avvicina in fretta. Un attimo prima dell'impatto i fari si accendono, inchiodandomi nella loro luce accecante. Adesso si ferma, adesso...

L'auto accelera. Faccio un ultimo disperato sforzo sulle ginocchia per spostarmi verso il ciglio della strada.

L'auto devia verso di me, e mi prende frontalmente.

L'impatto mi solleva dal suolo. Mentre volo, il tempo si ferma e vedo tutto. Vedo le gocce d'acqua sospese in aria brillare come diamanti, i cavi elettrici tremare per la corrente che li attraversa, il movimento della gomma del tergicristallo della macchina. Poi sento un rumore orribile come di ossa triturate e mi rompo in mille pezzi, mi inarco, mi accartoccio.

Atterro con un tonfo scricchiolante, il mio corpo esplode in un boato di agonia, suono e forma si combinano in una cacofonia di dolore. Centinaia di punte taglienti mi bucano la pelle, mi afferrano le braccia, le gambe e i capelli, facendomi prigioniera. Sulla lingua sento il sapore del sale.

Una frazione di secondo dopo che la macchina mi ha colpita, in quel momento di chiarezza, vedo la persona seduta al volante. Vedo le mani sulle dieci e dieci, vedo la cintura allacciata, vedo il viso familiare. Il sorriso familiare.

«Ciao, Jane» dice il mio assassino.

Staccai lo sguardo dalla foto della scena del crimine perché sentii dei passi nel corridoio proprio fuori dalla mia stanza, e capii che stava per iniziare l'ultimo atto della tragedia. Una chiave girò nella toppa e la porta si aprì.

«Ciao Jane» disse Ollie.

33

Avrei dovuto capire dall'inizio che si trattava di Ollie. Era l'ipotesi più ovvia.

«Non vorrei farlo» disse. Teneva l'ago ipodermico lungo un fianco e sul volto aveva un'espressione che faceva chiaramente trapelare il suo conflitto interiore. «Lo sai che non avrei voluto che accadesse nulla di ciò che è accaduto. Ho cercato di avvisarti. Ho cercato di dirti di smetterla di fare domande. Tante volte. Ma non mi hai ascoltato.»

«Lo so.»

«E ora...»

«Non devi andare per forza fino in fondo, Ollie» dissi. «Puoi fermarti.»

«Non posso. Ho fatto una promessa. Ora devo agire.»

«Tu non devi niente a nessuno. Ti stanno usando.»

«Nessuno mi sta usando. So esattamente quello che sto facendo. È una mia scelta.»

«È stata tua l'idea di mandare i fiori? Davvero? Ripensa a come è andata e dimmi se non è stato qualcuno a suggerirtelo. E la bugia del tentativo di baciarmi? Sappiamo tutti e due che non hai nessun interesse sentimentale per me.»

«È stata una mia idea. Ho architettato tutto io. L'ho fatto per proteggere...»

Nell'atmosfera della stanza s'intromise un urlo seguìto dal rumore di molti passi. La porta si aprì con fragore e quattro corpulente guardie di sicurezza con pistole e walkie-talkie entrarono di corsa, seguiti da Langley che gridava: «Fermatelo, dovete fermarlo. Ve l'avevo detto che sarebbe venuto qui per ucciderla. Fermatelo!»

Il capo della sicurezza disse: «Metti giù la siringa.»

Ollie la guardò come se non sapesse cosa fosse. «È solo una soluzione salina. Non c'è niente di serio dentro.»

«Mettila giù.»

«Volevo solo spaventare Jane, non avevo intenzione di farle del male. Volevo convincerla a...»

Le guardie di sicurezza circondarono Ollie, mentre i suoi occhi sembravano sul punto di schizzare dalle orbite. Tutto il suo corpo tremava, ma lui sembrava non vedere gli uomini che lo braccavano. Girò lo sguardo e disse: «Langley? Che cosa ci fai qui?»

Langley lo ignorò, venne di corsa verso di me e mi cinse la testa tra le braccia. «Ve l'avevo detto. Ve l'avevo detto che voleva farle del male.» Mi baciò sulla fronte. «Stai bene, caramellina?»

«Sì» risposi.

«Grazie a dio siamo arrivati in tempo.» Langley piangeva.

«Sì, grazie a dio» dissi anch'io.

Ollie adesso guardava gli uomini che lo circondavano con le labbra strette e il volto segnato dall'ira. «State lontano da me.» Si abbassò sulle gambe come a voler combattere ma tenendo alzato il braccio in cui reggeva la siringa. Sembrava facesse fatica a respirare.

Il gruppo di guardie si muoveva intorno a lui lentamente. «Metti giù la siringa» disse il capo.

«Fallo tu.» Ollie gli sferrò un colpo ma lo mancò. «So combattere. Me l'ha insegnato mio padre prima di morire.»

«Andiamo, metti giù la siringa.»

«Non credi che io sia abbastanza uomo da farlo, vero? Guarda» gli ordinò Ollie.

Sudava e strofinava la mano libera contro la gamba coperta dal camice ma sembrava perdere concentrazione, barcollava. «Posso...»

«Ha un coltello!» gridò Langley, e allora una delle guardie si abbassò e con una mossa stese Ollie sul pavimento.

Lui cercò di sollevarsi sulle mani e sulle ginocchia. «Fermatevi» diceva, con gli occhi fissi su Langley. «Io...»

Una delle guardie lo bloccò mettendogli un ginocchio dietro la schiena. «Sta' fermo» gli disse.

«Ma...» adesso la voce di Ollie era debole, come se la sua volontà si fosse spenta.

«Sta' zitto!»

Le guardie parlarono nei walkie-talkie, ammanettarono Ollie e lo spinsero verso la porta. Prima di oltrepassare la soglia, Ollie si voltò verso me e Langley e farfugliò: «Non ho mai avuto un coltello. Lo sai. Odio i coltelli. I coltelli... per i codardi.» E, con gli occhi mezzo chiusi, barcollando, sparì.

«Dobbiamo farvi alcune domande di routine» disse il capo delle guardie, avvicinandosi al mio letto. «Molte possono aspettare ma lei, signorina, come ha capito che il signor Montero sarebbe venuto ad aggredire la sua amica?»

«Oggi è venuto a casa mia e si comportava in modo... strano, davvero. Alla fine ha detto che andava a fare una cosa per proteggermi, che mi amava e che si sarebbe occupato di Jane. Non avevo capito assolutamente a cosa si riferisse ma era chiaro che aveva sviluppato una fissazione secondo la quale io ero responsabile dell'incidente di Jane.» Scosse la testa con convinzione, guardò verso di me e mi sorrise. «Ci crederesti?»

La guardia non ci credeva.

«A ogni modo, sono venuta subito qui e ho cercato di entrare per avvisare Jane, ma naturalmente il reparto è chiuso e così sono andata su e giù per i piani urlando contro tutti quelli che incontravo. Per fortuna ha funzionato.»

«Sa come si è procurato il camice? O le sostanze nella siringa?»

Langley strinse le labbra. «Temo di essere io la responsabile. Mio nonno è... non sta bene ed è assistito da uno staff privato di infermieri. Ollie è venuto a casa per aiutare mia nonna a installare un sistema di sorveglianza nella stanza dove mio nonno è immobilizzato e credo che sia stato facile per lui prendere quello che gli serviva.»

La guardia annuì. «Grazie.» Poi mi guardò. «Lei è molto fortunata ad avere un'amica così intraprendente.»

«Sì, Langley è molto intraprendente» dissi.

«Agente!» L'uomo si fermò e Langley si precipitò verso di lui e lo abbracciò. «Grazie. Grazie per aver salvato la mia amica.»

Lui fece un'espressione sorpresa e felice. «Di niente, signorina.» Arrossì e uscì dalla stanza.

Guardai Langley, che si era voltata verso di me e sorrideva.

Dissi: «Perché lo hai fatto?»

«Fatto cosa?»

«Impedire a Ollie di uccidermi, visto che eri tu a volermi morta? Sarebbe stato più conveniente per te.»

Il suo sorriso svanì e un solco le comparve in mezzo alle sopracciglia. «Di cosa stai parlando, caramellina? Ti voglio bene. Non ti farei mai del male.»

La sua voce sembrava così sincera che per un attimo dubitai di tutto. Ma poi la guardai negli occhi e vidi... nulla. Il vuoto.

Non mi ero sbagliata. «So tutto» dissi. «Ho sempre saputo che eri tu.»

La sua espressione diventò più cupa e si morse le labbra con un atteggiamento confuso. «Sapevi di me dall'inizio...»

«Il messaggio sullo specchio. La telefonata. I regali dell'ammiratore segreto. Alla guida della macchina. Sempre tu.»

«Come avrei potuto organizzare tutto? Avrei dovuto essere molto furba.»

Annuii. «Lo sei.»

Per qualche istante ci fu il silenzio. E poi, come se non riuscisse a impedirselo, sorrise. Un sorriso così solare che rese ciò che venne dopo ancora più orribile. «Sì, è vero. Lo sono.» Sospirò di soddisfazione, poi continuò, pensando ad alta voce. «Ollie non è stato bravo? È incredibile come le persone possano diventare fedeli se sai tenere le redini nel modo giusto. Proprio come i cavalli.» Parlava con un tono così rilassato che poteva anche stare discutendo del tempo.

«Ma non potevi lasciare che fosse qualcun altro a prendersi tutto il divertimento.»

«No. Avevo solo bisogno di un modo per superare gli agenti di guardia all'entrata e liberarmi di tutta la gente della sicurezza. Volevo avere il tempo di parlare con la mia migliore amica per l'ultima volta in privato.» Le sue labbra perfettamente colorate dal lucidalabbra disegnavano ancora un sorriso. Con una mano mi scostò con dolcezza un ciuffo di capelli dalla fronte. Non sapevo in quel momento cosa stesse facendo con l'altra. «Tu mi capisci, non è vero, caramellina?» Prima che io potessi rispondere (e cosa avrei potuto dire?) il solco tra le sue sopracciglia ricomparve. Mi chiese: «Ma se lo sapevi, perché non hai detto niente?»

Non avevo una risposta per quella domanda. «Perché volevo capire come hai fatto» le dissi, ma non era quello il vero motivo. Il vero motivo era che non esisteva un altro modo per mettere fine a quella storia. Se l'avessi accusata di aver cercato di uccidermi, tutti quanti avrebbero detto che ero pazza. Una di noi era pazza, ma non ero io. In questo modo, almeno, ci sarebbe stata una prova.

«Questo è molto lusinghiero. Ma in caso cambiassi idea, ho preso delle precauzioni.» Sentii qualcosa di affilato sul mio avambraccio, abbassai gli occhi e vidi che era una siringa. Mi si bloccò il respiro. «Voglio davvero che prima io e te facciamo una bella chiacchierata, ma se inizi a rendere le cose difficili, dovrò spingere questo affarino e per te sarà la fine. Quindi, fa' la brava, d'accordo?»

Mi sentii stringere lo stomaco. Calma, mi dissi. «S... sì» balbettai.

Langley annuì senza guardarmi, i capelli biondi le cadevano in avanti incorniciandole il volto angelico, e con la mano libera dalla siringa mortale mi accarezzò una guancia. «Hai una pelle così bella, Jane. Lo sai che è la prima cosa che notai di te il giorno in cui ci conoscemmo? La tua pelle. E lo sguardo spiritato negli occhi. Eravamo così simili. Avevamo tutt'e due segreti pesanti. Capii che avevi bisogno di me. E io potevo aiutarti. Non è vero?»

Si chinò in avanti e gli occhi le brillavano per l'entusiasmo dell'attesa come se stesse aspettando la mia risposta.

Annuii.

Lei sospirò e scosse piano la testa. «È davvero triste che sia andata a finire così. Ma, si sa, qualcuno deve pagare.»

Non capivo. «Che cosa vuoi dire?»

Lei fece un cenno con la mano come per cacciare via la mia domanda, come se avessi insistito per pagare la metà del conto del ristorante e lei volesse impedirmelo. «Raccontami tutto dall'inizio. Come hai capito che ero io la mente?»

«Tanti piccoli dettagli.» Cercai di sembrare sicura di me, anche se la mia voce continuava a incepparsi e l'ago della siringa sulla pelle mi faceva male. Forse se fossi riuscita a catturare la sua attenzione, sarebbe arrivato qualcuno e avrebbe notato... qualcosa. Era la mia unica possibilità.

«Quando ho capito come era stato scritto il messaggio, vale a dire che non necessariamente doveva essere entrato qualcuno in bagno mentre ero sotto la doccia ma poteva essere stato lasciato da chiunque fosse entrato nel bagno prima che il vetro si appannasse, il campo si è ristretto» spiegai. «E poi mi sono ricordata l'unica cosa che Nicky, Sloan e io avevamo in comune.»

«Cioè?»

«Lucidalabbra.» Almeno avevo capito come erano andate le cose. «La sera della festa tu mi hai drogato con il lucidalabbra, ma tardava a fare effetto...»

«Lo so! Quella puttana di Nicky te lo tolse quando ti baciò. Fidati, l'avrei uccisa quella stupida vacca, ci puoi scommettere.» Parlava con voce leggera, serena, come se stesse solo spettegolando.

«...E così hai mandato a dirmi di andare al piano di sopra per potermelo rimettere. Dopodiché, chissà come sono svenuta e quando mi sono svegliata, Kate mi ha trascinata nella stanza in cui c'erano David e Sloan, per farmeli vedere. Io mi sono tolta il mio anello dell'amicizia e gliel'ho lanciato contro. Sono uscita barcollando e mi sono scontrata con Elsa, che mi ha spinta via.»

Contro qualcuno. Contro...

Sono nel corridoio, disperata, e vedo Langley. «Grazie a dio. David. Stava...»

«Vieni qui, caramellina» dice, e mi trascina nel bagno.

Comincio a raccontarle quello che è successo. Dico: «Non posso andare avanti così. È finita. Voglio farla finita.»

* * *

Langley si guardava le unghie. «Non la finivi più, continuavi a ripetere la stessa cosa, che noia, e alla fine hai detto: 'È solo un'escrescenza.' Era troppo.»

Singhiozzo tenendomi la testa tra le mani. Vedo qualcosa che brilla nello specchio davanti a me e alzo lo sguardo. Langley è lì, sopra di me, il volto tirato con un ghigno terrificante. «Addio, Jane» dice, e mi colpisce violentemente alla testa con un portasapone a forma di cherubino.

Mi sveglio e sono distesa sul pavimento del bagno. È buio e non riesco a mettere a fuoco. Mi trascino verso il lavabo e tutto ciò che vedo, riflesso nello specchio, sono occhi. Occhi pieni di odio e disgusto. I miei occhi. Mi fisso dicendomi di essere stata idiota e incauta.

Devo uscire da quella casa.

«Escrescenza. Non credo nemmeno che tu l'abbia usata correttamente quella parola. Irritante.»

«Mi hai colpito alla testa con un portasapone perché ho usato una parola che non ti piace?»

«No no no. È solo che era così... così inopportuno. Quando ti davi le arie in quel modo, non eri quella che sei in realtà. Quella che avresti dovuto essere. Volevo solo che tu la smettessi di farlo.» Credo di aver cambiato espressione in quel momento perché Langley disse: «Non mi guardare in quel modo» e aumentò la pressione dell'ago sul mio braccio. «Non ti stavi comportando bene. Ma non me ne fregava niente. Come sapevi che ero stata io?»

Misi in ordine i miei ricordi, sistemando i pezzi del mosaico in maniera frenetica, come a una gara di puzzle. «Elsa mi scattò una foto mentre mi svegliavo nel bagno. Poi io corsi fuori. Kate mi raggiunse per scusarsi, ma io... la trattai malissimo.»

Ma questa sera non sei l'unica che è stata ferita, aveva detto. Adesso capivo. Quella 'persona' di cui aveva parlato Sloan era Kate. Kate era dispiaciuta che David avesse ferito Sloan perché a lei Sloan piaceva. Sloan e Kate stavano insieme. Quando avevo sentito da lontano le parole che Kate diceva a David, 'sta' lontano... In pace', Kate si riferiva a Sloan.

Per un attimo sentii una punta d'invidia. Non perché Kate e Sloan stavano insieme, ma perché Kate non aveva sentito il bisogno di confidarsi con me.

Le avrei chiesto scusa dopo, se fossi sopravvissuta.

«Stai perdendo tempo» disse Langley. «Devi parlare di me. Di me e di te.»

«Mi sono messa a correre per la strada per allontanarmi dalla casa. E...» Quando restai in silenzio, un sorriso aleggiò sul viso di Langley. Ero arrivata al punto che lei voleva sentire. Dissi: «Tu. Sei stata tu a chiamarmi dal telefono di Ollie. E poi gli hai ordinato di dire alla polizia che era stato lui a fare quella telefonata. È per questo che lui sbagliò alcuni dettagli. Stava solo coprendo te. Ed è per questo che ha mandato i fiori, per fare in modo che la storia che lui aveva tentato di baciarmi, che era interessato a me, fosse più credibile. Pensava di farti un favore.»

«Mi chiedo da dove gli sia venuta quell'idea» disse Langley con un sorriso raggiante.

Facendo capolino con la testa proprio in quel momento, Ruben chiese: «Va tutto bene qui dentro, signore?»

Ecco la mia occasione, pensai. Poi sentii che la pressione dell'ago ipodermico sul mio braccio aumentava. Oppure no. «Sì» dissi, con il cuore che batteva all'impazzata. Pensa, mi dissi. Sii furba. «Va tutto bene.»

«Che cos'è successo al ragazzo che hanno portato via di qua?» chiese Langley con gli occhi spalancati.

«Stavano per arrestarlo per aggressione ma lui è svenuto. Quindi adesso è piantonato al pronto soccorso in attesa che arrivi la polizia. Sei una ragazza fortunata, principessa» disse Ruben rivolgendosi a me. «La tua amica ti ha salvato la vita.»

«Sì, è vero.» Guardai Langley con un enorme sorriso.

Lei mi accarezzò i capelli e mi strinse il braccio ancora più forte. «Non so cosa farei senza Jane.»

«Sì, sono il sicario ufficiale della conversazione.»

«Che cosa significa?»

«Chiedilo a Pete, te lo spiegherà.»

Ruben sorrise. «A vedervi insieme, il cuore mi trabocca di gioia. Tutte le ragazze dovrebbero essere così fortunate.»

Andò via e Langley disse: «Bisogna essere pazzi per non essere d'accordo con lui.» Rise. «Naturalmente, a detta di tutti tu lo sei davvero.»

«In questo sei stata bravissima. Far credere a tutti che ero pazza.»

«È stato divertente. Soprattutto inventarmi la storia dei regali dell'ammiratore segreto. Ammettilo, ero riuscita a farlo credere anche a te.»

«Finché ho capito quanto era facile per qualcuno che avesse piazzato una cimice nella stanza.» Guardai l'orsacchiotto con la scritta ALZATI, ANIMALE. «Ci ho messo un po' di tempo per capire dov'era.»

«Non c'è soltanto una cimice, ma anche una telecamera. È collegata al mio iPhone. Anche se devo dire che il più delle volte eri davvero noiosa. Ma è stato divertente spaventarti con cose che pensavi fossero solo nella tua testa. Vuoi vedere come funziona?»

«No.»

Langley non mi ascoltò e prese l'orsacchiotto, iniziò a muoverlo mentre parlava, inclinandolo a varie angolature e verificando la trasmissione sul suo iPhone. «Il mio piano originale non era di ucciderti. Volevo solo darti una lezione sull'amicizia. Una per tutte e tutte per una. Avevi iniziato a essere davvero sleale, caramellina. Avevi dei segreti. Stringevi amicizie con persone sgradite.

Scott ed Elsa, e poi, la peggiore di tutti, Nicky. Non potevo lasciarti sprecare il tempo con quella lì. E poi volevo che David fosse single.»

«Sei stata tu a mettere in giro quella voce su Nicky la succhiona.» Mi ricordai di Nicky che attaccava Ollie alla festa. «No, hai ordinato a Ollie di farlo.»

«Non gli ho ordinato proprio niente. Era lui che voleva farlo. Gli ho solo dato delle indicazioni. Quel ragazzo aveva così tanto bisogno di un aiuto materno che tutto quello che ho dovuto fare è stato offrirglielo, e l'ho conquistato. Sono stata molto buona con lui. E adesso sorridi alla telecamera, caramellina.»

«I gemelli con 'Law' scritto sopra che lui indossava ieri. Pensavo che sull'altro ci fosse la parola 'Order', ma non era così. Erano di tuo nonno. Devi averglieli dati tu. Ed è per questo che lui ha un'intera collezione di biancheria intima. È tua.»

«Abbiamo fatto il patto 'guardare ma non toccare'.»

«E Alex?» un attimo dopo aver pronunciato quel nome, capii. Scoppiai a ridere. «Non esiste nessun Alex, vero? Non è mai esistito.»

«Ho trovato la sua foto in una cornice che ho comprato in un negozio a Londra. Appena l'ho vista, ho capito che quello sarebbe stato il mio ragazzo perfetto. Bello, invisibile e utile per fare ingelosire Ollie e per conquistare la compassione tua e di Jane. Efficace come un ragazzo vero ma senza nessun guaio aggiuntivo. Ma avevo paura che a guardarla troppo da vicino si poteva capire che la foto era una bufala.»

Tutto lì. Tutto spiegato. Io e Ollie non eravamo affatto diversi. «Hai sfruttato la paura di restare soli che io e Ollie avevamo in comune, anche se funzionava in modi diversi... Lui spiava le persone, io facevo foto, ma eravamo tutti e due dei solitari. Come un disegno bianco che potevi colorare.» E poi capii. «Solo che io ho cominciato a colorarmi da sola. La cosa tragica è che sono stata capace di farlo, di diventare una persona migliore, grazie a te. Grazie alla tua amicizia.»

Per un brevissimo istante avrei giurato che un'ombra di indecisione, forse di paura, brillasse negli occhi di Langley. Ma si spense, come gli ultimi resti della brace morente di un falò, e gli occhi di Langley erano di nuovo luccicanti e scuri quando lei disse: «Adesso stai cercando di compiacermi. Hai visto, non sei l'unica che sa utilizzare i paroloni. E non sei così speciale solo perché tuo padre era un poeta. Mio padre era... era intelligente come il tuo.»

«Tuo padre era il presidente della New Jersey Steel and Gas.»

Lei restò a bocca aperta. «Che cosa nei sai, tu?»

Mi ricordai di quel giorno alla gara di equitazione, quando lei aveva detto: 'Lui è più di un nonno per me.' Qualcosa di meditativo, di divertito nel tono della sua voce mi aveva colpito. «A dire il vero» le dissi «so tutto.»

«Be', non è stata colpa di Popo. Mia madre era una puttana.»

«Tua nonna lo sa?»

«Non ha nessuna importanza. Quello che conta è che lo sappiamo io e Popo. E poiché lui ha avuto un piccolo incidente sei mesi fa, Popo sa quali potrebbero essere le conseguenze se si diventa sgraditi.» Langley continuava a muovere l'orsacchiotto in tutte le direzioni. «Oh, questa è una bella inquadratura.»

«Sei stata tu? Hai spinto tuo nonno dalle scale?»

«Non voleva comprarmi la macchina nuova!»

Mi si spezzò il respiro per l'incredulità. «E tua madre? Perché l'hai uccisa?»

L'espressione di Langley si spense, come quando si chiude una persiana. Lei guardò fisso un punto sopra la mia spalla e riprese a parlare con una voce strana e monocorde. «Non essere stupida. Stavo cercando di aiutarla. Era arrivato il momento che la smettesse di andare in giro a fare casini e che tornasse a casa dai genitori. Era del tutto irresponsabile da parte sua allevare una bambina in quel modo. Non faceva che bere, e frequentare feste. Io dovevo indossare vestiti usati. E senza nessuna ragione. Lei si rifiutava di tornare a casa solo perché si sentiva sporca o cose del genere. Puro egoismo. Ma i suoi genitori erano milionari. E così feci quello che andava fatto per il mio bene. Proprio come lei stessa mi aveva insegnato. Diedi fuoco al camper.» Alzò le spalle. «Come potevo sapere che lei dentro era svenuta?»

La fissai con orrore, ma lei non sembrò notarlo.

«La vidi alzarsi dal letto e camminare barcollando. Cercava di aprire la porta, ma era bloccata, così lei rimase intrappolata. Restai a guardarla. Vidi il suo viso attraverso la finestra.» Adesso Langley mi guardava dritto negli occhi. «Tu sai cosa si prova quando una persona che ami muore per un incidente, vero Jane? Ma anche se è stato un incidente, qualcuno deve pagare.»

Iniziai a tremare. Ancora più agghiacciante di quello che lei stava dicendo era la freddezza con cui parlava. Era come se qualcosa si fosse spezzato dentro di lei. «Tu sei pazza.»

«Chi di noi si trova nel reparto in isolamento e chi è libera?» lei disse con soddisfazione. Mise giù l'orsacchiotto e sollevò le spalle facendo un enorme sospiro. «Se penso al meraviglioso necrologio che avrai, sono quasi gelosa. Quello che ho fatto per te, facendoti diventare così importante, è un grande regalo. Contaci, ho reso la tua biografia mille volte più interessante della vita banale che avevi. Com'è che ti chiama il tuo amichetto Scott? Solo Jane? Bene, adesso non sei più Solo Jane. Quando penso a quello che hai fatto, non sono sicura che ti meriti questo tipo di addio.»

«Che cosa vuoi dire?»

«Lo sai.»

«Vediamo se ho capito. Hai ferito tuo nonno per convincerlo a comprarti una nuova macchina.»

«Per dargli una lezione» mi corresse. «Deve imparare a essere disciplinato.»

«E hai cercato di uccidere me per prenderti il mio ragazzo e perché uso parole difficili.»

«No no no.» Lei scosse la testa con vigore, disegnando un ampio semicerchio. «Non è assolutamente così. È stato solo quando ti ho visto in ginocchio al centro della strada, come se stessi pregando per ottenere perdono, che ho capito cosa dovevo fare. Era tutto molto chiaro. Se non ti avessi fermato, avresti continuato a fare del male alle persone. Ed ero certa che nemmeno tu lo volevi. Ti ho vista là, ai piedi portavi le mie scarpe Prada con la zeppa, sotto la pioggia, dopo che ti avevo esplicitamente chiesto di non farle bagnare: era come se tu stessi aspettando che io lo facessi. E così ho pigiato sull'acceleratore e ti ho puntato. All'ultimo istante ti sei spostata, ma ti ho intercettata. *Bam!*» Sorrise.

«Hai cercato di uccidermi perché ti ho rovinato le scarpe?»

Langley chiuse gli occhi e fece un respiro profondo. Quando alzò di nuovo le palpebre, parlò con la voce di un genitore deluso. «Ancora non hai capito. Quelle erano cose secondarie. Qualcuno deve pagare quando la persona che ami viene ferita. Adesso capisci, vero?»

Le sue pupille si erano dilatate sempre di più mentre parlava, e adesso gli occhi che di solito erano blu erano diventati quasi neri. «Questo non è vero» dissi, nell'estremo tentativo di calmarla. «Non volevo morire. E nessuno deve pagare per niente. Non hai fatto nulla di male.»

«Ma tu sì.» Quelle parole mi provocarono un brivido che mi percorse l'intera colonna vertebrale. «Abbandonare la povera Bonnie in quel modo. Senza mai raccontare a nessuno quello che era successo, mantenere segreti. Pagare pagare pagare. L'hai guardata in faccia attraverso la finestra e non hai mosso un dito.»

Per un attimo sembrò che Langley stesse per piangere. Non guardava me, ma la porta. Mi chiesi cosa vedesse, mi chiesi se stesse rivedendo sua madre mentre moriva, tutta la scena daccapo.

«Non è vero» iniziai a dire. «Quella sei tu, non io. Ed è colpa tu...»

«Bla bla bla.» Langley scosse la testa come per scacciare quelle parole e mosse le dita verso di me imitando delle oche che schiamazzavano. «Credo che dobbiamo mettere fine a questa storia. Ho dovuto faticare un sacco a causa tua, lo sai? E sai qual è stata la cosa più snervante? Sei riuscita a sembrare perfetta anche quando dovevi essere morta. Sei atterrata come una maledetta eroina delle favole in quel cespuglio di rose. Mi venne voglia di tirarti fuori per metterti un po' in disordine ma non potevo, non avevo tempo. David si sarebbe accorto che la sua macchina non c'era più.»

Si scosse dal suo sogno a occhi aperti e sorrise. Fu l'unica volta in cui Langley non mi è sembrata bellissima. Aveva un aspetto terrificante.

«Questa volta farà un po' male, quindi forse sarai bruttina. Certamente lo eri durante le prove.»

«Le prove?»

Lei si chinò su di me, piena di entusiasmo, come se stesse descrivendo un nuovo vestito. «Hai di nuovo le allucinazioni, e pensi che io sia Bonnie, e che cerchi di aggredirti, vuoi liberarti delle cinghie per afferrarmi. O per strangolarmi. Non ho ancora deciso. Nella lotta ti si stacca l'ago della flebo e la pressione del sangue schizza alle stelle, e tu non riesci a respirare.»

«Ma così accorreranno tutte le infermiere. Com'è successo l'altro giorno.» E allora capii. «La prova.» Mi sentii come se stessi per soffocare, e il panico stesse per impadronirsi di me. Combatti, mi dissi. Devi restare concentrata.

«Esattamente. E faranno quello che hanno fatto l'altra volta, ti daranno una dose di questa.» Indicò con lo sguardo una siringa sul tavolo. «Ma solo che questa volta avrai un attacco cardiaco e morirai.»

«Non è andata così l'altra volta.»

«Ho fatto qualche modifica.»

«Hai alterato la siringa.»

Langley sorrise. Elsa aveva ragione. Non c'era niente dietro il suo sguardo. Era fredda e calcolatrice. Ed era inquietante. Un sudore freddo mi si attaccò a tutto il corpo.

«La bellezza di questo piano è che una volta partito non può più essere fermato, e sembra che la colpa sia tutta dell'ospedale. Io mi farò indietro e lascerò che gli eventi si susseguano, come in un meccanismo a molla.» Mi diede qualche affettuoso colpetto sul naso con il dito. «Se fai le cose per bene, potrei anche dire che hai cercato di salvare Bonnie durante le tue allucinazioni. Così la tragedia sarà ancora più dolorosa per tutti.»

«Non farlo» la pregai, cercando di smuovere il più possibile la sua compassione. «Ti prego, non costringere mia madre a sopportare una cosa del genere.»

«Mi stai pregando di non dare un dolore a tua madre ma non di risparmiare la tua vita?»

«Sì.»

Per un attimo quella scintilla comparve di nuovo nei suoi occhi, la scintilla di qualcosa di confuso e quasi pietoso. Ma di nuovo si spense.

«Non puoi immaginare quanto questo evento sarà traumatico per me. Credo proprio che alla fine Popo dovrà lasciarmi fare quel viaggio di un anno in Europa per riprendermi. È stato molto avaro rispetto a questa proposta.» Diventava sempre più difficile sentire la voce di Langley che veniva coperta dai battiti impazziti del mio cuore che mi arrivavano alle orecchie. «E prevedo che David verrà a farmi visita per un mese la prossima estate. Forse a Monaco. Credo che sarà bellissimo laggiù.» Langley continuava ad annuire. «Allora, sei pronta? Sono emozionatissima. Vuoi dire le tue ultime parole? No?

Nemmeno quanto sei dispiaciuta per aver ucciso la tua migliore amica?»

«Non è vero.» La voce che mi uscì era roca ma ferma.

«Anche tu l'hai fatto. Lo hai fatto e ora pagherai per la tua colpa.»

Avevo la gola come cartavetrata, il respiro corto, ma cercavo di parlare con voce calma. «Bonnie non è morta per colpa mia» dissi. «E tua madre non è morta per colpa tua.»

Langley mi guardò con gli occhi immobili e senza battere le ciglia. «Non osare parlare di mia madre.»

«Langley, non deve finire per forza così. Non devi farlo.»

«Sì. Io-de-vo.» Gli occhi di Langley brillarono mentre allungava la mano per prendere il tubo della mia flebo. All'improvviso un oggetto color argento tagliò l'aria e la colpì alla testa, facendola barcollare all'indietro mentre trascinava con sé la mia flebo.

Un'ondata di dolore mi assalì, sentii qualcosa che mi si conficcava nel braccio, e poi fu il buio.

34

Ero in piedi sull'orlo della banchina a guardare estasiata la quiete. Era appena dopo l'alba, il momento in cui gli alberi intorno al lago sembravano una parete viola silenziosa contro il cielo striato di macchie rosa e blu. L'acqua era immobile, piatta come uno specchio.

Sotto la superficie c'erano le alghe, lunghe fruste sinuose con una propria volontà, me lo aveva detto la mia migliore amica, Bonnie, ma pensavo di essere in grado di difendermi.

Un uccello bianco attraversò il cielo, le ali che battevano, e io mi tuffai nel lago, solcavo la superficie argentea, e godevo del pizzicore dell'acqua fredda sulla mia pelle. Le alghe sott'acqua mi raggiunsero, alcune mi afferrarono, altre mi accarezzarono, ma riuscivo a nuotare con bracciate potenti e sicure. Mi immersi, andando in profondità e non verso la superficie, giù verso il fondo, giù verso il viso di una ragazza che riconobbi.

Lei mi sorrise appena mi vide e mi tese la mano. Feci per stringergliela ma lei scosse la testa. No, sembrava dirmi. Guarda. E io mi resi conto che aveva qualcosa nel palmo della mano, una catena d'argento con un oggetto. Un medaglione? Una moneta? Una chiave? Prendila, sembrava dirmi.

Ci provai. Allungai le mani verso di lei più che potevo, ma non riuscivo a raggiungerla. Ogni volta che nuotavo per avvicinarmi, lei sembrava allontanarsi. La inseguii finché mi fu possibile, ma poi cominciai a sentire che i polmoni non ce la facevano più, mi facevano male.

Tornerò, cercai di dirle. Aspettami.

Mi voltai e iniziai a nuotare verso la luce che veniva dall'alto. Dalla mia bocca fuoriuscivano delle bolle d'aria mentre risalivo, sicura e svelta, dal fondo. Non avevo quasi più aria, ma ero forte, potevo farcela. Vedevo la superficie del lago. Potevo farcela.

Con l'ultima boccata d'ossigeno che mi era rimasta, emersi in superficie. Ingoiai avidamente l'aria e sentii il calore del sole sulla pelle, mi liberai il viso dall'acqua e vidi degli occhi che mi osservavano.

Occhi pieni di amore. Cinque paia. Mia madre, Joe, Annie, Loretta. E Pete.

«Bentornata, Jane» disse mia madre.

«Hai giocato davvero nel campionato di frisbee» dissi a Pete dopo un po', ancora sorpresa per la rivelazione. «Pensavo che l'avessi inventato.»

«Devi imparare a fidarti di me» disse Pete. Eravamo tornati nella stanza 403 ma questa volta c'era un intero reparto di polizia a tenere lontano la stampa. Sembrava che due adolescenti che cercavano di uccidersi a vicenda facesse notizia.

Ma mia madre non partecipava alla mobilitazione. Aveva dimenticato di mettersi il rossetto, aveva i capelli un po' arruffati ed era, secondo me, assolutamente splendida, e di circa quindici anni più giovane. Era nella mia stanza, e non faceva che avvicinarsi al mio letto e abbracciarmi e sorridere e dire quanto mi volesse bene e poi cadere su una sedia e scoppiare a piangere, e poi venire ad abbracciarmi di nuovo.

«Mi dispiace così tanto aver lasciato che ti chiudessero in quel reparto» disse, aggrappandosi strenuamente a me. «Io... io avevo solo una grande paura di fare la scelta sbagliata. Loro dicevano che quella era la cosa migliore per te e anche se non ero d'accordo, ho pensato, chi sono io per mettere in dubbio la loro parola? Ma adesso ho capito. Conosco mia figlia meglio di qualsiasi dottore. Avrei dovuto dare ascolto a te.»

«Possiamo risolvere qualsiasi problema se restiamo unite» dissi. Dalla luce che brillò negli occhi di mia madre capii che aveva riconosciuto le mie parole.

«Ti ricordi?»

«Ricordo tutto, mamma.»

Ci abbracciammo a lungo.

Ma una volta scaricato l'enorme peso emotivo, mia madre restò senza nulla di cui occuparsi, e non sapeva cosa fare delle sue energie. Alla fine, dopo che aveva fatto tre tentativi per riorganizzare la sala infermiere e per la terza volta Loretta me l'aveva rispedita in camera con l'ordine tassativo di tenerla lì per evitare conseguenze funeste, mi arresi.

«Ascolta, mamma, devi smetterla di andare avanti e indietro. Mi stai facendo impazzire.»

«Almeno questa volta ne saremmo sicuri» rispose. E si mise a ridere.

Joe mi guardò. «Credo che tua madre abbia appena fatto una battuta.»

«Credo che tu abbia ragione.»

«Forse ha bisogno di esercitarsi un po', eh?» chiese, facendomi l'occhiolino.

«Sarebbe meglio se si iscrivesse a un corso di recupero.»

«Secondo me era divertente» disse Annie.

I due esemplari più imponenti di un team di guardie del corpo erano seduti fuori della mia stanza, bevendo lattine di bibite analcoliche. Sembrava che Joe avesse deciso di mettere alcuni dei suoi uomini di guardia fuori della mia stanza anche se mia madre non prendeva seriamente le minacce perché, come spiegò lui stesso: «Io amo tua madre, davvero, ma lei aveva così tanta paura di perderti che non ragionava bene. Ho visto tutto ciò che ha visto lei e devo dire che non mi sei mai sembrata pazza.»

«Grazie» gli dissi. Glielo dissi di nuovo quando mi presentò Bruno e Lou.

«Non dire grazie, signorina, noi non avessimo nemmeno fermato quel bocconcino se l'avessimo visto venire verso di lei. Inutile saremmo stati.»

«Sono contenta lo stesso di sapere che siete qui.»

Era vero. Nessuno avrebbe pensato che Langley si sarebbe trasformata in una psicopatica. Ero quasi sicura che non ci avrebbe messo molto a convincere i dottori a rilasciarla dalla struttura psichiatrica di massima sicurezza in cui l'avevano rinchiusa i suoi nonni prima che la polizia potesse interrogarla. Nessuno poteva credere che lei fosse colpevole. Nessuno tranne Pete. Era stato lui a mettere insieme tutti i pezzi del puzzle in tempo per avvertire Loretta di non usare la siringa nella stanza per rianimarmi.

«Perché mi hai creduto? Sul fatto che non ero pazza, nessun altro mi ha creduto» precisai. Gli tenevo una mano e con un dito seguivo una delle linee del palmo.

«Joe ti ha creduta.»

«Okay. Ma tu perché lo hai fatto? Nemmeno io ero sicura di essere sana.»

Senza scherno, né ironia, né sarcasmo nella voce, mi disse: «Forse ho più fiducia in te di quanta ne abbia tu stessa.»

Pausa.

Pete strofinò il naso contro il mio e appoggiò la fronte sulla mia. «E poi ho pensato che potevo approfittare dell'occasione, visto che nessun altro sembrava volersi prendere il disturbo. Da come la vedevo io, se avevi ragione, allora qualcuno dei tuoi amici stava cercando di colpirti, quindi bisognava scoprire chi fosse. Il resto era facile.»

«Facile? Come?»

Lui alzò le spalle. «Dovevo solo capire chi era la persona mancina.»

Mi scostai per guardarlo bene in faccia. «Okay, tenente Colombo.»

«Sei stata tu a dirmelo mille volte quando mi parlavi dell'anello. Quando abbiamo visto quella foto nella stanza di Elsa dove tu non portavi l'anello, ho capito che l'assassino te lo aveva probabilmente infilato dopo averti colpito. Se porti un anello e ne devi mettere uno identico alla mano di un'altra persona, a quale dito pensi che lo infileresti?»

«Al dito dove lo porto di solito.»

«Brava.»

«È per questo che è finito sulla mia mano destra...»

«...Perché è alla mano destra che l'assassino lo porta normalmente. Dovevo solo scoprire chi indossava l'anello alla mano destra. Ho tirato a indovinare quando ho parlato di una persona mancina per sembrare più Sherlock Holmes.»

Non potevo crederci. «Ma signor Holmes, lei non ha mai incontrato i miei amici. Come ha scoperto chi era la persona mancina?»

«Ricordi quando il primo giorno mi hai detto di guardare il dvd che Kate e Langley avevano fatto per vedere quanti amici avevi?»

Dalla gola mi uscì un grugnito. «Sì.»

«L'ho fatto.» Pete alzò le sopracciglia. «Due volte.»

«Mi pentirò di avertelo chiesto, vero?»

Lui annuì con un'espressione seria. «Senza dubbio.»

Scoppiai a ridere. «Non vedo l'ora. Ma davvero hai capito tutto grazie all'anello?»

«Beee'...» La parola fu trascinata per parecchio.

«Okay, va bene. Per l'anello e anche per l'ottimo indizio che mi hai dato quando hai detto a Ruben di chiedermi cosa significasse sicario della conversazione. Questo mi ha fatto pensare che stavi cercando di dirmi che la prima persona arrestata era solo un tranello per aprire il passaggio al colpo definitivo.» Pete rise compiaciuto, venendo più vicino a me. «Soprattutto perché il dvd mi ha aiutato a capire che erano Ollie e Langley i due che avevo visto baciarsi nelle scale quel giorno. Ho pensato che quei due avevano un sacco di segreti e potevano architettare qualcosa insieme per raggiungere gli obiettivi più meschini.»

«Sapevo che doveva esserci stato qualcosa in più di un anello.»

«Il dvd è stato davvero utile. Mi ha aiutato a risolvere il caso e persino a fermare l'assassina.»

«Fermare l'as...» Allora capii. Il disco d'argento che avevo visto volare e colpire Langley appena prima di svenire. «Le hai lanciato il dvd in testa!»

«Avevo appena finito di vederlo nella sala d'attesa, stavo venendo da te e all'improvviso ho capito tutto, quindi era l'unica cosa che avevo a portata di mano. Ma è stato un atto di giustizia perfetto, non credi? Avere molti amici può procurare qualche mal di testa.»

«Non ci sono dubbi.»

Guardai fuori della finestra della mia stanza. Non c'erano più né fiori né bigliettini né regali. Non mi ero resa conto di quanto mi impedissero di vedere il panorama.

Infatti, capii che c'erano molte cose che non avevo visto, accecata dalle mie insicurezze e dal mio senso di colpa. Ma ora basta. Da quel momento in poi avrei tenuto gli occhi ben aperti.

All'improvviso mi ricordai del medaglione del sogno che avevo appena fatto, mi ricordai di averlo visto la notte in cui era morta Bonnie. Lei lo teneva stretto in una mano. Ma non era suo. Quella sera erano successe altre cose che non avevo capito. E dovevo scoprire la verità, lo dovevo alla famiglia di Bonnie.

Ma in quel momento, c'erano cose proprio davanti a me che meritavano tutta la mia attenzione.

Guardai Pete e lui mi sorrise. Intorno ai suoi occhi si formarono delle rughe, e intorno alla bocca due linee. Sembrava un bambino felice mentre allungava una mano e mi accarezzava la fronte.

«Smettila di logorarti, angelo.»

«Non mi sto logorando.» Mi misi a giocherellare con i bottoni di madreperla della sua camicia. «Vorrei solo che... Ho la sensazione di essere stata miope. Avrei dovuto capire tutto prima.»

«Avresti avuto tutte le risposte dall'inizio se ti fossi fidata del tuo istinto.»

«Sì. Devo lavorare su questo.» Il mio sguardo si spostò dai bottoni alle labbra di Pete, poi al naso, e infine si fermò sui suoi occhi. «Credi che potresti farmi da maestro?»

«Oh, no. Assolutamente no.»

Non era la risposta che mi aspettavo. «Perché?»

«Non voglio insegnarti le cose. Preferisco farle.»

«Quali cose?»

«Questa.»

Non avevo mai provato nulla del genere prima nella mia vita.

«Guardate, Jane sta baciando Pete! È il terzo ragazzo che bacia questa settimana.»

«È vero?» chiese Pete, scostandosi per guardarmi.

«Per scopi puramente curativi» dissi solennemente.

«Credo che tua sorella abbia appena fatto una battuta» disse ad Annie.

«Dovrebbe prendere lezioni da mamma.»

Cominciai a camminare il giorno dopo.

Dopo

L'immagine è confusa.

È appena prima del tramonto, quando i colori sono al massimo dell'intensità. Il cielo è di un blu caldo e profondo, il mare sotto è indaco. Una tenda a strisce rosse e bianche è piantata su un prato che si estende verso l'oceano. Sotto ci sono lunghi tavoli coperti di tovaglie ornate di fiori dai colori brillanti che mostrano i resti di ciò che dev'essere stata una festa. Ovunque ci sono fiori afflosciati e tovaglioli sgualciti e piatti incrostati con tutti i colori dell'arcobaleno. Gli avanzi di una torta pendono pericolosamente su un lato accanto a un enorme secchiello d'argento rigato dalle gocce di condensa e da cui spunta una bottiglia aperta di Dom Pérignon. Sulla sinistra una ragazzina mostra a un ragazzo una lumaca che ha intrappolato in un vasetto del burro di arachidi. Sulla destra quattro uomini corpulenti senza giacca giocano a poker, fumano sigari e bevono birra, anche se uno di loro ha davanti a sé una bibita analcolica. In primo piano, Rosalind Freeman, con un vestito senza maniche che avrebbe giurato fosse troppo da ragazzina per una donna della sua età ma che le sue figlie le hanno fatto comprare. Ha i capelli raccolti sulla nuca, guarda il suo nuovo marito, Joe Garcetti, con un'espressione piena di meraviglia e felicità.

Ogni tanto la compagnia viene raggiunta da uno scoppio di risate proveniente da un albero di mele. C'è un'amaca attaccata al tronco, consunta e rammendata così tante volte che sembra la rete da pesca di una potente strega. Sopra, come intrappolati in un incantesimo, sono sdraiati un ragazzo e una ragazza. Lui indossa una camicia con dei pinguini disegnati e lei un abito bianco a ricami probabilmente dell'ultima collezione. Lui è bello in modo devastante. I capelli della ragazza sembrano tagliati con un machete e probabilmente lei avrà sempre una leggera cicatrice sulla fronte dove i dottori hanno messo dei punti per ricucire la pelle, ma non gliene importa niente. Sono faccia a faccia, naso contro naso, e sorridono.

Per la sua caotica atmosfera festosa sembra una delle foto che sto scattando in questi giorni, ma non lo è. Non è una foto. È vita vera.

Ed è mia.

In libreria

Maggie Stiefvater

Destiny

352 pagine
16,00 euro

James è un vero talento quando si tratta di suonare la cornamusa. È così bravo che ben presto è il suo stesso insegnante a rendersi conto che non ha più nulla da imparare, e che probabilmente si tratta del miglior suonatore di tutto lo Stato. Tuttavia, ci sono molte ragioni che rendono la Thornking-Ash la scuola perfetta per James: tanto per cominciare, ha il compito segreto di difendere i suoi studenti dalle mire di fate ed elfi. E poi c'è il vero motivo che lo ha spinto a iscriversi: la presenza della sua ex compagna di scuola Deirdre, Dee, di cui è ancora innamorato. Ma una fata di nome Nuala, che vuole succhiargli l'energia vitale, finisce per invaghirsi di lui, mettendo così a rischio il rapporto di James con Deirdre.
Dee è al centro di un gioco mortale, e mentre James fatica a venire a capo dell'intricata situazione, Nuala lo segue di continuo, considerandolo una sorta di specchio della sua anima. Spera che prima o poi il suo affetto venga ricambiato, e che lui suoni per lei le sue bellissime musiche. Ma mentre James comincia a realizzare i suoi sentimenti per entrambe, Dee e Nuala stanno mutando, e Samhain – meglio conosciuta come Halloween – si avvicina, con i suoi fuochi e i suoi riti, mortali sia per Nuala che per Dee... E James potrà salvare solo una delle due.

In libreria

Tamora Pierce

La principessa Alanna

224 pagine
14,00 euro

«D'ora in poi sarò Alan di Trebond, l'altro gemello. E un giorno sarò cavaliere.»

Nonostante sia una ragazza, Alanna ha sempre desiderato diventare un cavaliere e avere una vita avventurosa. Suo padre però ha predisposto per lei un avvenire diverso: studierà in convento per essere una dama perfetta. Il suo gemello Thom, invece, farebbe di tutto per evitare l'addestramento da cavaliere. E così, prima di partire per le rispettive destinazioni, i due si scambiano i ruoli, e Alanna, fingendosi un ragazzo, s'incammina alla volta del castello di re Roald a Corus. Il percorso per diventare cavaliere sarà lungo e irto di ostacoli; Alanna stringerà nuove amicizie – in particolare con Jonathan di Conté, erede al trono di Tortall –, e dovrà difendersi da compagni prepotenti. Mentre la Festa del solstizio d'inverno si avvicina, e con essa la nomina dei nuovi cavalieri, Alanna viene scelta per accompagnare Jonathan a Persepolis; ma prima della partenza, l'infido duca Roger ha sfidato il principe ad avventurarsi nella temibile Città Nera. Alanna, fiutando il pericolo, decide di seguirlo di nascosto. Insieme affronteranno gli Ysandir, esseri che rubano l'energia vitale degli uomini, e solo a costo di svelare la propria identità Alanna potrà dimostrare quanto vale veramente...

Per consultare il nostro catalogo
visita il sito www.fanucci.it
e iscriviti alla newsletter
per essere continuamente aggiornato
sulle nostre pubblicazioni.

Finito di stampare nell'agosto 2011 presso
Puntoweb - via Variante di Cancelliera snc - Ariccia (RM)
Printed in Italy